마음
조조

2

2

황제를 끼고 천하를 호령하다

영웅
조조

한종량 지음 · 김태성 옮김

좋은 책 좋은 독자를 만드는 —
㈜신원문화사

차례

제11장 흑산적을 대파하다 | 5

제12장 연주에 터를 잡다 | 39

제13장 아버지 조숭의 죽음 | 83

제14장 옛 친구의 배반 | 117

제15장 복양에서 맞는 칠석 | 177

제16장 공성계 | 223

제17장 지모로 천자를 맞다 | 253

제18장 천자를 끼고 제후들을 호령하다 | 295

제19장 고사 예형 | 333

제20장 완성의 이야기 | 387

제11장
흑산적을 대파하다

1

조조는 형양에서의 패배를 거울삼아 실패를 반성했다. 이제 그는 군대가 있다는 것이 전투를 치를 수 있는 군대가 있다는 것을 의미하진 않는다는 것을 알게 되었다. 혹독한 훈련을 하지 않고 군기 또한 엄하게 바로 잡지 않는다면 제아무리 훌륭한 무기를 갖춘 군대라 할지라도 호미나 쟁기를 들고 있는 농부나 다름이 없었다. 이에 조조는 당장 군대의 기강부터 바로 잡기 시작했다. 우선 그는 조인과 조홍, 하후돈, 하후연, 악진, 이전 등에게 병사들에 대한 훈련을 시작하라고 명령하는 동시에 손자孫子를 비롯하여 오자吳子, 강상姜尙, 위료자尉繚子 등 선인들이 남긴 다양한 병서를 교재로 삼아 솔선수범하여 몸으로 익힌 다음, 이를 병사들에게 전수할 것을 당부했다. 아울러 병사들에게는 용맹과 지혜, 인내, 신의, 충성 등 다섯 가지 덕목과 용맹하게 싸울 것, 죽음을 두려워하지 말 것, 늘 초조한 마음을 가질 것, 항상 긴장을 늦추지 말 것, 선을 추구할 것, 실리를 추구할 것, 겁을 내되 지혜를 우선으로 할 것, 강직하고 씩씩한 태도를 유지할 것 등 이른바 10가지 계율을 숙지시키도록 했다. 여기에 장수들의 책임이 전제된 것을 말할 것도 없었다.

조조는 병사들을 훈련시킬 때 가장 기본적인 것부터 다시 가르치게 했다. 예컨대 행군할 때 깃발을 드는 방법과 창을 어깨에 메는 방법, 걸음걸이, 대오의 정렬 방법, 군영을 설치할 때 장막을 세우는 방법, 잠잘 때 자리를 까는 방법, 아궁이를 설치하고 솥을 얹는 방법, 경보를 들었을 때 대응 방법 등 병사로서의 기본적인 상식과 행동요령을 철저하게 주입시키는 것이었다. 모든 병사들은 이러한 내용들을 확실히 명심하고 실천할 수 있어야 했다. 또한 그는 군사들은 제자리를 지켜야 하며, 항상 경계 태세를 유지해야 하고, 순찰을 강화하고, 반드시 암호를 숙지해야 하며, 야간 전투에 대비해야 한다는 등 군영에서 반드시 지켜야 할 각종 군법을 제정했다. 심지어 샘물을 찾는 방법과 독약에 대처하는 방법, 부상병을 돌보는 방법, 군마를 돌보고 훈련시키는 방법까지 모두 구체적으로 문서화하고 이를 필사하여 나누어주면서 모든 사람들에게 실천요령을 알려주었다.

조조는 손자나 위료의 병서에 있는 내용들을 자신이 처한 상황과 결부시켜 먼저 〈군령軍令〉을 공포하고 이어서 〈보전령步戰令〉을 공포했다. 조조가 공포한 〈군령〉의 내용은 이러했다.

전투를 벌이고자 할 때는 우선 적을 향해 선전포고를 확실히 해야 하고, 이어서 군사를 일으켜 전투에 임할 때는 내부의 혼란이 없도록 북소리에 귀를 기울여야 한다. 깃발을 앞으로 흔들면 앞으로, 뒤로 흔들면 뒤로, 왼쪽으로 흔들면 왼쪽으로, 오른쪽으로 흔들면 오른쪽으로 가야 한다. 전후좌우의 신호를 보지 않는 자들은 참수한다. 대오 안에서 앞으로 진격하지 않는 자가 발생할 경우에는 그 대오의 장수가 그 자를 참수하고, 장수가 진격하지 않을 경우에는 다른 장수가 그 장수를 참수하며 다른 장수들 또한 진격하지 않을 때는 회자수가 그를 참수한다. 독전부督戰部에서 전투를 독려하는 노래를 부르면 검을 한데 모아 뒤에 놓는다. 이를 어기는 자가 있을 경우에는 그 역시 참수한다. 한 부대만 적과 맞서고 나머지 부대들이 적에 맞서지 않는다면 그들도 참수한다.

조조는 〈군령〉과 〈보전령〉을 반포한 다음 이를 몇 번이고 되풀이하여 명령했다. 하지만 대부분의 사람들이 아직 이 군율들을 중요하게 생각지 않았다. 예컨대 〈보전령〉에는 사병이 함부로 큰 소리를 내면 참수형에 처한다는 규율이 있었다. 어느 날 한 병사가 이 조항에 의구심을 갖게 되었다. 병사는 이 조항을 지키지 않는다 하더라도 처벌을 내리지는 못할 것이라는 생각이 들었다. 하루는 전 부대가 모여 훈련을 하고 있는데 이 병사는 고향 친구를 발견하게 되었다. 그는 큰 소리로 친구를 불렀다.

"이봐, 장형, 언제 이곳엘 왔소?"

그의 고함 소리에 적지 않은 병사들이 고개를 돌려 그를 바라보았다. 이 병사는 명령에 따라 훈련에서 제외되었고 형을 집행하는 회자수에 의해 군영 밖으로 끌려 나가 곧 참수당하고 말았다. 피가 뚝뚝 떨어지는 수급을 두 눈으로 확인한 병사들은 그제야 군령의 의미를 제대로 깨닫게 되었다.

군령과 관련하여 가장 설득력 있는 사건은 몇몇 특별한 신분을 가진 장군들에 대한 태도였다. 조홍을 비롯하여 형양 전투에서 조조의 목숨을 구한 사촌동생 등이 군령을 어겼을 경우, 이들 역시 똑같은 처벌을 받았을까?

어느 날 조홍은 군사들을 이끌고 하곡河谷으로 가서 진법을 훈련하게 되었다. 훈련을 마치고 군영으로 다시 돌아올 때, 그는 '깃발을 접고 북 치는 것을 멈춘다'는 군령을 잊고서 계속 깃발을 높이 든 채 북을 치며 군영으로 돌아왔다. 이튿날 조조가 군무를 논의하기 위해 모든 장령들을 소집했다. 북을 세 번 두드리자 장수들이 줄지어 여문 안으로 들어와 원수에게 군례를 올린 후 자리에 앉았다. 조조는 먼저 최근 군사훈련 과정에서 좋은 성과를 거둔 몇몇 장수들을 칭찬하면서 그 가운데 특별히 조홍을 지목하여 말했다.

"군사들의 궁법弓法이 눈에 띄게 향상된 것 같소."

그러고는 군의 주부主簿에게 지시하여 공로부에 조홍의 치적을 상세히 기록하게 했다. 조홍이 득의양양한 모습을 보이자 조조가 갑자기 굳은 표정을 지으며 그에게 물었다.

"조홍, 공적은 공적이고 그대의 죄는 알고 있는가?"

조홍의 얼굴에서 금세 미소가 사라졌다. 그가 물었다.

"소장에게 어떤 죄가 있습니까?"

조조가 차갑게 웃으며 말했다.

"흥, 모른단 말인가? 그럼 내가 얘기해주지."

조조는 규율을 책임지고 있는 군기병에게 분부했다.

"조홍의 죄를 모두에게 알리도록 하라!"

군기병은 조홍을 가리키며 '군영으로 돌아올 때 깃발을 접고 북소리를 멈춘다'는 군령을 어겼다고 말했다. 조조가 또다시 조홍에게 물었다.

"이제 자신의 죄를 알겠는가?"

조홍이 고개를 숙인 채 대답했다.

"예, 알았습니다."

조조가 다시 물었다.

"어떤 처벌을 받게 되는지도 알고 있는가?"

그러자 조홍이 머리를 긁적이며 쓴웃음을 지으며 대답했다.

"잘 기억이 나지 않습니다."

조조가 다시 군기병에게 물었다.

"조홍이 어떤 벌을 받아야 마땅한가?"

군기병이 말했다.

"삭발형을 받아야 합니다."

조조는 탁자를 주먹으로 내리치며 큰 소리로 명령했다.

"즉시 형을 집행하도록 하라!"

조홍의 일이 있은 후로 모든 사람들이 다시는 군율을 경시하지 못했고, 전군의 풍모가 새롭게 바뀌게 되었다. 이에 사람들은 조조의 이런 조치를 칭송하여 조조의 군대가 과거 주아부周亞夫의 세류영細柳營(한의 태위로 오초칠국吳楚七國의 난을 평정한 대장군 주아부의 군영으로 군기가 대단히 엄격했다-옮긴이) 같다고 입을 모았다.

조조의 군대를 세류영이라 칭송한 사람은 서른이 채 안 되어 보이는 젊은 유사儒士였다. 그는 머리에 진현관을 쓰고 녹색 도포를 입고 있었으며, 가늘게 수염을 기르고 있었다. 꽤나 학식 있고 호방한 모습이었다.

그가 나타날 때쯤 지루하게 내리던 장맛비도 막 그쳤다. 이 점이 가장 중요했다. 흙먼지로 가득했던 하늘이 말끔히 개이면서 갑자기 시야가 멀리까지 확 트인 데다 바람까지 기분 좋게 살랑살랑 불어와 마음을 편안하게 해주었다. 조조는 이러한 기상의 변화가 이 젊은이와 무관하지 않을 거라고 생각했다.

그때 조조는 군영 안에서 대야에 발을 담근 채 《육도六韜》를 손에 들고 읽고 있었다. 그런데 갑자기 주변이 어두워져 대낮인데도 양초를 켜야 했다. 이때 위사 하나가 자 하나를 들고 와 조조에게 건넸다. 자에는 '순욱苟彧이 인사드립니다'라고 적혀 있었다. 조조는 크게 기뻐하며 큰 소리로 외쳤다.

"오라! 순욱이 날 찾아왔구나!"

그는 책을 내려놓고 맨발로 뛰어나가 순욱을 맞이하려 했다. 다행히 옆에 있던 신하가 맨발이라는 사실을 알려주자 그는 자신을 꾸짖으며 "어처구니가 없군" 하고 한 마디 내뱉고는, 다시 발을 씻고 신을 갈아 신은 다음 군영 밖으로 나가 공손하게 순욱을 맞이했다.

순간 해와 순욱이 동시에 그의 눈앞에 환하게 나타났다.

조조는 어째서 이처럼 순욱을 아끼고 중시하는 것일까?

순욱의 조부 순숙苟淑은 순제順帝에서 환제桓帝에 이르는 동안 뛰어난 능력으로 이름을 날렸던 인물로, 고결하기로 이름난 선비 이응이 스승으로 모셨던 사람이었다. 순숙에게는 8명의 아들이 있었는데, 이들 모두가 박학다식한 데다 능력도 뛰어나 '팔용八龍'이란 이름으로 통칭했다. 순욱은 이런 가정에서 교육을 받아 어렸을 때부터 이미 비범하고 속되지 않은 기질을 자랑했다. 남양의 명사인 하과何顒는 그를 만나본 후에 '장차 왕을 보좌할 재목'이라고 칭송하면서, 훗날 황제의 보신輔臣이 될 것임을 예언하기도 했다.

순욱은 조조를 찾아오기 전에 자신의 동생인 순심苟諶과 신평辛評, 곽도郭圖 등과 함께 원소의 군영에서 모사로 활약한 바 있었다. 원소는 그를 매우 존중하고 신임했지만 순욱은 얼마 동안 원소와 가깝게 지내면서 주공인 원소의 명이 그리 길지 않음을 알게 되었다. 그는 원소가 더불어 큰일을 도모할 수 없는 인물이라 판단하고는 뜻을 펼칠 이를 바꾸기로 마음먹었다. 이제 원소가 한복에게서 기주를 빼앗으면서 중원의 맹주 자리를 차지하자 그를 따르는 인물들이 마치 강물 속의 붕어 떼 같았지만, 순욱은 오히려 그의 곁을 떠나 정처 없이 떠돌아다니다가 결국 조조의 군영을 찾게 된 것이었다.

조조가 뛸 듯이 기뻐한 것은 당연한 일이었다. 사실 조조의 수하에는 여러 명의 뛰어난 장수들이 있었지만 전술과 책략을 세우는 데 능한 인물은 단 한 명도 없었기 때문이다. 이제 순욱이 합류했으니 부분적으로나마 자신의 요구를 만족시킬 수 있을 뿐만 아니라 자신이 천하에서 가장 영향력 있는 인물임을 입증할 수 있게 된 것이었다.

이에 조조는 순욱을 상빈으로 모시면서 극진히 접대했다. 두 사람은 흉금을 터놓고 대화를 나누었고 서로의 원망과 개탄에 귀를 기울였다. 술을 데웠다 식히고, 식은 것을 또 데우기를 반복하면서 두 사람은 밤이 깊어가는 줄도 몰랐고 날이 밝아오는 것도 몰랐다. 이들은 도대체 무슨 얘기를 그토록 오래 한 것이었을까? 천하를 장악하여 패자가 되는 일을 공모했음에 틀림없었다. 이튿날 조조는 순욱의 손을 부여잡고 군영으로 향했다. 장수들이 모인 자리에서 조조는 순욱에 대한 자신의 존경심을 감추지 않고 그를 칭송하여 말했다.

"문약은 나의 자방子房이오!"

조조의 이 한마디에 순욱은 감동하여 뜨거운 눈물을 흘리고 말았다. 자방은 한 고조高祖 유방을 도와 천하를 장악할 수 있게 해주었던 모사 장량

張良을 말한다. '아! 조 공께서 나를 이토록 아끼고 존중하고 있으니 온몸과 마음을 다해 그에게 충성을 다하되 절대로 그를 저버리는 일이 없어야 할 것이다!' 순욱은 자신의 가슴을 어루만지며 속으로 이렇게 감탄했다. 비록 몇 년 후 그가 조조가 보낸 빈 밥통을 받아 들고 어찌할 수 없는 막막함에 단식을 하다 죽을 때도 그의 귓가에서는 이 말이 떠나지 않았다. 그때 그는 정말로 만감이 교차했던 것이다.

순욱은 이 날로 조조의 사마가 되어 군무를 계획하는 동시에 군법과 관련된 일도 도맡게 되었다.

순욱을 곁에 두게 된 뒤로 조조의 마음은 마치 구름 속에 가려져 있던 해를 다시 보는 것처럼 맑아졌다. 하지만 오래지 않아 사람들은 그의 얼굴에 또다시 어두운 그림자가 드리워지고 늘 미간을 찌푸리고 다니는 것을 감지하게 되었다. 몇 날 밤을 잠도 제대로 이루지 못하던 그는 끝내는 두통에 시달리게 되었다. 몇 년 전에도 그는 같은 증세로 심한 고통을 겪었던 적이 있지만 다행히 고향에서 화타華佗라는 의원을 만나 치료를 받은 덕분에 치유할 수 있었다. 하지만 화타는 지금 그의 곁에 없었다. 하는 수 없이 그는 군영의 의원을 불러 자신의 몸을 살펴보게 했다. 의원이 몇 가지 약을 지어 주었지만 모두 효험이 없었다. 조인과 하후돈 등은 몹시 초조해하며 조조의 병상을 맴돌았다. 이때 순욱만이 병의 원인을 파악하고는 전혀 조급해하는 기색 없이 약 처방을 내렸다.

이날 조조의 병상을 찾아간 순욱은, 조조가 머리에 두건을 묶고 미간에 손톱만한 크기의 자줏빛 반점이 생긴 채 끙끙대며 신음을 하면서 손으로 힘없이 명치끝을 두드리고 있는 모습을 보며 물었다.

"주공, 두통이 심하십니까?"

조조가 머리를 끄덕였다. 그의 곁에 있던 조조의 조카 조휴가 나서서 말했다.

"숙부께서는 두통이 매우 심하십니다. 고약한 새 한 마리가 콕콕 뇌를 쪼아먹는 것 같다고 하십니다."

순욱이 다시 물었다.

"병증의 원인이 무엇인지 모르시겠는지요?"

"군영의 의원 말로는 고뿔인 것 같다고 합니다."

순욱은 고개를 내저으며 웃는 낯으로 말했다.

"신이 보기엔 그렇지 않습니다. 아마도 물과 흙이 몸에 맞지 않아 그런 것 같습니다."

순욱의 말에 조휴는 아리송한 표정을 지으며 아무런 대꾸도 하지 못했다. 조조 역시 이상한 생각이 들어 명치끝을 두드리던 손을 멈추고는 순욱을 비스듬히 올려다보며 물었다.

"문약은 의술에 대해서도 아시나 보오?"

순욱은 가벼운 웃음을 지으며 고개를 끄덕였다.

"일천한 지식일 따름이지요."

조조는 그의 표정이 더욱 기이하게 느껴졌다. 가벼운 웃음 속에 뭔가 알 수 없는 자신감이 숨겨져 있음을 알아챈 그는 대뜸 손을 내밀며 말했다.

"그렇다면 내 맥을 한 번 짚어보겠는가?"

순욱이 말했다.

"굳이 맥을 짚을 필요까지 없습니다. 얼굴만 봐도 금방 알 수 있습니다. 요즘 주공께서 심히 초조해 먹고 주무시는 것이 줄곧 편치 못한 것은 분명 남에게 의지해 살아야 하는 고통 때문일 것입니다."

"뭐라? 내가 남에게 의지해 살아야 한다고 했소?"

조조는 눈을 크게 뜨는가 싶더니 이내 말뜻을 알겠다는 듯한 표정을 지었다. 맑은 바람이 불어와 머리의 통증을 싹 걷어가는 듯했다.

이때 순욱이 정색을 하며 말했다.

"제 말은 주공의 병환이 마음에서 비롯됐다는 것입니다. 근자에 특히 더 초조해하시는 것이 원본초와 공손백규公孫伯珪(공손찬公孫瓚의 자 — 옮긴이) 사이에서 어떻게 처신해야 좋을지 몰라 그러시는 것이 아닙니까?"

"오라! 문약이 과연 나의 병인을 꿰뚫고 있었구려!"

조조는 얼른 병상에서 몸을 일으켰다. 한순간에 그의 정신이 맑아지면서 이마에 송골송골 땀방울이 맺혔다. 희한하게도 두통이 많이 가라앉는 것 같았다.

순욱의 진단은 조조가 앓고 있던 병의 근원을 정확하게 간파한 것이다. 얼마 전부터 원소와 공손찬, 이 두 용이 서로 적대관계로 돌입하면서 다른 제후들에게 큰 영향을 미치고 있었던 것이다. 조조의 이해에 따르자면 기주목 원소와 유주목 공손찬은 이미 검과 활을 뽑아 들고 곧 황하에서 대 접전을 벌일 태세였다. 그렇다면 이들 사이에 싸움이 벌어질 경우 자신이 그 싸움에 휘말리게 되지 않을까 하는 것이 조조를 괴롭히는 고민거리였던 것이다. 해답은 간단했다. 조조는 이 싸움에 휘말릴 수밖에 없었다. 이유인즉슨 그는 원소가 임명한 무관이었고, 지금 그가 밟고 있는 땅도 원소의 땅이기 때문이었다. 모든 제후들이 조조가 원소의 세력임을 알고 있는 터라 원소가 공손찬을 공격한다면 그 지원을 남에게 전가시킬 수도 없는 노릇이었다. 하지만 조조 개인의 입장을 놓고 보자면, 공손찬은 그와 아무런 원한도 맺지 않은 사이였고 이해관계 때문에 충돌한 적도 전혀 없었다. 그렇다면 어떤 구실로 그를 공격할 것이며, 그를 공격하는 것이 자신에게 어떤 이익을 가져다줄 수 있을 것인가 하는 것이 조조의 의문점이었다.

최근 며칠 동안 조조는 참을 수 없을 정도로 고민스러웠다. 이리저리 머리를 굴려 보았지만 뾰족한 수가 없었다. '내가 천신만고 끝에 군사를 일으켜 이제 겨우 이들을 진정한 군대로 만들었건만, 이것이 결국 원소를 위해 준비한 것이었단 말인가? 하지만 원소가 출병을 원한다면 내가 이를 거절할 수 있을까? 만약 거절한다면 그때부터 원소와의 의리가 끝나고 서로 원수가 될 것이 분명하다. 멀리 내다보자면 원소가 공손찬을 공격했다가 실패할 가능성은 그리 크지 않을 것이고(원소의 세력이 공손찬을 훨씬 능가했기 때문이다) 그 다음에는 아마도 그 창끝이 나를 향하게 될 것이 분명하다. 이 일을 어찌해야 좋단 말인가?'

조조는 결코 겁쟁이가 아니었지만 원소의 힘은 너무나 강대했다. 원소를 한 마리의 호랑이에 비유한다면 조조는 이리에 지나지 않았다. 이리가 호랑이를 잡는다는 것은 있을 수 없는 일이었다. 그렇다면 이 일을 어찌해야 좋단 말인가?

이 문제를 놓고 며칠 동안 고심하느라 조조의 몸이 많이 축난 것이었다. 이는 그에게 닥친 정말로 중대한 난제였다. 물론 그가 나중에 직면하게 되는 다른 문제들과 비교해보면 이 정도쯤은 별것 아닌 것처럼 여겨질 수도 있지만, 이것이 천하의 쟁패爭覇라는 근본적인 문제임을 잊어서는 안 될 것이었다. 이제 조조의 모습은 얼마 전까지 보인 위풍당당한 그런 모습이 아니었다. 그는 속으로 결론을 내렸다. 원소와 공손찬 사이의 문제를 잘 처리한다면 자신이 천하에 발을 붙이고 점차 크게 발전해 나가다가 마침내 대권을 장악하는 것도 그리 어려운 일이 아니겠지만, 만일 일이 잘못되기라도 하는 날에는 자신은 이 세상에서 사라지게 될 것이고, 따라서 사람들은 조조라는 위인을 기억하지 못하게 될 것이라는 것이다. 그리고 이렇게 되는 데는 그리 오랜 세월이 걸리지도 않을 것이다.

이런 생각 때문에 그는 또다시 극도의 두통에 시달렸던 것이다.

그가 견딜 수 없는 통증에 시달리며 달리 손쓸 방도를 찾지 못하고 있던 차에 순욱이 정확한 처방을 내려주었던 것이다. 그의 처방은 탁월한 효험을 나타내면서 조조의 머릿속에 들어와 뇌를 쪼아대던 고약한 새를 멀리 날려버렸다.

순욱의 처방이란 바로 종군을 지원하여 흑산적黑山賊을 소탕하는 것이었다.

흑산적은 황건적의 잔여세력이었다. 중평 연간에 장각을 우두머리로 하여 대규모 반란을 일으켰던 황건적은 집중적인 진압으로 섬멸된 지 오래지만 아직도 일부 지역에 그 잔당이 남아 조용히 세력을 키워왔던 것이다. 최근 몇 년 사이에 이들 도적들의 세력이 커지면서 끊임없이 관부를 공격하는 등 맹렬한 기세를 과시하고 있었다. 황하의 북쪽 박릉博陵 지역에는 장우각張牛角이 터를 잡고 있었고, 상산常山에는 저비연褚飛燕이 근거지를 확보하고 있었으며, 이외에도 황용黃龍과 좌교左校, 우저근于氐根, 장백기張白旗, 좌자장팔左髭丈八, 유석劉石, 뇌공雷公, 부운浮雲, 백작白雀, 양풍揚風, 우독于毒, 백요白繞, 규고硅固 등의 우두머리들이 일정한 세력을 갖추고 있었다. 그들을 따르는 무리들은 많게는 2~3만 명이었고, 적게는 6~7천에 달했다. 이 가운데 장우각과 저비연이 이끄는 무리가 가장 강대한 세력을 형성하고 있었으나 장우각이 죽자 그를 따르던 무리들이 모두 저비연과 봉비연奉飛燕을 새로운 우두머리로 삼았다. 저비연은 장우각을 기념하기 위해 자신의 성을 장씨로 바꾸었다. 그 뒤로 상산과 조군趙郡, 중산中山, 상당上黨, 하내河內 등지의 산간지역에 숨어 활동하던 모든 우두머리와 장수들이 장비연의 수하로 들어감에 따라 그가 이끄는 병력은 거의 백만에 이르렀고, 이때부터 자신들을 '흑산적'이라 부르기 시작했다.

이해 여름이 지나고 가을이 찾아올 무렵, 즉 원소가 기주목의 인수를 받아 공손찬과 일전을 벌이려 할 즈음, 흑산적의 세 우두머리인 우독과 백요, 규고 등이 갑자기 10여 만의 병력을 이끌고 위군魏郡(업성鄴城에 속한 지역-옮긴이)과 동군東郡(복양濮陽에 속한 지역-옮긴이)을 공격하여 동군 태수 왕굉王肱을 대파했다. 왕굉은 원소에게 위급한 상황을 알리면서 지원을 요청하는 동시에 인근 지역의 통령統領들에게도 지원을 호소하게 되었다. 조조 역시 하내에서 왕굉의 편지를 받게 되었다. 그는 편지를 읽고 속으로 생각했다. '군대를 장악하고 있는 자가 나 하나뿐이 아니고 또한 왕굉과 나는 친구 사이도 아닌데 굳이 출병해야 할 필요가 있는 것일까?' 이때 그는 원소와 공손찬의 관계를 어떻게 해결할 것인가 하는 문제를 놓고 몹시 고민하고 있었다. 특히 원소가 자신의 병력을 이용하여 공손찬을 공격하려 할지도 모른다는 생각 때문에 두통에 시달리고 있었던 것이다. 그는 지원을 요청하는 왕굉의 편지를 탁자 위에 내버려둔 채 더 이상 생각하지 않기로 마음먹었다.

마침 탁자 옆에 앉아 있던 순욱이 그 편지를 가리키며 말했다.

"주공께서는 어째서 흑산적을 이용하여 이 문제를 해결하려 하지 않으십니까?"

이 말에 조조는 불꽃이 탁탁 튀는 것처럼 마음이 움직였지만 이내 수그러들고 말았다. 그는 도대체 이 일이 흑산적과 무슨 관련이 있다는 것인지 잘 이해가 가지 않았다.

순욱이 설명하여 말했다.

"주공께서는 지금 기주 땅에 주둔하고 있고 원소의 지휘와 통제를 받고 계십니다. 따라서 실제로는 원소의 군대라 할 수 있지요. 이런 상태에서 어느 날 갑자기 원소가 북쪽에 있는 공손찬을 공격하라는 지시를 내린다면 주공께서는 거절하기 어려우실 겁니다. 이 점을 예견하신다면 원소에게 먼저 지원을 요청하면서 흑산적을 토벌한다는 구실로 몸을 빼는 것이 바람직할 것입니다. 물론 주공께서는 이런 전략이 오히려 주공의 병력에 큰 손실을 가져다주지 않을까 걱정되시겠지만, 사실 이는 사태의 일면만 보는 것입니다. 실제로는 이 일로 인해 주공의 병력을 크게 확대할 수 있고, 심지어 병력이 몇 배로 늘어날 수도 있습니다. 게다가 흑산적을 상대로 승리를 거둔다면 다른 전투에서 이기는 것보다 훨씬 더 큰 수확과 기쁨을 얻으실 수 있을 것입니다."

"아! 그렇소. 그대 말이 맞는 것 같소!"

조조는 갑자기 눈앞이 환해지면서 마음이 확 트이는 느낌이었다. 그는 그 자리에서 병상을 박차고 일어나 손뼉을 치면서 웃는 얼굴로 말했다.

"이는 필시 일거양득의 쾌거가 될 것이오. 그대의 생각대로만 된다면 이 조맹덕이 어찌 기쁘지 않겠소!"

조조는 순욱의 건의를 흔쾌히 받아들이면서 그에게 당장 왕굉에게 동군으로 지원 병력을 보내겠다는 내용의 답장을 쓸 것을 부탁했다. 그러고는 바로 옷을 갈아입고 말을 준비하라고 지시하여 원소에게 지원요청을 하러 갈 채비를 서둘렀다. 이때 옆에 있던 조휴가 그에게 말했다.

"숙부께서는 아직 병중이신데 어찌 말을 타고 가시려 하십니까?"

그는 어리둥절한 표정으로 머리를 긁적이며 말을 받았다.

"참 이상하군. 어째서 머리가 조금도 아프지 않은 거지?"

그러면서 옆에 있던 순욱을 가리키며 환하게 웃는 얼굴로 말했다.

"문약, 그대의 계책이 의원의 처방보다 더 영험한 것 같구려. 머릿속에 있었던 고약한 새는 이미 멀리 날아가 버린 것 같소, 허허허."

'음, 이런 것이 바로 시세를 잘 살펴서 일의 성과를 찾는다는 것일 게야.'

조조가 이런 생각을 하고 있는 동안 어느새 눈앞에 원소의 군영이 보였다.

무릇 일이란 지체해서는 안 되고, 하기로 마음을 먹은 이상 즉시 해치워야 하는 법이었다. 게다가 원소에게 자신의 속마음을 내보이거나 계책을 알게 해서도 안 되었다. 원소는 두뇌회전이 비교적 둔한 편인 데다 사태의 파악이 늦다는 치명적인 약점을 갖고 있었다. 조조의 생각은 원소의 이런 약점을 이용하여 자신의 목적을 이루려는 것이었다.

원소의 군영에 도착한 조조는 말에서 내리자마자 의관을 정제하고 급히 원소의 처소를 향해 걸음을 옮겼다.

2

복양을 공격한 흑산적의 주장은 백요白繞라는 자로, 대장 장비연의 수하에 있으면서 일명 '은장군銀將軍'으로 통했다.

원래 장비연의 수하에는 여섯 명의 장수가 있었는데 각각 서열에 따라 금金, 은銀, 동銅, 철鐵, 주석錫, 흑연鉛 등으로 불렸다. 백요는 은장군으로 여섯 명의 장수들 가운데 두 번째였다.

흑산적의 크고 작은 우두머리들의 이름들 가운데는 실제로 별명이 더 많았다. 예컨대 장비연 또한 체격이 건장하고 힘이 좋은 데다 마치 제비처럼 날래서 장비연이란 이름을 얻게 된 것이고, 좌자장팔은 콧수염이 유난히 길어 약 8척 정도나 되기 때문에 붙여진 이름이었다. 또한 우독은 사람들을 아주 독하게 대한다고 해서 붙여진 이름이었고, 백요는 흰 피부 덕분에 얻게 된 이름이었다. 특히 '요'는 체격이 호리호리하고 유연하여 마치 깃대를 타고 오르는 뱀처럼 부드럽게 타고 올랐다가 또 부드럽게 내려오는 것이 사람을 몹시 어리둥절하게 만든다 하여 붙여진 것이었다.

하루는 백요가 복양성 밖에 있는 자신의 군영에서 술을 한잔 하고 있었다. 그와 자리를 함께 한 자들은 수하에 있는 몇 명의 소두목들과 그를 따르는 여제자들이었다. 이상하게도 백요가 갑자기 연달아 재채기를 하기 시작하더니 욕을 하며 말했다.

"어떤 망할 놈이 나에 대해 수군거리는지 모르겠군! (백요는 남이 자신을 비난할 때 재채기를 하게 된다고 믿고 있었다.)"

그러자 한 소두목이 말했다.

"분명 왕굉이라는 놈일 겁니다. 그놈이 은장군님에 대해 왈가왈부할 때 얼른 붙잡아다 머리를 잘게 조각내버리시지요!"

백요는 잠시 생각에 잠기더니 웃으면서 말했다.

"맞아. 분명 왕굉 그놈일 거야. 그놈이 오늘 정오까지 투항하지 않으면 서문으로 쳐들어가 그놈의 목을 베어 잘게 썰어버리고 말겠다!"

여러 소두목들이 그를 따라 함께 웃으며 일제히 장단을 맞췄다.

"그렇다면 오늘 밤엔 저희들도 복양성안에서 술잔치를 벌일 수 있겠군요! 하하하!"

사실은 방금 백요를 재채기를 하게 만든 사람은 왕굉이 아니라 조조와 순욱이었다. 사실 조조와 순욱은 백요에게 감사해야 마땅했다. 그가 자신들에게 원소와 공손찬 사이의 싸움에 말려들지 않고 조용히 하내를 떠날 수 있는 구실을 마련해주었기 때문이었다. 백요를 크게 대파할 수만 있다면 복양성은 완전히 동군의 차지가 되면서 자신들의 근거지가 될 것이었다. 이때 조조는 이미 원소의 허락을 얻어 군대를 이끌고 황하를 건너 강 남쪽 기슭을 따라 동북 방향으로 서서히 움직이고 있었다. 그에 앞서 정찰대가 이미 복양성의 근교에 도착해 있었다.

복양의 북쪽에는 황하로 가는 옛 길이 있었고, 동쪽에는 새로운 협곡이 있었다. 백요가 이끄는 흑산적은 20만 정도로 알려져 있었으나 실제로는 7, 8만에 불과했고, 이미 복양성 서쪽 부근을 포위하고 있긴 했지만 병력은 주로 서쪽과 남쪽에 집중되어 있었다. 따라서 동쪽과 북쪽의 병력은 상대적으로 적은 편이었다. 복양성 동북쪽은 강이 흐르고 있어서 성을 지키는 쪽의 입장에서는 천연의 요새가 되고 공격자의 입장에서는 천연의 방어선이 되었다. 결국 앞으로의 싸움은 서남쪽에서 전투가 집중될 가능성이 아주 컸다.

초가을이라 농작물들은 아직 무르익지 않아서 밭은 끝없이 푸르게 펼쳐져 있었다. 그러나 어느새 새벽안개가 싹 걷히자 성 위에 있던 보초병들은 끝없이 펼쳐진 초록빛 들판 한가운데 갑자기 여기저기 검은빛과 누런빛이 뒤섞여 있는 것을 발견하게 되었다. 이는 전에 없던 형상들이었다. 그렇다면 땅 속에서 솟아올라온 것이 분명했다. 이 형상들의 정체는 대체 무엇이란 말인가? 보초병들은 모두 들판의 기이한 모습에 현혹되었다. 그러나 잠시 후 떠오르는 해가 모든 것을 분명하게 밝혀주었다. 이 기이한 검은빛과 누런빛의 물체는 팔괘八卦와 오행五行의 상징이 수놓아진 가늘고 긴 깃발들이었다. 북소리와 뿔 나팔 소리를 따라 흑산적의 무리가 논두렁과 밭고랑을 짓밟으며 성문을 향해 새까맣게 몰려오고 있는 것이었다. 이런 사실을 보고 받은 왕굉이 성문에 올라가 이 광경을 내려다볼 무렵에는 이미 들판이 온통 거대한 적의 깃발로 까만 물결을 이루고 있었다.

사시巳時가 넘을 무렵에는 흑산적이 고함을 쳐대며 싸움을 돋우기 시작했다. 왕굉은 적의 세력이 매우 강대한 데 비해 자신의 병력은 턱없이 부족하여 승리할 가능성이 적다는 것을 알면서도 어쩔 수 없이 군장을 갖춰 싸움터로 나갔다. 그가 직접 말을 타고 앞으로 나가자 뇌공雷公이라는 장수와 너덧 명이 회합을 하고 있었고, 백요가 '저주문'을 읽어 내려갔다. 적들은 고함을 치며 뇌공의 기세를 북돋아주었다. 고함소리가 천지를 흔들었다. 왕굉은 겁을 집어먹어 검법이 점차 흐트러지기 시작하더니 상대를 당해내지 못했다. 게다가 이상하게도 그의 말이 다리에 힘이 풀리더니 결국 말에서 떨어지고 말았다. 왕굉은 번쩍거리는 창이 자신을 향해 달려드는 것을 보고는 모든 기대가 물거품처럼 사라지는 절망감에 눈을 질끈 감았다. 하지만 뇌공은 그의 목을 찌르지 않았다. 대신 창으로 왕굉의 투구를 툭툭 치며 큰 소리로 외쳤다.

"얼른 다른 말로 바꿔 타고 나랑 다시 붙어보는 게 어떤가!"

왕굉은 기가 꺾여 되돌아왔지만 바꿔 탈 말이 없었다. 결국 징을 울려 싸움을 끝내고 휴전을 요청하는 수밖에 없었다.

다음날 복양성 성문에는 면전패가 내걸렸다.

흑산적은 의외로 왕굉의 휴전 요구를 순순히 받아들였다. 그들은 성 밖에 군영을 세우고 왕굉이 면전패를 걷고 다시 싸움에 나설 때까지 기다렸다. 그러나 사흘을 기다려도 면전패는 여전히 그 자리에 걸려 있었다. 백요는 자신이 참을 만큼 참았다고 생각하고는 성을 향해 편지를 묶은 화살을 날려 보냈다. 자라처럼 목을 숨기고 있지 말고 사흘 내로 다시 싸움을 하든지 투항을 하든지 하라는 내용이었다. 아울러 투항의 의지가 보이지 않으면, 곧 성을 공격하여 왕굉을 붙잡아다가 모든 사람이 보는 앞에서 머리를 베겠다고 했다. 물론 성안의 백성들에 대해서는 추호도 그들의 이익을 침해하지 않겠다는 약속도 덧붙였다.

그러나 사흘을 더 기다려도 성안에서는 아무런 움직임이 보이지 않았다. 백요가 더 이상 참지 못하고 성을 공격하라는 명령을 내리려 하는 차에 때마침 왕굉의 답신이 당도했다. 왕굉은 백요에게 사흘만 더 말미를 달라면서 사흘 뒤에는 반드시 확실한 답을 주겠다고 말했다. 백요가 허탈한 웃음을 지으며 말했다.

"허허, 기한을 사흘 더 늦춰 달라니!"

그 후로 사흘 동안 왕굉은 눈이 빠지게 지원 병력을 기다렸다.

성 밖에서는 흑산적 병사들이 지루함과 무료함을 참지 못해 황건적의 오랜 전통에 따라 노점을 열거나 백성들의 병을 부적으로 치료해주기도 했다. 혹은 스스로 오락거리를 찾아 '치용희蚩龍戱(용의 가면을 쓰고 연출하는 일종의 샤머니즘 무극─옮긴이)'를 하거나 씨름판을 벌이기도 했다.

그러나 백요는 조조의 군대가 이미 그들의 등 뒤로 서서히 다가와 있다는 사실을 결코 눈치 채지 못했다.

조조가 두통에 시달리고 있을 때, 기주목 원소 또한 골치를 썩고 있었다.

원소가 두통에 시달린 이유는 우선 공손찬이 최근 군사를 이끌고 남하하여 점점 기주 지역으로 파고들어 있어 반하磐河 일대에서 그를 상대로 결전을 치러야 하는 형편이기 때문이었다. 이 밖에 흑산적과 청주 황건적이라는 두 무리의 적군도 골칫거리였다. 현재 흑산적의 백요는 이미 복양성을 장악하고 동군을 포위한 상태였고, 또 다른 정보에 따르면 청주 황건적 역시 하북 쪽으로 이동하면서 흑산적과 합세하려는 형국이었다. 만일 이 두 대오가 협공을 벌인다면 기주 지역은 풍전등화의 불안한 처지에 놓이게 될 것이 분명했다. 원소는 며칠 동안이나 참모들과 이 일에 대한 대책을 논의했다. 때마침 조조가 스스로 종군을 지원하여 복양성을 지키고 있는 왕굉에게 가겠다고 하자 원소는 크게 기뻐하며 그 자리에서 허락했던 것이다.

단단히 준비를 갖춰 이틀 후에 하내를 출발한 조조는 서둘러 복양으로 향했다.

조조는 이미 정찰부대로부터 백요의 부대에 대한 모든 상황을 보고받은 상태였다. 심지어 백요에게 아름다운 여제자들이 있고 그녀들은 충성심이 보통이 아니며 특히 그 가운데 어아魚兒라는 여제자가 대단히 요염

하다고 사실까지 들어 알고 있었다. 조조가 이런 정보를 얻는 것은 식은 죽 먹기였다. 조조는 순욱과 함께 계책을 논의한 후 8천 명의 병력을 셋으로 나눠 한 대는 하후돈이 이끌고 동남쪽에 있는 신구강新溝江을 건너 백요의 배후로 가서 수수와 버드나무가 무성한 곳에 매복하게 했고, 또 한 대는 자신이 직접 이끌고 복양에서 서남쪽으로 5~6리 정도 떨어진 지점에서 백요 병력의 퇴로를 차단하기로 했다. 나머지 한 대는 조홍이 인솔하여 신구강 상류 지역을 점령한 다음 풀과 흙을 섞어 물막이 시설을 갖추도록 지시했다.

조조 군대의 모든 움직임은 밤새 이루어졌기 때문에 귀신조차도 감지하지 못했다. 하후돈의 군대가 신구강에 도착했을 때쯤 상류 지역에서는 이미 물막이가 완성되어 있었기 때문에 장사병들은 복사뼈에도 미치지 않는 깊이의 강을 쉽게 건널 수 있었다. 물속에서 물고기들이 뛰어오르는 것을 볼 수 있을 정도였다. 그러나 그곳으로부터 열 걸음도 채 안 되는 곳에 백요의 군사들이 잠을 자고 있으리라고는 생각지도 못했다. 뇌공의 천둥 같은 코 고는 소리가 하후돈의 귓가에 선명하게 들려왔다. 하후돈은 재빨리 주변을 포위했다.

이어서 하후돈은 강기슭에서 포를 쏘아 포성으로 뇌공을 깨웠다. 잠이 덜 깨 정신이 혼미했던 그는 자기편에서 울려대는 포성인 줄로 착각하고는 포성이 어째 신통치 않다고까지 생각했다. 두 번째 포성에 이어 세 번째 포성이 울리자 그는 그제야 적군이 가까이에 와 있다는 것을 깨달았다. 그러나 그는 당황하여 정신이 없는 상태였다. '대관절 어디에서 온 군대란 말인가? 설마 하늘에서 떨어진 건 아니겠지?'

뇌공의 병력은 약 1만 명 정도였고, 하후돈의 군대는 2천 명을 넘지 않았다. 하지만 어두운 밤이라 뇌공은 적군의 수를 자신의 군대보다 훨씬 많게 보았고, 사기충천하여 대단히 용맹한 기세를 보이고 있다고 판단했다. 뇌공은 하후돈과 교전을 시작하자마자 적군이 사용하는 창이 아주 무겁다는 것을 발견하게 되었다. 왕굉의 검처럼 가볍고 무력하지 않았던 것이다. 몇 차례 교전을 벌이면서 뇌공은 점차 힘이 부치는 것을 느꼈다. 자신의 이런 허점이 드러나자 그는 큰 소리로 외쳤다.

"모두 후퇴하라! 후퇴하라!"

그는 말에 올라 황급히 복양성 서남쪽에 있는 백요의 군영으로 적군을 유인했다. 하후돈도 말을 멈추지 않고 그의 뒤를 쫓았고, 이런 혼전 과정에서 뇌공의 군사 1천여 명이 죽거나 부상했다.

복양성 서남쪽에서는 백요와 조조가 하후돈이 신호를 위해 쏜 포성을 동시에 들었다. 백요가 몸을 일으키자 시중을 들던 3명의 여제자들이 그에게 갑옷을 입혀주었다. 눈 깜짝할 사이에 여제자 가운데 한 명이 군기를 들고 또 한 명은 인수를 챙겼으며 나머지 한 명은 보검을 들었다. 백요는 자신의 삼지창을 들고 여제자들과 함께 군영을 나섰다. 그제야 보초병이 북을 치고 나팔을 불어대면서 신호를 보냈다. 풍등風燈과 햇불이 비추는 가운데 백요의 군사들은 대오를 정리했다. 이들은 복장도 통일되어 있지 않아 제각각인 데다 무기 또한 가지각색이라 얼핏 보면 무력한 오합지졸 같았지만 그 수가 개미 떼처럼 많아 함부로 무시할 수 없었다. 백요의 여제자들이 나무로 된 높은 단에 올라가 계속 깃발을 흔들어대자 개미떼 같은 병사들이 마치 파도가 밀려가는 것처럼 쏴아 하고 용솟음쳐 나가다가 흐름을 돌리자 서서히 진형이 갖춰지기 시작했다.

이때 하후돈은 이미 뇌공에 대한 추격을 멈추고 지름길로 가로질러 백요의 군영에 거의 도착해 있었다. 그는 곧장 백요의 군대를 공격하지 않고 조조가 사전에 지시한 대로 군사들을 배치하는 한편, 부하들에게 강기슭을 차지하고 궁수들을 세워 방어 태세를 취하도록 명령했다.

백요는 군영 밖에서 공격해오는 적군의 수가 형편없이 적은 것을 보고는 조금 이상하다는 생각이 들었다. 그는 속으로 생각했다. '이 정도의 군사로 감히 나를 건드린단 말인가? 정말 그렇다면 이는 호랑이 입에 제 발로 걸어 들어오는 셈이다.'

그는 곧 큰 소리로 외쳤다.

"게 누구냐? 이름을 밝혀라!"

건너편에서 대답하는 소리가 들렸다.

"조조 장군의 부하 하후돈이다!"

백요는 크게 실망한 듯 다시 물었다.

"조조는 어디 있나? 그는 왜 오지 않았는가?"

하후돈이 대답했다.

"그게 궁금하거든 뒤를 돌아보시구려!"

백요가 고개를 돌려 뒤를 바라보니 서남쪽 방향에서 포성이 들리면서 일시에 거대한 불길이 치솟는 것이었다. 그리고 그 불길 속에서 붉은색 도포를 입고 백마를 탄 장수 하나가 채찍을 휘두르며 곧장 앞으로 달려오고 있었다. 순간 그는 그 장수가 바로 조조임을 알아차렸다.

과연 조조였다. 그는 채찍으로 백요를 가리키며 소리쳤다.

"백요, 네놈이 어찌 감히 군사들을 규합하여 천자의 조정에 반기를 드는 것인가? 당장 투항하지 않는다면 목숨이 온전치 못할 것이다!"

백요가 말을 받았다.

"조조, 나는 일찍이 그대가 동탁을 살해하려 했다는 얘기를 듣고는 매우 탄복하며 대장부답다고 여겼소. 사실 나는 복양을 공격해 왕굉의 목을 베려고 하는 것뿐이지 결코 그대와 맞서고 싶지 않소. 그러니 어서 군대를 물려주시오. 내가 복양성을 점령하고 나면 술을 한 잔 대접해드리겠소."

조조가 말했다.

"네놈이 투항하지 않아 그런 호의를 냉정하게 외면한다 해도 언짢게 생각지 말라."

이어서 그는 좌우의 장령들을 향해 물었다.

"누가 나가서 백요와 겨뤄보겠는가?"

옆에 있던 악진이 대답했다.

"신이 나가 백요의 목을 베어다 주공께 바치겠습니다."

말을 마치자마자 그는 고리 모양의 창을 들고 적진을 향해 달려 나갔다. 백요의 진영에서는 석첨石詹이라는 장수가 나섰다. 석첨은 수십 차례 창과 칼을 부딪치며 싸워보고 나서는 자신이 악진의 상대가 되지 못한다는 사실을 깨닫는 순간 결국 창에 찔려 낙마하고 말았다. 이에 대노한 백요가 직접 말을 타고 쌍검을 휘두르며 악진을 향해 돌진했다. 이때 양쪽 진영에서는 북을 치고 소리를 질러대며 두 장수의 기세를 북돋아주었다. 특히 백요의 여제자들은 날카로운 목소리로 천지가 울릴 정도로 소리를 질러댔다. 이에 힘을 얻은 백요는 더욱 기세등등하고 용맹한 기세를 보였다. 반면에 악진은 여자들의 목소리에 당황한 나머지 창술이 원래의 모습을 잃고 흐트러지면서 계속 뒤로 밀려났다.

악진에게 승산이 없음을 간파한 조조는 깃발을 휘둘러 대오를 지휘하면서 일사분란하게 부저진釜底陣을 펼쳤다. 이 진의 특징은 앞뒤를 횡으로 삼고 중앙을 종으로 하여 4개의 날개를 펼침으로써 서로를 지원하기에 유리했다. 특히 초목이 무성한 들판에서의 전투에 적합한 진법이었다. 조조는 중과부적인 상황에서 특히 밤에 전투를 할 때는 대오를 유지하는 것이 가장 중요하다는 점을 모르지 않았다. 이번 전투는 얼마 전에 그가 짧은 기간 동안 군대를 훈련한 결과를 시험할 수 있는 좋은 기회이기도 했다.

조조의 군대와 비교하면, 백요의 군대가 수적으로는 월등히 우세하긴 하지만 제대로 된 훈련을 받지 않아 기강이 문란하고 산만한 농민군이었다. 이들은 전투력이 약해 일단 싸움이 시작되면 병사들 스스로 겁을 집어먹고 당황할 것이 분명했다. 결국 이들은 조조의 정예부대가 순식간에 기습공격을 가하자 혼비백산하며 이리저리 흩어졌다. 이때 하후돈이 이끄는 군사들은 뒤에서 달아나는 적병을 추격하여 사살했고, 궁수들은 일제히 백요의 군영을 향해 집중적으로 화살을 퍼부었다. 이렇게 싸우다 보니 어느새 어둠이 걷히면서 시야가 선명해지기 시작했다. 하후돈은 문득 백요의 군영에 걸려 있는 커다란 깃발을 발견했다. 피웅 하는 소리와 함께 화살 하나가 날아가 깃발에 명중했다. 이에 적병들은 당황한 나머지 이리저리 도망치다가 자기들끼리 서로 밟고 넘어졌다. 백요의 여제자들이 어떻게든 기를 흔들어 군령을 내리려고 애써 보았지만 아무런 소용이 없었다.

이때 갑자기 복양성의 서문과 남문이 동시에 열리면서 왕굉이 도성에 있던 군사들을 이끌고 돌진해 나왔다. 비록 적은 수의 병력에 불과했지만, 일단 싸움에 나서자 백요의 목숨을 위협하기에 충분했다. 백요는 하는 수 없이 싸움을 포기하고 패잔병들로 이루어진 소용돌이 사이를 물결 치듯 표류하면서 동북쪽으로 퇴각했다.

백요의 패잔병 수만 명은 신구강으로 후퇴했다. 조조는 원래, 이때 상 류에 있던 조홍이 물막이를 허무는 동시에 뒤에서 이들을 사살하면서 추 격함으로써 수많은 흑산적 병사들을 전부 물고기 밥으로 만든다는 계획 을 세웠다. 이는 대단히 웅대하면서도 잔인한 계책이었다. 이 계책 하나 로 큰 강을 사이에 두고 줄곧 우환이 되어 왔던 흑산적을 완전히 소탕할 수 있고, 동시에 조조로서는 조정에 큰 공훈을 세울 수도 있었다. 이런 계 책을 구상하고 확정할 당시만 해도 몹시 흥분했던 조조가 막상 실행에 옮 겨야 할 순간이 되자 왠지 고민하면서 주저하는 모습을 보였다. 그러더 니 그는 갑자기 조홍을 향해 황급히 명을 내렸다.

"아직 상류의 물막이를 허물지 말라!"

그런 다음 조조는 순욱을 보내 자신을 대신하여 백요와 담판을 벌이게 했다. 백요와 그 무리들이 무기를 버리고 투항하기만 하면 신구강을 통 해 도망갈 수 있도록 해줄 것이나 그렇지 않을 경우, 과거 유수灘水의 전 역에서 비참하게 죽은 용저龍且(초나라의 장수-옮긴이)가 바로 오늘 백요 의 모습이 될 것이라는 최후통첩을 보낸 것이었다.

그러나 담판은 실패했고, 백요는 끝까지 혈전을 계속하겠다는 의사를 밝혀왔다.

이때 백요의 무리 가운데 약 5, 6만 명 정도 되는 병력이 강물 속으로 들어갔다. 강 양쪽의 암벽에는 궁수들이 일렬로 늘어서 활을 겨누고 있 었다. 궁수들은 한 번에 3개 이상의 활을 쏠 수 있는데다 하나같이 백발 백중의 명사수들이었다. 궁수들 뒤로도 각종 무기로 무장한 군사들이 적이 도망칠 수 있는 모든 퇴로를 봉쇄한 채 철통같이 지키고 있었다. 헤엄을 잘 치고 신체가 건장하여 다행히 암벽에 올라선다 하더라도 암벽 위에 있는 이 수많은 병기들을 피할 수 없었다.

이날 해는 특히 더 늦게 떠오르는 것 같았다. 동쪽 하늘의 구름은 일찌감치 붉게 물들어가고 있었지만 해는 여전히 꾸물거리며 모습을 나타내지 않고 있었다.

이 길고 긴 새벽에 5, 6만 명의 병사들이 미꾸라지처럼 강물 속에서 서로 밀치고 부대끼면서 숨도 제대로 쉬지 못하고 있는 지경인데도 백요는 여전히 투항을 거부하고 있었다. 그는 여전히 뇌공 등 몇몇 장군들과 함께 마지막 저항을 논의하고 있었다. 하지만 그들의 눈빛에 담긴 죽음에 대한 두려움은 감출 수 없었다.

또 얼마 동안 기다림이 계속되는 가운데 동군 태수 왕굉이 더 참지 못하고 조조에게 재촉하여 말했다.

"조 장군, 아무래도 적군은 투항하지 않을 것 같습니다. 제 생각에는 당장 물막이를 터뜨려야 할 것 같습니다."

조조는 불만 섞인 눈빛으로 그를 바라보며 말했다.

"뭐가 그리 급하시오? 장군이 이렇게 조급해해서야 어떻게 저런 도적들을 막을 수 있겠소!"

왕굉을 호되게 나무란 조조는 자신이 직접 백요와 담판을 벌여야겠다고 마음먹었다. 그는 말을 타고 강기슭으로 다가가 큰 소리로 외쳤다.

"백 장군은 어서 나오시오. 나 조조가 그대와 할 이야기가 있소."

이때 강줄기가 한동안 왁자지껄하더니 사람이 두 갈래로 갈라지면서 길을 만들자 대춧빛 말을 탄 백요가 모습을 드러냈다. 조조는 그의 모습을 자세히 뜯어보았다. 백요는 이미 몸 여러 군데에 상처를 입은 상태였고, 상처는 옷 조각으로 아무렇게나 동여매어 있었다. 머리의 두건에도 혈흔이 묻어 있었다.

백요는 강기슭으로 말을 달려 나와 말했다.

"조조, 난 그대에게 할 얘기가 없소. 우리는 절대로 투항하지 않을 것이오!"

조조가 말을 받았다.

"백 장군은 투항하지 않고도 이곳을 살아서 빠져나갈 수 있을 것이라 생각하오?"

백요가 말을 받았다.

"그야 두고 봐야 하지 않겠소?"

조조는 더 참지 못하고 화를 내며 욕설을 퍼부었다.

"백요 네 이놈, 사람들에게 멸시받는 악랄한 도적 같으니라고!"

백요도 두 눈을 부릅뜨고 분노에 찬 목소리로 외쳤다.

"조조, 내가 그대를 존중해주었는데, 그대는 어찌 감히 나를 욕보이려는 건가?"

조조가 대답했다.

"내가 네놈을 욕보였다고? 이 어찌 내가 네놈을 욕보인 것이라 할 수 있겠느냐? 온 천하의 모든 사람들이 네놈에게 욕을 해대고 있지 않느냐! 네놈의 그 여제자들도 당연히 네놈에게 욕을 퍼붓고 있을 게다!"

백요가 격분하며 말을 받았다.

"누가 감히 나를 욕한단 말이냐? 무슨 이유로?"

"이처럼 많은 사람들이 네놈을 따르다가 함께 죽어가는데 네놈은 부끄럽지도 않으냐? 이러고도 대장부라 할 수 있겠느냐?"

백요는 순간 정신이 아득해지면서 기가 꺾여 뭐라고 대꾸해야 할지 몰랐다. 잠시 침묵하던 그가 조조에게 물었다.

"그러면 내가 어찌 해야 좋단 말이오?"

조조가 냉소를 지으며 대답했다.

"그야 백 장군의 생각대로 정해야 할 것이오!"

조조는 이 말을 끝으로 그와의 담판을 마무리했다. 그러고는 말머리를 돌려 자신의 진영으로 돌아와 백요의 회답을 기다렸다. 사실 그는 백요가 어떤 대답을 해올지 이미 예상하고 있었다.

약속한 시간이 지나자 뇌공이 백요의 회답을 가지고 왔다.

"백요 장군을 제외한 나머지 모든 장수들은 무기를 버리고 투항할 것이오. 단 조조 장군께서는 반드시 그들을 살려서 각자의 고향으로 되돌려 보내줘야 할 것이오."

조조는 가슴을 쓸어내리며 뇌공에게 물었다.

"나 조조는 흑산적 병사들을 단 한 명도 다치게 하지 않을 것이다."

그러고는 다시 물었다.

"그런데 백 장군은? 그는 어찌할 생각인가?"

뇌공이 처량한 목소리로 대답했다.

"그는 과거 초패왕 항우의 전철을 밟아……."

조조는 곧 백요의 뜻을 이해하고는 숙연한 자세로 경의를 표하면서 감탄하여 말했다.

"백 장군은 진정한 영웅임에 틀림이 없구려!"

조조는 자신의 부대에게 어서 길을 열어 흑산적 장수들이 나올 수 있게 하라고 명령했다. 이어서 그는 강물 속에서 오도 가도 못하고 있던 수많은 병사들이 강가로 나와 모두 무릎을 꿇고 자신들의 수령이었던 백요를 향해 마지막 예를 올리는 모습을 지켜보았다. 병사들은 너무 슬픈 나머지 울음소리조차 제대로 낼 수 없었다.

조조는 또 온몸이 피와 진흙으로 범벅이 된 흑산적 장수들이 풀이 죽어 절벽을 기어오르는 모습을 발견했다. 그들은 무기를 버리고 각자 몸을 돌려 자신들의 수령을 바라보다가 서서히 그의 시야에서 멀어졌다. 마치 물이 땅 속으로 스며드는 것처럼 자취를 감추고 말았다.

조조가 다시 강물 속을 바라보니 약 2백여 명의 병사들이 가까이에서 백요를 둘러싸고 있었다. 보아하니 그와 마지막을 함께 하려는 것 같았다. 조조를 더욱 놀라게 한 것은 그들 가운데 절반 이상이 여인들이라는 사실이었다. 대부분 곱게 빗은 머리를 하늘을 향해 높이 틀어 올린 젊은 여인들로서 용모 또한 빼어났다. 특히 백요를 위해 검을 차고 옥새와 깃발을 들고 있는 세 여인은 탄복을 자아낼 정도로 아름다워 두메 산간의 농가에서 온 여인들이라는 사실이 믿어지지 않을 정도였다. 조조는 문득 백요가 부럽기도 했다.

"아하, 백요는 과연 복이 있는 인물이로구나!"

길게 탄성을 내뱉은 조조는 곧 명령을 내렸다.

"물막이를 허물어라!"

그러자 막혀 있던 물꼬가 터지면서 엄청난 물살이 흘러내려와 순식간에 강물 속에 있던 2백여 명의 흑산적들을 삼켜버렸다. 그들은 큰 강으로 떠내려갔고, 다시 바다로 흘러갔다.

3

흑산적 백요가 복양에서 대패하였다는 소식은 기주까지 전해졌다. 이 소식을 들은 원소는 기쁨을 감추지 못했다. 그는 즉시 왕굉을 파직하고 자연스럽게 조조를 동군 태수로 천거했다. 그는 이번 조조의 쾌거 덕분에 기주의 남쪽 대문을 지킬 수 있었을 뿐만 아니라 동군을 도약의 발판으로 삼아 자신의 세력을 황하 이남까지 확장하게 되었고, 기주와 청주靑州, 연주兗州를 하나로 묶어 황하의 중하류 지역까지 모두 자신의 세력 범위 아래에 두게 되었다고 생각했다.

물론 조조는 원소보다 더 크게 기뻐했다. 이날부터 그는 마침내 발붙일 곳이 생겼기 때문이었다. 자신이 차지한 이 땅에서 그는 훗날을 도모할 수 있을 것이다. 적어도 이제는 원소가 어떤 책략을 제시하더라도 마음껏 무시할 수 있었다.

조조는 동군 태수의 옥새를 건네받자마자 복양성에서 동무양東武陽(지금의 산동성 신현莘縣 남부)으로 거처를 옮겼다. 이리하여 '황하의 남쪽을 경영하여 새로운 변화를 기대한다'는 원대한 포부를 갖게 되었다.

이 포부는 포신이 조조에게 건의한 책략이었다. 포신은 형양에서의 전투 이후 줄곧 태산의 고향집에서 상처를 치료하고 있었는데, 근자에는 건강이 많이 회복된 상태였다. 조조의 친한 친구인 포신은 병상에서도 시국을 걱정하고 있었고 한시도 조조의 대업을 잊지 않고 있었던 것이다. 얼마 전, 포신이 조조에게 한 통의 편지를 보내왔다. 편지에는 이런 글이 적혀 있었다.

간신배들이 전횡을 일삼아 왕실을 어지럽힐 때 영웅들이 들고 일어나 천하에 호응하는 것이 바로 '의義'라고 생각합니다. 이제 원소가 맹주가 되었으나 권력을 농단하고 스스로 분란을 자초할 것이니 이는 동탁과 다름이 없습니다. 그를 힘으로 제압할 수도 없고 그랬다가는 어려움에 부딪히게 될 뿐이니 달리 방법이 없을 것입니다. 차라리 황하의 남쪽을 잘 경영하시면서 새로운 변화를 기대하시는 것이 좋을 듯합니다.

조조는 이 편지를 3번이나 읽었다. 편지를 다 읽고 난 그는 탄복하여 말했다.

"포군은 시국을 살피는 탁월한 선견지명을 갖고 있군. 이야말로 원대하고 값진 식견이 아닐 수 없다."

이때부터 조조는 포신의 건의를 받아들여 관심을 하내에서 남쪽 지역으로 돌렸다가 다시 연주 지역을 주시하게 되었다.

조조는 동군에서 동무양으로 거처를 옮기고 얼마 지나지 않아 포신을 제북상濟北相으로 천거했다. 이는 포신에 대한 일종의 보답이었다. 더욱 중요한 것은 제북국과 동군이 모두 연주에 속해 있기 때문에 나중에 두 사람이 멀리서나마 얼마든지 직권을 이용하여 서로 호응할 수 있다는 사실이었다. 결국 조조는 동군의 주인이 된 그날부터 연주 지역 전체를 손아귀에 넣을 것을 염두에 두고 있었던 것이다.

제12장
연주에 터를 잡다

1

초평初平 3년 늦은 봄, 도성 낙양에서는 동탁을 주살하려고 음모를 꾸미는 반동탁 연맹이 은밀히 형성되고 있었다. 이 무리의 핵심인물인 사도 왕윤과 동탁의 수양아들 여포는 보름 뒤에 천하에 이름을 크게 떨치게 된다. 또한 그들이 동탁을 모살한 사건도 후세 문인들에 의해 널리 역사에 전해지게 된다.

이 늦은 봄 어느 날 밤, 왕윤은 지팡이를 짚고 등나물 덩굴 아래를 맴돌며 속으로 '연환계連環計'를 꾸미고 있었다. 같은 시각에 조조는 동군에서 연주 자사의 자리를 넘보며 청주의 황건적을 일망타진할 중대한 군사계획을 구상하고 있었다.

어느새 달빛이 교교하게 비치고 있었다. 조조는 늦은 봄 밤바람의 포근한 느낌을 기억하고 있었다. 동군 관저의 후당 앞에 세워진 누대에 앉아 있자니 이따금씩 향기로운 꽃 냄새가 바람에 실려 왔다. 그의 맞은편에는 성이 진陳이요 이름이 궁宮이며 자가 공대公臺인 동군 출신의 선비가 앉아 있었다. 두 사람은 이 지역의 현황에 대해 얘기를 나누고 있었다. 희미하게 보이는 화원과 나무 그림자 뒤로 조조의 두 부인이 모습을 드러냈다. 정씨는 이제 갓 3살이 된 조창曹彰을 팔에 안고 있었고, 변씨는 아직 베개만한 몸이 포대기에 폭 싸인 조식을 품에 안고 있었다. 두 사람이 고개를 들어 하늘을 우러러보는 것이 마치 견우성과 직녀성에 대한 이야기를 주고받고 있는 것 같았다. 바로 이때 다급한 말발굽 소리가 고즈넉한 여유를 깨뜨리며 점점 가까이 들려왔다. 조조와 진궁의 대화도 잠시 중단되었다. 잠시 후 온몸이 땀에 젖은 채 연주에서 온 사신이 포신의 편지를 조조의 손에 건네주었다.

조조는 황급히 등잔의 심지를 높이고 편지를 읽어 내려갔다. 몇 줄을 읽어 내려간 그는 놀라움을 금치 못하며 속으로 깊은 생각에 잠겼다. 포신의 편지에 적힌 내용은 이러했다.

청주 지역의 황건적 잔당 1백만이 연주 경내로 쳐들어왔고, 임성국의 재상 정수鄭遂가 과녁이 되어 이들 도적 떼에게 죽임을 당하는 첫 현급 관원이 되고 말았다. 이틀 뒤에는 또 무염無鹽성이 함락되었다. 연주 자사 유대劉岱가 소식을 듣고 전력을 다해 황건적 토벌에 나섰으나 불행하게도 패하고 말았다. 유대가 전사하면서 그의 수급은 황건적의 팔괘기에 꽂혀 적의 승리를 축하하는 제사의 제물이 되고 말았다.

'아! 유대와 함께 산조酸棗에서 동탁을 없애기로 맹세했던 일이 엊그제 같구나! 그의 표정과 웃음소리가 아직도 눈앞에 생생한데 어느새 머리가 없는 귀신이 되고 말다니!'

이런 생각에 조조는 슬픔을 가눌 수가 없었다. 하지만 이런 슬픔은 이내 온데간데없이 사라졌고 오히려 불행 중 다행이라는 생각이 들었다.

포신이 조조에게 이 편지를 보낸 데는 두 가지 뜻이 있었다. 첫째는 그에게 사태의 다급함을 전하면서 지원을 요청하는 것이었고, 둘째는 지금 당장 출병하여 황건적 토벌에 나서기만 한다면 얼마 전에 흑산적을 대패시킨 것처럼 또 한 번의 승리를 거둘 수 있는 절호의 기회임을 알리려는 것이었다. 이 기회란 무엇을 의미하는 것일까? 편지에는 언급되지 않았지만 눈치 빠른 조조가 이를 모를 리 없었다. 그건 바로 유대가 '남기고 간' 자리를 차지하는 것이었다.

조조가 연주에서 보내온 편지를 진궁에게 보여주자, 그는 그 자리에서 두 눈을 반짝이며 큰 소리로 좋다고 쾌재를 불렀던 것을 기억하고 있었다. 조조는 그의 표정에 담긴 의미를 충분히 짐작하고도 남았지만 짐짓 모른 척했다.

"이처럼 도적들이 창궐하고 있고 유연주마저 그들에게 피살된 상황인데 공께선 어째서 좋다고 쾌재를 부르시는 게요?"

진궁이 곧 정색을 하면서 말을 받았다.

"제가 이처럼 좋아라 하는 것은 오로지 명공을 위해서입니다. 유대가 전사한 이상 연주는 주인 없는 땅이나 다름없습니다. 게다가 이렇게 도적 떼가 창궐하고 있으니 성안의 상황은 위급하기 그지없지요. 제 생각은 명공께서 연주로 입성하셔서 그곳 백성들과 군사들을 이끌고 도적들을 소탕하는 것이 마땅할 듯합니다. 명공께서 허락하신다면 제가 연주로 가서 이 세 치 혀로 치중治中과 별가別駕 등의 관원들을 설득하여 그들에게 직접 연주목의 인수를 들고 명공을 배알하도록 하겠습니다. 명공께서 연주를 얻으시기만 하면 이는 곧 천하의 대업을 도모할 수 있는 기반을 얻는 것이나 다름없습니다. 그렇게 되면 군웅들과 중원을 다툴 수 있을 것이며 4, 5년 뒤에는 낙양을 손에 넣으실 수 있을 것입니다! 아니, 하늘에서 명공께 내려주신 이런 천재일우의 기회를 놓쳐서야 되겠습니까?'

진궁의 말에 조조의 가슴이 불처럼 뜨거워졌다. 그의 제안을 따르지 않을 이유가 없었다. 진궁은 한밤중인데도 곧장 말을 달려 연주로 향했다. 그리고 이틀 뒤에는 발길을 재촉하여 다시 동군으로 돌아왔다. 연주의 치중 만잠萬潛과 제북상濟北相 포신도 함께 따라왔다. 연주의 백성들과 관리들을 대표하여 자사의 인수를 가지고 동군을 찾은 이들은 조조에게 연주로 가서 '연주의 정사를 잠시 다스려 줄' 것을 간청했다. 그는 자사 인수를 받던 날 밤, 포신을 집으로 청해 후당 앞에 있는 누대에서 자리를 함께 했던 순간을 아직도 기억하고 있다.

달빛은 지금처럼 맑았고 바람도 더 없이 포근했다. 그 자리에서 문경지교刎頸之交(죽고 살기를 같이 하여 목이 떨어져도 변치 않을 만큼 가까운 우정─옮긴이)를 맺은 두 사람은 서로 손을 굳게 맞잡은 채 오랫동안 놓지 않았다. 산보다 높고 바다보다 넓은 포신의 은혜를 언제나 갚을 수 있을까?

상황의 긴박함을 고려한 조조는 다음날 곧바로 군사를 거느리고 연주로 가서 자사로 부임하기로 했다. 가는 길에 그는 치밀하게 전략을 구상하기 시작했다. 그는 우선 수장壽張성 밖에서 황건적에게 치명적인 타격을 안겨주리라 마음먹었다. 하지만 일은 정반대로 전개되고 말았다. 성급한 공격으로 전선에 도착한 첫날부터 치명적인 손실을 입은 데다 그와 문경지교를 맺은 포신이 애써 그를 보호하다 결국 전사하고 말았던 것이다.

그날 밤 조조는 포신과 함께 보병과 기병 8백 명을 이끌고 무염성 교외에 도착해 지형을 살피고 있었다.

그들은 문하汶河 기슭을 따라 동쪽에서 서쪽으로 이동하면서 천천히 수장성을 향해 접근하고 있었다. 수장성은 황건적에 의해 완전히 포위된 상태였다. 멀리서 바라보니 도처에 모닥불이 반딧불처럼 반짝반짝 빛나고 있었다. 그곳이 바로 황건적이 진을 치고 있는 자리였다.

포신은 조조에게 청주에서 온 황건적의 수령이 이른바 '거수渠帥'라 불리는 경릉耿凌이라는 자라고 알려주었다. 거수의 수하에는 소장군 여러 명이 있었고 이들은 각각 적게는 5천 명에서 많게는 1만 명에 이르는 병력을 거느리고 있었다. '방方'이라 불리는 이 무리는 각 군현에서 자발적으로 몰려온 유민들로 구성되어 있었다. 방마다 형제나 부자들이 수두룩했다. 수많은 가정으로 이루어진 군대나 다름없었다. 혹자는 그들을 황충蝗蟲(메뚜기의 일종—옮긴이) 떼에 비유하기도 했다. 머리에 두른 누런 두건 즉, 황건은 황충과 비슷했고 행동도 별반 다르지 않았다. 늦은 봄을 지나 초여름에 가까운 보릿고개가 되면 황충 떼와 같은 황건적들은 가는 곳마다 먹을 것을 깨끗이 쓸어가 피난민 무리를 방불케 했다. 청주에는 얻을 것이 별로 없는 데다 자사 장홍臧洪의 공격이 거세지자 이들은 다시 방향을 바꿔 우르르 연주를 향해 몰려온 것이었다.

포신의 말에는 복합적인 뜻이 숨어 있었다. 그러나 그 깊은 뜻을 미처 소상히 밝히기도 전에 그들은 적군과 맞닥뜨렸다.

제수濟水 기슭에 다다르자 곧 작은 습지가 나타났다. 갑자기 갈대숲에서 한 무리의 새가 날개를 부산스럽게 퍼덕이며 하늘로 날아올랐다. 포신은 갑자기 말을 멈췄다. 날아오른 새들이 떼를 지어 자욱한 안개 속으로 사라지는 모습을 유심히 바라보던 그가 갑자기 조조에게 물었다.

"보병은 어찌 되었습니까? 보병이 따라오는 것을 못 본 것 같군요."

그랬다. 보병은 어째서 낙오된 것일까?

한밤중에, 그것도 적의 진지와 가까운 지역에서 수적으로 월등히 우세한 적군과 맞닥뜨린 데다 보병과 기병이 뒤쳐져 있으니 정말 위태한 상황이 아닐 수 없었다. 이런 상황에서는 두 가지 선택만이 가능했다. 첫째는 기병의 대오를 멈춰 세우고 급히 오던 길로 연락병을 보내 후속 병력과 연락을 취하는 것이고, 둘째는 병력 전체가 방향을 바꿔 오던 길로 돌아감으로써 보병과의 거리를 좁히는 것이었다. 그러나 둘 중의 어느 방법을 취하더라도 이미 때가 늦은 상황이었다. 갑자기 검은 무리들이 갈대숲에서 뛰쳐나왔다.

"누구냐?"

누군가 꽥 소리를 질렀다.

"구기합화九氣合和(아홉 가지 기가 하나로 모여 조화를 이룸 – 옮긴이)! 암호를 대라!"

'구기합화'란 황건적이 신봉하는 《태평경太平經》에 나오는 구절이었다. 만일 조조가 '구인공심九人共心(아홉 사람이 한마음으로 모임 – 옮긴이)'이라고 말을 받았다면 아무 일도 없었을 것이었다. 그러나 아쉽게도 그와 포신은 《태평경》을 읽어본 적이 없었다. 설사 읽어봤다 해도 위급한 순간에 미처 머리에 떠올리지는 못했을 것이다. 맞은편에서 쩌렁쩌렁한 고함소리가 들려왔다.

"적이다! 죽여라!"

곧이어 검은 무리가 몰려왔다.

황건적은 기병과 보병을 합쳐 적어도 5천 명이 넘었다. 저들이 의도적으로 매복해 있었던 것일까 아니면 우연히 마주친 것일까? 자초지종을 따질 틈도 없이 조조는 황급히 전투에 임해야 했다. 그는 도적들이 갈대숲에서 떼를 지어 몰려나오는 것을 바라보고 있었다. 머리에 동인 누런 두건은 어둠 속에서 더욱 확실하게 눈에 들어와 자연스럽게 적군과 아군을 구분할 수 있었다.

전투는 처음부터 매우 치열했다. 북을 치거나 나팔을 불지는 않았다. 심지어 외침소리도 거의 들리지 않았다. 하지만 칼날이 부딪치는 소리와 숨을 가쁘게 몰아쉬는 소리, 비명소리가 너무도 생생하게 들려왔다. 깃발이 휘날리지도 않았고 서로의 얼굴을 자세히 들여다 볼 수도 없었다. 도처에 뿌려지는 붉은 피도 볼 수 없었다. 그러나 어둠 속에서 칼날의 푸른빛은 더욱 선명했고 병장기가 부딪칠 때 생기는 불꽃은 더더욱 화려해 보는 이들의 간담을 서늘하게 했다.

조조는 혼자서 6명의 기병과 고군분투하고 있었다. 그 가운데 낭아봉狼牙棒(늑대의 이빨처럼 생긴 몽둥이 – 옮긴이)을 휘두르는 자가 유난히 거세고 사나웠다. 몽둥이를 휘두를 때마다 휘익 하고 바람소리가 들렸다. 한 번은 이 몽둥이가 조조의 얼굴을 내려칠 뻔했지만 조조가 재빨리 얼굴을 돌려 간신히 공격을 피할 수 있었다. 바로 이때 포신이 곁에서 큰 소리로 외쳤다.

"형님! 이 자는 제가 막을 테니 형님은 얼른 피하십시오!"

조조가 대답했다.

"아니다! 내가 어찌 너를 두고 혼자 도망가겠느냐! 죽으려면 같이 싸우다 죽어야지!"

포신이 다시 한 번 소리를 질렀다.

"형님은 대장군이니 여기서 죽어선 안 됩니다. 얼른 피하십시오. 꾸물거릴 시간이 없습니다."

곧 포신은 결사대 1백여 명을 이끌고 적군을 상대로 죽기로 싸워 이들을 막아냈다. 이리하여 조조는 적군이 아군을 완전히 포위하기 전에 좁은 지류를 통해 도망칠 수 있었다.

도망치면서 조조는 고개를 돌려 뒤를 바라보았다. 포신은 창 하나로 병장기 8, 9개를 막아내고 있었다. 병기가 부딪치며 튀어 오른 불꽃이 무수한 화환이 되어 화려하게 그를 둘러싸고 하늘하늘 춤을 추고 있었다.

이튿날 조조는 전장에서 포신의 유골을 찾아냈으나 머리는 보이지 않았다. 적군들이 포상을 받기 위해 수급을 베어내 가져간 것 같았다. 다행히 가슴과 등에 있는 흉터 덕분에 포신의 시신임을 알아낼 수 있었다. 그는 이 흉터에 너무 익숙했다. 수일 전 연주에서 포신을 만났을 때 두 사람은 형양에 있을 때의 일들을 회상했다. 조조는 포신의 몸에 남겨진 흉터가 보고 싶다고 우겼다. 포신이 하는 수없이 가슴을 열고 그에게 보여주자 조조는 그의 몸에 난 흉터들을 어루만지며 말했다.

"자네의 이 많은 상처들이 다 나 때문에 생긴 거로군."

포신이 오히려 그를 위로하며 말을 받았다.

"이깟 상처가 뭐 그리 대단합니까? 사내대장부가 이 세상에 태어난 이상 마원馬援의 말대로 '변방의 싸움터에서 죽어야 하고 말가죽으로 시체를 싸가지고 돌아와 장사를 지내는 것'이 마땅하지요."

아하! 그의 말이 아직도 귓가에 생생한데 이제 사람은 가고 없었다.

조조는 슬피 울다가 '말가죽으로 시체를 싼다'는 말을 떠올리고는 군사들에게 전쟁에서 죽은 군마의 가죽을 벗겨 포신의 시신을 싸게 했다. 그러나 머리는 어떻게 한단 말인가? 하는 수 없이 그는 목수에게 단향목으로 포신의 얼굴을 조각하게 하고 금으로 된 탈을 만들어 그 위에 씌워 머리를 대신하게 한 다음, 후하게 장례를 치러주었다.

어느덧 4월 중순이 되었다. 조조는 무염현과 수장현이 인접해 있는 망원葬原이라는 곳에 영채를 꾸렸다.

조조가 사방을 죽 둘러보니 강기슭에는 풀이 무성했지만 밭에는 밀 이삭이 너무 성기게 자라 있었다. 1백만 명에 달하는 황건적은 여러 갈래로 나뉘어 구름과 하늘이 맞닿은 곳에서부터 모습을 나타내기 시작했다. 그들은 아주 천천히 황충 떼처럼 조조의 진지를 향해 다가오고 있었다. 검정색과 노란색이 섞인 깃발과 누런 두건이 점점 더 선명하게 드러났다. 북소리와 징소리, 호각소리가 띄엄띄엄 때로는 강하게 때로는 약하게 들려왔다. 하지만 황건적은 그 소리에 맞춰 전진하지는 않았다. 그들은 매우 자유롭고 편하게 전진하고 있는 것 같았다. 그들은 밀밭을 빙 돌아 좁은 밭두렁을 힘들게 통과했다. 곡식을 아끼는 농민의 마음이었다.

조조는 자신이 아끼는 백곡을 타고 높은 언덕에 서 있었다. 5만 명에 달하는 조조의 군대는 원추형으로 모진牡陣을 치고 있었다. 그들은 경사진 비탈을 등지고 강을 마주하고 있었다. 황건적의 모든 진지陣地와 일거일동이 조조의 시야를 벗어나지 못했다. 그는 여유 있는 표정으로 황충 떼 같은 도적들이 자신의 발밑을 향해 줄줄이 기어오고 있는 모습을 바라보고 있었다.

황충 떼 같은 황건적은 밀밭과 잡초가 무성한 언덕을 지나 강물 속으로 들어서기 시작했다. 조조 진영의 맨 앞줄에 있는 병사들은 이미 활시위를 팽팽하게 당기고 있는 상태였다. 병사들의 팔뚝에 푸른 정맥이 꿈틀거렸다. 이때 활을 쏘았다면 아마 적들에게 명중했을 것이다. 그러나 아무도 감히 활을 쏘지 못했다. 조조가 전날 〈군령〉과 〈보전령〉을 엄격하게 지키라는 명령을 내리면서 오기吳起가 진秦군과 싸울 때의 일화를 예로 들었기 때문이다. 당시 오기의 군대에는 용맹한 병사가 하나 있었다. 그는 공격나팔이 울리기도 전에 자기 마음대로 적진으로 진격하여 눈 깜짝할 사이에 적병 2명의 수급을 베어가지고 돌아왔다. 이 용사는 자신의 공을 인정받아 포상을 받게 되리라고 기대했지만 오히려 '명령을 어기고 사사로이 움직였다'는 이유로 '참형'을 당하고 말았다.

"아군은 적보다 숫자가 적기 때문에 싸움에 이기려면 반드시 군기와 법령을 엄정하게 지켜야 한다."

이는 《오자병법》에서 '승패는 병력의 수에 달린 것이 아니라 장수의 역량에 달려 있다'는 말과 일맥상통하는 이치였다. 조조는 이러한 역량이야말로 적을 이기는 진리임을 굳게 믿고 있었다.

그는 황건적의 선봉대가 이미 강을 건너 자신의 발밑에 있는 벼랑기슭으로 기어오르는 모습을 지켜보고 있었다. 적군이 떼를 지어 전부 물에 들어선 뒤에야 그는 마침내 활을 쏘라는 명령을 내렸다. 드디어 북소리와 나팔소리가 울려 퍼지고 노란 깃발이 서서히 올라갔다. 팽팽하게 당겨져 있던 활시위가 팽 하는 소리와 함께 느슨해졌다. 화살들은 정확하게 적군의 급소를 찔렀다. 맨 앞에 섰던 도적의 무리들이 순식간에 몸을 숙이며 쓰러졌다. 활을 맞은 자들 가운데는 당황하여 어쩔 줄 모르는 자도 있었고, 서둘러 후퇴하는 자도 있었으며, 계속 기어 올라오는 자들도 있었다. 이때 조조가 진격명령을 내렸다. 북소리가 다시 울리고 노란 깃발이 앞을 향해 나아갔다. 궁수들은 퇴각하여 다시 진중으로 들어와서는 활 대신 창과 검을 집어 들었다. 보병들은 긴 창을 들고서 50명씩 삼각형으로 대열을 이루어 "죽여라!" 하고 고함을 지르며 밑에서 올라오고 있는 적군을 향해 달려 나갔다.

황건적의 첫 공격은 완전한 패배했다. 강바닥에는 황건적의 시체가 쌓였고 강기슭도 온통 시신들로 가득했다. 반시간쯤 지나 황건적은 두 번째 공격을 시도했다. 조조는 여전히 유리한 지세를 이용하여 적군을 격퇴했다.

또다시 반 시간이 지났다. 높은 언덕에 진을 치고 있던 조조는 강 저편에 누런 천으로 지붕을 단 수레가 나타나는 것을 목격했다. 수레 안에는 누런 두건을 머리를 동이고 몸에는 도포를 걸친 한 노인이 수레 가로목을 잡고 서 있었다. 노인의 손에는 아무 병기도 없이 그저 구절장九節杖(아홉 마디로 된 막대기—옮긴이) 하나만 들고 있었다. 조조는 그가 바로 청주 황건적의 우두머리인 경릉임을 알아차렸다. 경릉이 막대기를 위로 들었다가 다시 앞을 가리켰다. 또다시 북소리와 징소리가 울려 퍼지기 시작했다. 1만 명에 달하는 황건적이 뚱뚱하고 무섭게 생긴 한 장수를 따라 소리를 지르며 잡초가 무성한 언덕을 지나 강물 속으로 들어가기 시작했다.

조조는 이 도적은 청백색 말을 타고 손에 낭아봉 2개를 들고 있으며, 군기에는 '북해두北海杜'라는 문양이 수놓인 것을 발견했다. 그가 바로 적군에서 크게 이름을 떨치고 있는 '두대목杜大目'이었다.

조조는 적군의 이번 공격이 특별히 거셀 것임을 예견하고 신변에 있는 조홍과 조인, 악진, 이전 등에게 각각 자신의 군사들을 거느리고 최대한 저항하되 단 한 걸음도 퇴각해서는 안 된다고 단단히 당부했다. 아울러 그는 하후돈과 하후연을 불렀다. 그는 적진의 동남쪽과 동북쪽 두 방향을 가리키며, 두 장군에게 각각 3천 명의 정예기병을 이끌고 좌우 양측으로 적군의 뒤로 들어가 양면에서 공격을 가할 것을 명령했다.

하후돈과 하후연 두 장수가 명령을 받고 물러가자 두대목이 이끄는 황건적은 어느새 강을 건너 비탈을 기어오르기 시작했다. 조조의 군대는 강력한 공격을 퍼부었지만 화살이 얼마 남지 않았기 때문에 두대목의 손실은 그다지 크지 않았다. 두대목은 용맹하게 몽둥이를 휘두르며 군졸들을 거느리고 공격해왔다. 이쪽에서는 조홍이 말을 타고 달려 나가 그를 맞아 격전을 벌였다. 8천 명에 달하는 황건적은 점점 조조의 본진을 향해 접근해왔다. 이윽고 드넓은 벌판에서 치열한 전투가 시작되었다.

두대목은 용감하고 전투에 능했으나 조조군 역시 만만하지 않았다. 게다가 조조의 군대는 질서 정연하여 전혀 틈이 보이지 않았다. 한 시진쯤 지나자 쌍방 모두 다수의 부상자를 냈지만 승부를 가리기 힘들었다.

어느새 해가 지기 시작했다. 조조는 도적의 무리가 이미 기진맥진했다는 것을 알 수 있었다. 그는 아마도 적장 경릉의 투지가 흔들리고 있을 것이며, 머지않아 곧 퇴각명령이 내려질 것이라고 짐작했다. 드디어 그가 기다리고 기다리던 역공의 기회가 찾아왔다. 반격을 알리는 포 소리가 3번 울렸다. 마지막 포 소리가 거의 잦아들 무렵 강 건너편 적진에서 갑자기 나팔소리와 함께 서로 죽이고 죽는 함성소리가 들려왔다. 곧이어 흙먼지가 날리고 깃발이 요동쳤다. 조조는 기병驍兵이라는 별명을 갖고 있는 하후씨 형제의 병력이 적진으로 돌격해 들어갔음을 알았다. 그는 곧바로 명령을 내려 전면적인 반격을 시작했다. 순식간에 조홍과 조인, 악진, 이전의 기병과 보병이 물결처럼 적진을 향해 밀려갔다.

황건적의 진영은 일시에 큰 혼란에 휩싸이면서 전선이 붕괴되기 시작했고 엄청난 부상자와 사망자를 냈다.

청주의 황건적은 수장 전투에서 엄청난 타격을 입었다. 그 뒤로 조조는 여러 차례에 걸쳐 황건적을 기습했고 매번 승리의 기쁨을 맛보았다. 경릉은 수장성에 대한 포위를 풀고 전선을 축소하여 무염현 경계선 쪽으로 물러가는 수밖에 없었다.

조조는 연주의 각 군현에서 예전에 유대와 포신의 수하에 있던 병력을 불러들여 자신의 군대에 편입시키는 동시에 새로운 병사들을 모집했다. 이리하여 그의 군사는 10만에 달하게 되었다. 4월 하순에 그는 무염을 공격하여 청주 황건적을 일망타진하려는 계획을 구상하고 있었다. 그러던 어느 날 경릉이 무염에서 편지 한 통을 보내왔다. 편지의 내용은 이러했다.

군께서 전에 제남濟南에서 신단을 파괴한 행위는 '중황태을中黃太乙'의 도를 높이 든 것과 같은 이치요. 군께서는 이런 도리를 깨우쳤으면서도 어찌 이제 와서 다른 것에 미혹되어 있는 것이오? '한 왕실의 기운'은 이미 쇠했으니 이제 '황가黃家'가 세워져야 마땅할 것이오? 하늘의 큰 기운은 군의 능력으로 거스를 수 있는 것이 아니오. '대도가 하늘을 향해 있으니 각자 제 갈 길을 가는 것'이 마땅할 것이오. 신중히 생각해서 무고한 피를 흘리는 재앙은 막아야 할 것이라 생각하오. 경릉이 삼가 머리를 숙여 알리는 바이오.

편지를 읽고 난 조조는 우습기도 하고 화가 나기도 했다. 그는 마음속

으로 생각했다. '이 도적놈이 나에 대해 너무 잘 알고 있구나!'

그의 말이 틀린 것은 아니었다. 8년 전, 조조가 제남상濟南相으로 있을 때 신단을 부숴 천하를 떠들썩하게 한 일이 있었다. 하지만 그것을 어찌 '신단'이라고 할 수 있겠는가? 그것은 한낱 성양왕城陽王을 모시는 사당에 불과했다. 당시에는 청주의 제후들이 서로 앞 다투어 도처에 사당을 세우는 바람에 그 숫자가 날이 갈수록 늘어나고 있었다. 특히 제남국에는 6백 개가 넘는 사당이 있었고, 그러다 보니 제사를 지내는 기풍도 갈수록 만연했다. 돈과 권세를 가진 자들이 이른바 제사를 이용해 조상의 '공덕'을 기림으로써 자신의 이름과 지위를 높이면서 사람들로부터 재물을 끌어 모으기도 했다. 백성들은 그들의 이런 짓거리들을 뼈에 사무치도록 미워했으나 역대 관원들은 계속해서 모른 척하고 있었다. 그러나 조조는 제남에 부임하자마자 과감하게 이런 사당들을 전부 부숴버리고, 관원들은 물론이요 백성들에게도 다시는 제사를 지내지 못하도록 엄명을 내렸다. 이때부터 제남에는 귀신에 관한 일을 언급하는 사람이 없었다.

조조는 귀신에게 제사를 지내는 것을 금지한 자신의 행동이 황건적들의 눈에 그들이 표방하는 '중황태을' 정신에 부합되는 행위로 비쳐지리라고는 생각지도 못했다. 하지만 그들에게는 조조가 자신들과 같은 도리를 신봉하는 동지와 다름없었다. 경릉은 편지에서 한 왕실의 기운은 이미 쇠했고, 곧 자신들이 숭상하는 '황가'가 세워질 것이니 어서 잘못을 뉘우치고 바른 길로 돌아오라고 조조에게 권유하고 있는 것이었다. 아울러 그렇게 할 생각이 없다면 최소한 자신들의 길을 막지 말아달라고 설득하고 있었다. 다시 말해, 조조에게 군사를 거두고 싸움을 멈출 것을 권고하는 것이었다.

"잠꼬대를 하고 있군!"

조조는 괘씸한 마음이 들어 편지를 땅바닥에 내동댕이쳐 버렸다. 그가 군사를 거둘 리가 없었다. 황건적을 전부 죽여 포신을 위해 복수하겠다고 맹세했던 그가 아니었던가!

조조는 며칠 동안 연달아 적을 교란하기 위한 작전의 일환으로 끊임없이 적진으로 정예기병을 보냈다. 날마다 야밤이면 조조의 정예기병들이 적진 깊숙이 들어가 이곳저곳에 불을 지르고 신호용 포를 울렸고 군기를 몇 개 꺾어놓기도 했다. 이런 기습 공격에 놀란 황건적은 밤낮으로 경계를 늦출 틈이 없었다. 참다못한 황건적이 대오를 정비하여 조조의 기병을 뒤쫓아 가다가 사전에 준비해놓은 매복에 걸려 싸워보지도 못하고 억울하게 죽는 자가 적지 않았다.

마침내 경릉이 노발대발하기에 이르렀다.

"설마 1백만 명에 가까운 무리가 조조의 2, 30만 군사를 대적하지 못한단 말인가?"

결국 그는 조조와 결전을 벌이기로 마음먹었다. 그러나 이야말로 조조가 바라던 바였다. 이리하여 4월 23일, 조조는 주도면밀한 계획을 세우고 황건적을 제수 동쪽 기슭에 끝없이 펼쳐진 갈대밭에서 전멸시키기로 마음먹었다.

이에 앞서 조조는 일부러 두통이 재발하여 극심한 고통을 겪고 있어 연주로 돌아가 치료를 받아야 할지 말아야 할지 고민 중이라는 소문을 퍼뜨렸다. 경릉은 이 거짓 정보를 그대로 믿었다. 경릉은 곧 군사를 거느리고 무염을 나와 조조를 상대로 결전을 벌일 태세를 갖췄다.

경릉은 신도들을 조조의 진영 앞으로 보내 욕설을 퍼부으면서 약을 올리게 했다. 신도들은 자신들의 거수가 부적을 이용하여 두통을 고칠 수 있고, 그 효험 또한 신통하니 병이 깨끗이 나을 것이라고 떠들어댔다. 치료 방법이 오줌을 싸는 것만큼이나 간단하다며, 믿지 못하겠거든 직접 자신들의 진영으로 와보라는 주문도 잊지 않았다.

적군의 야유에 대노한 조조가 억지로 도포를 걸쳐 입고 모습을 드러냈다. 경릉은 그의 투구 안에 홍갈색의 천이 둘려져 있는 것을 보고는 이것이 두통을 막기 위한 것이라고 짐작했다. 그가 껄껄 웃으며 말했다.

"조맹덕은 어찌 홍갈색 천을 누런 두건으로 바꾸지 않는 것이오? 그렇게만 하면 우리가 같은 편이 될 텐데 말이오!"

조조가 기가 막혀 하며 눈을 부라리고 수염을 휘날리면서 경릉에게 욕설을 퍼부었다.

"이 도적놈아! 너의 고기를 먹고 피를 마시지 못하는 것이 분할 뿐이다!"

이어서 그는 좌우를 둘러보며 물었다.

"누가 나가서 저놈을 잡아오겠느냐?"

조홍이 나섰다.

"소장이 나가 저자의 수급을 대령하겠습니다."

그는 곧 말의 허리를 차더니 앞을 향해 달려갔다.

황건의 진영에서는 경릉이 구절장을 한 번 흔들자 두대목이 낭아봉을 휘두르며 진영에서 뛰쳐나와 조홍을 맞았다. 조홍은 그의 적수가 되지 못했다. 대여섯 합을 겨루던 조홍은 방어에 급급했다. 이를 본 하후연이 급히 나가 조홍을 도우려 했다. 그러자 황건적의 장군 사리구沙里狗가 오소리 귀 모양을 한 검을 들고 나와 그를 막아섰다.

접전은 보나마나였다. 하후연이 사리구를 이길 리가 없었다. 하지만 이 모든 것은 조조의 치밀한 계획이었다. 조홍과 하후연이 연달아 패하자 노기등등한 조조가 위병의 손에서 긴 창을 빼앗아 직접 대결하려 나섰다. 그러나 조조는 두통이 너무 심해 창을 떨어뜨리고 머리를 부여잡은 채 안장에서 떨어질 뻔했다. 이런 모습을 살피던 경릉은 너무 기쁜 나머지 수레에 탄 채 몸을 들썩거렸다. 황건적은 곧 북소리와 징소리를 울리며 조조의 군대를 향해 거세게 밀려오기 시작했다.

이때 조조는 말을 탄 채 머리를 부둥켜안고 있다가 조홍과 하후연의 도움으로 간신히 군사를 이끌고 싸우는 척하면서 퇴각했다. 퇴각하는 중간중간에 그들은 식량과 옷을 조금씩 흘리기도 했다. 황건적 무리는 분분히 말에서 뛰어내려 떨어진 물건을 줍느라 정신없었고, 급기야는 서로 주은 물건을 빼앗기 시작했고 때로는 주먹다짐을 하기도 했다. 대열은 순식간에 분열되고 말았다. 말에 탄 채 머리를 감싸 쥐고 있던 조조는 이런 광경을 조용히 바라보고 있다가 얼굴 가득 회심의 미소를 지었다.

조조군은 계속 퇴각했고, 황건적은 이들을 놓칠세라 바짝 추격해왔다. 어느새 1백만 명에 달하는 경릉의 주력군이 아무런 낌새도 감지하지 못한 채 조조가 설치한 매복권 안으로 들어섰다.

늪지대가 끝없이 펼쳐진 이곳은 도처에 무성한 갈대와 잡초가 하늘을 찌를 듯이 자라나 있었다. 뒤쪽은 과거에 적미군赤眉軍이 왕망王莽의 군대를 대패시켰던 커다란 소택지의 북쪽인 것 같기도 하고 후세의 사람들이 양산포梁山泊라 부른 곳 같기도 했다. 어쨌든 이곳은 ‘죽음의 땅’임에 틀림이 없었다. 조조는 이 늪지대를 1백만 명에 가까운 황건적의 무덤으로 만들기로 마음먹고 있었다.

조조의 전략은 지난번 백요와 대처하던 때와 거의 비슷했다. 다른 점이 있다면 이번에는 물 대신 불을 사용하는 것이었다. 그는 늪지를 드나드는 길목을 완전히 봉쇄하고 풍향을 잘 판단한 다음 갈대와 잡초에 불을 붙일 생각이었다. 이때는 이미 50일 동안 비가 한 방울도 내리지 않아 가뭄이 꽤 오래 지속되던 때라 끝없이 펼쳐진 갈대와 잡초는 더 없이 좋은 땔감이었다. 모든 상상이 가능했다. 일단 불길이 타오르고 동북풍이 불어오면 불길은 바람을 타고 크게 번질 것이 뻔했다. 불이 활활 타오르고 거기에 세찬 바람이 더해지면 대단한 장관을 이루면서 물속의 물고기는 다 익어버릴 것이고, 하늘을 날아다니는 새들마저도 새카맣게 탈 것이며 심지어 하늘의 궁창도 녹아내릴 것이다!

'포신! 드디어 자네의 원수를 갚아 줄 날이 왔네!'

조조는 드넓은 갈대밭을 바라보며 속으로 되뇌었다.

그러나 그날 밤에 꾼 꿈이 그의 계획을 뒤바꿔 놓았다. 꿈에 머리가 없이 금으로 만든 탈을 쓴 포신이 조조에게 말했다.

"주공! 주공께서 내일 대승할 것이라는 것은 이미 짐작하고 있습니다만 왠지 저는 조금도 기쁘지 않습니다!"

조조가 크게 놀라 물었다.

"왜 그러는가? 내가 자네의 원수를 갚아주려는데 자네가 기쁘지 않다니?"

포신이 말했다.

"수십만 명의 목숨으로 저 한 사람의 원수를 갚는다면 너무 지나치다고 생각하지 않으십니까?"

조조가 전쟁을 하면서 사람을 죽이는 것은 당연한 일이라고 대답하려는 차에 포신이 금으로 된 탈을 좌우로 설레설레 흔들며 말을 이었다.

"그날 지형을 살피면서 다 하지 못한 말이 있습니다. 지금 그 말씀을 드리고 싶습니다. 황건적을 토벌하실 때 중평 원년에 황보숭이 장각을 토벌하면서 남녀노소, 우두머리와 졸개를 불문하고 모두 죽였던 것처럼 하지는 마십시오. 그때도 황건의 무리를 전부 멸한다고 했지만 정말 전부 소멸했던가요? 8년이 지난 오늘 그들이 또다시 반란을 일으켰습니다. 제 생각에는 형님께서 악랄한 우두머리 몇 놈만 죽이고 나머지는 설득하고 위무하여 형님의 수하로 받아들이셨으면 합니다."

포신의 빛나는 눈빛이 황금 탈을 뚫고 그를 바라보는 것 같았다. 그는 더욱 깊이 있는 말로 조조의 마음을 움직이기 시작했다.

"황건적 가운데 악랄한 놈 몇몇을 제외하면 대부분 그들에게 속아 목숨을 건 유민에 불과합니다. 만일 형님께서 저들을 휘하로 불러 모아 잘 이끌어주신다면 장차 형님을 위해 천하를 함께 도모할 훌륭한 용사들이 될지도 모릅니다. 부디 형님께서는 심사숙고하시기 바랍니다."

꿈에서 깨어나 포신의 말을 되새겨보던 조조는 그제야 뭔가를 깨달은 것 같았다. 그는 곧 순욱을 불러 포신의 계시를 전하면서 의견을 물었다. 순욱은 그 자리에서 무릎을 탁 치며 포신의 제안에 공감을 표하고는 곧장 구체적인 방안을 제시했다. 결국 4월 23일, 이날 갈대숲에서는 불길이 타오르지 않았다. 대신 편지가 달린 무수한 화살이 황건적의 영지 곳곳으로 날아들었다. 편지는 기주목 조조의 뜻을 아주 명확하게 전하고 있었다.

'가장 악랄한 놈을 제외하고 순순히 투항하는 자들은 과거의 잘잘못을 절대 따지지 않을 것이다. 황건적의 크고 작은 방方들은 있는 그대로 관군(조조군)에 편입시켜 상대적으로 독립적인 권한을 부여할 것이다. 황건적에서 직위를 가지고 있던 자들 역시 편입된 후에도 그에 상응한 직위를

계속 유지할 수 있게 할 것이다.'

편지의 마지막에는 이렇게 강조하고 있었다.

'사흘 내에 반드시 결정을 내려야 하되 사흘이 지난 뒤에도 투항하지 않는 자들은 큰 불에 타 새카만 재가 될 것이다!'

편지를 보낸 다음 조조는 구변이 좋고 죽음을 두려워하지 않는 병사들을 황건적 내부로 침투시켜 비밀리에 반란을 꾀하게 했다. 또한 모반에 성공한 병사들에게는 투항하는 사람 수에 따라 적당한 상을 내리기로 했다.

그 뒤로 사흘 동안 황건적의 수령과 거수 경릉이 할 수 있는 유일한 일은 무리들에게 태평도의 교의를 선전하는 것뿐이었다. 경릉은 진흙탕에 서 있는 신도들을 향해 구절장을 흔들면서 경문을 읽고 설교를 했다. 그는 9라는 숫자의 오묘한 효험을 주장하면서 신도들은 9가지 계급 가운데 가장 최하층인 '노비'에서 시작해 점차 '선인善人'과 '현인賢人', '성인聖人'을 거쳐, 나중에는 '선인仙人', '진인眞人', '신인神人'의 경지로 승격하게 된다고 설명했다.

그러나 늪지에 오랫동안 갇혀 있다 보니 발과 다리가 붓고 곪기 시작한 신도들은 대부분 눈앞의 고통을 견디기 힘들었고, 불에 타죽는 고통을 감수할 만한 의지는 더더욱 없었다. 그리하여 가장 높은 단계의 계급인 신인에 이르기보다는 차라리 그냥 최하층의 노비로 남는 것이 더 낫겠다는 생각이 들었다. 이에 그들은 조조의 군대가 보내온 화살 편지를 몰래 돌려 읽으면서 투항에 관해 서로 의논하기 시작했다. 특히 북해방의 두령 두대목과 제남방의 두령 마상비馬上飛가 투항의 백기를 내건 뒤로 청주 황건적은 거의 와해된 것이나 다름없었다.

북해방과 제남방은 황건적 중에서도 세력이 가장 강했다. 게다가 최근에는 흑산적의 적지 않은 장수들이 이 두 방으로 흘러들어온 상태였다. 이들은 모두 지난달에 동군에서 조조의 군대를 상대로 전투를 벌였던 자들이었다. 이들은 비록 조조에게 졌지만 결과에 솔직히 승복했고 조맹덕이 과연 믿음직하고 자신들이 의탁할 만한 인물이라고 여기게 되었다. 결국 그들은 두대목과 마상비에게 조조에게 투항할 것을 극력 종용했다. 두 사람도 자신들이 조조에게 투항할 경우 자신을 따르는 무리들을 굶기지 않을 수 있고 본인들도 지금과 다름없는 직위를 부여받아 조정의 관리가 될 수 있을 것이라고 여겼다. 이처럼 누이 좋고 매부 좋은 일을 군이 마다할 이유가 없었다. 이에 그들은 즉시 황건을 벗어던지고 백기를 높이 든 채 갈대숲을 걸어나왔다.

낙안과 동래 등도 곧 북해방과 제남방의 뒤를 이어 백기를 들었다. 결국 조조가 정한 3일의 시한이 되자 경릉이 직접 이끄는 제국 '방'에 내분이 일어났다. 한 작은 방의 두목이 경릉을 살해해 그의 수급을 베어 조조에게 들고 간 것이다. 조조는 경릉의 수급으로 포신의 망령을 위로했다. 그리하여 나머지 황건적도 모두 조조에게 귀순하게 되었다.

2

'청주 황건적'이 조조에게 귀순한 뒤, 조조는 그 가운데 30만 명을 선발하여 따로 군대를 편성하고 이를 '청주군'이라 불렀다. 나머지 70만 명은 각자의 의지에 따라 고향으로 돌아가거나 연주에 남도록 했다. 연주에 남은 3, 40만 명은 새로 편성된 '청주군'의 가족으로서 전투에 가담하는 것은 무리였지만 농사일에는 아주 익숙했다. 조조는 그들에게 농지를 개간하게 해 식량문제를 스스로 해결하게 했다. 이리하여 군사들에게 조금이나마 양식을 제공할 수 있었다. 사실 이는 곧 '둔전屯田'을 대규모로 실행하기 위한 실험이기도 했다.

이제 조조는 연주 땅을 차지하고 유대와 포신의 휘하에 있던 군사 5, 60만 명을 흡수하게 되었다. 예전과 비하면 그야말로 하늘과 땅 차이의 변화였다. 이제는 '군웅할거'를 위한 실력을 제대로 갖춘 것이나 다름없었다. 그러나 그는 '할거'에서 마지막 승리를 거두고 '패왕의 지위'를 얻기 위해서는 수하에 뛰어난 인재의 필요성을 절감했다. 뛰어난 문무 장수들이 없이는 모든 것이 불가능했던 것이다.

조조는 인재를 물색하기 시작했다. 그는 우선 연주에 대거 인재를 모집한다는 방을 내걸었다. 누구든지 지략이 뛰어나다는 소문을 들으면 사람을 보내거나 직접 가서 모셔오기도 했다.

가장 먼저 그가 맞은 사람은 동군 동아東阿 지역 사람으로 성은 정程이요 이름은 입立이며 자가 중덕仲德으로 나중에 정욱程昱이라 불리게 된 인물이었다. 그는 키가 8척尺 하고도 3촌寸이나 되었고 입가에 멋있는 수염을 기르고 있었다. 지략이 뛰어나고 판단력이 탁월한 것으로 유명했다.

전임 연주 자사 유대가 그의 명성을 듣고 그를 기도위에 추천했으나 병을 핑계로 거절하면서 삼림에 은둔한 채 하루 종일 책을 읽고 계곡의 물소리를 벗 삼아 세월을 보내고 있었다. 조조가 순욱을 보내자 정립은 추호의 망설임도 없이 그 자리에서 짐을 싸 순순히 순욱을 따라 나섰다. 이웃 사람 하나가 의아해하며 물었다.

"전에도 자사 대인께서 직접 선생을 초빙했을 때는 스스로 높이며 병을 핑계로 거절하더니 이번에는 웬일로 순순히 따라 나서시는 겁니까?"

정립은 웃기만 할 뿐, 대답을 하지 않았다. 순욱이 그를 대신하여 말했다.

"지금은 지금이고 그때는 그때요."

정립이 연주 관아에 도착했다는 소식을 들은 조조는 자신의 신분에 아랑곳하지 않고 얼른 뛰어나가 그를 맞이했다. 그와 몇 마디 대화를 나누고 나서 그의 냉철한 판단력에 크게 탄복한 조조는 더 일찍 만나지 못한 것을 한스러워하며 그를 즉시 수장령壽張令에 임명했다.

정립은 조조와 대화를 나누는 도중, 성이 만滿씨이고 이름이 총寵이며 자가 백녕伯寧인 인물을 추천했다. 그는 연주 경내의 창읍昌邑 출신이었다. 만총이라는 이름을 들은 조조는 자신의 이마를 툭 치며 껄껄 웃었다.

"아니, 이럴 수가! 내가 어찌 바로 눈 밑에 있는 백녕 선생을 잊었을까?"

그는 즉시 수레를 준비하여 친히 그의 집으로 찾아가기로 마음먹었다.

만총은 예전에 군 독우督郵와 고평령高平令을 지낸 적이 있었으나 상사가 뇌물을 받고 법을 어기는 것을 보고 불만을 참지 못해 결국 관직을 버리고 떠난 인물이었다. 그는 진즉에 인재를 모집한다는 방문을 보고 조조를 찾고 싶은 마음이 굴뚝같았지만 자존심 때문에 주저하고 있던 터였다. 그러다 조조가 직접 선물을 들고 자신을 청하러 오자 그는 감격에 겨워 그 자리에서 자리를 털고 일어나 연주 관아에 입주했다. 조조는 그날로 만총을 주종사州從事에 임명했다.

정립과 만총 외에도 조조에게 몸을 의탁하러 찾아와 조조 신변의 중요한 모사나 통병대장統兵大將이 된 인물로 모개毛玠와 여건呂虔, 우금于禁, 전위典韋 등이 있었다.

모개는 자가 효선孝先으로 진류 출신이었다. 현령을 지낸 바 있는 그는 청렴하고 단정한 인품으로 소문이 자자했다. 여건은 자가 자각子恪으로 임성任城 출신이며 담대하고 용맹한 기질로 잘 알려져 있었다. 우금은 자가 문측文則으로 태산 출신이며 원래는 포신 휘하에 있던 평범한 병사였다. 사실 포신은 용맹한 장수였고 모략도 뛰어났으나 애석하게도 인재를 알아보는 혜안이 없었다. 그리하여 우금은 자신의 능력이 인정받지 못하자 신세를 한탄하고 있던 차에 스스로 조조를 찾아와 자신을 천거했다. 조조는 그 자리에서 그의 무공을 시험해보았다. 과연 활쏘기나 말 타기에 전혀 부족함이 없었고 무공도 훌륭했다. 조조는 그 자리에서 그에게 군사마軍司馬의 벼슬을 내렸다.

전위가 조조에게 몸을 의탁하게 된 경위는 더욱 특이했다. 어느 날 조조가 순욱과 정립, 곽가郭嘉 등 여러 모사들과 함께 군막 안에서 천하대사를 의논하고 있었다. 그때 갑자기 하후돈이 얼굴이 시커멓고 키가 훤칠한 사내 하나를 데리고 들어왔다. 조조가 의아해하며 누구냐고 묻자 하후돈이 사내의 성은 전씨이고 이름은 위이며 진류 을오乙吾 출신이라고 소개했다.

그는 친구를 위해서라면 자신의 양옆구리에 칼이 들어와도 까딱하지 않을 정도로 의협심이 강한 사내로, 어느 해 친구의 원수를 갚기 위해 혼자서 진류를 떠나 부춘富春 현령 이영李永을 죽이기 위해 찾아갔다. 그러나 이영에게 가까이 다가가기에는 경비가 너무 삼엄했다. 이에 손에는 튀긴 닭다리와 술을 들고, 품에는 단도를 품은 채 현령을 알현하러 온 척하며 대문 안으로 들어갔다. 이영을 보자마자 사내는 앞으로 다가가 재빨리 단도를 꺼내 들고는 그의 가슴을 찔렀고 곧바로 숨통을 끊어놓았다. 그런 다음 병기를 세워두는 곳으로 가 큰 칼을 꺼내들고는 이영의 수급을 베어 손에 들고 아무렇지도 않은 듯 저잣거리로 나왔다. 이상한 것은 수백 명에 달하는 관아의 병졸들이 그를 뒤쫓아 나오긴 했지만 아무도 감히 그를 붙잡을 엄두를 내지 못하고 멀뚱멀뚱 서로의 얼굴만 쳐다보았다는 것이다. 이때부터 전위는 호방함과 의협심으로 강호에 널리 이름을 떨치게 되었다.

하후돈이 계속 말을 이었다.

"소장은 전위와 남다른 인연이 있는 셈입니다. 예전에 사냥을 하러 산에 들어갔다가 어떤 사람이 두 손에 쌍철극을 들고서 소리를 지르며 뛰어다니는 모습을 보았습니다. 그의 앞에는 커다란 호랑이 한 마리가 혼비백산하여 골짜기로 도망치고 있었지요. 소장은 이 사람의 담력이 뛰어난 것을 보고 그에게 나중에 만나기를 청했습니다. 오늘 이름이 전위라는 사람이 찾아왔다는 말을 듣고는, 너무 놀랍기도 하고 기쁘기도 했지요. 당장 그의 손을 잡아끌어 말에 태운 다음 곧장 자사께 데리고 온 것입니다. 오늘 특별히 자사께 이 사람을 천거하니 한번 잘 살펴보십시오."

그의 소개를 듣고 조조는 기쁨을 감추지 못하며 전위에게 그 자리에서 무예를 보여줄 것을 주문했다. 전위는 양손에 4백 근이 넘는 칼을 들고 휘두르기 시작했다. 보통 사람이었다면 그냥 들고 있기도 힘들 텐데, 그는 마치 솜방망이 다루듯 가볍게 휘둘렀다. 그때였다. 그가 한참 무예를 선보이고 있는 차에 순간 거대한 광풍이 몰려오면서 군막 앞에 세워져 있던 큰 깃발이 바람을 이기지 못해 넘어지려 했다. 10명이 넘는 병사들이 황급히 뛰어가 깃발을 잡았지만 역부족이었다. 이 광경을 본 전위가 소리를 버럭 질러 병사들을 물리치고는 한손으로 깃발을 꽉 잡고 광풍 속에 꼼짝도 하지 않고 서 있었다. 깃대는 조금도 움직이지 않았다.

조조가 그를 크게 치하하며 말했다.

"과연 신력神力이라 하기에 충분하군! 은나라 주왕을 보위하던 악래惡來도 이보다 강하진 못했을 걸세!"

그는 곧 전위를 자신의 시위로 임명하고, 자신의 금포를 풀고 준마의 안장을 벗겨 이 2가지를 전위에게 선물로 주었다.

이때부터 조조의 신변에는 훌륭한 문무 장령들이 대거 포진하게 되었다. 이들은 조조의 곁에서 한 발짝도 떨어지지 않고 그림자처럼 붙어 다녔다. 모사들은 군막 안에서 전략을 세워 무신들이 천 리 밖에서 승리를 거둘 수 있도록 도와주었고, 장군들은 용감히 전투에 임해 적을 무찔러 혁혁한 전공을 세웠다.

3

4월도 갓 지나 조조와 모사들이 사기충천하여 앞날을 구상하고 있을 때 장안에서 동탁이 살해되었다는 소식이 전해졌다. 조조는 크게 놀라지 않았다. 그는 동탁의 악행이 하늘을 찔렀던 만큼 언젠가는 누군가에 의해 살해될 것이라고 예견하고 있었다. 그렇지만 그는 자신도 모르게 "오호라!" 하고 가벼운 탄성을 내뱉었다.

이 소식을 전해준 사람은 진류 태수 장막이었다.

진류는 연주의 관할지역이었으니 장막은 조조의 하급 관원인 셈이었다. 두 사람은 상관과 부하 관계인 동시에 오랜 친구 사이기도 했으니, 사이가 가까운 것은 너무나 당연한 일이었다. 장막은 장안 소식을 듣자마자 말을 타고 진류를 출발하여 밤새 연주로 달려왔다. 장막이 다급히 문을 두드린 것은 삼경이 막 지난 때였다. 이때 조조는 변씨를 품에 안고 한참 깊은 잠에 빠져 있었다. 잠에서 깬 조조가 장막을 후당으로 안내하자 장막은 자리에 앉기 무섭게 한마디를 던졌다.

"왕윤이 동탁을 죽여 버렸다네!"

조조는 자신도 모르게 "오호라!" 하고 탄성을 지르면서 놀라움을 나타냈다. 장막은 동탁이 살해당한 경위를 소상히 설명했다.

오래전부터 동탁을 죽이려 음모를 꾸미던 사람들 가운데는 왕윤 외에도 부사僕射 사손서士孫瑞, 상서 양찬楊瓚, 사예교위 황완黃琬 등의 대신들이 포함되어 있었다. 그들이 공동으로 미인계를 계획하고 왕윤이 직접 이 계략을 실행에 옮긴 것이었다. 미인은 어려서부터 왕윤의 집에서 자란 가기 초선이었다. 왕윤은 초선을 먼저 여포에게 소개하면서 그에게 시집보내기로 약속했다. 그러고는 아무 일 없었다는 듯이 몰래 초선을 동탁의 첩으로 들여보냈다. 이 때문에 양아버지와 아들 사이는 연적으로 변하게 되었다. 어느 날 여포는 몰래 동탁의 집에 들어가 뒤뜰의 봉의정에서 동탁의 새 첩실인 초선을 희롱했고, 공교롭게도 이 광경을 동탁이 목격하게 되었다. 그는 대뜸 노발대발하며 정자 난간에 기대어 놓았던 여포의 방천화극을 들어 있는 힘껏 그를 향해 내던졌다. 양아들인 여포는 가까스로 창을 피해 죽음을 면했다. 그 뒤로 여포는 늘 불안에 떨었고, 왕윤을 찾아가 자신의 억울한 심정을 호소했다. 왕윤은 이 기회를 놓치지 않고 여포에게 동탁을 배반하도록 사주했다. 여포는 다시 기도위 이숙李肅을 끌어들여 동탁을 죽이기 위한 반동탁 연맹에 가담하게 했다. 시기가 무르익었음을 확인한 왕윤은 황제의 이름을 빌어 동탁에게 의논할 일이 있으니 서둘러 입궐하라는 거짓 어명을 내렸다. 그러고는 북액문北掖門에 용맹한 병사 몇몇에게 날이 선 칼을 품고 매복하게 했다. 왕윤의 음모를 전혀 눈치 채지 못한 동탁은 황제가 자신에게 황위를 넘겨주려는 것인지도 모른다는 헛된 꿈을 꾸면서 터져 나오는 웃음을 주체하지 못하며 서둘러 미오郿塢를 떠나 수레를 타고 황궁으로 향했다. 그가 북액문으로 들어서자마자 날이 선 긴 창을 든 이숙이 문 뒤에서 뛰쳐나와 그에게 달려들었다. 하지만 동탁은 도포 안에 튼튼한 갑옷을 입고 있었기 때문에 상처를 입긴 했지만 생명에는 지장이 없었다. 상처를 입고 수레에서 떨어진 동탁은 큰 소리로 수양아들인 여포를 찾았다.

"내 아들 봉선은 어디 있느냐?"

그는 여포가 달려와 자신의 목숨을 구해주기를 간절히 바랐다. 하지만 여포의 대답은 너무나 뜻밖이었다.

"도적놈을 없애라는 어명이시다!"

말을 내뱉기 무섭게 그가 방천화극을 휘두르자 뾰족한 창끝이 동탁의 목에 그대로 명중했다. 온갖 악행을 저지른 간악한 도적은 이렇게 목숨을 잃고 말았다.

장막이 사건의 경위를 소상하게 설명하는 동안 조조는 거의 숨을 죽이고 있었다. 그의 말이 끝나고 잠시 침묵이 흐른 뒤에도 조조는 성급하게 경사의 상황에 대해 캐묻지 않았다. 그가 궁금한 것은 오히려 동탁과 여포의 마음을 동시에 흔들어놓은 미인이 누구인가 하는 것이었다. 혹시 초선이 아닐까? 그녀는 지금 어디에 있는 것일까? 그는 갑자기 장막에게 초선의 행방을 물었다. 장막은 그녀에 대해서는 전혀 아는 바가 없지만 그 가기가 동탁과 여포 부자가 서로 차지하기 위해 목숨까지 내걸 만한 경국지색임에는 틀림이 없다고 말했다. 조조가 다시 물었다.

"동탁은 이미 저세상의 원귀가 되었고, 그렇다면 그 가기는 지금 누구 차지가 되어 있는 건가?"

장막은 정말 더는 아는 바가 없었다. 그러나 그는 그녀가 다시 왕윤에게 돌아갔을 리는 없고 모르긴 해도 여포에게 갔을 것이라고 짐작했다. 세상에 이렇게 허무한 일이 있을 수 있단 말인가! 조조는 속으로 그 가기는 초선이 틀림없을 것이라고 생각했다. 왕윤이 예전에 초선을 자신에게 주기로 약속한 적이 있긴 하지만 자신이 동탁을 죽이는 데 실패했으니 다른 사람에게 주었다 해도 할 수 없는 일이었다. 하지만 초선이 여포의 첩이 됐다는 사실은 받아들이기 어려웠다.

"어허!"

조조가 장탄식을 내뱉었다. 장막은 계속해서 동탁이 살해된 이후의 상황에 관해 설명했다.

동탁의 시신은 저잣거리에 버려졌고 길을 지나는 사람마다 발로 걷어차거나 침을 뱉으며 그동안 마음속에 담아두었던 울분을 해소했다. 동탁의 몸이 워낙 뚱뚱하다 보니 시신을 관리하던 군졸 하나가 장난삼아 그의 배꼽에 심지를 꽂고 불을 붙여놓자 배꼽에서 기름이 흘러나와 땅바닥이 질척거렸다 했다. 속이 후련한 일이었다. 그러나 그런 사람들의 온갖 비난 속에서도 동탁의 시신 앞에 엎드려 통곡하는 인물이 있었다. 이런 행동은 사도 왕윤을 크게 노하게 했다. 왕윤은 군졸에게 당장 그 자를 포박하여 감옥에 가두었다가 극형에 처하라고 명령했다.

여기까지 설명하던 장막이 조조에게 물었다.

"맹덕! 동탁의 죽음을 슬퍼한 자가 누구였는지 한 번 알아맞혀 보게나."

조조가 대답했다.

"그야 물론 동탁의 가족 가운데 하나겠지."

장막이 고개를 가로저었다.

"동탁의 가족은 친가와 외가를 포함하여 삼족이 멸문지화를 당했네. 그의 모친과 동생 동민董旻, 조카 동황董璜 등 수백 명의 가족이 법에 따라 처결되었지. 동탁의 사위 우보牛輔만이 다른 곳에 주둔하고 있던 덕분에 죽음을 면할 수 있었네. 그러니 그를 위해 울어줄 가족이 있을 리가 있겠나. 내가 이 사람의 이름을 말하면 아마 자네도 깜짝 놀랄 걸세."

조조는 더욱 궁금해졌다.

"도대체 누군데 그러나?"

장막이 말했다.

"다른 사람이 아니라 바로 시중 채옹일세!"

조조는 놀라움을 금치 못했다.

"채옹은 청렴하기로 이름난 사람인데, 어찌 저자에서 그 악한을 위해 통곡할 수 있단 말인가?"

그러나 다시 생각해보니 전혀 이상한 일도 아니었다. 동탁은 백년에 한 번 나올까 말까 한 채옹의 천재적인 재능을 알아보고, 그를 발굴해준 은인이었던 것이다. 또한 그는 채옹을 한 달에 3번이나 승관시켰고, 채옹 역시 그 은혜에 늘 감복하고 있었다. 게다가 세상 물정에 어두울 정도로 우직한 채옹의 성품을 감안하면 상식을 벗어난 이번 행동도 전혀 불가능한 것은 아니었다.

장막이 말을 이었다.

"채옹은 왕윤에게 잡혀간 후에야 제정신이 들었나 보더군. 그는 땅에 엎드려 자신의 죄를 시인하면서 이렇게 말하더군. '제가 능력은 없지만 그래도 대의는 아는 사람인데 어찌 모든 백성들을 등지고 역적을 두둔하겠습니까? 다만 동태사가 저를 발탁하여 중용했던 생각이 나서 저도 모르게 눈물이 났던 것뿐입니다. 저의 죄가 크다는 걸 모르지 않으니 대인께서 널리 선처해주시기 바랍니다. 소신의 얼굴을 먹으로 뜨고, 발꿈치를 자르되 계속 한나라 역사를 편찬하게 해주시는 것으로 저의 죄를 용서하신다면 큰 은혜로 알겠습니다. 그리해주시면 어떻겠습니까?' 하고 말이야."

조조가 장탄식을 내뱉었다.

"에이그! 채옹은 태사공太史公의 뒤를 이으려 했군 그래! 하지만 경수齂

膌와 월족刖足도 중한 형벌인데 설마 왕 사도가 그런 형벌을 가했을까!"

장막이 냉소했다.

"흥! 왕 사도가 정말로 채 공의 간청을 들어주었다면 나도 그가 인재를 아끼는 사람이고 선을 행할 줄 안다고 여겼을 걸세. 하지만 그의 본성을 누가 알았겠나! 휴!"

그는 말을 하다 말고 길게 탄식을 하더니 머리를 설레설레 가로저었다. 장막의 얼굴에 비분의 기색이 보이자 불길한 예감이 든 조조가 다급하게 되물었다.

"왕 사도가 도대체 채옹을 어떻게 했기에 그러나?"

"에그!"

장막은 천천히 말을 이었다.

"채옹의 사건은 조정의 몇몇 대신들을 놀라게 했네. 채옹의 뛰어난 재주를 아끼는 태부 마일제馬日磾가 그가 한나라 역사를 훤히 꿰뚫고 있는 점을 강조하면서 왕 사도에게 그의 간청을 들어주어 계속 한사를 편찬하게 한다면 채옹 자신은 물론, 후세 사람들에게도 좋은 일이 될 거라고 하면서 그의 편을 들어주려 했네. 결국 여러 대신들이 연명하여 채옹의 구명을 위해 함께 왕윤을 찾아가 부탁을 했지. 하지만 왕윤은 노기등등한 얼굴로 그들을 질책하면서 이렇게 말했다네. '예전에 효무孝武제가 사마천을 살려주고 사기를 편찬하게 했더니, 결국 그를 비방하는 글이 후세에 널리 전해졌소. 이번에 그를 살려주면 나는 그의 전철을 밟는 것이나 다름없소. 이번에 내가 채옹을 살려줘 계속 한사를 편찬하게 했다가는 나를 비롯하여 여러 대신들이 비방의 대상이 되고 말 거요. 백 년 뒤에 여러 대신들과 내가 어떤 모습으로 후세 사람들을 대하고 있을지 누가 알겠소!' 결국 마일제를 비롯한 여러 대신들은 서로 얼굴만 쳐다보다가 아무 말도 못하고 돌아왔다네. 채옹은 끝내 감옥에서 옥졸들에게 목이 졸린 채 죽고 말았다네!"

귀을 기울여 그의 설명을 듣고 있던 조조는 발을 세게 구르더니, 장탄식을 내뱉으며 격앙된 목소리로 말했다.

"이런! 왕윤이 너무했군! 남에게 선행을 베푸는 것이 곧 자신에게 선행을 베푸는 것임을 어찌 모를 수 있단 말인가. 내가 감히 장담하건대 왕윤 그 사람도 나중에 선한 결말을 보지는 못할 걸세!"

너무 화가 난 나머지 그는 자신도 모르게 예전에 채옹과 함께 경사와 금조를 논하던 정경을 떠올렸다. 그런 일들이 아직도 눈앞에 선한데 그가 벌써 저세상으로 갔다니 비통하기 그지없었다. 채옹이 일찍감치 세상을 등졌으니 박학다식한 그의 학문도 함께 땅에 묻혔을 것이었다. '이처럼 애석한 일이 또 어디 있단 말인가!' 이런 생각에 조조는 서글픈 눈물을 흘렸다.

그는 이내 눈물을 닦고 마음을 가라앉혔다. 문득 채옹의 딸 문희가 생각난 것이었다. 갑자기 그녀 소식이 궁금해져 장막에게 물었다.

"맹탁, 자네는 채옹에게 문희라는 딸이 하나 있다는 걸 알고 있지? 몇 년 전에 남편을 잃고 친정에 돌아왔는데, 요즘 어떻게 지내고 있나? 필시 장안에 있겠지? 채옹이 저세상으로 갔으니 누가 그녀를 보살피고 있단 말인가?"

그러나 유감스럽게도 장막은 오래전부터 문희라는 이름은 들어 익히 알고 있었으나 별로 친분이 없었고, 그녀의 행방에 대해서는 더더욱 알지 못했다. 그는 묵묵부답으로 고개를 가로 젓는 수밖에 없었다.

채씨 부녀에 대한 이야기는 여기서 멈추었다. 곧이어 장막은 조조와 직결된 이야기를 꺼냈다.

"맹덕! 내가 왜 이 야심한 밤에 자네를 급히 찾아왔는지 알겠나?"

조조는 그의 표정이 야릇하게 변하는 것을 보고는 서둘러 되물었다.

"그러게 말일세. 그렇지 않아도 자네가 조정의 변고를 전하기 위해 온 것만은 아닐 거라고 짐작하고 있었네만……. 대체 무슨 중요한 일이기에 그러나?"

장막은 목소리를 낮추기 시작했다.

"조정에서 사람을 보내왔네! 이름은 김상金尙으로 원래 사도부의 하급 관리로 왕윤의 수하에 있었지. 그가 찾아온 이유를 알겠나? 연주 자사의 빈자리를 메우러 온다네. 맹덕! 김상이 오면 자네는 어떻게 할 생각인가?"

"아! 나야 뭐……, 허허허."

너무 급작스러운 일에 조조는 놀라움을 금치 못하면서 이내 할 말을 잃은 채 냉소만 거듭했다. 솔직히 말해서 그가 지금 연주 자사의 인수를 가지고 있긴 하나 이는 어디까지나 연주의 관리들과 백성들의 추대로 황건적의 반란에 대처하기 위해 임시로 취한 방편에 불과했다. 엄격히 따지면 자사라는 직위는 권리를 대신 행사하는 것에 불과했고 조정으로부터 정식으로 임명을 받은 일은 없었다. 따라서 어떻게 해볼 정당한 명분이 없는 것이었다. 하지만 어떻게 해야 명분을 얻을 수 있단 말인가? 방법은 단 하나, 누군가 조정에 그를 천거하는 표를 올려 윤허를 받은 다음, 이를 증명하는 조서를 받는 것이었다. 조조 자신도 이런 절차를 생각해보지 않은 것은 아니었다. 이전에 원소에게 이 일을 부탁한 적까지 있었고, 원소 역시 그를 조정에 추천해주겠다고 약속한 바 있었다. 어쩌면 원소의 추천을 담은 표가 조정으로 가고 있을 수도 있고 혹은 이미 장안에 도착했을 지도 모를 일이었다. 그러나 나라가 온통 혼란에 빠져 있고 수시로 정변이 일어나는 데다 도처에 전쟁의 불길이 일고 있어 각급 관리들의 일처리도 제멋대로였다. 조정에서 지방에 이르기까지 그 어디도 질서가 유지되는 곳이 없었다. 그러니 이런 일이 생기는 것도 지극히 자연스러운 것이었다. 그렇다면 이런 난처한 국면을 어떻게 타개해야 할 것인가?

"이보게! 자네는 내가 어떻게 해야 하는 게 좋을 것 같나? 내가 이곳에서 김상을 맞아 자사의 인수를 넘겨줘야 할까?"

조조는 손톱으로 자신의 턱을 쥐어뜯었다. 그의 입가에는 어색한 미소가 걸려 있었다. 장막에게 질문을 하는 것 같지만 실은 자신에게 묻고 있는 것이었다. 사실 물어볼 필요도 없이 답은 뻔했다. 그는 절대로 호락호락 자사의 직위를 내놓지는 않을 것이다. 그의 이 질문에는 필시 김상을 배척하는 의미가 내포되어 있었다. 패왕의 위업을 실현하기 위해서는 연주를 차지해야 그 기틀을 마련할 수 있는데, 어찌 이 지역에서 순순히 물러날 수 있단 말인가?

장막도 조조의 심사를 모르지 않았다. 사실 이처럼 속이 뻔히 들여다보이는 질문도 없었다. 이미 먹어버린 것을 토해내고 싶지 않은 것이 인지상정이었다. 장막이 대답했다.

"맹덕! 무엇보다도 자네 자신을 생각해야지! 그 자리를 쉽게 남에게 넘겨줘서야 되겠나?"

"그러게 말일세."

조조는 만족스러운 표정으로 고개를 끄덕였다.

'심복이란 것이 무엇인가? 바로 이런 게 심복이지. 이 친구가 나의 생

각을 꿰뚫고 있는 것을 보면 필경 수년간 함께 동고동락한 지기인 것이 분명하군.'

그는 이런 생각을 하면서 감격스런 표정으로 장막의 어깨를 가볍게 도닥거렸다. 장막도 조조의 눈빛에서 감격해하고 있다는 것을 읽을 수 있었다. 그의 마음에도 잔잔한 감동이 밀려왔다. 그는 조조의 손을 부여잡고 힘껏 흔들었다.

"실은 오늘 관아에서 김상을 맞이했네. 내게 부절符節과 부신符信을 보여주더군. 아무래도 가짜는 아닌 것 같았네. 우선 그를 객잔으로 안내해 휴식을 취하게 했네. 그러고는 자네가 사전에 대응할 준비를 갖춰야 할 것 같아 이렇게 달려와 소식을 전하는 것일세. 생각해보게. 만일 김상이 불시에 이곳에 나타나 자사의 명의로 관아의 관리들을 만나게 되면, 맹덕 자네가 인수를 내놓지 않고 배길 수 있겠나?"

"음……."

조조는 수염을 만지며 가벼운 신음을 토했다. 그는 이내 자리에서 일어나 당 앞에까지 걸어갔다가 낭하를 배회했다. 구름과 땅은 아직 어두웠지만 태백성이 이미 동쪽 하늘 저편에 떠오르고 있었다. 멀리서 꼬끼오하고 새벽닭 울음소리가 들려왔다. 그는 걸음을 멈추고 오래도록 태백성을 바라보았다. 그러더니 갑자기 몸을 돌려 뒤에서 따라오고 있던 장막에게 말했다.

"맹탁! 김상에게 누가 어떤 짓을 하든 자네 혼자만 알고 있어야 하네. 그리고 어떻게 해서든지 절대로 그가 이곳으로 오게 해서는 안 되네."

그의 눈에 음흉한 빛이 번뜩이는 것을 간파한 장막은 자신도 모르게 몸을 부르르 떨었다. 그가 낮은 목소리로 물었다.

"자네의 말뜻은 그를 죽여 버리라는 말인가?"

조조는 방금 했던 말을 그대로 되풀이했다.

장막은 속으로 곰곰이 생각해보았다. 그러고는 자신도 모르게 방금 조조가 그랬던 것처럼 낭하를 배회했다. 태백성은 이미 차츰 빛을 잃어가고 있었다. 새벽닭의 홰치는 소리에 흐릿하던 주위 사물들의 형상이 점차 선명해졌다.

장막이 물었다.

"김상을 죽이는 것은 곧 조정에 반기를 드는 것을 의미하는 게 아니겠나?"

조조가 되물었다.

"그게 아니야! 내가 언제 그를 죽여 버리라고 했던가?"

"그럼, 자네 말뜻은 무언가?"

"맹탁! 자넨 왜 이렇게 말귀를 알아듣지 못하나? 죽음에도 여러 가지 방법이 있을 텐데 왜 굳이 피살밖에 생각하지 못하냐는 말일세."

"아하! 이제 알겠네."

장막은 조조에게 작별인사를 건네고 돌아갔다. 조조는 장막이 먼 길을 마다하지 않고 야음을 이용해 자신을 찾아와 준 것이 너무도 고맙고 미안했다. 조조가 고맙다는 인사를 여러 차례 반복하자 장막은 오랜 친구 사이에 굳이 그럴 필요가 있냐면서 서둘러 말에 올라 손을 내저으며 다시 길을 떠났다.

조조는 멀어져가는 장막의 뒷모습을 오랫동안 바라보았다. 그의 등 뒤로 아침햇살이 환하게 쏟아졌다. 그의 모습은 점점 작아지다가 이내 완전히 사라져버렸다.

4

하지가 지나고 우기가 찾아왔다. 어떤 구름이든지 한바탕 뿌려댈 뇌우를 숙성시키고 있었다.

이날 창가에 앉아 빗소리를 듣고 있던 조조는 갑자기 이상한 생각이 들었다. 어째서 번개가 치고 한참이 지나서야 천둥소리가 들리는 것인가, 왜 어떤 천둥소리는 번개를 동반하지 않고 왜 어떤 번개는 천둥소리를 동반하는 것인가 하는 것들이었다.

그때 번개는 황금 뱀처럼 미친 듯이 춤을 추어댔고, 굵은 빗줄기가 채찍처럼 파초 잎을 때리고 있었다.

나라의 시국도 날씨처럼 변화무쌍하기만 했다. 동탁이 죽은 지 아직 한 달도 채 지나지 않아 왕윤이 피살되었다. 그를 죽인 자들은 동탁의 수하 장수였던 이각과 곽사, 번조, 장제 등이었다.

조조는 왕윤의 최후가 좋지 않을 거라 예감하긴 했지만 그런 결과가 그처럼 빨리 찾아오리라고는 꿈에도 생각지 못했다.

채옹이 피해를 당한 지 열흘쯤 지난 후, 곽사와 이각 등은 어디서 들었는지 왕윤이 동탁의 부하였던 자신들을 싫어한다는 소문을 들었다. 싫어할 뿐만 아니라 양주의 각 군대를 해산시키고 자신들을 참수하려 한다는 소문을 접하자, 서로 연합하여 병변을 일으켜 사나흘 만에 여포의 군대를 제압하고 장안을 함락시켰다.

이어서 반란군은 미앙궁을 포위하고 황제와 왕윤 등의 대신들을 선평문宣平門으로 몰아붙였다. 이각이 문 아래에서 황제를 향해 소리쳤다.

"신 등은 동태사가 왕윤에 의해 무고하게 모살당한 데 대한 원수를 갚고자 하는 것이지 결코 역모를 꾀하는 것이 아니옵니다. 왕윤만 잡으면 신 등은 곧장 군사를 물릴 것이옵니다."

황제는 하는 수 없이 왕윤을 내주고 말았다. 양주 반란군은 즉시 왕윤의 목을 베어버렸다.

왕윤이 피살된 그날부터 조정은 이각과 곽사, 번조, 장제 등에게 장악되었다. 하지만 이 때문에 나라는 안정될 수가 없었다. 이각 등 '양주 사람'들은 동탁의 원수를 갚는다는 명분을 내세워 왕윤의 동당同黨을 전부 처형했다. 왕윤의 고향은 태원이었고, 태원은 병주에 속해 있었다. 때문에 조정은 물론, 군대 안에서도 태원 출신들은 찬밥 신세가 되어야 했고, '양주 사람'들과 '병주 사람'들 사이의 보복살인은 자연히 다른 주군에까지 확대되어 갔다. 이 때문에 나라 전체는 혼란 그 자체였다.

우르릉 쾅 또 한 차례 천둥소리와 함께 벼락이 떨어졌다. 이번에는 벼락이 눈앞의 파초 위로 떨어졌는지 갑자기 푸른 연기가 피어올랐다. 조조는 또다시 멍하니 생각에 빠졌다. 지금 이 세상에서는 무슨 일이든지 다 일어날 수 있고, 무슨 일이든지 사람들을 놀라게 할 수 있으며, 무슨 일에도 놀랄 필요가 없을 것 같았다. 모든 것이 저 비나 벼락같은 것이었다. 인생이란 예측할 수도 없고 방비할 수도 없는 것이었다.

조조는 왜 쏟아지는 비를 바라보며 이런 생각을 하게 된 것일까? 설마 이것이 왕윤의 죽음 때문이란 말인가?

그는 스스로 아마 그럴 것이라고 해석했지만 사실은 다른 이유가 있었다. 채문희가 실종되었다는 사실을, 인정하고 싶지 않지만 인정할 수밖에 없었던 것이다. 그녀의 실종은 공교롭게도 이각과 곽사 등이 반란을 일으킨 직후에 발생했다. 채문희의 실종을 생각할 때마다 조조는 관직을 잃어버리기라도 한 것처럼 참괴함을 금할 수 없었다.

그는 채문희가 채옹을 따라 장안으로 갔을 거라고 생각했다. 때문에 얼마 전 채옹이 죽었다는 소식을 들었을 때, 즉시 장안으로 조인을 보내 수소문하게 했던 것이다. 그러나 장안에서 돌아온 조인은 채문희가 한 번도 장안에 오지 않았고 단지 1년 전에 고향인 어圉로 돌아갔다고 전했다. 이 소식을 들은 그는 놀라움과 기쁨을 감추지 못하며 곧장 말에 올라 어현으로 달려갔다. 문희를 연주로 데려오려는 것이었다. 가는 길 내내 그는 말에 채찍질을 해가며 나는 듯이 달렸다. 문희가 눈물을 흘리며 구해달라고 손을 내미는 모습이 눈에 선했다. 그러나 정작 어현에 도착하여 채가의 옛 정원을 둘러보았을 때 그의 눈앞에는 너무나 놀라운 광경이 펼쳐져 있었다.

마을에는 온통 부서진 담과 벽뿐이었다. 거리에는 들풀이 사람 키만큼 자라 있었다. 밥 짓는 연기도 보이지 않고 행인들의 모습은 더더구나 보이지 않았다. 굶주려 눈이 퀭한 미친 개 한 마리만 구석에 웅크리고 앉아 그가 탄 말을 물끄러미 바라보고 있었다.

그는 간신히 허리가 잔뜩 굽어 지팡이를 짚고 있는 노파 하나를 발견했다. 노파는 마을 전체가 몇 년째 전란과 황충의 피해를 입어 사람들 대부분이 외지로 떠났기 때문에 열 집 가운데 아홉 집은 텅 비어 있다고 말했다. 게다가 최근에는 성이 이씨인 장수(이곽을 말함)가 흉노족을 끌어들여 마을을 온통 쑥대밭으로 만드는 바람에, 남자들은 전부 붙잡혀가고 여자들은 전부 강간을 당한 다음 짐승처럼 죽임을 당했다고 했다. 그때까지 남아 있던 몇 안 되는 가호들마저 이번 병란을 당하고 난 뒤에 모두 이사를 갔다고 했다.

나중에 조조는 이 노파의 안내로 채가의 옛 정원을 찾을 수 있었다. 그러나 집은 다 불타 없어지고 완전히 폐허가 되어 있었다. 오래된 홰나무 몇 그루만 남아 옛날의 영화를 말해주고 있었다. 그때 그는 마치 채문희가 거처하던 방을 살피듯 멍하니 파초를 바라보았다. 그가 어현을 찾았던 그날도, 오늘처럼 날이 흐리고 뇌우가 쏟아졌다. 예측할 수도 없고 피할 수도 없는 날씨였다. 비는 채찍처럼 거세게 파초 잎을 때리고 있었다. 그는 문득 심한 통증을 느꼈다. 그는 이 파초가 틀림없이 채문희가 심은 것이라고 생각했다. 파초는 변함이 없는데 사람은 어디로 간 것일까?

노파의 말에 따르면 채문희는 이 방에서 1년 정도를 지냈다고 했다. 그러다가 최근에 이곽과 흉노족들이 휩쓸고 간 뒤로 종적을 감췄다는 것이었다. 도대체 어디로 간 것인가? 도저히 알 수가 없었다. 혹시 이곽의 군대가 끌고 간 것은 아닐까? 그가 조금만 더 일찍 채문희의 소식을 알았더라면 그녀가 실종되는 일은 없었을 것이다!

문희도 치욕을 당한 것일까?

문희는 지금 어디에 있는 것일까?

어느새 비가 그쳤다. 그러나 하늘은 여전히 검은 먹구름에 덮여 있었다. 간간히 번개가 쳤다. 당장 파란 하늘과 환한 해를 볼 수 있을 것 같진 않았다.

제13장
아버지 조숭의 죽음

1

설이 가까워오자 조조는 갑자기 아버지가 사무치게 그리워졌다.

부친 조숭은 3년 전 낙양에서 고향 초현으로 돌아와 있었다. 그곳에서 1년 넘게 지낸 그는 성은 화華요 이름이 타佗, 자가 원화元化인 명의(화타 역시 초현 출신이다)를 만났다. 화타가 한약과 침구로 중풍에 걸린 그를 치료해준 덕분에 후유증이 거의 완치된 상태였다. 지난해 봄에는 와하 유역에서도 전란이 일어났다. 조조는 연로한 부친을 고향에 내버려둔 것이 못내 걱정되어 그를 낭사琅邪군에 있는 친구의 장원으로 보내 머물게 했다.

그 친구의 이름은 조욱趙昱으로 서주 자사인 도겸의 휘하에서 별가의 직책을 맡고 있었다. 조욱의 장원은 바닷가에 위치한 산언덕에 있었다. 그곳은 월왕 구천勾踐이 오나라를 멸하기 위해 북벌을 감행할 때 잠시 머물렀던 도성으로, 진시황이 동부지역을 순시할 당시의 유적지가 남아 있었다. 수려한 풍경에 소란스러운 속세와는 멀리 동떨어져 있어서 조용히 몸을 추스르기에는 안성맞춤인 곳이었다. 조숭은 서徐씨와 비費씨 두 소실과 어린 아들 조덕, 그리고 하인들 3, 40명을 데리고 아무도 모르게 낭사에서 2년 가까이 살았다. 어찌 보면 이제는 그곳이 그의 집이나 다름없었다.

조조는 그 2년 동안 낭사에 한 번밖에 다녀오지 못했다. 부친과 함께 보낸 시간도 넉넉히 헤아려보아도 겨우 이틀뿐이었다. 바로 이곳 낭사에서 흑산적이 동군을 기습했다는 전갈을 받은 그는, 부친에게 충과 효를 동시에 행할 수는 없다며 양해를 구한 다음 곧바로 자신의 군사가 있는 영지로 돌아왔다. 그렇게 또 1년이 거의 다 지나가고 있었다. 1년 동안 그는 부친을 찾지 못했을 뿐만 아니라 그리워할 겨를조차 없었다. 솔직히 말해, 최근 조덕이 조조를 찾아와 부친의 근황에 대한 얘기하지 않았더라면 그는 부친을 그리워할 여유조차 없었을 것이다.

조덕은 자신의 어린 동생이자 유일한 형제였다. 올해 13살인 그는 조조의 장자 조앙曹昻과 동갑내기로 생일만 조앙보다 겨우 두 달 앞섰다. 조덕은 섣달 스무날 황혼 무렵에 조조를 찾아왔다. 그날은 서북풍이 쏴아 쏴아 거세게 휘몰아쳤고, 눈송이까지 흩날려 창문에 바른 비단을 땅땅 때렸다. 조조는 후당에서 벽에 걸린 거문고를 바라보며 엉뚱한 상상을 하고 있었다. 그는 채문희를 생각하고 있었던 것이다.

여름에 그는 진류군 어현으로 가서 채문희의 행방을 알아보았으나 아쉽게도 한걸음 늦어 그녀를 놓치고 말았다. 바로 얼마 전에 그녀가 집을 떠났던 것이다. 크게 실망한 조조는 다시 도처에 그녀의 행방을 수소문해 보았다. 겨우 그녀가 이각의 부대에 속한 호병胡兵에게 잡혀갔다는 소식을 들었으나 정확히 어느 부족의 군사들이 어디로 데려갔는지는 알 수 없었다. 그러나 호병이라는 말에 그는 이미 불안해하고 있었다. 문희는 젊고 아름다운 연약한 여인이었고, 호병은 여자라면 오금을 못 쓰는 무리이기 때문이었다. 게다가 그들은 여인을 겁탈하는 것에 대해 아무런 죄책감이 느끼지 못했다. 문희가 그들의 손에 들어갔다면 어떻게 되었을

지 상상하기조차 겁나는 일이었다.

그럴수록 그는 더더욱 허황한 상상에서 빠져나올 수가 없었다. 날씨가 흐리고 조금이나마 여유가 있는 날이면 자신도 모르게 심한 고초를 겪고 있을 문희를 떠올렸다. 그날 밤 그는 꿈에서 호병들에게 잡힌 문희가 모닥불 가에 앉아 있는 모습을 보게 되었다. 하늘에서는 눈이 보슬보슬 내리고 있었고 땅바닥에는 양털로 짠 이불이 깔려 있었다. 병사 한 명이 한 손에는 채 익지도 않은 소 뼈다귀를 들고 고기를 물어뜯으면서, 다른 한 손으로는 문희의 가슴을 떡 주무르듯이 주무르고 있었다. 마침 말을 타고 그곳을 지나다가 이 광경을 본 조조는 대노하여 버럭 소리를 질렀다.

"그 손 치우지 못해!"

고함소리와 동시에 그는 창을 휘두르며 호병들에게 덤벼들었다. 문희를 구해낸 조조는 그녀를 번쩍 안아 올려 말에 태운 다음 함께 호병들의 군영을 빠져나왔다. 말이 매우 빠르게 달렸는데도 전혀 흔들림이 없었다. 문희를 안고 달리는 그는 마치 구름을 타고 안개를 헤쳐 가는 것만 같았다. 한참을 달리고 있는데 갑자기 문희가 고개를 돌리더니 그의 볼에 살짝 입을 맞추었다. 깜짝 놀란 그는 어쩔 줄을 몰랐다. 문희의 두 눈이 활활 타오르는 것 같았다. 조조도 마음속에서 솟구치는 욕정을 억제하지 못하고 한 손으로 문희의 얼굴을 살짝 받친 채 입술을 갖다 대려 했다. 이 때 갑자기 어둠 속에서 놀라움과 분노에 찬 두 눈이 그를 노려보고 있었다. 깜짝 놀란 그는 황급히 도망쳤다.

"죄를 지었군! 큰 죄를 지었어!"

그는 속으로 중얼거렸다. 그는 어둠 속에서 빛나던 채옹의 두 눈을 똑바로 쳐다볼 수 없었다.

'조조, 네 이놈! 네놈은 문희 아버지뻘이 되는데, 어찌 지기가 남기고 간 딸을 이렇게 대할 수 있단 말이냐!'

이 황당한 꿈 때문에 다음날 아침, 잠에서 깬 그는 죄책감을 금할 수 없었다. 마침 공교롭게도 이날 그의 어린 동생 조덕이 낭사에서 눈보라를 무릅쓰고 자신을 찾아왔다. 죄책감은 곧 부친에 대한 불효로 전이되었고, 조조는 속으로 자신을 책망하지 않을 수 없었다. '아버지도 챙기지 못하는 주제에 다른 사람을 챙기려 하다니! 내가 대체 무슨 자격으로 문희를 걱정한단 말인가!'

조조는 지금 견성甄城 관아의 후원에서 살고 있었다. 후원에는 방이 스무 칸이 넘었다. 지난여름에 청주 황건적을 새롭게 편성한 후 그는 연주의 주청 소재지를 창읍에서 견성으로 옮겼다. 견성은 창읍의 서북쪽에 위치한 땅으로 황하를 끼고 있었다. 이곳은 연로한 부친이 계시는 낭사에서 더 멀리 떨어진 곳으로, 두 지역 사이의 거리는 거의 천 리나 되었다. 눈발이 흩날리는 오후, 조덕이 얼굴에 하얗게 서리가 얼어붙은 채 기진맥진한 말을 끌고 후원으로 들어서는 순간, 채문희에 대한 조조의 그리움도 거문고소리와 함께 끊겨버렸다. 그는 갑자기 부친에 대해 너무 소홀했음을 깨달았다. 그의 마음속에서 부친이 차지하는 비중이 채문희만도 못했던 것이다.

조덕은 조조의 앞으로 다가와 무릎을 꿇고 예를 올렸다. 동생의 손을 부여잡고 몸을 일으켜 세우던 조조는 그의 손이 얼음같이 차가운 것을 발견했다. 그는 얼른 하인을 시켜 화롯불을 조덕의 자리 가까이 옮겨놓고, 사탕수수 즙을 섞은 두장豆漿(따뜻하게 데운 콩국-옮긴이)을 가져오게 했다. 따뜻한 두장을 연거푸 두 잔을 마시고 나서야 조덕은 온몸을 감싸고 있던 얼음이 점점 녹아내리는 것 같았다. 머리와 얼굴에도 물기와 함께 하얀 김이 피어올랐다. 수증기가 곧 당 안에 퍼지면서 혈육의 정과 섞이기 시작했다. 두 형제는 따스한 김이 모락모락 오르는 가운데 이야기꽃을 피우기 시작했다.

"아니, 이렇게 추운 날씨에 웬일로 이렇게 먼 곳까지 왔느냐?"

"아버님께서 손자들이 보고 싶으시데요. 아버님은 몸이 불편해서 오시지 못하고 저더러 대신 가보라고 하셨어요."

"다른 일은 없느냐?"

"네."

이것이 바로 혈육의 정이었다. 혈육의 정이란 것은 참으로 이상했다. 손자에 대한 조부의 사랑은 부모보다 더하지만 정말 이해하기 어려운 일이기도 했다. 솔직히 말해서 부친이 자신을 크게 아끼고 사랑했던 기억은 거의 없었다. 오히려 조조에게는 부친이 자신을 냉담하게 대했던 기억들만 남아 있었다. 그가 어렸을 때도 그랬고, 소년으로 성장했을 때도 부친은 그를 버린 채 첩만 데리고 낙양으로 관직을 위해 떠났었다.

부자는 서로 만난 적도 드물었고 어쩌다 한 번 만나도 주고받는 이야기가 거의 없었다. 솔직히 말하자면 부친에 대한 효도는 주로 예의 때문이었다. 예컨대 평소에 문안을 드리거나 명절에 안부 인사를 전하고, 해마다 6월 13일이 되면 부친의 생신을 챙기는 것이 고작이었다. 그런 것 말고는 부친의 건강을 걱정하거나 병이 들었다고 해서 약을 달여 바치거나 피곤해하실 때 다리나 어깨를 주물러 드리는 따위의 일은 별로 해본 적이 없었다. 부자가 나란히 앉아서 도란도란 집안일에 대해 얘기를 나눈 적도 거의 없었다. 조조가 첫째 부인 정씨를 맞아 혼례를 치르는 일생의 대사에 관해서도 부친은 조조와 의논한 적이 없었다. 혼사는 부친이 일방적으로 결정해버린 일이었다. 부친이 정씨를 선택한 이상 조조는 순순히 그녀와 혼인을 해야 했다. 이런 결정에 불복하거나 따져대는 것은 애당초 불가능한 일이었다. 지난 30여 년 동안 조조와 부친 사이에 흐른 혈육의 정이라는 것은 너무도 엄숙하고 창백蒼白한 것이었다. 꼬집어 말한다면, 그들 사이의 혈육의 정이란 허위적이고 억지스러운 부분이 없지 않았던 것이다.

그러나 손자에 대한 부친의 감정은 달랐다. 조조는 초평 2년, 설에 동군에서 초현 고향집으로 돌아갔을 때 부친이 거의 매일, 하루 종일 조비와 함께 있는 것을 보았다. 그때 조비는 겨우 서너 살배기였지만 뛰어다니는 속도가 꽤 빨랐다. 부친은 지팡이를 잡고 힘들게 손자의 뒤를 쫓아다녔지만, 매번 조비를 따라잡지 못했다. 할아버지와 손자는 서로 깔깔대고 웃으면서 마당 안이며 탈곡장, 와하 기슭을 뛰어다녔다. 그는 부친이 피곤하여 병이 악화될 것을 걱정하여 얼른 시종을 불러 조비를 할아버지에게서 떼어놓게 했다. 그러자 부친은 버럭 화를 내면서 고함을 쳐댔다. 조숭은 눈물을 흘리며 중풍 때문에 삐뚤어진 입을 부르르 떨면서 조조를 향해 알아듣기 힘든 욕설을 한바탕 퍼부었다. 그는 병이 든 부친의 성격이 괴벽해진 것이라 생각하여 마음에 담아 두진 않았지만 결국 조비를 억지로 동군으로 데려왔다. 얼마 지나지 않아 고향집에서 편지가 당도했다. 부친께서 손자를 몹시 그리워하고 있으며, 매일 우울하고 밥맛이 없어 건강이 예전보다 훨씬 나빠졌다는 내용이었다. 명의 화타의 소견에 의하면 조비를 다시 고향으로 보내 할아버지가 손자와 더불어 날마다 즐겁게 뛰어놀 수 있게 해주어야 노인네의 건강이 빨리 회복될 수 있다는 것이었다. 조조는 몹시 감개무량했다. 그는 혈육의 정이라는 것이 뭐라고 딱 꼬집어 얘기할 수 없는 신기하면서도 '괴상한 감정'임을 깨닫게 되었다.

조조는 이런 생각을 하면서, 조앙과 조창, 조비를 불러 조덕에게 인사를 올리게 했다. 조식도 엄마 품에 안겨 형제들 틈에 끼었다. 조앙은 조덕보다 두 달 어렸지만 키나 몸집이 그보다 훨씬 컸다. 그가 무릎을 꿇고 삼촌에게 인사를 하자 키도 작고 몸도 약한 조덕은 몹시 난처한 표정을 지으며 몸 둘 바를 몰라 했다. 조덕의 눈길이 조앙에게서 조비에게로 옮겨갔다. 조덕은 "아니!" 하고 탄성을 내질렀다. 예전보다 많이 큰 조비의 모습을 보고 놀란 것이었다. 아마 키가 머리 반 정도는 더 큰 것 같았다. 그러면서 조덕은 할아버지께서 보시면 아마 알아보지 못할지도 모르겠다고 말했다. 이어서 조덕은 조식의 생긴 모습을 꼼꼼히 살펴보았다. 조식은 몸집이 겨우 어른 베개만 했고, 아직 강보에 싸인 채 엄마의 품에 안겨 있었다. 아기는 검은 콩알 같은 두 눈을 깜빡이며 조덕을 쳐다보면서 손가락을 입에 넣고 빨아댔다. 조덕이 잘생겼다고 칭찬하자 조식도 옹옹하며 옹알이로 대꾸했다.

조덕이 조카들을 위해 가지고 온 선물을 나눠주기 시작했다. 조덕은 노복을 시켜 상자를 열게 한 다음, 비단과 옥팔찌, 진주목걸이 등을 꺼내놓으면서 이것이 전부 할아버지가 손자들에게 보내는 선물이라고 말했다. 그는 또 다른 노복 한 명을 불러 가로세로 두 치가 되는 나무바구니를 가져오게 했다. 그 안에는 작고 귀여운 다람쥐가 한 마리 들어 있었다. 그는 이 다람쥐가 자신이 특별히 조창에게 주는 선물이라고 말했다. 조앙과 조비를 위해 준비한 선물은 없었다. 그는 겸연쩍게 웃으며 귀와 볼을 번

갈아가며 만지작거렸다. 그러나 어린 두 조카는 아무렇지도 않은 표정이었다. 조조가 먼저 호탕하게 웃음을 터뜨림으로써 조덕의 난처함은 곧 해소되었다.

조앙과 조비, 조식 등이 물러가자 조조는 조덕을 데리고 후당으로 가서 자신의 아내인 정씨와 변씨를 만나게 했다. 조덕에게는 원래 형수 3명이 있었는데, 3년 전에 조앙의 생모인 유씨가 병으로 세상을 떴기 때문에 이제는 2명뿐이었다. 정씨는 형수였지만 나이가 꽤 많았기 때문에(정씨는 조덕의 생모인 초_肖씨보다도 한 살이 많았다) 마치 엄마 같은 느낌이 들었다. 조덕이 인사를 올리자 정씨는 그의 손을 잡고 품에 살짝 안았다. 그러면서 살이 많이 쪘네, 찐 게 아니라 더 빠졌네 하며 인사치레를 주고받았다. 이어서 조숭과 초씨의 건강에 대해 묻자 조덕이 대답했다.

"아버님께서는 작년에 비해 건강이 많이 나아지셨습니다. 혼자 지팡이를 잡고 산에 오르시기도 하지요. 한 번은 구천이 세운 봉화대가 있는 산중턱까지 올라가신 적도 있습니다."

정씨가 손뼉을 치며 좋아했다.

"어머나! 아버님의 건강이 정말 좋아지셨네!"

조덕이 말을 이었다.

"하지만 어머님의 건강은 별로 좋지 않으세요. 지난해보다 몸이 더 뚱뚱해지다 보니 다리가 많이 약해지셨어요. 게다가 목은 그렁그렁 소리를 내는 천식에 걸리셨습니다. 때문에 겨울이 되면 거의 방에서 나올 엄두를 못 내시지요."

정씨가 그의 말을 받았다.

"어머님은 나보다도 젊으신데 벌써 그리 되시면 어떡하나……."

그러고는 조조를 향해 말했다.

"기회를 봐서 화타 선생에게 한 번 보이시는 것도 좋을 듯싶네요."

조조는 문득 자신과 조덕 두 형제 사이에 할 말이 형수와 시동생 사이에 오가는 대화보다 더 적다는 것을 깨달았다. 정씨가 조덕을 끌어안고 그의 귓가에 소곤대자 조덕도 깔깔거리며 대답했다. 때로는 정씨가 조덕의 이마를 손가락으로 다정하게 살짝 찌르기도 했고, 그럴 때면 조덕은 얼굴이 빨개졌다. 그가 연신 "아닙니다, 아니에요" 하면서 손을 내젓자 형수는 더욱 즐거워하면서 깔깔 웃어댔다.

이런 광경을 보고 있던 조조는 나이 든 형수와 어린 시동생 사이에 깊게 흐르는 혈육의 정을 느낄 수 있었다. 그는 속으로 생각했다. '나에게는 동생이 하나뿐이다. 게다가 나는 동생보다 나이가 26살이나 더 많다. 더 이상 다른 동생을 볼 일도 없을 것이다. (부친의 나이는 이미 60살이었다.) 그러니 이 아우와의 정이 얼마나 소중한 것인가!'

이날 밤 조조는 조덕에게 자신과 함께 한 침대에서 자자고 권했다. 조덕은 어색하고 불편해 감히 침상 위에서 몸을 뒤척이지 못했다. 조조는 원래 어린 동생과 침상에서 오래도록 이야기를 나누고 싶었지만 다시 생각해보니 별로 할 얘깃거리도 없었다. 게다가 먼 길을 오느라 고단했던 조덕인지라 침상에 누운 지 얼마 되지 않아 곯아떨어졌다.

그러나 조조는 밤이 깊도록 잠들지 못했다. 밖에서 바람이 고목을 후려치는 소리를 듣다 보니 노인네의 가는 숨소리와 흡사했다. 때로는 마치 "아만아! 아만아!" 하고 자신을 부르는 소리로 들리기도 했다. 부친이 힘겹게 발을 끌면서 자신에게로 다가오고 있는 듯한 느낌이 들었다.

이날 밤 조조는 정사가 아무리 힘들고 바쁘더라도 이번 설에는 부인들과 아이들을 데리고 조덕과 함께 낭사로 돌아가 부모님과 함께 즐거운 시간을 보내기로 마음먹었다.

'집이란 어떤 곳인가? 부모님이 계신 곳이 바로 집이 아닌가.' 조조는 속으로 이렇게 생각했다. 그러나 조조의 이런 바람은 끝내 실현되지 못했다. 초평 4년 설에, 그는 결국 부친 곁으로 돌아가지 못했던 것이다.

게다가 견성에서 조덕과 만난 것이 두 형제 사이의 마지막 상봉이 되고 말았다.

모든 유감스러운 일에는 어쩔 수 없는 사연이 있기 마련이다. 조조가 짐을 싸서 조덕과 함께 낭사로 떠나기로 한 전날, 갑자기 진류에서 급한 군정이 당도했다. 이 때문에 그는 또다시 혈육의 정은 잠시 미뤄놓는 수밖에 없었다.

알고 보니 지난여름 조조가 연주목이 된 후에 형주 자사 유표가 남양을 공격하여 원술의 보급로를 차단한 것이었다. 이에 원술은 부득이하게 북진하여 다른 길을 찾는 수밖에 없었다. 조조가 주청 소재지를 창읍에서 견성으로 옮기자 이는 원술에게 좋은 틈을 내어준 것이나 다름없었다. 원술은 살금살금 연주 경내로 침입해 들어오기 시작하더니, 최근 갑자기 진류군 봉구封丘에 군사를 주둔시키고 부하 장수인 유상劉詳에게 봉구의 동북쪽에 위치한 광정匡亭을 지키게 했다. 이곳은 지형적으로 수비와 방어가 서로 호응을 이룰 수 있는 곳으로 더 없이 좋은 요충지였다. 원술이 조조와 연주를 다투려는 것이 분명했다.

원술이 도전장을 내민 이상 결연한 자세로 반격하는 것 외에는 다른 선택의 여지가 없었다. 그날 조덕을 떠나보내고, 조조는 즉시 병사들을 이끌고 견성에서 남하하여 밤에 복수濮水를 건너, 광정에서 미처 방비 태세를 갖추지 못한 유상을 기습했다. 그날이 마침 초평 4년의 설날이었다. 광정에 주둔하고 있던 원술의 군대는 그곳 백성들의 영향으로 군영 안이 명절 분위기로 가득 차 있었다.

광정을 잃게 될 경우 봉구마저 위험에 처할 수 있다는 생각에 원술도 군대를 이끌고 유상을 지원하러 왔다. 양군은 곧 접전을 벌였고 조조의 적수가 되지 못했던 원술은 양읍으로 도망쳤다. 조조가 뒤를 바싹 추격하자 원술은 황급히 태수太壽로 달아났다. 이에 조조는 곧 태수를 포위하고 성 주위에 도랑을 파 성을 물에 잠기게 할 것이라는 소문을 퍼뜨렸다. 하는 수 없이 원술은 다시 영릉寧陵으로 퇴각했지만 조조의 추격은 멈추지 않았다. 혼비백산한 원술의 눈에는 풀이나 나무조차도 전부 조조의 병사처럼 보였다. 그는 영릉성을 포기하고 다시 구강九江으로 도망쳐서야 간신히 놀란 가슴을 진정시킬 수 있었다.

원술은 광정에서 봉구로, 봉구에서 다시 양읍과 태수, 영릉, 구강까지 무려 6백 리나 되는 길을 달려 도망쳤다. 원술은 조조에 의해 연주에서 쫓겨났을 뿐만 아니라 예주까지 벗어나 다시 옛 근거지인 양주로 돌아갔다.

원술과의 전쟁은 어느새 석 달이 넘게 지속되었다. 4월 초순이 되어서야 조조는 견성으로 돌아왔고, 군사들도 잠시 숨을 고를 수 있었다. 그러자 그는 다시 낭사에 계시는 부친과 동생이 떠올랐다. 6월 16일은 부친의 환갑이었다. 조조는 부친을 견성으로 모셔다 천륜의 도리를 다하고 싶은 생각에, 태산 유수 응소應劭에게 병사 3백 명을 거느리고 낭사로 가서 부친을 모셔오게 했다. 그런 다음 자신은 부모님을 위해 방을 정리하고 필요한 물건들을 준비하기 시작했다.

조조는 20여 일을 기다렸다. 5월 5일 전날 밤, 부인 정씨와 변씨는 종자

粽子(찹쌀 안에 고기나 대추 등 여러 가지 소를 넣고 대나무 잎으로 싸서 찐 음식 -옮긴이)를 빚고, 문에는 갈포葛蒲를 꽂아 시부모님을 맞을 준비에 분주했다. 그런데 갑자기 태산군에서 비보가 들려왔다. 태공과 조덕 등 주인과 노복 30여 명이 태산군 화현華縣과 비현費縣의 접경지에서 비참하게 강도들에게 피살당했다는 것이었다.

2

조숭의 죽음은 여백사의 죽음과 마찬가지로 조조와 관련된 수수께끼 가운데 하나다. 후세에 혹자는 두 사건 사이에 모종의 연관성이 있다고 추측하기도 했다. 그는 조숭의 죽음이 조조가 잔인하게 여백사의 모든 식솔들을 죽여 버린 데 대한 인과응보라고 주장했다.

모든 사건의 의문점은 범인이 누구인지, 동기는 무엇인지 하는 두 가지 문제에 집중되어 있었다. 어쩌면 이 일을 뒤에서 조종한 인물이 도겸이라는 설도 있었다.

5월 5일, 검은 구름이 하늘을 잔뜩 가린 단옷날, 조숭의 신변에서 시중을 들던 노복 몇 명이 피투성이가 되어 조조의 발아래 엎드렸다. 그들은 태공이 피살되었다는 비보를 전하면서 두서없이 사건의 과정을 설명했다.

갑작스러운 충격적인 소식에 조조는 머리가 텅 비는 듯한 느낌이었다. 노복들의 이야기를 들으면서 텅 빈 뇌리 속으로 흐릿하게, 때로는 선명하게 장면들이 하나둘씩 떠올랐고, 이 장면들은 다시 한 이야기로 이어졌다.

그날은 4월 4일로, 욕불절浴佛節(석탄일–옮긴이)까지는 나흘이 남아 있었다. 태공은 평소와 마찬가지로 진시에 일어나 인유人乳와 꿀을 섞어 만든 음식을 먹고 조덕의 모친과 두 시녀의 부축을 받으며 초당 동쪽에 있는 작은 화원을 산책하고 있었다. 옅은 안개가 드리워진 소나무 가지들 사이로 쏴 하는 파도소리가 들려왔다. 공기 중에는 해변 특유의 달콤하면서도 비릿한 냄새가 가득했다.

이곳은 매우 비밀스러운 장원이었다. 장원의 주인 조욱 외에 조조의 부친이 이곳에 거주하고 있다는 사실을 아는 사람이 거의 없었다. 주위에 서너 채의 집이 있긴 했으나 모두 어부들의 집이었고 왕래 또한 거의 없었다. 간혹 서쪽 산사의 스님들과 왕래가 있긴 했지만, 그들도 몸집이 좋고 발음이 분명하지 못한 태공의 이름을 조숭이 아닌 요송廖松으로 알고 있었다.

이름을 감춘 것은 물론 신변의 안전을 위한 것이었다. 첫째는 황건적이나 흑산적의 잔당이나 무자비하게 약탈을 감행하는 토비들의 눈을 피하기 위한 것이었고, 둘째는 조조의 원수들이 복수를 못하도록 방비하기 위한 것이었다. 적들의 상황은 수시로 달라졌다. 예전에는 동탁과 그의 무리들이 적이자 원수였다. 그들은 원외의 목을 벤 것처럼 조숭을 잡기만 하면 그의 목을 벨 것이 뻔했다. 하지만 이제는 원술이나 도겸 혹은 조조와 천하를 다투는 인물이라면 적일 수밖에 없었다.

도겸은 이름이 공조恭祖로 단양 출신이었다. 그는 노현盧縣 현령과 유주 자사, 의랑 등의 관직을 역임한 바 있었다. 동탁이 정권을 잡았을 때, 그는 관동의 의군 연맹에 가담하지 않아 동탁의 신임을 얻어 서주목이 되었다. 곽사와 이각이 집정한 뒤에는 또 자발적으로 조정에 공물을 바쳐 안동安東장군의 직위를 얻었고, 나중에는 율양후溧陽侯에 봉해지기도 했다.

도겸은 사람들에게 매우 따뜻하고 중후하다는 인상을 심어주었으나 조조는 그가 악랄하고 음험한 인물이라고 생각했다. 예전에 조조도 그와 왕래를 한 적이 있었으나 평범한 교제에 지나지 않았다. 조조의 친구이자 장원의 주인인 조욱이 도겸 때문에 서주에서 쫓겨난 뒤로는 두 사람의 관계도 끊어졌다. 최근에는 도겸이 은근히 공손찬을 지지하는 바람에 원소와는 원수지간이 되었다. 조조가 원술과 대적할 때 도겸은 또 원술의 편을 들었다. 이런 여러 가지 일들을 놓고 볼 때, 도겸은 조조의 적임에 틀림이 없었고 조조 역시 그에게 항상 경계심을 품고 있었다. 낭사는 서주의 관할 지역이었기 때문에, 조조는 부친이 도겸의 핍박을 받지나 않을까 하는 생각에 그에게 이 장원에 대해서 발설한 적이 없었다.

4월 4일 진시가 지나, 조 태공이 아침식사를 하고 있는데 산사에서 탁발승이 내려왔다. 그는 8일이 석가모니의 탄생일이라 '욕불(불상을 목욕시키는 일—옮긴이)'도 해야 하고 용화회龍華會도 열어야 한다면서 태공에게 시주를 부탁했다. 태공은 그런 일을 즐기던 터라 그 자리에서 탁발승의 요구를 받아들여 황금 1백 냥과 백금 2백 냥을 시주했다. 탁발승이 사라지기 무섭게 오솔길에서부터 시끄러운 말발굽소리가 들리더니 얼마 후 2백 명에 달하는 병사들이 말을 타고 장원의 문 앞에 나타났다.

무소가죽으로 된 갑옷과 녹색 도포를 걸친 관원이 맨 앞에 서 있었다. 그는 키가 8척이나 되었고 얼굴은 구릿빛을 띠고 있었다. 그는 자신을 태산 태수인 응소라고 소개하면서 태공에게 말했다.

"오늘 조 자사의 명을 받들어 견성에서 온 가족이 함께 모일 수 있도록 태공을 모시러 왔습니다."

그리고는 서찰 하나를 내밀었다.

태공은 응소를 한 번도 만난 적이 없던 터라 그의 말이 사실인지 거짓인지 분별할 방법이 없었다. 때문에 자신이 조조의 부친이라는 것도 밝히지 않았다. 하지만 서찰을 받아보니 과연 아들의 필적이 틀림없었다. 서찰에 적힌 내용도 자신을 견성으로 모셔간다는 것이라 이내 의심을 풀었다. 그가 편지를 조덕에게 보여주자 조덕도 형님의 필체가 맞다고 거들었다. 그러면서 형님이 설 전에 자신에게 날씨가 조금 풀리면 아예 아버님을 견성으로 모셔와야겠다고 말했다고 전했다. 이에 태공은 크게 기뻐하며 이사할 준비를 서두르라고 일렀다.

조숭은 하루의 시간을 들여 모든 가산을 크고 작은 6백여 개의 상자에 차곡차곡 담아 70여 대의 나귀 수레에 실었다. 그 외에 휘장을 두른 수레와 대나무로 만든 가축을 실을 수레 20대를 준비했다. 조숭은 다음날 자신과 가족들을 태우고 새벽에 낭사를 떠났다.

낭사에서 견성으로 가는 길은 태산 동쪽의 6, 7백여 리를 제외하고는 전부 산지와 구릉이라 무척 험난했다. 폭이 너무 좁아 수레 한 대가 겨우 지나갈 수 있는 정도라 조금만 잘못해도 절벽에 부딪치거나 깊은 계곡으로 굴러 떨어질 것 같았기 때문에 아주 조심스럽게 몰아야 했다. 1백대에 가까운 수레와 호위하는 기병 2백 명까지 합쳐 대오가 30리 정도로 길게 뻗어 있었다. 꼬불꼬불한 산길을 가다 보니 앞에 선 사람의 눈에는 맨 뒤에 오는 일행이 보이지 않았다. 수레에 탄 여자들은 늑대와 호랑이의 울부짖는 소리를 들을 때마다 머리카락이 곤두섰고, 겁에 질려 꼼짝도 못했다. 일행은 이미 자신의 목숨을 응소와 그의 부하들에게 맡긴 것이나 다름없었다.

응소는 갑옷을 입고 머리에 투구를 쓴 채 손에는 긴 창을 들고서 앞장서서 직접 길을 인도했다. 그는 수시로 태공과 그의 가족들에게 들짐승은 두려워할 필요가 없다면서 오히려 짐승들이 사람을 무서워한다고 말해 마음을 놓게 했다. 아울러 가장 방비해야 할 대상은 사람들이며, 특히 길을 막고 재물을 강탈하는 산적들이 무섭다고 강조했다. 그는 사람들에게 비적 떼를 만나면 우선 마음을 가라앉히고 조용히 수레 안에 앉아 있어야 하며 절대 함부로 도망가선 안 된다고 당부했다. 또한 자신과 자신의 병사들만 믿으라고 하면서 어떤 비적이 나타나더라도 절대 태공 일행을 손가락 하나 건드리지 못할 것이라고 덧붙였다.

하지만 이 말을 듣고 사람들은 더욱 겁에 질렸다. 여자들은 서로 끌어 안고 벌벌 몸을 떨었다. 오랜 여행으로 소변이 마려워도 감히 수레에서 내려 해결할 엄두조차 내지 못했다.

새벽에 일어나 길을 재촉하고 밤에는 새우잠을 자면서 7일 동안이나 산길을 행군했다. 이날 황혼 무렵 화현과 비현의 접경지대에 이르렀다. 산언덕에서 뎅뎅 종소리가 들려왔다. 고개를 들어보니 녹음이 우거진 곳에 황갈색 벽돌로 지은 산사가 눈에 들어왔다. 응소가 태공에게 산사에서 하룻밤 묵어가는 것이 어떻겠느냐고 묻자 태공은 아무 생각 없이 고개를 끄덕였다. 응소와 태공의 집사가 허락을 받기 위해 산사로 떠났다.

얼마 지나지 않아 주지스님이 응소와 집사를 따라 함께 태공을 찾아와 인사를 올리며 일행을 산으로 안내했다. 산사의 이름은 대비사大悲寺로 규모가 그다지 크지 않아 전당과 선방을 합쳐 20칸이 넘지 않았다. 응소 는 수레와 나귀, 말들은 문 밖에 매어두고 노비들과 병사들에게 이를 지 키면서 밖에서 유숙하게 했다. 태공의 식솔들과 시녀들은 산사 안에서 휴식을 취했다. 주지와 승려들은 선방을 손님들에게 내주고 본인들은 행 랑이나 불당에 몸을 구부려 누웠다.

어느새 날이 어두워져 불을 밝힐 때가 되었다. 태공과 가족들은 승려들 이 지어온 밥을 먹고 따뜻한 물로 세수를 한 다음 일찌감치 잠자리에 들 었다. 잠자기 전에 태공은 불상 앞에 가서 향을 태우며 무사히 견성에 도 착하게 해달라고 빌었다. 그리고는 산사에 적지 않은 은 냥을 시주했다.

주지는 시주를 받으면서 태공의 두 귀가 부처처럼 크고 귀와 치아는 필시 장수할 상이라고 치켜세웠다. 그 말을 들은 태공과 두 부인은 모두 크게 기뻐했다. 하루의 피로가 반쯤은 가시는 느낌이었다. 사실 산사에 오기 전까지는 모두 간이 콩알만 해져서 가슴을 졸였다. 산적들에게 재물을 강탈당할까 봐 두렵기도 했고 태공이 병이 날까 걱정되기도 했던 것이다. 하지만 다행히 오는 내내 아무 일도 일어나지 않았다. 이는 태공이 욕불을 위해 금과 은을 시주한 것이 효력을 발생했다는 것을 의미했다.

태공은 잠자리에 들기 전 구석에 놓아둔 철과 가죽으로 된 상자들을 다시 살펴보았다. 그 안에는 금과 은, 보석들 그리고 비단 등 온갖 귀중품들이 가득 들어 있었다. 아무 문제가 없는 것을 확인한 태공은 촛불을 끄고 잠자리에 들었다. 그러자 허리와 등이 쑤셔왔다. 부인 초씨가 한참을 주무르자 노인네는 시원했는지 끙 하고 신음소리를 내더니 낮은 목소리로 중얼거렸다.

"벌써 반은 왔어. 앞으로 조금만 더 가면 지세가 평탄해지고 가는 길이 훨씬 편해질 거야. 아마 사나흘만 지나면 견성에 도착할 것 같은데……."

밖에서 쏴 하고 솔바람소리가 들려왔다. 그의 의식은 여기에서 멎었다. 한밤중에 태공의 의식이 갑자기 회복되었다. 그는 솔바람 속에서도 사람들이 외치는 소리와 말이 울부짖는 소리를 분간할 수 있었다. 그는 눈을 번쩍 떴다. 창호지 밖에서 움직이는 불빛이 보였다. 크게 놀란 태공은 얼른 초씨를 흔들어 깨웠다. 두 사람은 창턱 위에 귀를 대고 무슨 일이 일어났는지 알아보려고 하는 순간, 누군가 창문 밖에서 다급하게 방 안에 대고 소리를 질렀다.

"태공! 어서 일어나십시오!"

태공은 방 안에서 덜덜 떨며 물었다.

"누구냐? 무슨 일이냐?"

"소인은 응소이옵니다. 도겸의 부하장수 장개張闓가 산사를 포위했습니다!"

태공은 아직 잠에서 완전히 깨지 못한 상태라 갑자기 도겸이 누군지 생각나지 않았고, 장개란 자가 왜 산사를 포위했는지는 더더욱 알 수 없었다. 그는 몸을 부들부들 떨면서 아무 말도 하지 못했다. 밖에서 또다시 응소가 말했다.

"제가 나가서 힘껏 장개를 막아보겠습니다. 하지만 그쪽 병사들이 너무 많아 아무래도 역부족일 것 같습니다. 사태가 위험해지면 동쪽의 불전 뒤에 있는 담장을 넘어 도망치십시오!"

응소의 말소리가 사라지더니 산사의 담장 밖에서 여러 무리가 싸우는 소리가 크게 들려왔다. 창호지 밖으로 불빛이 더욱 환해졌다. 태공은 용기를 내어 창문에 구멍을 내고 바깥 사정을 살펴보려 했다. 그 순간 갑자기 휘익 하고 화살 하나가 날아와 창호지를 뚫고 태공의 귀를 스쳐 벽에 꽂혔다.

누군가 쿵쿵, 다급히 문을 두드려댔다. 조덕이 노비 3명을 데리고 들어왔다. 그들의 손에는 칼과 검이 쥐어져 있었다. 태공이 비실비실 몸을 일으켜 빗장을 열었다. 조덕이 말했다.

"서주의 병마가 갑자기 새벽에 산사를 포위했습니다. 앞에 선 장수는 장개이며, 도 자사의 명을 받들어 태공과 여러 식솔들을 호위하러 왔다고 합니다."

태공이 의아해하며 물었다.

"서주 병사들이 우리를 호위하러 왔다면서 어찌 응 태수와 싸움을 벌인단 말이냐?"

조덕이 대답했다.

"그러게 말입니다. 호위하러 왔는지 아니면 다른 목적이 있는지 알 길이 없습니다."

'다른 목적'이라는 말에 태공은 대경실색했다. 그가 조덕에게 다시 물었다.

"그러면 너의 생각에는 어떻게 하는 것이 좋겠느냐?"

태공이 황급히 그에게 묻고 나서 다시 생각해보니 조덕은 이제 겨우 열서너 살 된 어린아이에 불과했다. 그런 그가 알면 얼마나 알 것인가? 하지만 다시 보니 조덕도 이제는 제법 어른 티가 났다. 조덕이 두 손으로 검을 잡은 모습과 눈빛이 늠름했다. 조덕이 대답했다.

"도겸은 좋은 사람이 아닙니다. 형님께서 그를 경계하라고 하셨습니다."

"그러게 말이다."

태공이 그제야 정신이 들었다.

"좋은 사람이면 별가를 쫓아 보내지 않았을 텐데."

조덕이 다시 말을 이었다.

"제가 보기에 응소란 사람도 별로 좋은 사람 같지는 않습니다!"

태공과 초씨, 노복들은 모두 마음이 착잡해지기 시작했다. 조덕도 말을 뱉고 나서 스스로 놀랐다. 태공이 다급히 물었다.

"무슨 증거라도 있느냐?"

조덕은 말없이 고개를 가로저었다.

"딱히 뭐라고 말하긴 어렵습니다만……."

그는 정말 뭐라고 딱 꼬집어 말할 수가 없었다. 세상의 많은 일들이 때로는 확실하게 설명할 필요가 없는 법이다. 그냥 직감으로 시비와 선악을 구분하는 것이 더 정확할 때도 있는 것이다. 조덕은 이 산사의 승려들과 낭사산의 승려들이 모두 좋은 사람들이 아니라 어쩌면 서로 내통하고 있는지도 모른다고 짐작하고 있었다.

조덕이 자신이 짐작하는 바를 얘기하자 태공과 초씨, 노복들의 머리카락이 곤두섰다. 마치 보이지 않는 손이 자신들의 목을 죄는 것 같아 숨을 쉬기조차 힘들었다.

잠시 후 담이 큰 노복 하나가 창턱을 밟고 올라가 밖을 내다보더니 밖에서 매우 치열한 싸움이 벌어지고 있으며 사방에 시신들이 쫙 깔려 있다고 말했다. 태공은 정신을 가다듬고 단호하게 말했다.

"어서 가자!"

그리고는 쌓아놓은 상자를 잡아당겼다. 그러나 상자는 미동도 하지 않았다. 그는 한숨을 내쉬면서 말했다.

"됐어! 재물은 별로 중요한 것이 아니니 그냥 두고 가자!"

이리하여 노복 2명이 앞서고, 1명이 뒤에 섰다. 태공 부부와 조덕은 중간에서 걷기 시작했다. 선방의 뒷문을 나와 어둠 속에서 오른쪽으로 방향을 틀었다. 어두워 길이 잘 보이지도 않았기 때문에 급한 대로 조용하고 사람이 없는 곳으로 피하고자 한 것이다. 하지만 공교롭게도 얼마 가지도 못해 갑자기 앞에 불빛이 나타나더니 누군가 소리를 질렀다.

"여기다! 여기 도적이 있다!"

검은 그림자 몇몇이 어둠 속에서 뛰쳐나왔다. 태공 일행은 얼른 방향을 바꿔 달아났다. 몇 걸음 가지도 못했는데, 어둠 속에 또 다른 검은 그림자들이 나타나더니 길을 막았다. 노복 3명이 이들과 겨우 맞서 싸우는 사이에 태공과 초씨, 조덕은 서로 뿔뿔이 흩어지고 말았다.

조덕은 커다란 향로 옆에서 넘어져 돌계단 위를 구르다가 가람전伽藍殿의 뒷문에서 겨우 멈췄다. 다리가 삔 것 같았지만 크게 통증이 느껴지지는 않았다. 다시 일어서 도망치려는 순간, 누군가가 가람전 안에서 뛰쳐나와 다짜고짜 몽둥이를 휘둘러 그의 이마를 내리쳤다.

조덕이 몽둥이에 맞아 쓰러질 때 태공과 초씨는 서로 부축해 사원의 뒷담까지 가 있었다. 다행히 근처에는 적이 없었기 때문에 담을 넘기만 하면 무사히 도망칠 수 있었다. 초씨가 태공에게 자신이 도와줄 테니 먼저 도망치라고 권하자 태공은 초씨에게 먼저 가라고 고집했다. 뚱뚱한 초씨가 여러 차례 몸을 날려봤지만 손이 담장 끝에 닿지 못했다. 하는 수없이 태공은 땅에 엎드려 초씨에게 자신의 어깨를 밟고 올라가게 했다. 겨우 담장 끝에 올라선 초씨는 다시 주르르 미끄러져 내려오고 말았다. 태공이 다급히 물었다.

"왜 또 내려온 거요?"

초씨가 기어들어가는 목소리로 대답했다.

"담 밖에도 사람들이 있어요!"

두 사람은 하는 수 없이 다른 길을 찾아보았다. 힘들게 몸을 가누며 여기저기를 헤매는 사이에 갑자기 횃불 몇 개가 그들을 향해 달려왔다. 태공은 발을 동동 구르며 탄식을 내뱉었다.

"이제 끝장이로구나."

그는 울며 겨자 먹기로 초씨의 손을 이끌어 뒷간으로 숨어 들어갔다.

곧 횃불 몇 개가 뒷간까지 쫓아오더니 태공과 초씨의 몸을 비추며 말했다.

"틀림없어! 바로 조 태공과 그의 첩이야."

이어서 시퍼런 빛이 번쩍하더니 태공의 이마에 칼날이 꽂혔다.

어느 새 날이 밝으면서 산사도 고요함을 되찾았다. 이상한 것은 응소나 장개의 군사와 말이 날이 밝음과 동시에 전부 온데간데없이 사라졌고, 승려들의 모습도 자취를 감추었다는 것이다. 물론 70대나 되던 조씨네 나귀 수레도 보이지 않았다. 산사 안팎에는 30구가 넘는 시신이 도처에 널려 있었다. 이들은 모두 조씨 식솔들로, 그 가운데는 태공 부부와 조덕의 시신도 포함되어 있었다.

겨우 살아남은 노복들은 놀란 가슴을 쓸어내리면서 태공과 피범벅이 된 조덕의 시신을 살펴본 다음, 신전 안에서 신비한 미소를 머금고 있는 보살을 쳐다보았다. 모든 것이 꿈만 같았다. 하지만 향로 위에 앉아 있는 참새 몇 마리가 초롱초롱한 눈으로 이들의 모습을 쳐다보며 모든 것이 사실이라고 말해주고 있었다.

3

5월은 뇌우의 계절이었다. 부친이 살해되었다는 비보를 접한 조조는 번개를 맞아 진흙탕에 쓰러지는 느낌이었다. 빗줄기가 채찍처럼 그를 후려쳐 제정신이 들게 했다. 그는 가슴속으로 밀려오는 먹구름을 맞이해야 했다. 먹구름 사이로 누군가 그에게 외치고 있었다.

"아들아! 아비의 원수를 갚아다오!"

이는 환각이었다. 그때 사람들은 이미 《예기》〈상대의喪大儀〉의 절차를 따라 고인을 위해 혼을 불러오는 의식을 거행하고 있었다. 한 노복이 고인의 웃옷을 벗기고 지붕 위에 올라가 북쪽을 향해 이름을 부르고 있었다.

"조숭이여! 돌아오라!"

이름을 세 번 부른 다음 옷을 아래로 떨어뜨리자 누군가 그 옷을 받아 고인의 시신에 덮었다.

조숭의 시신은 이미 핏자국 하나 없이 깨끗이 씻겨졌고 상처는 모두 깨끗한 천으로 동여맨 상태였다. 그의 '반함飯숨(사자의 입에 넣어주는 쌀과 옥구슬-옮긴이)'은 '효자' 조조가 직접 넣었다. 그가 부친의 입에 반함을 넣고 입을 닫는 순간, 또다시 부친의 애절한 음성이 들려왔다.

"아들아! 이 아비의 원수를 꼭 갚아다오!"

소렴小殮과 대렴大殮, 제사, 발인 등의 장례절차가 이어졌다. 절차가 하나씩 진행될 때마다 조조는 부친의 애절한 목소리를 들었다.

"아들아! 아비의 원수를 꼭 갚아다오!"

원수는 당연히 갚아야 했다. '아비 죽인 원수와 아내 뺏긴 한'은 사내대장부가 가장 참지 못하는 두 가지 원한이었다. 부친의 원수를 갚은 것은 너무도 당연한 일이었다. 그러나 누구에게 어떻게 원수를 갚는단 말인가?

낭사에서 도망쳐 나온 노복의 말에 따르면 태공을 죽인 용의자는 응소와 장개 둘이었다. 응소는 조조의 부탁을 받고 태공 등의 신변을 호위하기 위해 낭사로 갔으나 피비린내 나는 사건이 발생한 직후 곧장 군사들을 이끌고 어디론가 사라져버렸다. 범인이 아니라면 굳이 자취를 감출 필요가 없을 것이다. 또한 장개는 도겸의 명을 받들어 태공을 맞이하러 화현으로 갔다고 하지만 오히려 그의 출현으로 인해 이런 사건이 발생했다. 게다가 의심스러운 것은 사건 발생 직후, 그와 수하들도 전부 사라졌다는 것이다. 이들이 정말 실종된 것일까?

며칠 전 서주 자사 도겸이 사자를 보내와 태공에게 제사를 드리는 틈을 이용하여 조조에게 변명을 늘어놓았다.

"장개는 원래 황건적이었는데 도적의 본성을 버리지 못했나봅니다. 재물이 가득한 태공의 상자를 보고는 갑자기 강탈해야겠다는 욕심이 들었던 것 같습니다."

사자는 잠시 쉬었다가 계속 말을 이었다.

"자사께서는 장개를 붙잡아 명공께 대령하여 처분을 받게 하려 했으나 도적이 어느새 종적을 감춰버려 어찌할 도리가 없었습니다. 도 자사께서는 명공께 깊은 사죄의 뜻을 전해달라고 하셨습니다. 원래는 태공께서 서주를 지나는 기회를 빌미로 주인 된 자로서 성의를 다하고 명공과의 친분을 다지려고 했던 것인데, 오히려 일이 잘못되어 이런 사고가 발생하고 말았습니다. 에효, 명공께서 도 자사의 고충을 이해해주시기 바랍니다."

조조는 벌겋게 부은 두 눈에 눈물을 머금고 사자를 노려보며 모골이 송연해지도록 싸늘한 냉소를 보냈다.

"흥!"

이때부터 조조는 도겸이 바로 '원수'라고 단정했다.

밤을 새워가며 부친의 관을 지키면서 조조는 줄곧 도겸을 토벌할 계획을 구상했다. 6월 16일은 강일剛日이자 부친의 60번째 생신이 되는 날이기도 했다. 그는 이날 마제禡祭를 지내기로 했다. 제문을 읽을 때 그의 몸은 비록 제단을 향해 있었지만 눈앞에는 줄곧 부친의 모습이 아른거렸다. 제문을 다 읽고 나서 그는 마음속으로 한마디 덧붙였다.

'아버님! 이 아들이 곧 원수를 갚아드리겠습니다.'

그는 부친이 만족스러운 표정으로 고개를 끄덕이는 모습을 확인했다.

"아들아, 아비의 원수를 갚아다오."

귓전을 맴돌던 목소리가 마침내 사라졌다.

조조의 군사들은 호호탕탕하게 동진했다. 선두에는 '연주 조 자사'라고 새겨진 선봉대 깃발이 세워졌고, 그 옆으로 원수를 갚는다는 뜻의 '보구설한報仇雪恨' 네 글자가 선명하게 수놓인 커다란 백기가 펄럭이고 있었다. 조조는 다섯 가지 상복 중에서도 가장 중요한 '참쇠斬衰'를 입고 있었다. '참쇠'란 거친 베로 옷을 짓되 아랫도리는 꿰매지 않은 것이다. 그리고 거친 베를 꼬아 만든 허리띠(효자의 마음에 이 허리띠처럼 매듭이 가득맺혔다는 뜻)를 질끈 동여매고 있었다. 그의 손에 들려진 것도 채찍이 아니라 상장喪杖(상주가 짚는 지팡이―옮긴이)이었다. 조인과 조홍 등 본가 형제들도 안에는 무소가죽으로 된 갑옷을 입고 밖에는 '참쇠'를 걸치고 있었다. 하후돈과 하후연 등 친척들과 진류 을오에서 함께 거병했던 고향의 병사들, 심지어 조조의 대오에 가담한 지 얼마 되지 않은 군관들도 자원하여 조숭을 위해 상복을 입었다. 그들은 전부 '단면袒免(윗도리를 풀어

헤치고 왼팔을 내놓으며 흰 천으로 머리를 동임)'을 한 모습이었다. 전열을 엄
정하게 가다듬은 천군만마가 위풍당당하게 행군하는 모습이 마치 하얀
서리와 눈발이 밀려오는 듯했다.

때는 6월이라 한 해에서 가장 더운 때였다. 우르릉 꽝꽝 하는 천둥소리
에 이어 장대비가 쏟아지자 흰 서리와 눈을 뒤집어쓴 대오의 모습은 더욱
비장해보였다. 이는 곧 이번 전쟁이 얼마나 잔혹할지를 미리 암시하는
것이기도 했다.

조조의 군대는 파죽지세로 20여 일 만에 10여 개가 넘는 성을 공략했
다. 서주 자사 도겸은 조조가 이렇게 빨리 쳐들어오리라고는 전혀 예상
하지 못했다. '보구설한'이라고 쓴 백기는 이미 서주의 관할 지역인 팽성
彭城에 당도해 있었다. 사실 도겸이란 자는 동탁이 정권을 잡았을 때나 왕
윤과 이각, 곽사가 권력을 탈환했을 때나 항상 태평 무사하게 위기를 잘
넘기면서 여러 해 동안 편안하게 지내왔다. 하지만 오늘은 달랐다. 조조
가 살기등등하게 자신의 집까지 찾아오자 그도 정신을 차리고 맞는 수밖
에 없었다.

양쪽 군대는 사수泗水 기슭에서 대치했다. 말을 탄 도겸은 문기門旗 아
래 서 있었다. 그는 맞은편에서 맨 앞에 상복을 입고 손에 상장을 든 조조
에게 머리를 숙여 예를 갖추며 말했다.

"이 도겸은 원래 조 공과 더 깊은 교우를 맺을 수 있기를 바라 마지않았
습니다. 그래서 돌아가신 어르신을 호위하려 했던 것인데 공교롭게도 일
이 잘못되고 말았습니다. 부친을 살해한 범인은 장개라는 도적놈으로 저
는 이 불미스러운 일과 아무런 관련도 없습니다."

그의 말이 채 끝나기도 전에 조조가 상장을 들어 그에게 삿대질을 하며

소리를 질러댔다.

"도겸! 장개가 나의 부친을 살해했다면 그놈을 잡아 내 앞에 대령하라. 그럼 내가 알아서 그놈을 취조하겠다!"

도겸이 울상을 하며 대답했다.

"아이코! 장개가 벌써 도망간 지 오래인데 제가 그자를 어디 가서 잡는 단 말입니까? 그자를 잡을 수 있었다면 진즉에 수급을 명공께 갖다 바쳤을 것입니다."

조조가 눈을 부라리며 욕을 퍼부었다.

"이 못된 필부 놈아! 네놈이 장개를 시켜 내 부친을 살해하고 그놈을 감추어둔 것이 분명한데 감히 내 앞에서 발뺌을 하는 게냐! 퉤! 내 부친이 네놈의 관할 지역에서 살해당하셨으니 네놈에게 죄를 묻지 않고 누구에게 묻는단 말이냐!"

조조가 도겸을 향해 침을 뱉자 그는 의식적으로 팔소매를 들어 얼굴을 가렸다. 사실 두 사람 사이의 거리는 꽤 멀었기 때문에 굳이 그렇게 할 필요가 없었다. 그는 손을 내저으며 항변했다.

"맹덕! 나의 됨됨이를 그대가 모르는 바가 아니지 않소? 내가 어찌 그리도 악랄한 짓을 할 수 있단 말이오?"

조조는 냉소로 응수했다.

"네놈은 스스로 어떤 위인이라고 생각하느냐? 어질고 너그러운 군자라고 여기느냐, 아니면 자비로운 부처님의 제자라고 여기느냐? 퉤! 내가 보기에 네놈은 악랄한 소인배로서 사람을 잡아먹고도 뼈조차 뱉어내지 않는 늑대나 이리 같은 자다."

조조의 말에는 그만한 증거가 있었다. 도겸은 최근 몇 년 동안 서주에서 불교의 세력을 적극 지원하고 있었다. 그는 불탑을 크게 짓고 불상에 황금을 입혔으며 비단으로 가사를 지었다. 뿐만 아니라 해마다 욕불절이 되면 큰길가에서 무상으로 오가는 행인들에게 밥을 보시했다. 그리하여 그는 '자선慈善'이라는 훌륭한 명성(게다가 후세의 학자들은 중국에서 불교가 전파되는 데 큰 기여를 했다고 훌륭하게 평가함)을 얻게 되었다. 그러나 조조 는 그의 이런 행위에 대해 코웃음을 치며 비웃었다. 그의 명성이 높아갈 수록 조조는 더욱 그를 경멸했다. 조조의 비웃음 때문에 도겸은 마치 옷 이 홀딱 벗겨진 채 사람들 앞에 서 있는 것처럼 난처하고 창피했다. 사실 도겸은 조조의 부친의 죽음에 대한 책임을 회피할 수 있는 입장이 아니 다. 장개는 조금이나마 그의 암시와 종용을 받았기 때문이다. 요컨대 도 겸은 조조와 잘잘못을 따질 처지가 못 되었다. 그는 단지 억울하다는 표 정을 지으며 고개를 젓거나 탄식을 내뱉을 뿐이었다. 나중에는 아예 허 리를 굽혀 정중하게 예를 갖추며 조조에게 말했다.

"에효, 명공께서는 일단 군사를 물려주십시오. 나중에 장개를 잡게 되면 필히 그의 목을 베고 가시나무로 제 몸을 결박하여 사죄하러 가겠습니다."

그러나 조조의 반응은 조금도 달라지지 않았다.

"이 못된 놈! 나중을 기다릴 필요가 어디 있느냐? 내 오늘 기필코 범인 의 머리를 취해야겠다!"

말을 마친 그는 좌우의 장수들을 둘러보며 소리쳤다.

"누가 나가서 저 늙은 도적놈을 잡아오겠느냐?"

그의 말이 떨어지기 무섭게 하후돈과 하후연, 조홍, 조인, 이전, 우금 등 수많은 장수들이 이구동성으로 대답했다.

"소장이 가겠습니다."

크게 감격한 조조는 말을 탄 채 여러 장수들에게 예를 갖추어 말했다.

"제군들께서 나의 원수를 갚아준다면 곧 나의 은인이 될 것이오!"

말을 마친 그는 상장을 들어 앞을 가리키며 외쳤다.

"죽여라!"

이에 하후연 등이 앞 다투어 뛰쳐나갔다.

서주군은 대패하여 사상자가 1만 명이 넘었다. 도겸은 나머지 병사들을 이끌고 허겁지겁 담성郯城으로 도망쳤다.

조조는 승리를 거두긴 했지만 도겸이 도망갔기 때문에 여전히 화가 풀리지 않았다. 그는 군사들에게 팽성으로 들어가 미친 듯이 살육을 감행하게 했다. 성을 지키던 평민들도 전부 죽임을 면치 못했다. 사망자가 1만 명을 넘었고 가는 곳마다 시체가 널려 있었다. 사수는 피의 강이 되어버렸다.

그 후로도 조조의 군대는 취려取慮, 수릉睢陵, 하구夏丘 등 세 성을 함락시켰다. 이 세 성의 백성들은 도 자사를 크게 추앙했던지라 그들에 대한 살육은 더욱 잔인했다. 조조의 병사들은 남녀노소를 불문하고 눈에 띄는 사람마다 닥치는 대로 살상했다. 살아남은 자가 1명도 없었고, 가축들도 원수를 갚는 상대가 되었다. 조조의 군대가 퇴각한 후에 이 세 성에는 남은 생명이 하나도 없어 텅 빈 '귀성鬼城'이 되고 말았다.

조조의 지나친 보복성 살육에 대해 각 군현의 관리들 가운데는 지지하는 자도 있었고 이의를 제기하는 자도 있었다. 그러나 대부분 그의 노여움을 사서 해를 입지나 않을까 두려워 감히 말리지 못하고 속으로만 투덜거렸다. 일부 극소수의 인사들만이 그에 대해 불만을 토로하면서 공개적으로 반항하기도 했다. 그런 사람들은 당연히 피해를 면할 수 없었다.

구강 태수 변양邊讓이 바로 그런 사람들 가운데 하나였다.

그는 자가 문례文禮로 진류 출신이었다. 그는 젊었을 때 뛰어난 학문으로 널리 이름을 날렸다. 그의 〈장화부章華賦〉는 아름다운 문체로 널리 읽히고 있었으며, 동탁이 죽은 뒤로는 은퇴하여 고향에 돌아가 있었다. 조조가 연주의 주인이 되자 그 일대의 명사들이 대부분 그에게 귀의했지만 유독 변양만은 그들을 따라하지 않았다. 조조가 직접 말을 타고 그의 집을 찾아갔지만 그는 의도적으로 조조를 피하면서 만나주지 않았다. 게다가 그 후로는 조조에 대한 험담을 퍼뜨리기도 했다. 조조가 도겸을 정벌하자 많은 사람들이 그를 지지하지는 않았지만 공공연하게 반대하지도 않았다. 그러나 유독 변양만은 공개적으로 불만을 토로했고, 조조의 군대를 '불의한 군대'라고 폄하했다. 한 달 넘게 조조의 행동을 지켜보던 그는 날이 갈수록 극악해지는 조조의 만행을 용납할 수 없었다. 어느 날 그는 조조의 군막에 뛰어들어 도겸은 죽여도 마땅하지만 무고한 사람들을 함부로 죽여서는 안 된다고 간언했다. 하지만 그의 조언을 받아들일 조조가 아니었다. 그는 "흥!" 하고 냉소하고는 그를 돌려보냈다.

이에 변양은 화를 참지 못하고 뒤에서 조조의 흉을 보았다.

"부친의 원수를 갚기 위해 무고한 백성을 학살하는 것은 효가 아니라 불의다. 조조는 너무도 악독한 인물이다."

공교롭게도 이 말이 조조의 귀에 들어갔다. 대노한 조조는 '군심을 어지럽힌다'는 죄명으로 변양을 체포하고 참수하여 수급을 성문 밖에 내걸었다. 또한 진류에 있는 그의 가족들을 전부 옥에 가두고 따로 처분을 기다리게 했다.

변양이 변고를 당한 뒤로는 감히 멸문지화의 위험을 무릅쓰고 조조에게 무고한 사람들을 죽이지 말라고 간언하는 사람이 아무도 없었다.

그러나 조조에 대한 사람들의 원망과 분노는 쉽게 수그러들지 않았다. 오히려 '변양 사건' 때문에 '반조조' 동맹이 결성되기 시작했다. 반 년 뒤 조조가 두 번째로 도겸을 정벌하러 나설 때는 결국 반란이 일어나고 말았다.

제14장
옛 친구의 배반

홍평興平 원년(194년) 6월, 소서小暑가 갓 지난 어느 날 밤, 진궁은 말을 타고 견성에서 나와 서남쪽을 향해 달리고 또 달렸다. 바람은 시원하고 달빛은 유난히 밝았다. 길옆의 연못가에서 시름없이 울어대던 개구리들이 말발굽소리가 들려오자 깜짝 놀라 입을 다물고 재빨리 물속으로 풍덩 풍덩 뛰어들었다.

파란 옷에 청마를 탄 진궁의 그림자가 검은 유령처럼 휙 스쳐지나갔다. 혼비백산하여 물속에 뛰어들었던 개구리들이 다시 머리를 내밀기도 전에 진궁은 벌써 온데간데없이 사라졌다.

진궁은 며칠 동안 야밤에 강행군을 계속했다. 잠은 거의 자지 못했고 말은 또 얼마나 많이 했는지 목 안이 부어 간질간질했다. 그러나 너무 흥분한 나머지 그는 피곤함을 전혀 느끼지 못했다. 그는 도대체 무슨 일로 이토록 바삐 움직이고 있는 것일까?

진궁이 바삐 움직이는 데는 그럴만한 사연이 있었다. 지난해 이맘때, 조조가 처음으로 동쪽으로 진군하여 도겸을 토벌하기 직전이었다. 진궁은 이래서는 안 된다는 생각에 여러 차례 조조에게 간언을 했다.

"도겸은 의로운 군자로서 결코 눈앞의 이익에 눈이 멀어 의를 버릴 위인이 아닙니다. 가친께서 불행하게 돌아가시게 된 것은 장개 때문이니 절대로 도겸에게 죄를 물어서는 안 됩니다. 조 공께서는 이 점을 깊이 살펴주시기 바랍니다."

이 말은 들은 조조는 대노하여 진궁을 꾸짖었다.

"나는 그대가 도겸과 절친한 사이라는 것을 진즉부터 알고 있네. 그래, 자네가 도겸의 세객說客으로 나서 나를 설득할 셈인가?"

그러면서 조조는 손에 들고 있던 상장을 내저으며 축객령을 내렸다.

"다른 할 얘기가 없으면 어서 물러가게!"

조조의 반응에 무안해진 진궁은 소매로 얼굴을 가리고 분한 마음을 억지로 달래면서 조조의 처소에서 물러나왔다.

연주 전역에 강직함으로 이름이 알려진 진궁은 남의 눈을 속이는 것은 절대 허용하지 않는 성격의 소유자였다. 그는 다른 사람들의 이목을 매우 중요하게 여겼다. 그가 조조에게 동쪽 지방을 정벌하지 말라고 간한 이유는 단지 조조의 오해를 산 도겸이 억울함을 당하지 않게 하려는 것뿐이었다. 게다가 조조가 군사를 크게 일으킨 목적이 고생하는 백성들을 위무하고 사악한 통치자를 징벌하기 위한 것이 아니었다. 요컨대 진궁은 도겸과의 오랜 친분 때문에 그의 편을 들었던 것은 아니었다. 그런데 어찌하여 조조는 지팡이를 휘두르면서 그를 내쫓을 수 있단 말인가!

물론 그만한 일 때문에 조조에게 완전히 실망하고 조조를 적대시할 진궁은 아니었다. 그를 더욱 실망케 한 것은 조조가 변양을 죽이고 그의 부인 난變씨를 취했다는 소문이었다. 진궁은 더 이상 참을 수 없었다.

지난해 즉, 초평 4년 늦가을, 조조는 도겸에 대한 첫 번째 토벌을 마치고 서주에서 견성으로 돌아온 뒤 변양의 가족들을 문초하기 시작했다.

변양의 모든 가족들은 참수되었으나 부인 난씨만은 살아남았다. 어떻게 그 여인만 살아남을 수 있었을까? 그건 바로 뛰어난 미모 덕분이었다. 전하는 바에 따르면 난씨가 조조 앞에 불려갔을 때, 그녀의 얼굴은 흐트러진 머리카락으로 가려져 있었다고 한다. 조조는 그녀에게 족쇄를 찬 손으로 머리를 쓸어 올리게 했다. 얼굴이 드러나는 순간 "오호라!" 하는 감탄이 터져 나왔다. 조조의 마음속 깊은 곳에서 흘러나오는 놀라움의 소리였다. 조조는 온몸이 짜릿해지는 것을 느꼈다. 난씨의 아름다운 미색에 조조는 정신을 잃을 지경이었다. 하마터면 사람들이 가득한 그 자리에서 추태를 보일 뻔했다.

물론 조조가 난씨를 취하는 과정에 관해서는 과장한 부분도 없지 않을 것이다. 그러나 이 모든 추측이 결국 사실임이 증명되었다. 변양의 미망인은 목숨을 부지했을 뿐만 아니라 결국 조조의 애인이 되었다. 조조는 공공연하게 그녀를 첩으로 들이지는 못했지만 좋은 집을 마련해주고 호위병과 몸종도 붙여주었다. 조조는 집에 조강지처가 있고, 또 부친이 사망한 지 아직 1년이 채 되지 않았다는 사실마저 잊은 채 시도 때도 없이 난씨와 밀회를 즐겼다.

식욕과 색욕은 인간의 본성이라는 말이 있다. 양혜왕梁惠王도 맹자에게 전혀 거리낌 없이 "과인은 미색이 좋다"라고 토로한 적도 있었다. 조조가 호색한이라는 것은 이미 널리 알려진 사실이었다. 그는 어느 지역에 가든지 반드시 그곳에 미인이 있는지 없는지부터 물어보곤 했다. 주연에서 미인이 배석하여 술을 따르지 않으면 별로 즐거워하지 않았다. 하지만 그 누구도 조조의 호색에 대해 불만을 드러낸 적이 없었다. 하지만 이번 만큼은 달랐다. 이번 일은 조조가 난씨를 억지로 차지했기 때문이었다.

심지어 혹자는 조조가 변양을 죽인 목적이 순전히 난씨 때문이라고 말하기도 했다. 이처럼 악랄한 일이 있을까? 이것이 사실이라면 그는 천하에 큰 죄를 범한 셈이었다. 진궁은 조조의 태도에 너무나 마음이 아팠고, 그에게서 절망과 경멸, 몸서리치는 공포감을 느끼게 되었다. 고심에 고심을 거듭하던 진궁은 결국 조조를 버리기로 결심했다. 아니, 한 걸음 더 나아가 조조를 멸망시키기로 마음먹게 되었다. 구체적인 계획은 연주 산하 군현의 관리들을 설득하여 조조와의 관계를 끊게 함으로써 결국 조조를 연주 땅에서 쫓아내는 것이었다.

진궁은 며칠 동안 계속 찜통더위를 무릅쓰고 동군과 제음澗陰 산하에 있는 10여 개 현성을 누비고 다녔다. 때로는 직접 본인을 찾아 설득하면서 공개적으로 반란을 종용하기도 했고, 때로는 조조에 대한 상대방의 태도를 조심스레 알아보고 나서 우회적으로 설명하는 방법을 취하기도 했다. 그는 연주 각 군현의 관리들이 조조에 대해 그다지 호의적이지 않다는 사실을 발견하게 되었다. 어떤 사람들은 오히려 진궁을 비웃으며 반문하기도 했다.

"애당초 그대는 입술에 침이 마르도록 전사한 유대의 인수를 조조에게 넘겨줘야 한다고 연주 자사부의 여러 관리들을 설득하지 않았던가?"

난감해진 진궁은 그들의 면전에서 자신이 처음에는 눈이 멀어 사람을 잘못 보았다고 하면서 잘못을 시인하는 수밖에 없었다.

어둠 속에서 말을 달리던 진궁은 순간 시공을 초월한 듯한 착각에 빠졌다. 그는 2년 전으로 돌아간 듯한 느낌이었다. 그때도 그는 별과 달을 머리에 이고 동군에서 창읍으로 달렸다. 진궁은 자신도 모르게 말고삐를 조여 속도를 늦추었다. 바로 이때 어둠 속에서 누군가 그에게 묻는 것 같았다.

"여보게 진궁, 지금 자네가 무슨 일을 하고 있는지 알고나 있나? 그래, 이것이 자네가 심사숙고한 결과인가? 지금 하고 있는 일로 나중에 후회하지 않을 자신이 있나?"

실제로 진궁에게 이런 질문을 던진 인물이 있었다. 다름 아닌 연주 자사부에서 중랑으로 일하는 허사許汜였다.

바로 이날 오후, 진궁은 견성의 한 밀실에서 허사와 왕해王楷, 장초(장막의 동생) 등 세 관리들과 만남을 가졌다. 이들 셋은 서로 뜻이 잘 맞는 친구들로서 간과 쓸개를 꺼내놓고 서로 보여줄 수 있을 정도로 막역한 사이였다. 화제는 변양의 사건으로부터 시작되었다. 이들은 변양이 갑작스레 변고를 당한 일에 대해 자신들의 생각을 털어놓으면서 한참을 탄식하면서 눈물까지 글썽거렸다. 이런 슬픔은 곧 조조에 대한 분노로 이어졌다. 사실 이들은 모두 조조를 연주 자사로 추대했던 인물들이었다. 당시 이들은 일단 조조가 자사가 되면 나중에 자신들의 은혜에 보답할 것이라 여기면서 장밋빛 미래를 꿈꾸었다. 그러나 2년 동안 그들의 기대를 만족시킨 일은 하나도 없었고 모든 것이 헛된 꿈에 불과했다는 결론을 내리게했다. 허사와 왕해, 장초는 여전히 원래의 직위에 머물러 있는 데다 오히려 유대가 있을 때보다 더 못한 대우를 받고 있었다. 조조에게 이들이 차지하는 자리는 순욱이나 정립에 비할 바가 되지 못했다. 게다가 조조가 군사를 거느리고 동쪽으로 진군하여 도겸을 토벌할 때도 견성에 남아 성을 지휘하던 인물은 그들 가운데 하나가 아니라 순욱이었다. 곰곰이 생각해보니 자신들은 조조가 강을 건널 때 필요했던 다리에 지나지 않았다. 강을 건너고 나면 다리가 필요 없는 것은 당연한 이치였다. 지나친 운

명의 장난이 아닐 수 없었다.

"그럼 자네의 뜻은 우리가 어떻게 해야 한단 말인가?"

허사가 물었다.

"그래, 자네에게 묘책이 있으면 얼른 말해보게나."

왕해도 재촉하고 나섰다.

진궁은 이미 모든 계획을 주도면밀하게 구상해놓고 있던 터라 여유 있는 태도로 입을 열었다.

"나는 조조가 군사들을 거느리고 동쪽에서 도겸과 싸우는 틈을 이용하여 제군들과 함께 진류로 가서 장막 즉, 장 태수를 설득할 생각이네. 그가 연주 백성들의 뜻을 따라 주목이 된다면……."

"뭐라고?"

장초가 깜짝 놀라 소리를 질렀다.

"자네 지금 우리 형님이 직접 나서서 조조와 맞서야 한다는 얘기를 하는 건가?"

"바로 그걸세."

진궁이 대답했다.

"연주 지역은 원래부터 장막 공에게 돌아갔어야 했네."

허사와 왕해, 장초 세 사람은 서로 얼굴을 쳐다보았다. 진궁의 계획은 제법 그럴 듯하게 느껴졌다. 장막은 오랫동안 진류 태수를 지낸 인물로 백성들의 신망이 매우 두터웠다. 게다가 그의 휘하에는 수만 명의 군사가 있어 연주 각 군현에 그와 겨룰만한 자가 없었다. 요컨대 조조와 맞서는 데는 그보다 나은 인물이 없었다. 그가 나서서 조조에 대항할 것을 호소하면 각 군현들이 모두 따를 것이 분명했다. 그러나 이들도 장막이 조조와 오랜 지기이며 두 사람의 친분이 매우 두텁다는 사실을 잘 알고 있었다. 그가 정말로 나서서 조조와 맞서려 할지는 알 수 없는 일이었다.

"틀림없이 나설 걸세. 꼭 그렇게 할 걸세."

진궁이 확신에 찬 표정으로 말했다.

자신감에 넘치는 진궁의 태도에 세 사람은 모두 입을 다물고 말았다. 그들은 진궁이 자신들을 대표하여 연주의 관리들과 백성들의 명의로 진류에 가서 장막을 설득하는 것에는 동의했지만 그와 동행하기를 원하지는 않았다. 평계인즉슨 사람이 많으면 목표가 커서 조조 수하들의 눈에 띌 수 있다는 것이었다. 진궁도 이들에게 억지로 동행을 강요하지는 않았다. 그는 혼자 말을 타고 야음을 틈타 견성을 떠났다.

진궁은 유령처럼 어둠 속을 뛰어다니면서 2년 전에 자신이 조조를 연주목으로 세우기 위해 별과 달을 머리에 이고 말을 달리던 광경을 떠올렸다. 정말 역설적인 일이 아닐 수 없었다. 그는 속으로 자신을 향해 중얼거렸다.

"성공하는 것도 소하蕭何(전한 시기의 정치가로 유방을 도와 건국의 일등공신이 되었다―옮긴이)에게 달렸고, 패하는 것도 소하에게 달렸구나!"

그는 이내 어둠과 하나가 되어버렸다.

2

진류군 태수 장막은 저녁 식사를 마치고 호족들이 즐겨 사용하는 간편한 접이식 의자를 들고 나와 돌을 쌓아 만든 누대에 앉아 시원한 바람을 쐬고 있었다. 누대 앞에는 누각이 있고 그 옆에는 대나무 숲이 있었다. 환하게 비치는 달빛 아래 솔솔 부는 미풍에 대나무가 가볍게 흔들리는 모습은 기분을 아주 편하게 해주었다. 그러다 갑자기 그는 마음이 초조해지면서 불덩어리 하나가 몸 안에 들어온 것처럼 뜨거워지는 것을 느꼈다. 순식간에 가슴과 등에서 땀이 배어나왔다.

갑자기 초조해진 연유가 무엇인지 스스로 알 수가 없었다. 하루 종일 기분을 잡친 일도 없었다. 오히려 그의 소실 진陳씨의 맥을 짚어본 의원이 태기가 있는 것이 분명하며 그것도 아들이 틀림없다고 했으니 기뻐해야 하는 것이 마땅했다. 마음이 불안할 이유가 전혀 없는데, 알 수 없이 초조한 이 마음은 무엇 때문이란 말인가?

그는 자리에서 일어나 이리저리 걸으면서 곰곰이 생각에 잠겼다. 그제야 마음이 초조한 연유를 알 수 있을 것 같았다. 사실 이런 초조함은 오늘 갑자기 생긴 것이 아니며 꽤 오래 전부터 느껴왔던 것이었다.

이때 그의 눈앞에 두 사람의 그림자가 어른거렸다. 하나는 원소였고 다른 하나는 조조였다.

장막과 원소, 조조는 죽마고우였다. 13, 4살 때 와하 기슭에 있는 조조의 집 근처 초망루에서 세 사람은 술잔을 들고 바람을 맞으며 휘영청 밝은 달을 향해 마음껏 야망을 불태웠다. 당시의 정경이 아직도 눈앞에 선했다. 이들은 4년 전 동탁을 토벌하기 위해 함께 관동 의군을 결성하기도 했다. 그러나 그때부터 세 사람 사이는 틈이 생기기 시작했고, 급기야 검을 빼들고 활시위를 겨누는 지경에 이르렀다.

일례로 관동 의용군의 여러 장수들이 함께 모이는 연석회의에서 맹주로 추대된 원소는 오만방자한 태도를 보이며 일부러 늦게 도착했다. 때문에 다른 장수들은 거의 한 식경이나 그를 기다려야 했다. 그가 들어서자 여러 사람이 함께 의사청 밖으로 나가 그를 맞이했다. 원소는 거만하게 고개만 살짝 끄덕이고는 곧장 맹주의 자리를 찾아 앉았다. 회의를 하는 도중에도 그는 가끔 안하무인격으로 거드름을 피우며 자신의 위세를 과시했다. 보다 못한 장막이 그 자리에서 올바른 의론으로 그를 꾸짖으며 겸허할 것을 충고했다.

장막이 원소를 질책하는 것은 친구 사이에 흔히 있을 수 있는 일인 만큼 굳이 마음에 담아둘 필요가 없었다. 만일 장막의 꾸짖음에 불복한다면, 그 자리에서 혹은 조용한 자리를 찾아 부드럽게 항변할 수도 있었다. 서로 마음이 안 맞아 다툴 수도 있고 혹은 욕설을 퍼부으며 싸울 수도 있는 일이었다. 그러나 원소는 장막의 질책에 어떻게 대처했던가?

어느 날 원소가 노기등등하여 조조를 찾았다.

"맹탁은 정말 가증스럽기 짝이 없네! 자네가 방법을 강구하여 그를 죽여 버리도록 하게!"

그러면서 그는 몸에 지닌 검을 풀어 조조의 손에 쥐어주었다.

조조가 놀라움을 금치 못하며 물었다.

"본초, 자네 지금 농담을 하는 건가? 맹탁은 우리의 친구일세. 그를 이해하고 너그럽게 대하는 게 마땅한 일 아니겠나! 아직 천하가 안정되지도 않았는데, 어찌 내분을 일으킬 수 있단 말인가?"

조조는 원소의 검을 다시 돌려주었다.

이 일을 알게 된 장막은 조조에게는 크게 고마운 마음을 갖게 된 한편, 원소에 대해서는 두려움과 함께 그의 변심에 대한 궁금증을 갖게 되었다. 그때부터 이들은 겉으로는 친한 것 같았지만 마음으로는 각자 전혀 다른 생각을 품고 있었다. 시간이 지나면서 친구라는 단어는 화려한 껍데기만 남고, 장막과 원소는 이미 대립하기 시작했던 것이다.

이날 밤, 장막은 초조하고 불안한 마음을 가누지 못하다가 얼마 전에 여포와 관련된 일을 떠올렸다. 이번 일로 원소는 장막을 거의 벼랑 끝까지 내몬 것이나 다름없었다. 장막에게는 더 이상 퇴로가 없었고, 벌어진 친구 사이의 틈을 메울 방법도 없었다.

이각과 곽사가 반란을 일으켜 장안을 점령한 뒤로 여포는 관중에서는 더 이상 발 디딜 자리가 없었다. 그는 하는 수 없이 기병 수백 명을 이끌고 남양으로 와서 원술에게 몸을 의탁하려 했다. 원술의 부친 원봉袁逢이 동탁의 손에 죽임을 당한 데다 여포가 동탁을 죽였으니 이치대로 하자면 원술의 원수를 갚은 셈이었다. 그러나 원술의 반응은 뜻밖이었다. 원술은 여포에게 고마워하기는커녕 오히려 우물에 빠진 사람에게 돌을 던지는 격으로 이런 기회를 이용하여 여포의 첩 초선을 빼앗으려 했다. 울며 겨자 먹기로 여포는 남양을 떠나 기주로 가서 원소에게 몸을 의탁했다.

기주에서 여포는 원소를 도와 장연의 흑산적을 대파했다. 큰 공을 세운 그는 이 기회를 빌려 병력을 확충해줄 것을 요구하면서 부하들이 노략질을 일삼는 것을 가만 내버려두었다. 이런 태도에 의심이 생긴 원소는 그를 탐탁지 않게 여기게 되었다. 원소는 그에게 병력을 확충해주는 것은 고사하고 암암리에 사람을 시켜 그의 일거수일투족을 감시하게 했다. 불안해진 여포는 기주가 오래 머무를 곳이 못된다고 판단하고는 원소를 떠나 다른 곳으로 갔다.

원소는 여포를 그대로 두면 후환이 될까 두려워 자객을 보내 그를 죽여 버리기로 마음먹었다. 그러나 자객들은 제대로 임무를 수행하지 못했을 뿐만 아니라 오히려 여포에게 모조리 죽임을 당하고 말았다. 그 뒤로 여포는 하내로 가서 태수 장양張楊에게 몸을 의탁하려 했다. 그러나 그는 가는 길에 원소 부하들로부터 끊임없는 추격을 받았다. 여포는 원소의 병사들을 간신히 물리치고 몸을 피했다. 하내로 가는 길에 진류를 지나게 된 그는 장막의 집에서 하룻밤 유숙했다. 이날 밤 장막은 전혀 예상치 못한 중대한 결정을 하게 되었다.

'어허, 세상의 일이란 정말 예측하기 어렵구나.'

장막은 이런저런 생각을 하고 있었다. 달빛이 누대 뒤에 있는 누각 위로 쏟아졌다. 몽롱한 분위기 속에서 누각은 고즈넉한 모습이었다. 부엉이 한 마리가 나무 위에서 부엉부엉 하고 울어댔다. 그날 여포는 바로 이 누각에서 밤을 보냈다.

여포가 찾아온 것은 매우 급작스런 일이었다. 이미 날이 저물어 어둑어둑해졌을 무렵 장막은 목부용木芙蓉이라는 나무 아래서 더위를 식히고 있었다. 그때 성문을 지키고 있던 시위가 달려와 보고했다.

"온후 여포가 기병 3백 명을 데리고 성문을 두드리고 있습니다. 성안에 들어와 군수 대인을 알현하겠다고 합니다."

전혀 예상치 못했던 일이었다. 그는 발이 미끄러져 하마터면 넘어질 뻔했다.

장막은 자신이 급변하는 세상사에 어둡다는 것을 잘 알고 있었다. 그는 여포가 원소의 휘하에 들어갔으나 그다지 쓰임을 받지 못했고 '본초를 떠나고 싶다'는 속뜻을 내비친 적이 있다는 사실을 알고 있었다. 그러나 그는 여포가 원소의 추격을 받고 있다는 사실은 전혀 모르고 있었으며, 여포의 급작스러운 출현 때문에 자신이 난처하고 위험한 지경에 빠지게 되리라는 것은 더더욱 예상하지 못했다.

장막이 의협심이 강한 인물이라는 것은 젊었을 때부터 널리 알려진 사실이었다. 그는 늘 자신의 가산을 털어서 위급한 상황에 처한 사람들을 도와주곤 했다. 그래서 20년 전부터 그는 고향 동평에서 '천하에 의리 있는 사나이 장맹탁'이라는 미명美名을 얻고 있었다. 그런 그가 자신을 찾아온 손님을 그냥 내칠 리 없었다. 게다가 손님은 평범한 인물이 아니라 천하에 이름난 호걸 여포였으니 문 밖에서 그냥 돌려보낼 수는 없었다.

장막은 급히 관리들과 성을 지키는 장수들을 집합시키고 예를 갖춰 여포를 성안으로 맞아들였다. 그는 주연을 베풀어 여포를 융숭하게 대접함으로써 긴 여정의 고단함을 달래주었다. 여포는 크게 감격하여 마음이 뜨거워졌지만 원소가 자신을 죽이기 위해 쫓아오고 있다는 사실은 고백하지 않았다.

연회가 파하자 장막은 여포에게 누각에서 쉬게 했다. 그리곤 자신도 몹시 피곤했는지 곧장 잠자리에 들었다. 얼마 후 누군가 황급히 문을 두드렸다. 알고 보니 공조인 유익劉翊이었다. 그는 몹시 다급한 표정으로 문 밖에 원소 수하의 장수 문추文醜가 병사 2천 명을 이끌고 북문 앞에 와 있으며, 급한 일로 군수 대인을 뵙고 싶어 한다고 보고했다.

장막은 가슴이 철렁했다. 방금 전까지 쏟아지던 잠기운은 온데간데없이 사라졌다. 그는 잠시 생각에 잠겼다가 유익에게 말했다.

"나를 만나려 하는데 문 밖에 세워둘 수는 없지. 그렇다고 전혀 경계를 하지 않을 수도 없으니 그에게 혼자 말을 타고 입성하게 하라. 내 군청 대문 밖에서 그를 맞이할 것이다."

유익이 가고 나자 장막은 주섬주섬 옷을 주어 입는 한편 속으로 중얼거렸다. '문추가 이곳에 무슨 일로 왔을까?' 준비를 마친 장막이 말에 오르려는 차에 검은 그림자 하나가 언뜻 하더니 그의 앞을 막아서며 나지막하게 소리를 질렀다.

"잠깐!"

장막은 흠칫했다. 자세히 살펴보니 여포가 방천화극을 손에 들고 그의 앞에 서 있는 것이었다.

장막은 너무 놀라 말까지 더듬었다.

"온후께서는 무, 무슨 짓을 하시는 게요?"

여포는 방천화극을 땅에 내려놓더니, 그의 앞에 무릎을 꿇면서 말했다.

"솔직히 말씀드리자면, 문추는 저를 죽이러 온 것입니다. 장 태수께서는 저를 포박하여 원소에게 가서 상을 받으시지요."

그제야 장막은 자초지종을 알게 되었다. 그는 여포와 원소 사이에 어떤 일이 일어났는지 짐작할 수 있었다. 하지만 의협심이 강한 그가 여포를 순순히 내어줄리 만무했다. 그렇다고 원소와의 관계를 악화시키고 싶지도 않았다. 그렇다면 어떻게 할 것인가? 곰곰이 생각할 여유도 없었다. 일단은 문추를 속여 넘겨야 했다. 그는 먼저 여포를 안심시켰다.

"온후께서는 편히 앉아서 기다리면서 제가 문추를 어떻게 따돌리는지 잘 보고만 계시구려."

어느새 문추는 군청 대문 앞에 이르렀다. 장막이 대문 밖으로 나가 정중히 인사를 건네고는 그를 후당으로 안내했다. 자리에 앉은 다음 장막은 곧 술을 데우라고 분부했다. 그러자 문추가 손을 내저으며 말했다.

"그러실 필요 없습니다. 긴급한 일이 있어 오래 앉아 있을 수가 없소이다. 태수께 한 가지 여쭐 말씀이 있습니다. 혹시 여포가 진류에 와 있는지요?"

"여포라고요?"

장막이 짐짓 놀란 표정을 지으며 되물었다.

"여포는 본초의 휘하에서 그를 위해 충성을 다하고 있지 않소이까?"

문추가 대답했다.

"그렇습니다. 예전에 저희 주공을 위해 일한 적이 있지요. 그런데 며칠 전 이놈이 저희 주공을 배신하고 장양에게 몸을 의탁하러 떠났습니다. 솔직히 말씀드리자면, 저는 주공의 명을 받들어 이 도적놈을 죽이기 위해 뒤를 쫓고 있는 중입니다. 태수께서는 정말 그를 보지 못하셨습니까?"

장막은 그제야 고개를 끄덕였다.

"그런 일이 있었군요. 한데 여포가 언제 진류로 왔답니까?"

문추가 장막을 향해 힐끔 곁눈질을 하며 말을 이었다.

"짐작건대 여포 이놈이 필시 이곳을 지날 것입니다. 그래서 여기까지 쫓아왔는데……."

장막은 고개를 설레설레 흔들며 곤혹스런 표정을 지어보였다.

"이상하군요. 여포가 진류를 지났다면 제가 모를 리가 없을 텐데요."

문추가 냉소하며 되물었다.

"태수께서는 정말 여포를 못 보셨습니까?"

장막은 계속 오리발을 내밀었다.

"정말 본 적이 없소이다. 장군께서 제 말을 믿지 못하시겠다면 이곳을 한 번 뒤져보시지요?"

"아닙니다. 말씀이 지나치십니다. 저는 그저 태수께 여쭤보는 것뿐입니다. 주공께서 장막은 오랜 지기라 절대 속임수 같은 것은 쓰지 않을 것이라고 말씀하셨습니다. 그렇지요, 태수 대인?"

"그의 말이 맞소이다. 만약 여포가 정말 감히 이곳으로 온다면 제가 반드시 그의 수급을 베고 직접 기주로 가서 원 자사에게 바칠 것이오."

말을 마친 장막이 자리에서 일어나 손님을 보내라는 자세를 취했다. 문추는 하는 수 없이 작별을 고하고 일어섰다.

문추를 보낸 뒤 장막은 자신의 옷이 속옷부터 겉옷까지 모두 물에 빤 것처럼 땀에 흠뻑 젖어 있는 것을 발견했다.

이튿날 아침 여포와 일행은 조용히 진류를 떠났다. 이상하게도 그 뒤로 여포가 묵었던 누각 뒤에서 밤마다 괴상한 부엉이 울음소리가 들렸다. 부엉이가 한 번씩 울 때마다 장막은 머리가 아팠고 마음이 초조해졌다. 그는 이 부엉이가 자신에게 뭔가를 암시하고 있다고 생각했다.

'장막 너 조심해! 네가 여포를 살려 보내주었으니 원소가 결코 너를 가만 놔두지 않을 것이다.'

사실 4년 전에 이미 원소는 장막을 죽여 버리라고 조조를 사주한 적이 있었다. 그러나 그때 그는 조조의 비호로 목숨을 보전할 수 있었다. 하지만 이번에는 어떨 것인가? 조조가 지난번처럼 그를 비호해줄 것인가?

조조를 떠올리기만 하면 그는 가슴이 찌릿했다. 무척 괴롭고 곤혹스런 느낌이었지만 뭐라고 딱히 꼬집어 말할 수는 없었다.

공교롭게도 조조도 그에게 사람을 하나 죽여 달라고 부탁한 적이 있었다. 다름 아닌 김상 즉, 조정에서 임명한 연주 자사였다. 그러나 장막은 그를 죽이는 대신 연주 밖으로 쫓아버렸다.

그는 여포가 묵었던 누각에서 김상에게 했던 말을 아직도 기억하고 있었다.

"한 주에 2명의 자사가 있을 수는 없는 일이오. 조맹덕이 내게 그대를 죽여 달라고 했습니다."

이런 말을 듣는 순간 김상은 얼굴이 새파랗게 질리면서 땅에 털썩 주저앉고 말았다. 장막이 말을 이었다.

"하지만 나는 그대를 죽이지 않을 것이오. 그러니 단 한 가지만 약조해 주시오. 연주를 멀리 떠나 이름을 바꾸도록 하시오."

김상은 식은땀을 닦으며 한참을 말없이 있다가 순순히 대답했다.

"좋습니다. 제가 그만두지요. 나라가 이렇게 어지러운데 벼슬은 해서 뭐하겠습니까? 그냥 강호에 은거하고 말겠습니다."

그 뒤로 김상은 정말로 자취를 감추었다.

김상의 실종은 조조에게 아주 반가운 일이었다. 사실 그가 실종되는 것이 그를 죽여 버리는 것보다 나았다. 김상을 죽이면 적 하나를 제거할 수는 있지만, 조조 자신이 '조정에 대항한다'는 죄명을 쓰게 되고 세인들에게도 잔인하고 악독한 인물이라는 인상을 심어주게 되기 때문이었다. 장막은 자신이 이렇게 한 것에 대해 조조가 동의할 뿐만 아니라 고마워할 것이라고 여겼다. 그러나 그가 조조를 만나 자신의 소행을 전하자 조조는 그에게 손을 내저으며 담담하게 말했다.

"쫓아내는 것도 좋고 죽이는 것도 좋지. 어쨌든 김상은 이미 죽었네."

너무나 뜻밖의 말이라 장막은 자신의 귀를 의심했다.

"뭐라고? 김상이 어떻게 됐다고?"

"김상 말일세. 그는 연주를 벗어나자마자 도적을 만나 죽임을 당하고 말았네."

"도적을 만났다고?"

장막은 입을 헤 벌린 채 그 자리에 몸이 굳어졌다. 조조의 눈빛에서 그는 '도적'이 실은 조조가 보낸 자객임을 알 수 있었다. 장막은 안타깝기 그지없었다. 속으로는 이런 생각이 들었다. '하지만 김상은 죽기 전에 어떻게 생각했을까? 혹시 이 장막이 자객을 보낸 것으로 여기진 않았을까? 맹덕, 자네 정말 너무 했네. 이 친구한테 어찌 이럴 수 있단 말인가.'

장막은 이 일 때문에 마음이 내내 무거웠고 심히 불쾌하기까지 했다. 그는 조조가 이미 자신의 신변에도 몰래 심복을 심어놓았을지도 모른다는 생각을 하게 되었다. 그럴수록 그는 더욱 분했고, 참기 힘들었다. 장막이 친구 간의 의리를 얼마나 소중히 여기는지는 하늘이 알 것이다. 그는 간과 쓸개를 꺼내 조조에게 보여줄 수도 있는 인물이었다. 게다가 그는 조조에게 큰 은혜를 베푼 적이 세 번이나 있었다.

첫 번째는 중평 6년 섣달, 조조가 낙양에서 나와 동쪽으로 도망칠 때였다. 각급 관리들은 모두 그를 잡으려 했지만 진류에 들른 그는 융숭한 귀빈 대접을 받았다. 그리고 이 누각에서 두 사람은 서로 무릎을 맞대고 앉았다. 조조가 병사를 모으고 말을 사서 거병할 뜻을 내비치자, 그는 그 자리에서 조조를 위해 지원을 아끼지 않을 것이라고 맹세했다. 얼마 지나지 않아 조조는 진류군 을오에서 동탁에 반대하는 깃발을 높이 쳐들었다.

두 번째는 초평 원년 봄, 조조가 산초 전선에서 연합군의 수령들에게 서쪽으로 진격할 것을 독촉할 때였다. 그의 말을 따르는 사람이 아무도 없었지만 장막은 전투를 해본 적이 한 번도 없었음에도 불구하고 결국 위자의 부대(당시 위자는 장막의 휘하에 있었고 엄격히 따지면 조조도 그의 명령을 따라야 했다)를 보내 조조와 함께 변수 대전에 참가하게 했다.

세 번째는 바로 김상의 일이었다. 김상이 진류에 발을 들여놓자마자 그는 야밤에 말을 달려 연주로 가서 조조에게 이런 사실을 알렸다. 이는 대단히 중대한 사건이었다. 만약 그가 사전에 이런 사실을 전해주지 않았다면 조조는 궁지에 몰렸을 것이고 주목의 인수를 고스란히 김상에게 넘겨줘야 했을 것이다.

한마디로 장막은 조조에게 가슴을 치면서 친구의 도리를 할 만큼 했다고 자신 있게 말할 수 있었다. '그런데도 조맹덕 자네는 나 장막에게 미안한 마음이 조금도 없단 말인가?'

무더운 여름 밤, 장막은 생각할수록 분하고 억울했다. 그럴수록 생각을 다잡을 수 없었다. 시간이 얼마나 지났는지 그는 갑자기 누대 위에 있던 대나무 그림자가 보이지 않고 주위의 경치도 희미해진 것을 발견했다. 고개를 들어 보니 달이 구름에 가려 있었다.

달이 구름에 가려진들 어떠하리? 마음을 진정시키고 기다리면 곧 다시 볼 수 있을 것이다. 그러나 이상한 것은 달이 다시 나타나기까지 기다리지 못하는 사람이 많다는 것이다. 장막도 그 가운데 하나였다. 장막은 시어미 역정에 개 배때기 차듯이 걸상을 발로 차 넘어뜨리고는 돌아가 잠을 청하기 위해 휭 하니 누대를 떠났다. 하지만 이런 기분으로 그가 잠을 이룰 수 있을까?

장막이 계단 2개를 막 내려딛고 있는데, 갑자기 문을 지키던 시위가 다가와 보고했다.

"동군의 진 종사께서 견성에서 오셨습니다. 급한 일로 뵙기를 청한답니다."

장막이 의아해하며 물었다.

"진 종사라? 진 종사라면 진궁이 아닌가? 이렇게 늦은 밤에 무슨 일로 온 거지?"

바로 이때 또다시 부엉부엉 하고 부엉이가 울어댔다.

3

진궁을 누대로 안내하고 장막은 그대로 바닥에 주저앉았다. 관졸 몇 명
이 급히 술과 수박을 내왔다. 수박 두 조각을 먹던 진궁은 "참 달군, 달
아" 하면서 연신 탄성을 내뱉었다. 간질간질하던 목구멍도 많이 시원해
졌다.

이미 자정이 가까워진 시각이었다. 이런 시각에 만나면 인사치레를 생
략하고 곧장 본론으로 들어갈 수 있는 장점이 있었다. 진궁은 이미 목소
리가 갈라져 있었다. 그가 단도직입적으로 물었다.

"명공께서는 조조를 어떻게 생각하십니까?"

장막은 아무 말 없이 그냥 침묵하고 있었다. 대답하기 난감한 질문이
었기 때문이다. 사실 진궁도 꼭 그의 대답을 듣고자 한 것은 아니었다.
진궁은 그의 침묵을 그대로 두고 허사와 왕해 등과 함께 의논했던 일들,
특히 '변양 사건'에 관해 간단명료하게 설명했다. 장막도 진궁의 말에
공감했다.

장막은 변양이 살아 있을 때 그와 친분이 꽤나 두터웠다. 두 사람은 늘
함께 이 누대에서 시를 논하거나 바둑을 두곤 했다. 그러다 밤이 너무 깊
어지면 한 침상에서 함께 자기도 했다. 흥이 나면 각자의 부인들을 불러
놓고 함께 술잔을 주고받으며 춤을 추거나 노래를 부르기도 했다. 두 사
람 사이에는 허물이 전혀 없었고, 지위를 비롯하여 다른 어떤 것에도 구
애받지 않았다. 변양의 죽음을 장막이 크게 슬퍼한 것은 너무나 당연했
다. 어쩌면 변양의 여러 친구들 가운데 가장 애석해한 사람이 장막일 것
이다. 변양의 부인을 조조가 강제로 차지했다는 사실에 장막은 놀라움과

분노를 감추지 못하다가 이내 무한한 슬픔에 젖어들었다. 그 아픔이 마치 뾰족한 송곳으로 가슴을 찔러 피가 흐르는 것 같았다. 이 때문에 장막은 한동안 병석에 누워 있어야 했다. 그는 검을 들고 말을 달려 조조를 찾아가 한바탕 시비곡직을 따지려고 마음먹은 적도 있었다. 하지만 시원한 바람이 불어와 냉정을 되찾자 그는 자신의 행위가 가져올 뒷일을 걱정하게 되었다. 그리하여 지금처럼 고개를 떨어뜨리고 장탄식을 하는 것으로 자신의 울분을 토로하고 말았다.

장막이 탄식만 하고 아무 말도 하지 않자 진궁이 격장법을 구사하기 시작했다.

"태수께서는 본인이 조조에게 어떻게 대했으며, 조조 또한 태수에게 어떻게 했는지를 곰곰이 생각해보십시오."

장막이 여전히 침묵을 지키자 진궁이 대신 대답했다.

"예전에 조조가 곤경에 처했을 때 태수께서는 그의 목숨을 구해주신 적이 있었지요. 하지만 조조는 어떻게 했습니까? 은혜를 갚기는커녕 오히려 태수를 발로 깔아뭉개고 있습니다. 들리는 소문에 의하면 조조는 변양이 자신에게 불경한 태도를 취한 것도 다 태수께서 종용하신 탓이라 의심하고 있다고 합니다. 조조는 도겸을 죽이고 나서 자신에게 맞서는 맹탁을 혼내줄 것이라고 말했다고 합니다."

장막이 움찔하며 굳게 닫혀 있던 입을 열었다.

"맹덕이 그런 말을 한 것이 사실입니까?"

진궁이 그의 질문에 대답하는 대신 다른 이야기를 꺼냈다.

"전일 여포가 진류에 왔을 때 태수께서 그를 융숭히 대접하신 일도 이미 조조의 귀에 들어갔습니다."

장막은 또 한 번 움찔했다.

"그, 그가 그 일을 어떻게 알았단 말입니까?"

"어허, 벽에도 귀가 있는지라 그런 일은 금세 새어나가기 마련이지요."

진궁이 말을 이었다.

"태수께서 여포를 살려주셨으니 원소의 미움을 살 수밖에 없지요. 지금 원소와 조조는 동맹을 맺은 사이입니다. 이번에 조조가 동쪽으로 진격하여 도겸을 토벌할 때도 원소는 주령朱靈 장군에게 2만여 명의 병사를 이끌고 가서 그를 지원하게 했습니다. 원소가 조조에게 태수의 머리를 요구한다면 그가 거절할 수 있을 것 같습니까? 명공께서는 어떻게 생각하십니까?"

장막의 가슴이 철렁하고 내려앉았다. 그는 온몸에 식은땀을 비 오듯이 흘렸다. 진궁의 질문이 곧 그가 가장 걱정하던 바였기 때문이다. '바람이 새지 않는 벽이 없다'는 속담처럼 그와 여포의 사사로운 정리가 비밀에 붙여질리 없었다. 원소는 예전에 조조에게 장막을 죽일 것을 주문한 적이 있었다. 조조는 그를 죽이는 이유가 단지 '맹주에게 바른 소리 몇 마디 했다'는 것이라면 어불성설이라며 거절했다. 그러나 이번에는 그가 원소의 적인 여포를 그냥 놓아준 것이라 '바른 소리 몇 마디 한 것'과는 달리 훨씬 심각한 일이었다. 이 일을 알게 된 원소가 조조에게 또다시 장막을 죽이라고 한다면 그는 거절할 이유가 없었다. 게다가 조조 자신도 어쩌면 그를 죽이려고 마음먹고 있는지도 모를 일이었다.

마음이 초조해진 장막은 자리에 더 이상 앉아 있을 수 없었다. 그는 몸을 일으켜 누대 안을 서성이기 시작했다. 주위는 이미 어둠에 묻혀 있었다. 세상 전체가 혼절한 것 같았다. 부엉이 한 마리가 피곤을 잊은 채 괴상한 울음소리를 내고 있었다. 시간이 한참 흘렀다. 그는 진궁에게 구원을 청하듯 물었다.

"공께서는 제가 어떻게 해야 한다고 보십니까?"

진궁은 천천히 일어나 하늘을 향해 고개를 들고는 별을 쳐다보았다. 그는 준비해두었던 말들을 천천히 늘어놓기 시작했다.

"지금 천하는 어지럽기 그지없고 도처에서 군웅이 일어나고 있습니다. 명공께는 10만의 병력이 있습니다. 게다가 진류는 사방으로 출격할 수 있는 군사적 요충지이지요. 검을 빼들고 사방을 둘러보시면 천하를 호령하고도 남을 분이 어찌 다른 사람에게 견제를 받고 계시며, 침상에 누워 불안에 떨고 계십니까? 공은 자신의 그런 모습이 비굴하다고 생각지 않으십니까?"

장막이 탕 하고 발을 구르며 탄식했다.

"그런 말씀 마시오. 나라고 왜 비굴한 것이 싫지 않겠소이까? 단지 힘으로 원소와 조조에 맞설 수 없는 것이 한스러울 뿐이지요."

진궁은 이미 모든 계획을 주도면밀하게 세워놓고 있었다. 그는 조금도 망설이지 않고 자신의 계책을 내놓았다.

"명공의 힘으로 원소와 조조의 동맹군에 맞서는 것은 아직 무리이지요. 하지만 명공께서 여포와 동맹을 맺으면 그의 힘을 빌릴 수 있지 않겠습니까?"

"아니! 뭐라고요?"

전혀 예상치 못했던 제안에 장막은 자신도 모르게 깜짝 놀랐다.

진궁이 소상하게 이치를 설명해주었다.

"사람 중에 최고는 여포요, 말 중에 최고는 적토마(여포의 말)라는 말이 있지요. 여포는 용감하고 무예가 뛰어나 그를 당할 자가 없습니다. 하지만 지금은 곤경에 처해 딱히 갈 곳도 없고 하여 하내의 장양에게 몸을 의탁하고 있습니다. 조조가 연주를 비우고 도겸을 정벌하러 간 틈을 타서 여포를 하내에서 데려와 함께 연주를 다스리는 것이 어떻겠습니까?"

"음, 아주 좋은 계략이군요."

그의 말에 장막은 기쁨을 감추지 못하고 자신도 모르게 손뼉을 쳐댔다. 그는 여포가 하내에서도 찬밥 신세임을 잘 알고 있었다. 사실 장양의 부하 장수들이 여포를 죽이고 그의 수급을 이각과 곽사에게 들고 가 포상을 받자고 장양을 사주한 일도 있었다. 다행히 장양이 그나마 의협심이 조금이나마 있는 인물이라 친구를 내치지는 않았지만 날이 갈수록 그에 대한 태도가 냉담해지고 있는 것이 사실이었다. 이때 그에게 연주목으로 와달라고 하면 그보다 더 반가운 일이 없을 것이다.

그러나 다시 생각해보니 마음에 걸리는 것이 한두 가지가 아니었다. '아무리 내가 진류군 태수라고 하지만 다른 군현을 호령할 입장은 아니다. 여포를 데려다 조조 대신 연주목으로 세우고 싶긴 하지만 다른 지역의 태수들은 어떤 태도를 취할지 모른다.' 이런 생각에 그의 얼굴에 떠올랐던 미소가 다시 사라져버렸다.

진궁은 장막이 무슨 걱정을 하고 있는지 잘 알고 있었다.

"명공께서는 아무 걱정도 하지 마십시오. 저 진궁이 요즘 연주의 각 지역을 다니면서 여러 군수와 현령들을 만나보았습니다. 다들 조조에게 불만을 품고 있으며 명공께서 나서서 반란을 주도해주시기를 바라고 있더군요. 명공께서 연주를 차지하여 천하의 정세를 잘 살피시기만 하면 머지않아 천하를 손에 넣으실 수도 있을 것입니다. 그러니 뭘 더 주저하시겠습니까?"

"좋습니다. 공대의 뜻대로 하지요. 공대와 연주의 여러 동료들이 나를 믿어준다면 내가 앞장서는 수밖에요."

마침내 장막이 결단을 내렸다. 그는 시종에게 술상을 차려오게 했다. 자신들의 승리를 미리 축하하는 의미로 술을 마시고 싶었던 것이다.

이미 날이 밝았다. 연한 주홍빛 아침노을이 누대를 환하게 비추었다. 부엉이의 괴상한 울음소리는 간데없고 참새 몇 마리가 짹짹거리는 소리만 들려왔다.

4

진궁과 장막이 진류에서 밀담을 나누고 닷새가 흘렀다. 무더운 정오가 되어 연주에 남아 군정 사무를 돌보던 군사마 순욱이 잠시 서안에 엎드려 눈을 붙이려 했다. 갑자기 군사 하나가 들어와 그에게 진류에서 사람이 찾아왔는데, 급히 전할 말이 있다고 하면서 지금 문간방에 앉아서 기다리고 있다고 전했다. 순욱은 재빨리 눈을 비비고 옷매무새를 가다듬은 다음 이당二堂 오른편에 위치한 곁채의 문을 나섰다. 문을 지키고 서 있던 병사 2명이 소리 없이 그를 좌우에서 보필하며 함께 따라나서 남문으로 향했다.

하늘에서는 가는 비가 보슬보슬 내리고 있었다. 순욱은 빠르지도 않고 느리지도 않은 걸음으로 걷고 있었다. 그는 그랬다. 아마 하늘에서 비가 아니라 우박이나 돌 또는 칼이 쏟아진다 해도 걸음을 빨리하지 않을 그런 인물이었다.

문간방에 다다른 순욱은 손님이 다름 아닌 진류군 공조 유익임을 알아보았다. 두 사람은 서로 구면이었지만 별로 왕래는 없는 사이였다. 인사가 끝나자 그는 곧 유익을 이당으로 안내해 자리를 권했다. 유익은 장막이 보낸 편지를 순욱에게 건네주었다. 몇 줄 읽어 내려가던 순욱은 가슴에서 심장이 쿵하고 울리는 소리를 들었다.

진류군에 필요한 군수물자를 보내달라는 내용의 서한이었다. 서한에는 식량과 건초, 무소 갑옷, 말, 전포戰袍, 천막, 양털이불, 창, 쇠뇌(여러 개의 화살이나 돌을 잇달아 쏘게 되어 있는 큰 활─옮긴이), 활 등 다양한 품목이 적혀 있었고 요구하는 수량도 엄청났다. 하지만 순욱을 더욱 놀라게 한 것은 군수물자의 수량이 아니라 그 용도였다.

편지에는 분위奮威 장군과 온후 여포가 곧 군사를 이끌고 하내에서 나와 진류에 머물면서 조조를 도와 도겸을 정벌하려 한다고 밝히고 있었다. 또한 군사물자가 준비되면 여포는 곧 서주 전선으로 출발할 것이라는 내용도 덧붙여 있었다.

순욱은 더 생각해볼 필요도 없이 이 안에 뭔가 다른 음모가 있는 것이 분명하다는 단정을 내렸다. 그러면서도 그는 낯빛 하나 변함이 없이 유익에게 말했다.

"여 장군이 조 공을 도와 도겸을 토벌한다면 우리는 더 바랄 것이 없습니다. 가뭄에 단비가 내리는 셈이지요. 하지만 유 공조께서도 잘 아시겠지만 조 공께서도 서주에 식량과 건초가 거의 떨어져가고 있으니 빨리 보내달라는 깃털 편지를 보내오셨습니다. 저 순욱은 지금 조 공께 보낼 물자를 구하느라 정신이 없습니다. 게다가 장 태수께서 요구하신 수량이 너무 많아 제가 아무리 최선을 다한다 해도 열흘 안에 구하는 것은 아무래도 무리입니다. 유 공께서 돌아가셔서 제 대신 여 장군과 장 태수께 잘 설명해주시기 바랍니다."

그러고는 문 밖에 내리는 빗줄기를 바라보며 물었다.

"공조께서 말을 타고 오시느라 심히 고단하실 텐데 우선 객점에 가서 휴식을 취하시는 것이 어떠신지요?"

유익도 문 밖을 내다보며 대답했다.

"알았습니다. 그렇게 하지요."

순욱은 조금도 서두르지 않고 천천히 유익을 대문 밖까지 바래다주었다. 그는 병사 하나가 유익에게 말을 끌어다 주고 유익이 빗속으로 사라진 뒤에야 주변의 시위에게 귓속말로 속삭였다.

"얼른 가서 정립 대인을 모셔오게. 급한 일이 있다고 여쭈면서 말일세."

반 식경이 지나 정립이 순욱이 정사를 돌보는 곁채로 들어왔다. 순욱은 좌우 시위들을 밖으로 내보내고 진류에서 보내온 서한을 정립에게 보여주었다. 정립이 깜짝 놀라며 소리쳤다.

"장막이 배반을 꾀하고 있군! 게다가 여포를 끌어들일 줄이야……."

정립의 말투에서 그가 이미 장막을 경계하고 있었음을 알 수 있었다. 사실 진궁이 끊임없이 여러 지역을 다니면서 현령과 군수들을 선동한 것은 그리 비밀스런 일이 아니었다. 정립의 고향이 바로 동군(진궁과 같은 고향 출신임)이었고, 그곳 관아에는 그의 친구들이 두루 포진하고 있었다. 때문에 진궁이 반란을 선동하고 있다는 소식은 이미 오래전에 알고 있었다. 조조에게 충성을 다하고 있는 정립은, 오늘도 초조하고 불안한 마음에 급히 견성으로 달려왔던 것이다. 이날 오전에도 이 방에서 정립은 순욱에게 이렇게 말했다.

"장막이 조 공의 오랜 지기라고 해서 마냥 믿어서는 안 될 것이오. 조 공을 배신할 가능성이 아주 높은 인물이오."

순욱의 생각도 다르지 않았다. 그는 정립의 말을 듣고 나서 더욱 뜻 깊은 말을 내뱉었다.

"군웅이 천하를 다투는 오늘날에는 영원한 친구도, 영원한 적도 없는 법이지요."

풍전등화처럼 위태롭고 다급한 이 순간에 견성에 남아 성을 지키는 군사들은 고작 4, 5천에 불과했고, 게다가 그들 대부분은 너무 어리거나 늙은 병사들이었다. 더욱 치명적인 것은 군사들과 주 산하 관리들 가운데 여러 명이 비밀리에 장막과 진궁과 내통하고 있다는 사실이었다. 여포가 일단 견성을 공격하면 이들이 필시 내응할 것이 분명했다. 그렇다면 이제 어떻게 해야 한단 말인가?

순욱이 이맛살을 잔뜩 찌푸리고 있다가 다시 입을 열었다.

"지금 당장 서주로 사람을 보내 조 공에게 이 사실을 알려야 합니다. 하지만 조 공이 천 리 밖에 있으니 소식을 듣고 지원병을 보내주기를 기다리다가는 때가 늦고 말 겁니다. 우선은 하후돈 장군에게 군사를 거느리고 입성하여, 돌발 사태에 대비해야 할 것 같습니다. 정 공의 생각은 어떻습니까?"

정립이 곰곰이 생각에 잠겼다.

'하후돈은 지금 동군 태수로 복양에 주둔하고 있다. 복양이 여기에서 가까우니 여포와 장막의 군사가 들이닥치기 전에 견성으로 입성할 수 있을 것이다. 이는 전선을 축소하고 병력을 모을 수 있는 최적의 전술이자 우리가 취할 수 있는 유일한 대책일 것이다.'

그는 고개를 끄덕여 동감을 표시했다.

순욱이 편지를 쓴 다음 봉투에 깃털 세 개를 붙였다. 그러고는 곧 군관 한 명을 불러 기병 십수 명을 거느리고 비를 무릅쓰더라도 복양으로 가서 편지를 전하게 했다. 아울러 서주 전선에도 사람을 보내 조조에게 장막이 여포와 결탁하여 반란을 꾸미고 있다는 소식을 전하게 했다.

곧 이어 두 사람은 다시 두 가지 문제를 의논하기 시작했다. 하나는 성내의 병사들과 몸이 건장한 남자들을 조직하여 성문을 굳게 지키는 것이고, 다른 하나는 비밀리에 진궁의 사주를 받아 장막과 연락을 취하고 있는 위험인물들을 파악하여 이들의 동태를 살피고 있다가 시기가 무르익으면 전부 체포하는 것이었다. 첫 번째 일은 순욱이 맡기로 했고, 두 번째 일은 정립이 책임지기로 했다.

어느새 미시가 지나 신시가 되었다. 정립은 문득 혹시 유익이 견성에 온 기회를 이용하여 성 내의 내통자를 만나지 않았을까 하는 의심이 들었다. 그는 곧 사람을 객점으로 보내 유익을 감시하게 했다.

정립이 가고 나자 순욱은 북을 쳐 관리들을 전부 불러 모은 다음, 견성의 모든 문무 관리들에게 서둘러 방비대책을 취할 것을 명령했다.

5

동군의 하후돈은 견성에서 보내온 깃털 편지를 받아보고 나서 대경실색했다. 그는 먼저 조조의 부인과 식솔들, 자신의 부인과 아이들, 팔촌 동생 하후연, 조홍과 조인 등 조조의 가족들이 걱정되었다. 그들 모두가 견성에 있기 때문이었다. 견성이 여포에게 함락당해 이들이 모두 잘못되기라도 하는 날에는…… 하후돈은 더 이상 상상하기가 두려웠다.

불가마 위의 개미처럼 하후돈은 어쩔 줄을 몰라 하다가 황급히 대오를 집합시켜 간단하게 무장시킨 다음, 견성을 지원하러 떠나기로 결정했다. 그는 새벽 3시에 출발하되 병사 한 명당 하루치의 식량만 지니게 했다.

변고가 생기지 않는 한 복양에서 견성까지는 하루면 당도할 수 있는 거리였다. 하지만 하후돈은 자신이 중간에 여포의 군대를 만나 위험에 빠져 하마터면 생명을 잃을 뻔할 위기에 처하리라고는 전혀 예상하지 못했다.

하후돈이 맞닥뜨린 부대는 원래 진궁의 수하에 있던 부대로 최근에 여포의 수하로 넘어간 것으로, 약 1천 명 정도 되는 병력이 무양舞陽 동쪽에 주둔하고 있었다. 얼마 전 진궁은 장막을 설득하여 조조를 배반하겠다는 약속을 받아낸 뒤, 이 부대를 이끌고 하내로 들어가서 여포를 진류로 데려온 것이었다.

사실 이렇게 되기까지에는 아슬아슬한 순간들이 많았다. 유익이 장막의 명을 받아 여포를 위해 군수물자를 요구하러 견성으로 떠난 것은 전날 아침이었다. 그가 진류를 떠난 지 얼마 지나지 않아 진궁은 자신의 머리를 툭 쳤다.

"아차! 이게 아닌데. 일이 크게 잘못됐군."

장막과 여포가 다급히 물었다.

"공대께서는 왜 그러시오?"

진궁이 대답했다.

"순욱은 머리가 뛰어난 사람이라 우리의 계획을 눈치 채고 미리 방비할 것이 분명합니다."

장막이 말을 받았다.

"그가 아무리 방비한다 해도 군사가 얼마나 되겠습니까? 공께서는 너무 염려하지 마십시오."

진궁이 고개를 가로저었다.

"그렇지 않습니다. 견성의 수비군은 얼마 되지 않지만 복양의 하후돈에게는 7, 8천의 병력이 있습니다. 만일 하후돈이 이 소식을 듣고 급히 돌아와 함께 수비한다면 여 장군께서 견성을 함락시키기가 무척 어려워 질 것입니다."

여포와 장막도 덩달아 초조한 표정을 짓기 시작했다.

"그럼 어떻게 하는 게 좋겠습니까?"

진궁이 한참이나 이마를 찌푸리더니 좋은 계책을 생각해냈다. 다름 아니라 여포와 함께 병력을 이끌고 중간 지점으로 가서 하후돈의 길을 막는 것이었다.

여포에게는 기병이 적고 보병이 많기 때문에 속도는 하후돈을 따를 수 없었다. 게다가 진류와 견성의 거리는 복양과 견성 사이의 거리보다 훨씬 멀었다. 한참을 가고 나서야 그들은 중간에 하후돈을 가로막는 것이 불가능하다는 사실을 깨달았다. 진궁이 또다시 좋은 방도를 내놓았다. 그는 1천 명에 달하는 자신의 병력 가운데 기병 1백 명을 선발하여 마륙

馬六이라는 교위에게 이를 인솔하게 했다. 그가 마륙의 귀에 대고 몇 마디 소곤거리자 기병들은 곧장 말에 올라 질풍처럼 달려가기 시작했다.

다음날 오후, 하후돈의 대오는 견성에서 북쪽으로 50리쯤 떨어진 지점에서 식사 준비를 하고 있었다. 바로 이때 갑자기 서남쪽에서 기마 병력이 나타났다. 이는 다름 아닌 마륙의 대오였다. 마륙은 진궁이 조조를 배신하자 하는 수 없이 울며 겨자 먹기로 그를 따라왔다가 기회를 잡아 몰래 도망쳐 나온 것이라고 거짓으로 알렸다. 하후돈은 용맹하고 싸움에는 능했지만 머리가 지극히 단순했다. 그는 마륙의 말을 아무런 의심 없이 그대로 받아들였다. 그는 그 자리에서 좋은 말로 마륙을 위로하고, 그의 병사들에게 자신의 군사들과 함께 식사하게 했다.

잠시 후 갑자기 마륙이 손에 들고 있던 건량을 땅바닥에 휙 내던지더니 큰소리로 말했다.

"잡아라!"

그러자 그의 병사들이 일제히 젓가락을 집어던지고 밥솥을 발로 차 뒤집어버리고는 우르르 달려들어 하후돈의 팔을 잡아 뒤로 비틀었다. 이어서 이들은 튼튼한 밧줄로 하후돈을 꽁꽁 묶은 다음 그의 입에 재갈을 물렸다. 그러고는 날이 선 칼을 그의 목에 들이댔다. 모든 것이 너무나 간단했다. 천하를 주름잡던 대장군 하후돈이 눈 깜짝할 사이에 포로가 되고 말았다.

"어서 걸어!"

마륙이 하후돈의 엉덩이를 발로 걷어찼다.

너무 급작스럽게 일어난 일이라 하후돈은 이 모든 것이 장난처럼 느껴졌다. 엉덩이에 찍힌 발자국은 하후돈 평생에 가장 치욕스런 '오점'이었다. 그러나 진궁에게는 이것이 대단히 지혜로운 행동의 결과였다.

마륙은 어안이 벙벙해진 하후돈을 자루를 들듯이 그대로 들어 말 위에 태웠다. 이들이 모두 말에 올라 돌아가려고 하는 순간 정신이 든 하후돈의 부하 장수들이 칼을 뽑아 들며 이들을 막아섰다. 하지만 자신들의 장군 목숨이 위태로울까 두려워 아무도 감히 앞으로 나서지 못했다.

일촉즉발의 순간에 누군가 버럭 소리를 질렀다.

"이 역적 놈들아, 담도 크구나. 어서 대장군을 내려놓지 못하겠느냐!"

목소리가 나는 곳으로 고개를 돌려 보니 비장裨將 한호韓浩였다. 한호가 긴 검을 가로 잡은 채 마륙의 말을 가로막았다. 그러고는 옆에 있는 병사들에게 명령했다.

"역적 놈들을 포위하라!"

이어서 그는 마륙를 향해 호되게 욕설을 퍼부었다.

"간도 크구나. 네놈들이 감히 우리 대장군을 납치해? 정녕 죽고 싶은 게로구나!"

그의 당당한 기세에 기가 죽은 마륙이 약간 떨리는 목소리로 맞받아쳤다.

"네, 네 이놈! 너희 대장군이 주, 죽는 것이 두렵지도 않느냐?"

한호가 냉소하며 말을 받았다.

"나는 조 자사의 명을 받들어 역적을 토벌하려는 것이다. 어찌 장군 하나의 목숨 때문에 네놈들을 그냥 돌려보낸단 말이냐!"

한호의 강경한 태도는 마륙의 예상을 완전히 빗나간 것이다. 이는 진궁도 예상하지 못한 일이었다. 마륙이 당황하여 주저하는 눈빛을 본 한호가 쏜살같이 달려들어 창으로 마륙의 목덜미를 찔렀다. 그러자 한호의 뒤에 서 있던 병사들이 우르르 달려들어 순식간에 모든 반란군들을 처치했다.

잠시 후 하후돈을 결박했던 포승줄이 풀리고 그의 입을 틀어막고 있던 재갈도 제거되었다. 그는 마륙의 시신을 향해 퉤 하고 침을 뱉고는 몸을 돌렸다. 한호가 자신의 발아래 무릎을 꿇고 있는 것을 본 그가 깜짝 놀라며 물었다.

"아니! 왜 꿇어앉아 있는 것이오?"

한호가 대답했다.

"소장이 방금 조 공의 명을 직접 받았으며 대장군의 생명 따위는 안중에 없다고 한 말은 거짓이었습니다. 죄를 지었으니 처분을 달게 받겠습니다."

그의 말에 하후돈은 감격스럽기도 하고 부끄럽기도 하여 얼굴을 새빨갛게 붉히며 한호의 어깨를 다독거렸다.

"아이쿠, 아우! 큰 공을 세우고서 죄를 지었다니, 그게 어인 말이오? 죄가 있다면 바로 내가 죄인이지."

하후돈의 말이 틀린 것도 아니었다. 한호의 공에 대해 조조 역시 그의 재치는 만세에 널리 알려야 한다면서 크게 치하했다. 아울러 조조는 유사한 사건이 다시 발생할 경우 모든 병사들은 인질로 잡힌 자의 안전을 고려하지 말고 과감하게 적을 공격하라는 명령을 반포했다. 물론 이는 나중의 일이었다.

하후돈은 이처럼 돌발적인 사건을 자세히 반추할 여유가 없었다. 그는 방금 벌어진 마륙 사건 때문에 시간이 많이 지체되었다는 것을 잘 알고 있었다. 어떻게 해서든지 시간을 단축시켜야 했다. 그는 전군에 쉬지 말고 전진하라는 명령을 내렸고, 오후 신시가 지나서 부대는 마침내 견성에 도착했다. 순욱은 하후돈 일행을 보자 너무 기쁜 나머지 두 손을 모으고 감사의 뜻을 표하는 예를 올렸다.

"장군께서 한 걸음만 늦었어도 이 성은 여포의 손에 들어갔을 것이오."

여포는 한 걸음 차이로 하후돈을 막지 못했다. 그는 노발대발하며, 즉시 군사를 이끌고 견성을 공격하려 했다. 진궁이 그를 말렸다.

"견성을 공격하려면 지금 장군의 병력으로는 역부족이오."

여포가 물었다.

"그럼 어떻게 해야 합니까? 그냥 이대로 진류로 돌아가야 한단 말입니까?"

진궁이 대답했다.

"그게 아니오. 하후돈이 이미 모든 군사를 거느리고 견성으로 돌아왔으니 지금 복양은 텅텅 비어 있을 것이오. 장군께서 이 틈을 타 복양을 점령하면 장래를 도모할 수 있는 확실한 기반을 잡게 될 것이 아니겠소?"

여포는 그제야 그의 계책을 이해하고 빙긋이 미소를 지었다.

"공의 가르침이 고마울 따름입니다."

여포는 곧 말머리를 돌려 군사를 이끌고 순식간에 복양성을 점령해버렸다. 사실 복양성은 빈 성이나 다름없었다. 따라서 조조의 군사들도 크게 손실을 본 것이 없었다. 단지 이곳에 저장되어 있던 식량과 마초를 비롯한 다른 물자가 전부 여포와 진궁의 수중에 들어갔을 뿐이었다.

여포가 복양을 점령하고 있을 때, 하후돈은 견성에서 정립, 순욱 등과 함께 방비책을 강구하고 있었다. 사실 견성은 매우 위급한 처지에 놓여 있었다. 얼마 전에 진궁이 이곳에 와서 일부 장령들을 설득했고, 그들이

다시 유익과 접촉했던 것이다. 그들은 여포가 성을 공격할 경우 정변을 일으켜 내응하기로 되어 있었다. 다행히 정립이 비밀리에 그들의 행적을 파악하여 십수 명의 내통자들의 명단을 확보한 상태였다. 이때까지 그들은 풀을 건드려 뱀을 놀라게 할까 두려워 감히 경거망동하지 못하고 있었지만, 이제는 거리낄 것이 없었다. 하후돈은 그 명단에 있는 사람들을 하나도 빼지 않고 잡아들여 전원 참수하여 군중들 앞에 내보였다. 그제야 비로소 군심이 안정되었다.

6

순욱은 벌써 사흘 밤낮을 꼬박 뜬눈으로 새웠다. 그러다가 성안의 내통자들을 모조리 없애고 나서야 그는 겨우 안도의 한숨을 내쉬었다. 도포와 갑옷도 벗지 못하고 침대에 누워 그대로 깊은 잠에 빠져든 그는 무려 7시간 동안이나 단 한 번도 몸을 뒤척이지 않고 달콤한 잠을 잤다.

눈을 뜬 순욱이 창밖을 바라보니 잠자리에 들기 전과 다른 것이 전혀 없었다. 햇빛 한 줄기가 여전히 창가를 비추고 있었다. 그는 몹시 의아했다. '설마 내가 잠을 자지 못한 것인가?'

눈을 돌려보니 하후돈과 정립이 침상머리에 앉아 조용히 그를 바라보고 있었다. 그들 뒤로는 장병들이 한 무리 서 있었다. 그들의 얼굴에는 수심이 가득했다.

"아니, 왜들 이러고 계시오?"

그가 황급히 몸을 일으키며 물었다.

"사정이 좋지 못합니다."

하후돈이 입을 열었다.

"이번에는 곽공郭貢이 병마를 거느리고 왔소이다."

알고 보니 순욱이 잠을 자는 동안 예주 자사 곽공이 갑자기 4만 명의 군사를 거느리고 초현을 출발하여 이곳 성에서 10리 정도 떨어진 곳에 군영을 설치한 것이었다. 하후돈은 곽공이 필시 여포, 장막 등과 동맹을 결성했을 것이고, 지금 이곳에 온 것도 약속에 따라 견성을 공격하기 위한 것이라고 판단했다. 만일 곽공이 싸움에 끼어든다면 군사력의 현저한 차이로 견성은 그야말로 독 안에 든 쥐나 다름없었다.

그의 말을 들은 순욱도 놀라움을 금치 못했다. 그는 곧장 하후돈, 정립 등과 함께 남문으로 가보았다. 가는 길에 보니 오고가는 수레들에 벽돌과 돌을 가득 싣고 있었다. 성벽을 굳건히 보강하기 위한 것이었다. 사람들의 발걸음은 대단히 분주했다. 길옆으로는 빨간 용광로가 줄지어 서 있고, 장인들이 쇠를 두드려 철릉각鐵菱角과 마름쇠, 갈퀴 등 방어용 병장기들을 만들고 있었다. 사람들의 얼굴에는 불안한 기색이 역력했다. 갑자기 옆에서 수탉 한 마리가 꼬끼오 하고 날아오르더니 날개를 퍼덕이며 이들의 머리 위로 휘익 지나갔다. 순간 긴장된 분위기는 더욱 팽팽해졌다.

성문에 올라서서 남쪽을 바라보니 성을 둘러싼 도랑 맞은편에서 4, 5리 정도 떨어진 곳에 대규모 군대가 진을 치고 있었다. 햇빛이 비치는 언덕에는 비가 그친 뒤에 솟아난 버섯처럼 군막이 가득 펼쳐져 있었다. 그 사이를 사람들이 개미떼같이 오가고 있었다. 가만히 귀를 기울여보니 "영차, 영차" 하는 구령소리가 들려왔다. 이곳저곳에서 밥 짓는 연기가 모락모락 피어오르는 것도 목격되었다. 곽공의 대오가 본격적으로 주둔할 채비를 하는 것이 분명했다.

"내일이면 곽공이 성 아래로 와서 싸움을 돋우게 될 것이오."

하후돈의 부장 한호가 입을 열었다.

"그렇지 않을지도 몰라. 어쩌면 여포의 병마가 도착한 다음에 함께 포위공격에 나설 수도 있을 걸세."

말을 마친 하후돈은 갑자기 순욱에게 한 가지 수를 내놓았다.

"곽공이 미처 자리를 잡지 못한 틈을 타 내가 병사들을 이끌고 그의 진영을 먼저 공격하는 것이 어떻겠소이까?"

순욱은 대답하지 않았다. 하후돈은 그가 자신의 말을 못들은 줄 알고 다시 한 번 반복했다. 순욱은 여전히 입을 열지 않았다. 단지 큰 소리가 날 정도로 입을 다셨다. 초조해진 하후돈은 속으로 볼멘소리를 했다. '사람이 미지근하군! 정말 짜증나네. 맹덕 형은 하필 이렇게 미지근한 사람에게 성을 맡긴 것일까?' 그가 곧 싸움에 나서려 하자 순욱이 혼자 중얼거렸다.

"곽 자사가 언제 여포와 결탁한 걸까? 예전에는 여포와 별로 친분이 없었던 것 같은데."

답답해진 하후돈이 껄껄 너털웃음을 터뜨렸다.

"곽공이 이미 병사를 거느리고 성 가까이 왔는데 아직도 의심할 것이 남았소이까? 혹시 그가 손님으로 왔다고 생각하는 건 아니겠지요? 쳇!"

한참 의논하고 있는 차에 갑자기 성 아래로 작은 규모의 대오가 말을 타고 달려왔다. 이들은 곧 성지城池에까지 이르렀다. 장수의 모습을 한 사람이 그들을 향해 외쳤다.

"성 위에 있는 사람들은 들으시오. 곽공이 방금 이곳에 오셨소. 순 사마를 뵙기를 청합니다."

하후돈이 멍하니 있다가 순욱에게 물었다.

"저들의 속내가 무엇이겠소이까?"

순욱은 하후돈에게 이상하다는 눈빛을 보내고 나서 성 아래를 향해 외쳤다.

"곽공은 지금 어디에 계시오? 내가 바로 순욱이오. 곽 자사가 나를 만나고 싶다면 성으로 오시면 될 것이오."

성 아래에 있는 사람이 대답했다.

"곽공께서는 순 사마를 자신의 영채로 모셔다가 이야기를 나누고 싶다고 하셨소이다."

성 위에 있던 사람들은 머리를 맞대고 의논을 시작했다.

"그가 성으로 들어오지 않고 순 사마를 자신이 있는 곳으로 오라고 하는 속뜻이 무엇이겠습니까?"

"곽공은 아무래도 '싸우지 않고 적병을 굴복시키는 계략'을 쓰려는 것 같소이다."

"얘기는 무슨 얘기를 한단 말이오! 그가 무슨 꿍꿍이속을 갖고 있는지 알 턱이 없구려."

순욱은 이들의 이야기를 듣다 말고 하후돈과 정립에게 견해를 물었다.

"두 분은 내가 가야 한다고 생각하십니까, 아니면 가지 말아야 한다고 생각하십니까?"

정립은 잠자코 있었고 하후돈은 말렸다.

"순 사마, 가시면 안 될 것 같습니다. 왠지 불길한 느낌이 드는군요."

그러자 순욱이 단호하게 말했다.

"가겠소이다. 당연히 가야하오. 내가 가지 않으면 곽공이 우리를 업신여길 것이오."

말을 마친 그는 천천히 보검과 활을 내려놓고 갑옷도 벗었다. 투구만은 그대로 남겨두었다. 그는 시위에게 말을 준비하라고 일렀다.

정립이 물었다.

"무예와 충성심이 뛰어난 자들을 붙여드릴까요?"

"그럴 필요 없소이다. 저들이 정녕 나를 죽이려 든다면 시위가 아무리 많아도 막을 수 없는 일이지요."

말을 마친 그는 두 손을 앞으로 모아 하후돈과 정립 등에게 작별인사를 건넸다.

여러 사람들은 순욱이 홀로 말을 타고 성을 나서서 다리를 건넌 다음 곽공이 보낸 대오와 합류하는 모습을 지켜보았다. 석양이 그의 몸에 반짝반짝 빛나는 황금빛 테두리를 둘러주었다. 그의 모습은 이내 먼지 속으로 사라졌다.

그날 밤 새벽 삼경이 넘도록 순욱은 돌아오지 않았다. 관아의 이당에서는 여러 장수들의 의견이 분분했다.

"순 사마는 아무래도 곽공에게 살해당한 것 같구려. 죽지 않았다면 아직까지 돌아오지 않을 리가 만무한데 말이오."

하지만 그 가운데는 그를 의심하는 사람도 있었다.

"죽지 않았을 수도 있어요. 우리를 배신했을 수도 있으니까요."

이들의 대화를 듣고 있던 하후돈은 가시방석에 앉은 것처럼 초조하기 그지없었다. 화가 난 그는 이들을 향해 버럭 소리를 질렀다.

"입들 다물지 못하겠나! 날이 밝으면 곽공과 결전할 채비나 갖추도록 하라!"

어느새 날이 밝았다. 하후돈은 장수들을 거느리고 다시 남문의 성루로 올라가 남쪽을 바라보고 섰다. 순간 그가 멍한 표정을 지었다. 곽공의 진채가 보이지 않았던 것이다. 그는 자신의 눈에 이상이 있는 줄 알고 손등으로 썩썩 눈을 비빈 다음 다시 눈을 떴다. 그러나 옹기종기 비온 뒤의 버섯처럼 가득하던 군막들이 온데간데없었다. 도대체 어떻게 된 일일까? 이때 누군가 성 아래서 외치는 소리가 들려왔다.

"하후 장군이시오? 나 순욱이오. 내가 들어갈 수 있도록 얼른 문을 열어주시오."

순욱이 혼자 말을 타고 다리를 건너 성문으로 들어섰다. 문 옆에서 그를 마중하기 위해 서 있던 하후돈은 그의 팔을 덥석 부여잡으며 황급히 물었다.

"어떻게 된 일입니까? 곽공의 군사들은 어디로 갔소이까?"

순욱은 하우돈에게 잡힌 팔이 아파서 눈을 찡그렸다. 그러고는 담담한 어투로 대답했다.

"곽공 말씀이시오? 이미 철수했소이다."

"뭐라고요? 곽공이, 곽공이 철수했단 말입니까?"

하후돈은 그 말이 믿기지 않는다는 듯이 눈을 깜빡였다.

"그럼 성을 공격하는 것을 포기했단 말입니까?"

"그렇소이다."

순욱이 고개를 끄덕였다. 그러고는 자초지종을 소상히 설명해주었다.

"곽공은 장막과 친분이 있긴 했으나 그다지 두텁지는 않았습니다. 그리고 우리 조 공과도 원한을 쌓은 적이 없지요. 이번에 장막의 요청으로 병사들을 거느리고 견성에 오기는 했지만 계속 주저하고 있었습니다. 제가 대의를 설명하고 '우물이 강물을 건드리는 일은 없을 것'이라고 약속하자 그도 병사들을 데리고 돌아간 것입니다."

그의 말을 듣고 나서야 하후돈은 머리를 내리누르던 무거운 돌덩이 하나를 땅에 내려놓은 것처럼 마음이 홀가분했다. 그는 손으로 이마를 닦으며 말했다.

"그렇게 된 일이었군요. 그럼 이제 견성은 위험한 고비를 넘긴 셈이겠군요."

그는 엄지손가락을 치켜세우며 순욱을 향해 탄복을 표했다.

"문약께서는 '싸우지 않고 적병을 굴복'시키는 데 대가이심이 틀림없는 것 같습니다."

하후돈이 순욱에게 허리를 굽혀 예를 올리고는 얼굴을 붉히며 말했다.

"순 사마! 방금 전까지만 해도 저는 순 사마의 잘못을 탓하고 있었습니다."

순욱이 깜짝 놀라 물었다.

"원양 장군께서 어찌 저를 탓하셨다는 말씀이시오?"

하후돈은 얼굴이 더욱 새빨개졌다. 그가 손가락으로 자신의 가슴을 가리키며 말을 이었다.

"에이, 여깁니다. 바로 여기에서 순 사마를 잘못 탓했습니다."

그는 방금 순욱이 곽공에게 그대로 남아 다시는 돌아오지 않을지도 모른다고 생각했다고 말할 생각이었다.

이때 마침 정립이 두 사람의 등 뒤에서 껄껄 너털웃음을 웃었다. 하후돈과 순욱도 서로 마주보며 빙긋이 웃었다. 그러고는 셋이 함께 성안을 향해 걸어갔다.

7

곽공이 물러가긴 했지만 순욱과 하후돈은 한시도 경계를 늦출 수 없었다. 그들은 여전히 수비를 강화하면서 여포가 군사를 이끌고 오기만을 기다리고 있었다. 그러나 며칠을 기다려도 여포의 그림자는 보이지 않았다. 어찌 된 것일까? 그들은 첩자를 통해 여포와 장막, 진궁 등이 잠시 견성을 포기하고 대신 연주의 다른 성들을 공격하기로 이미 전략을 바꾸었다는 사실을 뒤늦게야 알게 되었다.

장막과 진궁은 오랫동안 진류에서 관직을 맡고 있었기 때문에 인맥이 넓었다. 게다가 그들은 연주 출신이라 이 일대에 친척들과 친구들도 많았다. 그리하여 각 군현의 관리들이 분분히 장막과 진궁 두 사람과 함께 조조를 배반하고 여포를 추대하는 깃발을 들게 되었던 것이다. 대서大暑가 되자 연주에 속한 진류와 동군, 태산, 산양, 제음 등 5개 군과 동평, 임성, 제북 등 3개 국을 포함한 80여 개의 성 가운데 이미 77개가 여포의 수중에 떨어져 있었다. 견성과 동아, 범현 3곳만 아직 조조의 손에 있는 셈이었다.

살얼음판을 걷는 것처럼 급박한 형세였지만 조조의 대군이 5일 만에 서주에서 돌아오는 것은 불가능했다.

얼마 지나지 않아 견성에 또 다른 소식이 전해졌다. 진궁이 직접 군사를 거느리고 동아를 공격하는 동시에 그의 부장 범의汜疑를 보내 범현范縣을 공격하려 한다는 것이었다. 순욱은 곧 하후돈과 정립을 불러 대책을 의논했다.

하후돈이 먼저 의견을 내놓았다.

"두 분이 남아서 견성을 지키시는 동안 제가 군사를 이끌고 나가 동아를 지키겠습니다. 일단 동아가 안전해지면 다시 범현으로 가겠습니다. 그렇게 하는 것이 어떻습니까?"

정립이 고개를 설레설레 흔들었다.

"그렇게 하다간 여포의 계략에 걸려들고 말 겁니다. 저들은 장군께서 가는 길목을 지키고 있다가 기습하는 계책을 꾸몄을 것이 분명합니다."

하후돈과 정립이 순욱에게 의견을 물었다. 순욱이 축 늘어진 목소리로 대답했다.

"우리에겐 병력이 너무 적습니다. 옷깃을 당기면 팔꿈치가 보일 형편인데, 동아와 범현에 보낼 지원 병력이 어디 있겠습니까? 하지만 그렇다고 지원군을 보내지 않으면 두 성을 다 잃게 될 것이니 결국 연주에는 견성 하나만 남게 되겠지요."

세 사람은 답답한 심사를 달래며 모두 침묵에 잠겼다. 그러다가 갑자기 정립의 눈이 반짝이자 순욱은 이내 그의 속뜻을 알아챘다. 순욱의 눈에도 밝은 빛이 이는 것을 정립이 목격했다. 두 사람은 서로 마주보며 빙긋이 웃음을 주고받았다. 영문을 알지 못하는 하후돈이 물었다.

"두 분은 뭐가 그리 재미있어서 웃는 것이오?"

순욱이 정립을 가리키며 입을 열었다.

"원양 장군께선 이런 사실은 모르시지요? 정 공은 고향이 동군입니다. 진궁과 한 고향 사람이지요. 게다가 정 공은 진궁보다도 발이 훨씬 넓습니다. 아직 함락되지 않은 동아와 범현 두 성은 모두 동군에 속하지요. 그곳에는 정 공의 친구와 친척들이 가득할 겁니다. 제가 보기에는 정 공이 직접 두 현을 찾아가기만 하면 아마도 원양 장군께서 굳이 군사를 이끌고 갈 필요가 없을 것 같습니다. 정 공! 어떻게 생각하십니까?"

정립이 웃었다.

"원래 제가 하려고 했던 말인데 자사께서 먼저 얘기해 버리셨군요. 그건 그렇고 자사께서 예주병을 설득하여 그냥 돌려보냈으니 저도 한 번 그렇게 해보겠습니다."

그제야 하후돈은 두 사람의 말뜻을 알게 되었다. 그는 너무 기쁜 나머지 정립의 어깨를 툭 치며 말했다.

"정립 선생이 한 번 도전해보시구려. 순 사마는 세 치 혀로 성 하나를 보존했는데, 정립 선생은 성 2개를 보존할 수도 있지 않겠소이까? 하하하!"

정립은 웃지 않았다. 그는 속으로 중얼거렸다.

'아직은 웃을 때가 아니지.'

정립은 견성을 떠나 황하 남쪽 기슭을 따라 동북 방향으로 말을 달렸다. 그는 곧 동군 지역에 들어섰다. 그의 집은 동아였고, 범현은 동아의 서쪽에 위치했다. 그는 원래 먼저 동아로 가서 그곳 현령을 도와 성안의 질서를 바로 잡고 진궁의 공격에 맞설 준비를 할 생각이었다. 그러나 가는 길에 생각이 바뀌었다. 그는 먼저 범현으로 가기로 마음먹었다.

정립은 으슥한 오솔길을 따라 말을 몰았다. 범성에서 20여 리가 떨어진 곳에서 수수밭을 지나게 되었다. 수수밭은 한참 꽃이 필 때라 향기가 진동했다. 그는 문득 고향의 냄새에 가슴이 뭉클했다. 그러나 그렇게 여유롭게 감상에 젖어 있을 시간이 없었다. 그는 서둘러 보자기를 풀고 도포를 벗어버린 다음, 짧고 거친 베옷으로 갈아입었다. 그리고 머리에는 갈대를 엮어 만든 삿갓을 썼다. 수수밭에서 나오는 그의 모습은 이미 농부로 변해 있었다.

바로 이때 말을 탄 대오가 깃발을 휘날리며 수수밭 옆으로 난 길을 향해 다가오고 있었다. 이를 자세히 살펴본 정립은 가슴이 철렁했다. 다름 아닌 진류에서 오는 병사들이었다. 정립은 길가에 쪼그리고 앉아 풀을 뜯는 척하며 흘끔흘끔 대오를 바라보았다. 그러다가 그는 또 한 번 놀라고 말았다. 가장 선두에 선 장군이 자신이 아는 사람이었던 것이다. 이 장수는 다름 아닌 장막 수하의 도위 범의였다.

그가 범의를 알아보는 순간 범의가 고삐를 당겨 말을 세웠다.

"이보시오, 아저씨! 이 길이 범성으로 가는 길이 맞습니까?"

범의가 '아저씨'라고 부르자 정립은 그제야 놀란 가슴을 쓸어내렸다. 동시에 좋은 묘책이 떠올랐다. 그에게 잘못된 길을 가르쳐주기로 한 것이다. 정립이 삿갓으로 얼굴을 반쯤 가린 채 대답했다.

"네, 맞고말고요. 앞으로 쭉 가시면 바로 범성입니다."

범의와 그의 대오가 사라지자 삿갓 아래 숨겨져 있던 그의 얼굴에 야릇한 웃음이 피어났다.

바로 이 순간 정립은 생각을 바꾸게 되었다. 그는 범성이 더 위급한 형편에 놓이게 될 거라고 예감했다. 그는 동아는 잠시 접어두고 먼저 범성으로 가서 현령 근윤斬允을 만나기로 마음먹었다.

반 식경이 지나 범성에 도착한 정립은 관아 후문에 모습을 드러냈다. 그는 여전히 농부 차림이었고 손에는 과일과 야채를 담은 두 개의 광주리가 들려있었다. 그가 문을 지키는 시위에게 말했다.

"저는 이곳에 사는 농부인데 주방에서 일하는 국鞠씨에게 야채와 과일을 전해주러 왔습니다요."

그를 흘끔 쳐다보던 시위가 한 마디 던졌다.

"말이 참 튼실하군!"

그러고는 아무것도 묻지 않고 친절하게 손으로 주방 쪽을 가리켰다.

국씨는 허리를 굽힌 채 솥을 씻고 있었다. 갑자기 등 뒤에서 그를 부르는 소리가 들려왔다.

"어이, 친구!"

말소리와 함께 누군가 그의 등을 툭 쳤다. 깜짝 놀란 국씨가 고개를 돌려 보니 낯익은 얼굴이었다. 하지만 누군지 선뜻 이름이 떠오르지 않았다. 정립이 삿갓을 벗자 그제야 국씨는 "아이고!" 하고 반가운 비명을 질렀다.

"이거 정 대인이 아니십니까? 제가 이렇게 눈이 어둡습니다. 한데 대인께서 어찌 이런 차림을 하고 계십니까?"

정립이 웃었다.

"눈이 어둡긴요. 저를 알아보시는군요."

국씨가 말했다.

"에그! 이 동아현에서 그 유명하신 정 대인을 모르는 사람이 어디 있겠습니까?"

그의 말은 거짓이 아니었다. 정립은 동아현에서 남녀노소가 다 아는 유명 인사였다. 황건적이 반란을 일으켰을 때, 현령은 성을 버리고 도망쳤고 현승縣丞은 그들의 무리에 가담했다. 관리들과 백성들이 어쩔 줄을 몰라 발을 동동 구르고 있을 때 정립이 나서서 몸이 건장한 사내들을 규합하여 황건적을 물리치고 마침내 성을 지켜냈던 것이다. 국씨 역시 그때 정립을 따라 함께 황건적에 대항하여 싸웠다. 그는 정립이 말에 올라 활을 쓰는 멋진 모습을 직접 목격하기도 했다. 그 후 국씨는 정립의 집에서 주방 일을 돕다가 그의 도움으로 마누라까지 얻게 되었고, 정립은 그를 범현 관아에서 주방장으로 일할 수 있도록 주선했던 것이다.

정립은 국씨에게 자신이 이곳에 오게 된 경위를 자세히 설명해주면서 조 자사가 동쪽으로 진군한 사이에 진궁 등이 반란을 일으켰기에 범현의 형편이 어떤지 살펴보러 왔다고 말했다. 국씨가 말을 받았다.

"지금 범현의 상황은 매우 위급합니다. 근 현령의 부친이 며칠 전에 성 밖에 있는 친척집에 일이 있어서 갔는데, 진궁이 그 소식을 듣고는 길에서 그를 납치하여 진류에 감금해두었습니다. 근 현령은 부친이 잘못될까 두려워 울며 겨자 먹기로 진궁의 뜻에 따라 여포와 장막을 도와주기로 한 것입니다. 소문에 의하면 요 이틀 사이에 진궁이 곧 군사들을 보내 현에 주둔시킬 예정이라고 합니다."

국씨의 말에서 정립은 근윤이 비록 여포에게 투항하긴 했지만 결코 본의가 아니었음을 알 수 있었다. 따라서 그를 잘 설득하기만 한다면 진궁과 함께 반란을 일으키는 것을 포기시킬 수도 있었다. 그는 오후에 이곳으로 오는 길에 만났던 범의가 범현으로 군사를 인수하러 오는 것이라고 짐작했다. 형세가 급박했고 머뭇거릴 틈이 없었다. 그는 곧 근윤을 만나기로 마음먹었다.

그는 국씨를 따라 후당에 있는 동쪽 곁채로 근윤을 만나러 갔다. 근윤은 얼굴에 수심이 가득한 채 깊은 생각에 골몰해 있었다. 발걸음 소리에 그가 고개를 돌려보니 삿갓을 쓴 농부 하나가 걸어 들어오고 있었다. 그는 깜짝 놀라 소리를 버럭 질렀다.

"누구냐? 왜 사전에 보고도 하지 않고 들어오는 것이냐?"

정립이 삿갓을 벗자 그는 입을 벌린 채 한동안 다물지 못했다. 정립이 곧장 걸어 들어와 방바닥에 앉았다.

"오래간만일세. 요즘 무슨 일로 바빠 보내고 계신가?"

"아닐세! 안 바빠! 바쁠 일이 없다네!"

근윤이 대답했다.

"알고 보니 정립 자네였군! 한데 왜 이런 옷차림을 하고 있는 건가?"

정립이 말했다.

"그런 건 묻지 말고, 내가 먼저 한 가지 묻고 싶네. 소문을 들으니 자네가 요즘 조조를 배반하고 여포에게 투항했다던데 그게 사실인가?"

이 말에 근윤의 얼굴이 빨개지더니 이내 한숨이 이어졌다.

"솔직히 말하지. 실은 나도 핍박에 못 이겨 그런 결정을 내린 걸세. 부친이 친구 아들의 혼례에 참석하러 가셨다가 여포의 병사들에게 인질로 잡혀가고 말았네. 내가 그의 요구를 들어주지 않으면 부친의 생명이 위태로워진다네."

정립도 한숨을 내쉬면서 말을 이었다.

"부친께서 인질로 잡힌 마당이니 자네가 효성을 다하는 마음에서 급하게 잘못된 결단을 내렸다는 것은 나도 잘 알고 있네. 하지만 좀 더 신중히 생각해보게. 지금 천하가 크게 어지럽고 군웅이 할거하는 터라 누군가는 나서서 반란을 진압하고 올바른 길로 인도해야 할 걸세. 하지만 정말로 지혜로운 사람이라면 생각과 행동을 신중히 하여 명군을 선택해야 하네. 명군을 얻는 자는 번창할 것이요, 악한 자를 섬기는 자는 망할 것이네. 이런 이치는 자네도 잘 알고 있으리라 믿네."

근윤이 자신의 머리를 감싸 안으며 얼굴을 찌푸린 채 중얼거렸다.

"진궁이 반란을 일으키고 여포를 추대하자 연주 산하의 각 군현들이 모두 이에 호응했네. 이것이 대세라 나도 그런 흐름에 따른 것뿐일세."

"그게 아닐세."

정립은 삿갓을 부채 삼아 천천히 흔들며 땀을 식혔다. 그는 근윤에게 자세한 설명을 늘어놓았다.

"자네같이 지혜로운 사람이 어찌 그렇게 식견이 짧은 얘기를 하는 건가? 자네는 잘 모를 걸세. 여포는 교만하기만 하고 마음속에 확실한 주관이 없는 인물일세. 그는 자신이 한 말을 번복하기를 밥 먹듯이 하고 부하들의 마음을 달래줄 줄도 모르며, 선비를 예로 대할 줄은 더더욱 모르지. 그저 한낱 무력이 뛰어난 소인배에 불과하다네. 반면에 조조는 지모가 뛰어나고 식견이 넓은 분이지. 관동의 여러 영웅들 가운데 그보다 나은 사람이 있다고 생각하나? 나는 하늘이 이 분에게 패업을 허락할 것이라고 믿고 있네. 군은 잠자코 기다리기만 하면 내 말이 맞는지 틀리는지 알 수 있을 것일세."

근윤이 잠자코 침묵을 지켰다. 사실 그는 정립의 단호한 결단에 탄복하고 있었다. 고향 사람들은 모두 정립이 남달리 눈부신 냉철함의 소유자라는 사실을 잘 알고 있었다. 사람들이 모두 동쪽을 가리킬 때도 그는 서쪽을 가리켰고, 모두 개를 쫓을 때 그는 닭을 쫓았다. 그러나 이상하게도 항상 그의 생각이 정확한 것으로 드러났다. 예전에 연주 자사가 정립이 훌륭한 인재임을 알아보고는 그를 관리에 임명하려 했다가 거절당한 일이 있었다. 그 후에 다시 한 번 정립을 기도위에 제수하려고 했다가 또다시 거절당했다. 그런 정립이 지금 조조를 따르고 있는 것이었다. 정립이 여포가 큰 인물이 못 될 것이며, 의탁할 인물이 못 된다고 판단한 이상 근윤 자신도 자신의 선택이 어떤 결과를 초래할 것인지 신중히 고려해보아야 할 터였다.

이어서 정립은 근윤에게 현재 형세에 대한 분석을 제시했다.

"조조는 최근에 많은 군현을 잃긴 했지만 이는 그에게 군사적인 힘이 없어서가 아닐세. 사실 그의 군사력은 여포나 장막, 진궁보다 뛰어나지. 조조가 서주의 전투가 끝나는 대로 곧장 연주로 돌아와 여포를 쫓아버릴 걸세. 그리고 장막과 진궁 등 배신자들도 곧 그 말로를 걷게 될 걸세."

근윤에 대한 정립의 설득은 계속됐다.

"조조가 올 때까지 범성을 고수하고 있는 게 좋을 걸세. 그가 돌아오면 춘추전국시대에 제나라의 전단이 위급한 상황에서 연나라 왕과 대장군을 이간시켜 제나라를 구한 것과 같은 대공을 세웠다고 칭찬할 것일세."

"뭐라고? 전단이……."

근윤이 갑자기 자리에서 벌떡 일어섰다. 정립의 말이 강력한 유혹으로 그의 마음을 움직인 것이다. 그는 긴장된 모습으로 손바닥을 비볐다. 손바닥이 금세 빨갛게 변했다.

정립은 마지막으로 근윤의 부친이 진궁에게 인질로 잡힌 사실을 언급하면서 이런 분석을 내놓았다.

"진궁이 비록 자네 부친을 잡고 있지만 섣불리 해치진 못할 걸세. 왜냐하면 진궁의 부모님을 비롯한 가족들이 모두 견성에 있는 데다 하후돈 장군이 그들을 감시하고 있기 때문일세. 머리가 좋은 진궁이 결코 뒷일을 생각하지 않고 무모한 일을 저지르진 않을 거란 말일세. 하지만 자네가 잘못된 선택을 하게 되는 날에는 부친이나 자네나 모두 잘못될 수 있네. 이건 협박이 아니라 명백한 현실일세."

정립은 그에게 하고 싶었던 말을 전부 다 털어놓았다. 이제는 근윤이 태도를 분명히 할 차례였다. 근윤이 마침내 주먹으로 방바닥을 내리치며 말했다.

"알겠네! 결정했네!"

이때 누군가 문을 두드렸다. 정립이 흠칫하더니 황급히 병풍 뒤로 숨으려 하자 근윤이 그를 말렸다.

"숨을 필요 없네!"

그는 성큼성큼 걸어가 문을 활짝 열었다. 그의 수하인 현위縣尉였다. 근윤이 현위에게 정립을 소개하려 하는데, 두 사람이 먼저 서로 호형호제하며 인사를 주고받는 것이었다. 두 사람은 전부터 알고 지내는 사이인 것 같았다. 근윤은 놀랍기도 하면서 내심 흐뭇하기도 했다.

근윤이 현위에게 무슨 일로 문을 두드렸는지 묻자 현위가 보고했다.

"진류의 범의 장군이 여포와 장막의 명에 따라 1천 명의 병력을 이끌고 이미 성 밖에 와 있습니다."

근윤이 냉소하며 말했다.

"범의가 범성을 인수하러 온 것이 분명하군."

그는 정립을 향해 몸을 돌려 물었다.

"어떻게 하는 것이 좋겠나? 그를 들어오게 해서 잠시 만나보는 것이 어떨까?"

정립이 대답하기 전에 현위가 먼저 입을 열었다.

"범 장군은 이미 관아에 와 있습니다."

"뭐라고? 벌써 왔다고?"

근윤은 놀라움을 금치 못하며 문 밖을 내다보았다. 그러고는 의아한 표정으로 다시 물었다.

"지금 어디에 있나?"

"우선 객청에서 기다리라고 했습니다. 현령 대인을 만나겠다고 하기에 제가 대인께서는 요즘 복통을 앓고 있어서 증상이 어떠신지 한 번 확인해 보고 와야 한다고 말했지요."

"오, 그래."

근윤은 현위에게 매우 만족스런 눈빛을 보냈다. 그러고는 잠시 생각에 잠기더니 다시 정립에게 말했다.

"정립, 자네는 여기서 잠깐 기다리시게. 금방 돌아오겠네."

그는 곧 현위를 데리고 밖으로 나갔다.

근윤과 현위가 나가자 정립은 할일이 없어졌다. 그는 방안을 여기저기 둘러보기 시작했다. 나무를 조각하고 그 위에 색을 칠한 병풍이 눈에 띄었다. 병풍에는 봉황과 노루, 개구리, 공작새 등 동물 형상이 생생하게 새겨져 있었다. 구리를 입힌 사람 형상의 인형도 있어 자세히 들여다보니 무릎을 꿇고 있는 시녀의 모습이었다. 추측건대 이 병풍은 적어도 2, 3백 년의 연륜을 지닌 골동품일 것 같았다. 침상 옆에는 울타리 모양의 탁자가 놓여 있었다. 탁자의 다리에는 8마리의 용과 함께 요동치는 파도 사이에 고개를 쳐들고 있는 두꺼비도 새겨져 있었다. 탁자의 형태가 무척이나 흥미로웠다. 이 탁자가 언제쯤 만들어진 것인지 자세히 따져보려 하는 순간 쾅 하는 소리와 함께 문이 열렸다. 고개를 들어 보니 근윤과 현위였다.

"빨리도 왔군. 손님은?"

정립이 물었다.

근윤이 아무런 대답도 없이 손을 내저었다. 툭 하는 소리와 함께 사람 머리 하나가 바닥에 떨어져 굴러갔다.

정립이 자세히 살펴보니 피범벅이 된 수급은 범의의 것이었다. 이 사람은 두 식경 전에 수수밭 옆에서 자신에게 길을 물었던 인물이었다.

정립은 그날 밤 범현을 떠나 동아로 향했다. 동아 현령 조지棗祗는 이미 관리와 백성들을 독려하여 굳게 성을 지키고 있었다. 현 내의 질서도 한 점 흐트러짐 없이 잘 유지되고 있었다. 정립은 마음을 놓았다. 그는 곧 군사를 보내 황하의 나루터 창정진倉亭津을 지키면서 남진하는 여포의 부대를 저지하게 했다. 이리하여 그들은 소중한 시간을 절약하면서 조조의 대군이 전선에서 돌아오기만을 손꼽아 기다리게 되었다.

6월 하순이 되어 서주에서 돌아온 조조는 연주에서 견성과 범현, 동아 3곳만 여포와 진궁에게 함락되지 않은 것을 확인하고는 정립과 순욱에게 크게 고마움을 표했다. 그는 정립의 손을 부여잡고 말했다.

"그대의 힘이 아니었더라면, 이 조조에게 발 디딜 자리조차 남아 있지 않았을 거요."

조조는 곧 정립을 동평상東平相에 임명하고, 그에게 군사를 이끌어 범현을 지키게 했다.

조조를 맞이하고 함께 동아를 순시하는 날, 정립은 조조와 함께 자신의 옛 집을 지나게 되었다. 그는 자신이 살던 집을 가리키며 말했다.

"소년시절에 이상한 꿈을 꾼 적이 있습니다. 꿈에 맨발로 태산에 올라가 산꼭대기에서 두 손으로 해를 받들었지요."

정립의 말뜻을 알아차린 조조가 몹시 감격하면서 말을 받았다.

"경은 나의 평생 심복이오."

그러고는 한 마디 덧붙였다.

"꿈에 본 대로 경의 이름을 고쳐주고 싶구려. '립立'자에 해 '일日'자를 더해 '욱昱'이라 하는 게 어떻겠소?"

이때부터 정립은 정욱이라는 이름으로 불리게 되었다.

제15장
복양에서 맞는 칠석

1

여포가 복양을 공격하고 있을 때, 동쪽 정벌에 나선 조조의 대군은 이미 서주의 5개 성을 공격하여 함락시키고, 낭사군과 동해군까지 진격해 들어갔다. 낭사와 동해는 대륙의 가장자리에 위치해 있어 조조는 6월 바닷바람의 상쾌함을 만끽할 수 있었다.

그가 도겸에 대한 두 번째 공격에서 취한 전략은 우선 외곽을 정돈하고 마지막으로 서주의 치소가 있는 담성으로 공격해 들어가는 것이었다. 이런 정황으로 미루어 조조가 단순히 부친의 원수를 갚기 위해 출병한 것이 아님을 알 수 있다. 물론 부친의 원수도 갚아야 하겠지만 가장 중요한 것은 서주 지역을 빼앗는 것이었다. 서주는 당시 전국에서 가장 부유한 지역으로 인구도 매우 많았다. 서주를 빼앗아 연주와 연계할 수만 있다면 조조는 천하에서 원소에 버금가는 영웅이 되기 때문이었다.

당시 나이가 63살이었던 도겸은 오랜 세월 병상에 누워 지냈기 때문에 말을 타고 싸움에 나가는 것은 물론, 걷는 것조차 매우 힘들었다. 게다가 그의 두 아들 도상陶商과 도응陶應은 평범한 인물인 데다 오직 먹고 노는 것만 좋아하고 군사와 정치에 관해서는 전혀 아는 바가 없었다. 조조의 기세등등한 공격 태세를 보고서 도겸은 하는 수 없이 공손찬이 임명한 청주 자사 전해田楷에게 도움을 청했다. 전해는 서주를 조조에게 빼앗길 경우 자신이 '순망치한脣亡齒寒'의 곤경에 처하게 되리라는 사실을 잘 알고 있었기 때문에 주저 없이 평원平原의 국상 유비에게 지원을 요청했다. 유비는 즉시 군대를 정비한 다음 잡호雜胡와 조환烏丸 등 소수민족의 군대까지 연합하고, 또 현지의 굶주린 백성들을 전부 받아들여 2천여 명의 병사를 한데 모아 서둘러 서주로 향했다. 이리하여 4천 명의 단양병丹陽兵이 유비의 수하로 들어가게 되었다. 어쩌면 이때부터 기름이 떨어진 등잔불이 꺼져가듯 황천길에 가까워진 도겸은 서주를 유비에게 양보하고 그에게 의지하려는 생각을 갖게 되었는지 모른다. 이로써 그는 유비의 세력이 흥성할 수 있는 기초를 마련하는 데 일조하게 되었다.

조조의 군대는 동해와 낭사를 점령하고 서쪽을 향해 파죽지세로 밀고 나가 담성에까지 이르렀다. 도겸은 병중인데도 서주군의 주요 병력을 지휘하면서 성을 지켰고, 부장 조표曹豹와 유비의 군사에게 담성 동쪽 외곽에 방어선을 구축하게 했다. 격전 끝에 조표와 유비가 이끄는 군대는 적지 않은 사상자를 냈다. 반면에 조조의 병력은 여전히 숫자도 많고 세력도 강성했기 때문에 유비와 조표의 병력으로는 도저히 막아낼 수 없었다. 그들은 도겸의 주력군이 성을 나와 지원해주기를 기대했으나 성안에서 싸움을 지켜보던 도겸은 이미 겁에 질려 성을 버리고 남쪽으로 도망쳐 서주목인 자신의 고향이자 마지막 영토라고 생각되는 단양으로 도망갈 심산이었다.

이렇게 중요한 시기에 극적인 변화가 발생했다. 견성에서 조조에게 복양이 여포의 공격을 받아 함락되고 연주의 모든 군현이 잇달아 배반의 대오에 가담했다는 전갈을 보내온 것이었다.

후원에 불길이 이는데 제 집 하나 지키지 못하고 밖에서 무슨 전쟁을 한단 말인가? 이리하여 조조는 철군을 결정했다.

철군하는 도중 만일 여포가 견성을 공격한다면 자신이 이곳에서 한 것과 똑같이 병사들이 멋대로 살육을 자행하고 백성들의 물건을 노략질하거나 부녀자를 겁탈하도록 내버려둘 것이 분명하다는 생각이 들자 조조는 자신도 모르게 온몸에 식은땀이 흘렀다.

이번 동쪽 지역 정벌에서도 첫 번째 원정과 마찬가지로 부친의 원수를 갚고 한을 씻는다는 명목으로 얼마나 많은 사람을 죽였는지 모른다. 그는 손자나 오자의 병서를 읽어본 적은 없지만 정의로운 군대는 무고한 사람을 함부로 학살하거나 포로가 된 적장의 가솔에 대해서도 간음하거나 강점하지 않는다는 원칙 정도는 잘 알고 있었다. 고인들의 전통에 따르면 무릇 포로가 된 적장의 처첩은 군영에 3일 정도만 구금하고, 3일이 지난 뒤에는 반드시 돌려보내는 것이 관례였다. 그러나 서로 죽고 죽이는 전쟁터에서는 3일이니 5일이니 하는 관례 따위에 신경 쓸 사람은 아무도 없었다.

철군하는 동안 조조는 말 위에서 자신의 행동을 되짚어보았다. 물론 이는 깊은 이해가 없는 초보적인 반성에 불과했다. 그는 불현듯 변양을 살해하고, 그의 부인 난씨를 강점한 것이 어쩌면 연주 지역의 배신을 불러일으킨 원인 가운데 하나가 아닐까 하는 생각이 들었다. 난씨는 현재 그의 신변에 머물고 있었다. 두 번째 동쪽 정벌에 나선 동안 내내 난씨는 곁에서 그를 보필해왔다. 난씨는 뛰어난 미인이었다. 그는 그녀에게서 정씨나 변씨 같은 처첩들에게서는 느끼지 못한 즐거움을 느꼈다. 그는 자신이 여색을 좋아한다는 사실을 순순히 인정했다. 이는 실로 고치기 어려운 병이었다. 그러나 난씨는 왠지 불길한 여자라는 생각이 들었다. 그녀는 조조에게 행운을 가져다 준 적이 없었다.

빠르게 달리는 말 위에서 조조는 곧 난씨를 넘겨주기로 마음먹었다. 엄격히 말하자면 넘겨주는 것이 아니라 하사하는 것이었다. 조조는 2백 명의 군대를 이끌고 자신의 호위를 충실하게 수행하고 있는 전위에게 난씨를 상으로 주기로 마음먹었다. 이 일은 생각하기도 아주 간단했고 실제로 실행에 옮기는 것도 그리 복잡하지 않았다. 전위에게 준다는 말 한 마디면 모든 처리가 끝나는 것이었다. 그는 손짓으로 전위를 불러 이런 뜻을 전했다. 전위는 몹시 놀라 하마터면 말에서 떨어질 뻔했다. 조조가 허허 호탕하게 웃었다. 전위는 몹시 감격하여 바보같이 뭐라고 중얼댈 뿐 감사하다는 말조차 꺼내지 못하고 있었다. 하지만 그의 눈빛에서 장차 주공을 위해 기꺼이 목숨을 바치겠다는 결연한 의지를 읽을 수 있었다.

이는 철군 도중에 일어난 작은 사건에 지나지 않았다. 이윽고 태산泰山의 항부亢父에 들어설 무렵, 그가 갑자기 말고삐를 잡아당겼다. 거센 비로 문풍지를 두드리는 듯한 말발굽 소리가 갑자기 뚝 끊겼다. 그가 군무를 돕는 모사 곽가에게 말했다.

"왠지 느낌이 좋지 않소. 이곳에 적병의 매복이 있는 것 같소."

항부는 지세가 험준하긴 하지만 전략적으로 매우 중요한 요충지였다. 전국 시기 종횡가의 책사였던 소진蘇秦은 일찍이 '양군이 나란히 행군할 수 없고, 1백 명의 군사가 이곳을 지키면 1천 명의 군사도 지나갈 수 없다'는 말로 항부의 험준함을 묘사하기도 했다. 항부는 조조가 연주로 철군하기 위해서는 반드시 거쳐야 하는 길이었다. 만일 여포가 이곳에 군사를 매복시켜 두었다면 그가 서주에서 연주로 돌아가는 문은 굳게 닫힌 것이나 다름없었다.

조조는 즉시 정찰병을 보내 사방을 탐색하게 했다. 하지만 이상하게도 항부에는 여포의 군사가 단 한 명도 없었다.

이에 조조는 고개를 들고 크게 소리내어 웃었다.

"여포, 이 어리석은 놈아! 너는 쉽게 연주를 얻고도 태산의 통로 항부는 차단하지 않은 채 복양만 굳게 지키고 있구나. 내가 너라면 절대 이렇게 어리석은 짓은 하지 않았을 것이다. 하하하."

그러고는 채찍으로 앞을 가리켰다. 천군만마가 순조롭게 항부를 빠져 나왔다. 그런 다음 밤낮으로 말을 달려 회오리바람처럼 빠른 속도로 복양으로 돌아왔다.

2

조조는 복양에서 10리 정도 떨어진 곳에 군대를 주둔시켰다. 그 다음 날, 신구강 가에서 싸움이 벌어졌다.

조조는 곧 진영 입구에 나가 상대방의 푸른색 깃발 위에 '연주목 여포' 라는 흰색 글자가 새겨져 있는 것은 보았다. 순간 그는 몹시 화가 났다. '네놈이 연주목이라고? 그럼 나는 뭐란 말이냐?' 이런 생각을 하고 있는데 나팔소리가 울리면서 여포가 건장한 장수 몇 명과 함께 진영 앞으로 나왔다. 여포는 자금관紫金冠을 쓰고 백화가 수놓인 비단 도포를 입고 있었다. 불꽃 같은 적토마를 타고 한손에는 방천화극을 들고 있는 늠름한 자태와 혈기 왕성한 모습은 보는 이로 하여금 질투와 부러움을 느끼게 했다. 단순히 외모만 비교한다면 조조는 그에게 부끄러움을 느끼지 않을 수 없었다. 순간, 조조는 어찌된 영문인지 초선을 떠올렸다. 초선은 지금 여포의 수중에 있었다. 그러자 가슴속에서 알 수 없는 불길이 일었다. 조조는 채찍으로 여포를 가리키며 소리쳤다.

"여포, 네 이놈. 내가 네놈에게 아무런 원한이 없는데, 네놈은 어찌하여 나의 영토를 빼앗으려는 것이냐?"

여포의 대답은 강도나 무뢰한을 방불케 했다.

"한 왕실의 땅은 누군들 차지하지 못할 이유가 없다."

흥흥. 조조는 그런 여포를 비웃으며 중얼거렸다.

'너의 초선 또한 누구라도 차지할 수 있는 것이지.'

군사들에게 싸움을 알리는 나팔소리가 울려 퍼졌다. 여포의 진영에서 먼저 부장 고순高順이 달려 나와 조조의 군대에 싸움을 걸었다. 조조 휘하에서는 이전이 말 허리를 박차고 나가 맞섰다. 두 사람은 10합 정도 겨루었지만 승패를 가르지 못했다. 다시 여포의 진영에서 대장 한 명이 나와 자신의 이름은 장료張遼요 자는 문원文遠이며 안문雁門 마읍馬邑 사람이라고 밝혔다. 조조의 진영에서는 하후연이 나가 응전했다. 싸움을 지켜보던 조조는 장료의 뛰어난 창술 때문에 하후연이 점차 수세에 몰리는 것을 보고는 황급히 악진과 여건을 보내 그를 돕게 했다. 여포의 진영에서도 학맹郝萌과 후성侯成을 내보내 이들과 맞서게 했다. 이어서 여포도 미늘창을 들고서 말을 몰고 나와 전투에 가담했다. 과연 그의 탁월한 용맹함에는 아무도 대적할 사람이 없었다. 적토마는 겉으로 보기에는 덩치도 크지 않고 달리는 것도 그리 빠른 것 같지 않았는데, 눈 깜짝할 사이에 눈앞에 다가와 미처 방비할 틈이 없었다. 조조는 일찍이 세간에 떠도는 '사람들 중에서는 여포가 가장 뛰어나고, 말 가운데는 적토마가 가장 뛰어나다'는 말을 들어본 적이 있었지만, 오늘 직접 눈으로 보니 과연 헛소문이 아니었다. 그는 자신의 부장들이 여포를 당해내지 못하는 것을 보고는 싸움을 계속해봤자 좋은 결과를 얻지 못하리라고 판단하고 서둘러 퇴각 명령을 내렸다. 그러나 여포는 이 기회를 놓치지 않고 재빨리 조조의 군대를 공격하여 부상을 입거나 목숨을 잃은 병사가 2천여 명에 이르렀다.

밤이 되자 조조는 장수들을 모아놓고 회의를 열었다. 첫 번째 싸움에서 우위를 놓친 탓에 모두 얼굴에 어두운 기색이 역력했다. 여포의 군대는 흑산적 백요의 군대와는 비교도 할 수 없이 강력했다. 2년 전, 조조가 이 땅에서 거둔 눈부신 영광은 신구강 물처럼 흘러가 돌아오지 않았다.

조조는 그저 장수들을 위로하고 격려하는 수밖에 없었다.

"우리는 앞으로 멀고 험난한 길을 가야 하오. 그 길이 힘들고 적잖은 실패를 겪을 수도 있소. 하지만 그것이 뭐 그리 큰 문제가 되겠소? 오늘은 모두 푹 쉬고, 내일 다시 힘을 내서 열심히 싸우도록 합시다!"

막 회의를 마치려는 차에 우금이 갑자기 앞으로 나서며 말했다.

"어차피 싸울 것이라면 내일까지 기다릴 필요가 있겠습니까? 오늘 밤에 물리치는 것이 낫지요!"

모두 그의 호언장담을 우습게 생각했다. 그러나 조조는 우금에 대한 격려를 아끼지 않았다.

"문칙文則(우금의 자-옮긴이)에게 무슨 묘책이 있는 것이오? 어서 말해보시오."

우금은 병사들을 이끌고 군영에 쓸 나무를 베기 위해 복양에서 40여 리 떨어진 곳까지 나갔다가 적군의 패잔병 무리와 마주쳐 격전 끝에 적장과 적군을 대부분 섬멸한 적이 있었다. 포로로 붙잡힌 한 적군 군관의 말을 통해 여포의 군사가 복양에서 서북쪽으로 45리 떨어진 능구陵丘지역에 군사를 주둔시키고, '서채西寨'라고 칭하였으며 그곳에 주둔하고 있는 병력은 많지 않고 군량도 비축해두었다는 사실을 알게 되었다. 우금은 여포가 필시 오늘 싸움에서 승리했다는 기쁨에 방비를 늦추고 있을 것이라고 생각했다. 이에 그는 정예병을 선발하여 밤에 능구를 습격할 것을 제안했다. 이곳을 무너뜨린다면 적군의 사기를 크게 떨어뜨릴 수 있을 것이라는 게 그의 생각이었다.

그의 제안을 들은 조조는 구레나룻을 쓰다듬고 고개를 끄덕이며 말했다.

"오라. 문칙의 계책이 참으로 절묘하오! 이것이 바로 '적이 방심한 틈을 타 공격하고, 적이 뜻하지 않을 때 나아간다'는 손자의 병법이 아니겠소. 적의 서채를 무너뜨리면 복양의 뿔을 꺾을 수 있을 것이오!"

조조는 즉시 서채를 공격할 병사들을 조직했다. 하후돈과 우금 등의 장수들이 자진하고 나섰지만 조조는 직접 자신이 군사를 지휘하기로 결정했다. 모두 주장에게 위험을 무릅쓰게 할 수는 없다고 말리자 조조가 말했다.

"나는 위험을 무릅쓰는 것을 좋아하오."

그는 위험을 무릅쓰는 데는 대가가 따르지만 그만큼 생각보다 큰 성과를 얻을 수 있다고 믿고 있었다. 물론 그가 위험을 무릅쓰기로 결정한 데는 또 다른 이유가 있었다. 연주에서 장막과 진궁의 반란이 있었던 데다 이날 싸움에서 패한 뒤로 군심이 동요하고 병사들의 사기가 크게 저하되었기 때문이다. 이런 때일수록 특히 주장의 용감한 희생정신이 필요했다.

조조는 하후돈과 우금에게 건장한 병사 3천 명을 선발하게 하고, 전위에게는 1백 명의 호위군을 이끌게 했다. 병사들에게는 모두 청의를 입히고 크고 작은 무기를 들게 한 다음 말에도 재갈을 물리고 사경四更에 출발하기로 결정했다.

6월 말, 달빛도 보이지 않는 캄캄한 밤이었다. 마침 비가 내린 뒤라 움푹 파인 물웅덩이에는 하늘 가득한 별이 선명하게 비쳤다. 조조가 절영絶影이라는 자신의 말에 앉아 선두로 군영을 달려 나가자 물에 비친 별들이 사방으로 흩어졌다. 그러다 그는 문득 오늘이 자신의 40살 생일이라는 사실이 떠올랐다. 이날부터 그도 정식으로 '불혹의 나이'에 들어선 것이다. 과연 이날 전투를 승리로 이끌어 40수 생일을 기념할 수 있을 것인가?

조조의 뒤를 따르는 전위는 무게가 8백 근이나 나가는 쇠창 2개를 손에 들고 있었다. 이밖에도 길이가 1척 정도의 단창 여남은 개가 들어 있는 가죽부대를 메고 있었다. 몹시 예리한 이 단창들은 그만의 비밀 병기였다. 잠시 후 그는 이 단창들로 조조를 깜짝 놀라게 했다.

이날 밤, 전위는 묘한 흥분에 사로잡혔다. 키가 8척이나 되는 건장한 체구의 전위는 장막의 휘하에 있을 때는 행군 때 대장기를 드는 병사에 불과했다. 하지만 조조의 휘하에 들어온 뒤로는 조조의 신변 호위를 담당하는 호위대장이 되었다가, 얼마 전에는 서주 전투에서의 공을 인정받아 다시 사마로 승관되었다. 조조는 그에게 비단옷을 상으로 내리고 안장과 고삐를 하사했으며, 최근에는 난씨를 상으로 주었다. 난씨는 진류군의 유명한 미녀로 전위는 감히 꿈도 꾸지 못할 대상이었다. 그에게는 그야말로 두꺼비가 백조고기를 먹는 것과 같은 일이었다. 그래서인지 그는 그녀와 첫날밤을 보내면서, 바보 같은 아이가 전장에서 싸워보지도 못하고 지는 것처럼 겁을 먹었다. 실로 그가 천 근이나 되는 대장기를 들던 장사라는 사실이 믿기지 않는 일이었다.

그들은 곧 적의 서채에 도착했다. 안내자는 필요 없었다. 그들은 이 일대의 지형에 매우 익숙했기 때문이다. 그들 역시 과거에 줄곧 이곳에 식량을 비축해두었다. 사실 이곳의 성벽은 그들의 손으로 직접 쌓은 것으로 여포의 깃발을 바꿔 꽂은 지 얼마 되지 않은 상태였다.

조조의 군대는 도랑을 끼고 성안으로 진입했다. 도랑에는 아직 물이 고여 있었다. 그들은 물을 건너면서 최대한 소리를 낮췄다. 이전에 이곳을 지킨 적이 있는 하후돈의 군사 하나가 앞에서 길을 안내하여 물속에 설치해둔 철책을 손쉽게 열고 재빨리 안으로 진입했다.

성을 지키던 부대는 여포의 부장 벽란僻蘭이 통솔하고 있었다. 벽란은 오늘 밤 누군가 성을 급습할 것이라고는 생각지도 못했기 때문에 아무런 방비도 하지 않았다. 가장 피로를 느끼기 쉬운 새벽녘 성안의 모든 사람들은 깊은 잠에 빠져 있었고 오로지 풍등 몇 개만이 가볍게 흔들리고 있었다.

조조는 명사수 몇 명을 골라 화살을 날려 풍등을 떨어뜨리라고 지시했다. 그런 후 조용히 기어서 안으로 들어가 능구의 가장 높은 지점(원래는 사당이었으나 나중에 주둔군 장수들의 막사로 개축한 곳이다)을 점거할 생각이었다. 그러나 뜻하지 않게 순찰을 돌던 병사가 풍등이 깨진 것을 발견하고는 변고가 발생했음을 알아채고 말았다. 병사는 황급히 징을 울렸다. 징 소리에 놀란 조조의 병사들이 화살을 쏘기 시작했고, 결국 잠자고 있던 적군을 깨우고 말았다.

서채의 병사들도 3천 명에 달했기 때문에 수적으로는 조조의 군대와 비등했다. 하지만 실력으로는 조조의 정예부대와 상대가 되지 않는 데다 조조군의 급습으로 수세에 몰리고 있었다. 그들이 군막에서 뛰쳐나와 대오를 갖추기도 전에 조조의 군사들이 와 하는 함성소리와 함께 바로 눈앞까지 다가와 있었다. 칼과 창을 부딪치며 격렬한 전투를 벌이는 동안 순식간에 성을 지키던 병사 1천여 명이 죽거나 부상을 당했다. 벽란은 지형지물을 이용하여 후퇴하면서 싸움을 계속했다. 조조의 군대가 압박해오자 벽란의 군대는 점차 밀려나 능구 서북쪽에 만들어진 작은 댐 앞까지 밀려났다.

조조가 삼면에서 적을 포위해 공격하려는 순간 갑자기 상황이 뒤바뀌면서 전세가 완전히 역전되고 말았다. 여포의 무장 장료와 고순이 5천 명의 지원군을 이끌고 능구 아래에 도착한 것이었다.

조조가 상대를 너무 얕잡아 본 것이었다. 조조는 여포가 용맹하기만 하고 지모가 부족하다는 것은 알았지만 여포의 배후에 진궁이 있다는 사실은 생각하지 못했다. 진궁은 조조의 사람됨이 매우 교활하고 병법에 능하며 기병에 탁월하여 적의 허를 찌르는 공격방법을 자주 사용하기 때문에 특별히 조심해야 한다는 사실을 잘 알고 있었다. 때문에 여포가 전투에서 승리하자 연회를 베풀고 군사들에게 휴식을 취하게 할 때, 진궁은 조조가 습격해올 경우에 대비해 여포에게 서채에 병력을 증원할 것을 제안했던 것이다.

역사적 사실이 조조에 대한 진궁의 분석과 판단이 정확했음을 증명해주고 있다. 한 가지 유감스러운 것은 그 역시 조조가 위험을 무릅쓰고 직접 군사를 이끌고 출병하리라고는 예상치 못했다는 점이다.

장료와 고순은 정말 다급한 순간이 되어서야 도착했다. 그들은 곧 조조의 퇴로를 봉쇄했다. 이리하여 조조는 앞뒤로 적을 맞게 되었고 수적으로도 열세에 몰리게 되었다.

조조는 성을 포위하는 것을 포기하고 신속하게 계곡을 따라 동남쪽으로 후퇴하는 수밖에 없었다. 이때 장료와 고순, 벽란의 군대가 하나로 연합하여 조조의 뒤를 바짝 쫓아왔다. 이 과정에서 조조의 군사 1백여 명이 장료의 병사들이 쏜 화살에 맞아 말에서 떨어지고 말았다.

어느새 날이 밝았지만 자욱한 안개가 시야를 가려 서로 공격하기가 쉽지 않았다. 조조에게는 지금이야말로 하늘이 내려주신 '방패'인 셈이었다. 조조는 속으로 안개가 사라지기 전에 적진을 벗어나 능구로 도망치지 않으면 안 된다고 생각했다. 도망치지 못하고 고립되었다가는 군대가 전멸하는 위험에 처할 수도 있었다. 생사의 기로가 되는 중요한 시점에서 그는 용감한 병사들을 선발하여 방패막이로 삼아, 나머지 병사들을 구하는 마지막 승부수를 띄우기로 마음먹었다. 전위가 먼저 자원하여 나섰다. 뒤이어 그를 곁에서 수호하는 근위병들도 잇달아 자진하여 나섰다. 조조는 그 가운데 2백 명을 선발했다.

"너희들의 임무는 다른 병사들이 포위를 뚫고 무사히 빠져나갈 수 있도록 철통같이 보호하는 것이다. 살아남는 자들에게는 후한 상을 내릴 것이고 여기서 죽는 자들은 그 가족들에게 후한 상을 내릴 것이다."

말을 마친 조조는 자신의 갑옷을 벗어 직접 전위에게 입혀주었다. 전위가 몹시 놀라며 말했다.

"이미 갑옷을 걸치고 있는데 어찌 주공의 것까지 제게 주시는 겁니까?"

조조가 말했다.

"갑옷을 껴입고 있으면 방패가 필요 없을 터이니 두 손으로 병기를 들고 싸울 수 있지 않겠느냐."

조조도 갑옷을 벗은 마당에 휘하의 다른 장수와 병사들은 더 말할 것도 없었다. 다른 병사들도 덩달아 갑옷을 벗어 방패막이로 나선 병사들에게 양보했다. 이리하여 방패막이로 나선 병사들은 더 이상 날아오는 화살을 두려워하지 않게 되었다. 그들은 필사의 결의를 다지고서 계곡 입구를 막아 조조와 군사들이 무사히 철군할 수 있도록 굳게 지켰다.

조조의 모습이 사라진 것을 보고 난 후, 전위는 말에서 내려 쌍극을 허리춤에 꽂고, 지고 있던 단극을 꺼내 손에 쥔 다음 곁에 있던 병사들에게 지시했다.

"적군이 쳐들어와도 절대로 당황하지 말고 15걸음 앞까지 다가왔을 때 내게 소리치도록 하라!"

그런 다음 그는 나무에 기대어 전방을 주시했다.

눈 깜짝할 사이에 적군이 돌진해왔다. 먼저 화살이 비 오듯 날아오더니 계곡을 따라 어두운 그림자가 이쪽을 향해 다가왔다. 이때 하얀 새벽안개가 피어오르는 것이 마치 독을 품은 용이 기지개를 펴면서 하품을 하는 것 같았다. 용이 뿜어낸 안개는 독을 품고 있어 몸에 닿으면 누구라도 목숨을 부지하기 어려울 것이었다. 이것이 후세 사람들이 이날의 정경에 대해 갖는 느낌이었다. 이런 분위기에서 허리를 숙이고 전진해오는 적군의 모습이 점점 더 선명하게 보이기 시작했다. 전위의 시위가 커다란 바위 뒤에서 목소리를 낮춰 외쳤다.

"장군, 적이 15걸음 앞까지 왔습니다!"

전위는 달려 나가지 않고 그 자리에 서 있었다. 여전히 눈을 가늘게 뜨고 꼼짝도 하지 않는 것이었다. 그러면서 시위에게 지시했다.

"10걸음 앞으로 다가오면 다시 소리를 지르도록 하라!"

이런 상황을 알 리 없는 적군은 더욱 담대해져 이제는 아예 허리를 펴고 전진해왔다. 적과의 거리는 이미 전위의 시위가 적병의 얼굴을 뚜렷이 알아볼 수 있을 정도로 가까워져 있었다. 그는 몹시 놀라서 소리쳤다. (목소리가 떨리고 있는 것이 분명했다.)

"적이 바로 10걸음 앞까지 와 있습니다!"

전위는 여전히 조금도 움직이지 않고 또다시 지시를 내렸다.

"5걸음 앞까지 오면 다시 소리를 질러라!"

마침내 적의 호흡이 전위의 얼굴에 느껴질 정도로 가까워졌지만 놀랍게도 그는 당황하지 않았다. 시위가 다시 소리를 질렀다.

"5걸음입니다!"

그 소리를 들은 전위는 맹렬하게 몸을 날려 적의 목을 겨냥해 휙휙 단극을 날렸다. 짧은 순간에 전위는 후세의 표창과 비슷한 단극을 이용하여 적병 10여 명을 해치웠다. 순식간에 벌어진 일에 나머지 적병들이 놀라서 뒷걸음치더니 이내 걸음아 날 살려라 하면서 도망치기 시작했다. 전위는 이 기회를 놓치지 않고 말 등에 올라타 아주 맑은 소리로 휘익 하고 휘파람을 불었다. 방패막이 병사들은 전위의 뒤를 따라 계곡을 빠져나온 다음 조조의 군대를 뒤쫓아 갔다.

조조는 다시 전위의 호위를 받으며 마침내 능구에 이르렀다. 철군하는 도중에 조조는 그를 지원하기 위해 달려온 하후돈의 부대와 만났다. 하후돈은 군대를 이끌고 길을 막아 장료와 고순의 군대를 되돌아가게 했다.

조조는 놀란 마음이 조금 가라앉자 곧바로 전위를 곁으로 불러 다친 곳은 없는지 자세히 살펴보았다. 다친 데가 한 군데도 없는 것을 확인한 조조는 감개에 젖어 병사들에게 말했다.

"죽음을 두려워하지 않는 자는 죽지 않지만, 죽음을 두려워하는 자는 살 수 없는 법이다. 모두 명심하기 바란다."

말을 마친 조조는 그 자리에서 명을 내려 전위를 도위로 승관시켰다.

3

베개 위로 서늘한 바람이 불면서 창밖으로 귀뚜라미 울음소리가 들려왔다. 조조는 후다닥 침상에서 일어나 앉았다. 나뭇가지에 누런 잎이 달린 것을 보니 이미 가을이 온 것 같았다.

"하루 빨리 복양을 손에 넣어야 하는데……."

그는 혼잣말로 중얼거렸다.

비록 77곳의 성지를 잃기는 했지만 아직 병력에 큰 손실을 입은 것은 아니었다. 현재로서는 여포의 병력보다 조금 더 강하다고 할 수 있었다. 그는 연주 지역에 두 명의 자사가 존재한다는 사실을 용납할 수 없었다. 이에 그는 여포를 제거하거나 쫓아낼 방법이 없을까 온갖 궁리를 다 하고 있었다. 여포의 병력이 주로 복양에 집중되어 있는 점을 고려하면, 먼저 복양을 집중적으로 공격하고 장막이 장악하고 있는 진류는 잠시 보류하는 것이 좋을 것 같았다.

서채 전투 이후 조조는 10만의 병력을 동원하여 복양을 공격했다. 여러 차례 공격을 시도했지만 별다른 성과를 거두지 못하자 조조는 초조해지기 시작했다. 하지만 겉으로는 그런 내색을 하지 않았다. 오히려 날마다 유유자적하며 모사들과 함께 '깃발 튕기기' 놀이를 즐기고 있었다.

이날도 그가 정욱을 불러놓고 순욱과 '깃발 튕기기' 놀이를 즐기고 있는데, 치중종사治中從事를 맡고 있는 책사 모개가 황급히 달려와서는 한 가지 고무적인 소식을 전했다.

모개가 말했다.

"복양에 일명 전 태공이라고 불리는 부호가 하나 있는데 이름은 전서田

瑞이고 자칭 전단田單의 후예라고 한답니다. 많은 전답과 집을 소유하고 있으며 노복과 하인들이 수백 명에 달하는 고을에서 으뜸가는 부자라고 합니다. 전 태공의 자손 가운데 아직 벼슬길에 나선 사람은 없지만 역대로 이곳에서 주목과 군수를 지낸 사람들은 모두 그를 후하게 대접했다고 합니다."

모개의 말이 끝나기도 전에 조조가 말을 가로챘다.

"나도 그를 알고 있소. 일찍이 그의 집에서 술을 마시고 거문고를 들은 적이 있지. 또한 그의 두 아들 전규田珪, 전얼田臬 등과 함께 투호를 즐기고 바둑을 둔 적도 있소. 그런데 갑자기 그의 얘기를 꺼내는 까닭이 무엇이오?"

모개가 대답했다.

"전 태공 부자가 주공과 친분이 있고 주공께서도 그들을 잘 알고 계시다니 놀랍습니다. 사실대로 말씀드리자면 근자에 동군 일대에 주공에 관해 좋지 못한 소문이 떠돌고 있습니다. 때문에 진궁이 주공을 모함하고 백성들을 꼬드겨 민심을 어지럽힌다 해도 탓하기 어려운 상황이지요. 하지만 전씨 부자는 그들과 달랐습니다. 그들은 시류에 따라 표면적으로는 어쩔 수 없이 여포와 진궁을 떠받드는 척하고 있지만 속마음은 여전히 주공을 향해 있습니다."

그러면서 그는 소매 속에서 물건을 하나 꺼내 조조에게 건네주었다. 한 쌍의 잉어 모양의 나무판이었다. 조조는 나무판을 들어 묶인 끈을 풀고는 안에 들어 있는 편지를 꺼내 읽어 내려갔다. 그 내용은 이랬다.

전서가 삼가 아룁니다. 장막과 진궁이 주공에 대해 모반을 선동하여 복성은 이미 도적들의 수중에 들어갔습니다. 이에 전서는 주공을 뵐 수 없어 마음이 답답하기 그지없습니다. 보아하니 여포는 정情과 의義가 부족한 인물로 소인배의 짓거리를 반복하고 있고 진궁은 언뜻 보기에는 아주 강직하고 단정한 것 같지만 자세히 보면 간사하기 그지없는 인물입니다. 주공께서 언제든지 이 도적들을 공격하시기만 하면 전씨 일가는 최선을 다해 내응할 것입니다. 전서가 머리 숙여 절을 올립니다.

편지를 읽고 난 조조는 놀라움과 흐뭇함을 감추지 못했다. 그는 믿기지 않는다는 듯이 모개에게 물었다.

"이 편지가 어디서 난 것이냐?"

모개가 말했다.

"이 편지는 전 태공의 장자 전규가 하인 전동양田東陽을 시켜 성을 나올 때 제게 전달한 것입니다."

조조는 수염을 쓰다듬으며 잠시 생각에 잠기더니 편지를 다시 순욱과 정욱에게 보여주면서 전서의 편지를 그대로 믿어도 될지 견해를 물었다. 정욱이 말했다.

"전서가 내응을 해준다면 우리로서는 아주 좋은 기회가 될 것입니다. 하지만 편지가 다른 사람을 통해 전해진 것이고 아직 그와 대면한 적이 없으니 신중을 기하는 것이 좋을 듯합니다."

순욱이 말했다.

"모개 공께서 전 공과 친분이 있으시다니 방도를 강구하여 직접 그를 만나보시는 것도 무방할 것 같습니다. 만일 이 편지의 내용이 사실이라면 그와 협력할 수 있을 것이고, 그렇지 않다면 다시 대책을 논의하면 될 것입니다."

마침내 조조가 뜻을 정하고 모개에게 지시를 내렸다.

"모개는 순욱의 말대로 행하도록 하게!"

4

어느새 1년에 한 번 있는 칠석이 코앞으로 다가왔다. 요 며칠 복양성에서 새 달을 바라보며 자주 사색에 잠기는 사람이 있었다. 다름 아닌 초선이었다.

초선은 원래 세상에는 알려지지 않은 기녀로서, 어느 날 갑자기 왕윤의 연환계로 자신이 천하제일의 미녀로 이름을 떨치게 될 줄은 생각지도 못했다. 동탁이 살해됨으로써 임무가 끝났으니 그녀가 종적도 없이 사라지는 것도 당연했다. 하지만 그녀의 이야기는 여기서 그치지 않고 계속되었다.

여포를 따라간 그녀는 장안에서 도망쳐 하내를 거쳐 남양으로 갔다가 다시 업성으로 피신했다. 그러다가 나중에 다시 하내로 돌아왔다가 다시 복양에 이르렀다. 따져보면 2년하고도 3달 동안 8백여 일을 도망치며 살았던 것이다. 이 기간 동안 그녀는 무수한 고초를 겪었지만 힘들다기보다 오히려 즐겁기만 했다. 아니 더없이 행복했다고도 할 수 있었다. 어떻게 그럴 수 있었던 것일까? 이유는 간단했다. 그녀가 여포를 사랑했기 때문이었다.

그랬다. 초선은 여포를 사랑했다. 그녀가 처음 동탁 암살계획에 참여하게 된 것이 타의에 의한 것이었다면, 적어도 봉의정에서 밀회를 나누던 것부터는 자의에 의한 행동이었다. 그녀는 진심으로 왕윤과 여포가 동탁을 물리쳐주길 바랐다. 그래야만 자신이 사랑하는 사람과 함께 할 수 있기 때문이었다. 결국 그 이후의 연극에서는 도구가 되기보다는 주인공으로서 자신의 운명을 주도하려 노력했다. 이렇게 된 이상 초선에게도 새로운 이야기가 펼쳐질 수밖에 없었다.

칠석을 며칠 앞둔 어느 날, 달을 바라보던 그녀는 알 수 없는 흥분으로 마음이 조수처럼 불안하게 요동쳤다.

칠석은 중국에서 가장 오래된 명절 가운데 하나였다. 《시경》에조차도 견우와 직녀의 이야기가 실려 있다. 매년 칠월 칠석 저녁이 되면 사람들은 멀리 하늘에 떠 있는 견우성과 직녀성을 바라보며, 상상력을 발휘하여 견우와 직녀의 사랑과 정절을 찬양하곤 했다. 아울러 이들의 사랑을 도와준 까치에게 고마운 마음을 전하기도 했다.

칠월 초하루 저녁, 초선은 창문 너머로 초승달이 구름 속에서 사라졌다 나타났다 하는 모습을 바라보면서 상자 안에서 여포를 위해 수놓은 장갑을 꺼냈다. 손가락 길이의 반쯤 들어가는 장갑으로 집게손가락과 새끼손가락까지 들어가는 부분이 하나로 되어 있었다. 그녀는 장갑의 일부를 밤색 실로 수놓고 나머지 부분은 감색 실로 수놓았다. 그녀는 아직도 수를 놓고 있었다. 검정과 흰색, 붉은색 등 삼색 실로 구름과 작은 새 한 쌍을 수놓고 있었다.

어쩌면 당시 여인들은 후세 여인들보다 더 낭만적이었는지 모른다. 초선은 장갑을 품에 안고 두근거리는 마음으로 여포가 돌아오기를 기다리고 있었다.

때맞춰 가을벌레들이 즐겁게 노래를 불러댔다. 벌레들이 부르는 노래는 아마도 "저 멀리 떠 있는 견우성, 강가에 선 한나라 여인을 환히 비춰주네迢牽牛星, 皎皎河漢女" 하는 시구였을 것이다.

달을 바라보며 초선은 그 달이 곧 둥근 보름달이 될 것이라는 생각에 가슴이 설렌다. 하지만 둥근 달이 된 뒤에는 또다시 이지러질 것이라는 생각이 들자 자신도 모르게 쓸쓸하고 서글픈 마음이 들었다.

그녀는 달이 결국은 둥글게 가득 찬 날보다 모자란 날이 더 많다는 것을 깨달았다. 하지만 이는 어쩔 수 없는 일이었다.

그녀가 멍하니 달을 바라보며 이런저런 생각에 잠겨 있을 때, 문밖에서 귀에 익은 적토마의 말발굽 소리가 들려왔다. 가을벌레들마저 잠시 목을 쉬고 있었다. 초선은 재빨리 밖으로 달려 나가 후당 계단 위에 서서 남편을 맞이했다.

여포의 발걸음은 매우 무거웠다. 그의 그림자가 달빛 아래 흔들렸다. 몹시 피곤한 모습이었다. 초선은 여포를 부축하여 내실로 들어가서는 그가 갑옷과 도포를 벗는 것을 도왔다. 그런 다음 차갑지도 뜨겁지도 않게 목욕물을 준비했다.

그녀는 여포의 겨드랑이에 코를 갖다 대고 시큼한 땀 냄새를 맡았다. 사내의 땀 냄새가 거북할 법도 하건만 그녀는 그 냄새를 몹시 좋아했다. 그녀가 혀로 그의 목을 핥았다. 쓰고 떨떠름한 맛이 아니라 엿처럼 달콤한 맛이었다.

그녀는 손으로 물을 떠서 부드럽게 여포의 몸을 문질렀다. 거문고를 타고 공후를 연주하던 그녀의 손이 이제는 영웅의 근육에 충만한 활력을 불어넣고 있었다. 그녀는 여포의 근육이 너무도 단단하게 느껴져 왼쪽 팔을 살짝 깨물어보았다. 여포는 아야 하는 소리와 함께 고개를 돌리더니, 앙갚음을 하기라도 하듯 가볍게 흔들리는 그녀의 젖가슴을 붙잡고 유두를 세지도 않고 약하지도 않게 살짝 꼬집었다.

이어서 그는 그녀를 덥석 안아다 침대 위에 눕혔다. 환한 달빛이 가장 원시적인 2개의 육체 위에 뿌려졌다.

달을 마주하면 사람들은 거짓말을 하지 못하는 법이다. 그래서인지 거짓말을 하려면 반드시 달이 구름에 가려진 다음에 했다. 초선은 여포의 품에 안긴 채 창밖의 달을 바라보다가 칠석에 얽힌 견우와 직녀의 이야기를 꺼냈다. 아주 오래된 이야기인데도 여전히 신선하게 느껴졌다. 아마도 천년만년, 아니 일억 년이 지난다 해도 이 이야기는 여전히 사람들에게 감동을 줄 것이다!

견우와 직녀의 이야기를 마치고 초선은 여포에게 정성껏 수놓은 장갑을 바쳤다. 이 장갑이 여포에게 천하무적의 힘을 갖게 해주기를 바라는 마음이었다. 또한 수놓인 새와 구름은 오작교처럼 두 사람의 영혼을 소통하게 해줄 것이다.

이치대로라면 그 다음에는 서로 품에 안고 꿈나라로 들어갔어야 했다. 그러나 이상하게도 이날 밤은 초선과 여포 둘 다 피곤을 느끼지 않았다. 두 사람은 좀 더 이야기를 나누고 싶었다. 물론 두 사람만의 은밀한 이야기였다. 사실 그들이 부부가 된 지 두 해가 지났지만 이렇게 이야기를 나눈 적은 거의 없었다.

여포는 초선에게 마음의 문을 활짝 열고 얘기를 시작했다.

"초선, 내가 솔직하게 말해도 초선이 믿지 못할까 두렵구려. 사실 나는 초선을 만나기 전까지 아주 힘들게 살아왔소. 나는 그녀에게서 전혀 여인의 향기를 느끼지 못했소."

초선이 물었다.

"그녀라면 누구를 말씀하시는 건가요?"

여포가 대답했다.

"쳇! 다 알고 있으면서 뭘 묻는 거요?"

"쉿, 목소리를 낮추세요. 옆방에 있는 완군琬君이 듣겠어요."

여포가 말한 그녀란 바로 그의 본부인 장蔣씨로 두 해 전 여포가 장안을 떠나기 전날 밤에 세상을 떠났다. 초선이 말한 완군은 바로 장씨의 소생이자 여포의 유일한 여식이었다. 장씨는 외모가 평범한데다 오랫동안 병을 앓다 보니 성질이 몹시 고약했다. 질투심이 많고 성정이 사나워 부부간에 사이가 좋지 않았다. 사람들은 이 부부의 이야기를 하면서 종종 '영웅에게는 좋은 아내가 없다'는 속담을 떠올리면서 여포를 애석해하곤 했다. 이런 애석함은 어떻게 생겨난 것일까? 말하자면 복잡했다. 그저 '운명'이라는 말로 덮어두는 것이 오히려 속 편한 일이다.

여포의 얘기가 여기까지 이르렀으니 이제 말문을 닫아야 했다. 초선도 그의 수다를 더 들을 필요가 없었다. 그런데 이상하게도 운명이 두 사람에게 약간의 파문을 일으켰다. 하필 사랑이 극치에 이르렀을 때 사족 같은 질문을 던지게 된 것이었다.

"지금까지 저 말고 다른 사람과 정을 나누어본 적이 있으셨죠? 그 상대가 누구였나요? 달을 마주하고는 누구도 거짓말을 해서는 안 돼요."

여포는 사실대로 털어놓았다.

"죽은 장 부인 말고, 남양에 있을 때 원술의 첩과 잠시 운우지정을 나눈 일이 있소. 에이, 사실은 그녀가 나를 유혹한 것이었소. 난 정말 욕정을 참을 수 없었지. 하지만 그녀와 방탕하게 놀면서도 마음속으로는 초선 그대를 생각했소. 실은 그녀의 육체를 빌어 초선에 대한 나의 사랑을 털어놓은 것뿐이오."

초선은 고개를 끄덕이면서 여포의 가슴을 어루만졌다.

"저는 당신 말씀을 믿어요. 당신처럼 잘생긴 영웅이 겨우 두세 여자와 사랑을 나누었다는 것은 정말이지 흔치 않은 일이지요."

초선은 잠시 입을 다물었다 다시 말을 이었다.

"하지만 저는, 에이, 당신도 알다시피 정을 나눈 사람들이 적지 않답니다. 누가 저를 가기歌伎라고 했던가요. 가장 먼저 왕 대인이 절 차지했고, 그 다음은 오부伍孚 장군이었지요."

"세상에! 오부와도 그런 일이 있었소?"

여포가 놀라서 물었다.

"왕 대인이 시킨 일이에요. 그리고 그 다음에는 역시 왕 대인의 뜻으로 조조와도 침상을 함께 했지요."

"뭐라고?!"

여포는 몹시 놀라며 그 자리에 털썩 주저앉고 말았다.

"초선과 조조 사이에 그런 일이 있었단 말이오?"

"네, 그래요."

초선은 담담하게 대답했다. 이어서 그녀는 당시 자신과 조조에게 어떤 일이 있었는지 전후 사정을 소상하게 얘기해주었다. 심지어 산수유 주머니를 준 세세한 일까지 하나도 숨기지 않았다.

여포가 흥분하기 시작했다. 태양혈의 박동이 빨라지면서 목구멍이 확확 타올랐다. 그는 매정하게 초선을 밀쳐내고 침상에서 내려와 덫에 갇힌 짐승처럼 서성거렸다.

초선은 순간 아연했다. 그녀가 한숨을 내쉬면서 말했다.

"에이, 당신이 이렇게 속 좁은 사람이라면…… 전 더 이상 얘기하고 싶지 않아요."

이때 구름이 달을 가려버렸다. 솔직하고 진실하게 얘기를 시작했던 초선은 마음의 문을 닫는 수밖에 없었다. 그녀의 귀에 여포가 이를 악물고 내뱉는 소리가 들려왔다.

"흥! 조조, 네 이놈! 내 너를 절대로 용서하지 않겠다!"

그녀는 자신도 모르게 등골이 오싹해지는 것을 느꼈다. '조조에게 이토록 깊은 원한을 가질 필요가 있을까? 아, 남자의 마음이여, 정말로 헤아리기 어렵구나.'

초선도 곧 여포를 따라 옷을 걸치고 침상에서 내려와서는 그의 품에 머리를 파묻으며 무언의 위로로 그의 화를 달래주려 했다. 그녀는 여포가 하루속히 조조의 일을 잊어주기를 바랐다. 그러나 이날 이후 여포의 머릿속에는 온통 조조를 칠 생각뿐이었다. 때문에 두 사람 사이의 화제도 조조라는 두 글자를 벗어나지 않았다.

여포가 갑자기 그녀를 껴안으며 말했다.

"초선, 이제 조조는 나의 적이오. 그가 죽지 않으면 내가 죽어야 할 거요. 초선은 반드시 나를 도와야 하오."

그녀가 여포의 뺨을 어루만지며 말했다.

"그게 무슨 말씀이세요. 전장에서는 칼과 칼, 창과 창이 맞서는데 저 같은 여인이 어떻게 당신을 돕겠어요. 쓸데없는 생각하지 말고 어서 주무시기나 하세요."

"아니오, 그게 아니야. 내 말을 잘 들어요. 초선은 반드시 나를 도와야 하고 또 충분히 그럴 수 있을 것이오."

"제가 어떻게 당신을 돕는단 말이에요? 말이라도 끌까요? 아니면 창을 들어드릴까요? 호호호."

"웃지 말아요. 나는 지금 진지하게 얘기하고 있는 거요. 전에 초선은 왕윤을 도와 동탁을 함정에 빠뜨려 죽게 하지 않았소? 지금 나도 초선의 도움이 필요하오. 다시 한 번 함정을 만들어 늙은 도적 조조를……."

"어머나! 저더러 조조를 유혹하라는 말씀이신가요? 안 돼요! 저는 못해요! 저는 이미 장군의 여인인 걸요. 전 죽어도 당신과 함께 할 거예요."

말을 마치기 무섭게 그녀는 흑흑 흐느끼기 시작했다.

"아니, 대체 무슨 생각을 하는 거요? 울지 말고, 진정하구려. 내 말을 끝까지 들어봐야 하지 않겠소."

여포는 그녀에게 최근 복양성에서 있었던 일들을 소상히 얘기해주었다. 복양성에 내부 첩자가 있는데, 다름 아닌 전서 부자로 그들은 조조와 연락하여 조조의 군대가 성을 공격할 때 안에서 호응해주기로 약속을 한 상태였다. 다행이 진궁이 경계심을 늦추지 않고 전서의 음모를 알아냈을 뿐만 아니라 조조가 전서에게 보내는 회신을 가로채는 데 성공했다. 이에 진궁은 여포와 상의하여 상대의 계략을 역이용하기로 마음먹었다.

초선은 여포의 속셈을 이해할 수 있었다. 진궁과 여포는 이번 복양 전투에서 초선이 초평 3년의 봄처럼, 다시 한 번 중요한 역할을 맡아주기를 원했다. 이 여인이 또다시 운명에 이끌려 남자들의 전장에 등장하게 될 줄을 누가 알았겠는가.

당시 왕윤이 연환계를 지시했을 때는 기꺼운 마음으로 했지만 여포가 지시한 이번 반간계는 조금도 마음이 내키지 않았다. 그녀는 여전히 여포와 조조가 어떻게 원수가 되었는지 이해할 수 없었기 때문이다. 일찍이 여포가 그녀에게 설명해준 적이 있지만 그녀는 여전히 모호하게 느껴졌다. 그녀의 마음속에 있는 매듭은 줄곧 풀리지 않았다. 조조가 연주를 떠난 사이에 남의 땅을 차지한 것은 여포의 잘못임이 분명했다. 여포는 어찌하여 조조가 서주에서 돌아오기도 전에 다른 사람과 합세하여 연주를 차지한 것일까?

하지만 그녀가 기꺼이 자원한 것은 아니라도 여포와 조조의 복양 전투에서 그녀는 두말할 것도 없이 여포의 편을 들 수밖에 없었다. 두 사람은 부부였고, 그녀는 여포를 깊이 사랑하고 있었기 때문이다. 사실 그녀는 이미 여포의 일부분이 되어 있었고, 여포의 일이 곧 그녀의 일이라 굳이 돕는다는 표현을 사용할 필요도 없었다.

여포는 오랫동안 입을 다물고 있는 그녀가 자신의 부탁을 거절하는 것으로 알고는 그녀의 앞에 무릎을 꿇고서 절을 올리며 말했다.

"초선, 아니 부인, 우리가 부부라는 걸 생각해서라도 반드시 나를 도와줘야 하오."

여포의 이런 행동에 그녀는 어렴풋이 초평 3년 봄, 왕윤이 자신의 치맛자락 앞에 무릎을 꿇고 울면서 탄식하던 모습을 떠올렸다. 한 왕실이 한 여인의 손에 좌우될 줄은 아무도 상상하지 못했을 것이다. 두 사건의 상황은 너무도 비슷했다.

"여보……."

초선도 무릎을 꿇고 여포의 몸을 감싸 안으며 소리 내어 울었지만 눈물은 흐르지 않았다.

5

사실 칠석은 아녀자들의 날이었다. 매년 음력 7월 7일 밤이 되면 여인들은 달을 마주하고 앉아 바늘에 실을 꿰면서 직녀성에게 뛰어난 바느질 솜씨를 갖게 해달라고 기원하곤 했다. 이를 일컬어 '걸교乞巧'라 했다.

칠석을 며칠 앞두고 여포와 초선은 달빛 아래서 견우와 직녀가 만난 지 이틀째 되던 날에 대한 이야기를 나누고 있었다. 다른 아녀자들도 마음이 들떠 부산을 떨기 시작했다. 전서의 젊은 부인 척戚씨는 복양성의 환관과 대부호들의 처첩들을 집으로 초대하여 걸교를 즐길 계획이었다.

여포가 연주 자사인 만큼 이런 모임을 열려면 가장 먼저 그의 부인인 초선과 상의해야 했다. 척씨는 초선이 체면을 생각하여 거절할 것이라 생각했지만 뜻밖에도 그녀는 흔쾌히 초대에 응했다. 척씨가 이런 소식을 전하자 여자 가솔들뿐 아니라 남정네들도 모두 기뻐했다. 늙수그레한 전태공도 이 없는 입을 벌리고 껄껄 큰 소리로 웃어댔다.

마침내 칠석날이 되었다. 날이 밝자마자 전서의 집 앞 거리에는 수레와 말이 길게 늘어섰다. 부인들은 화장을 짙게 하고 가장 아름다운 장신구로 몸을 치장했다. 전서의 집 안에는 오색등이 높이 걸리고 그윽한 향기가 가득했다. 마치 벌과 나비가 날아들고 온갖 꽃이 아름다움을 다투는 것 같았다.

마침내 초선이 나타났다. 그녀의 자태는 '달도 숨고 꽃도 부끄러워 할' 정도로 아름다웠다. 당당하던 달도 구름 속으로 숨어버렸고, 꽃처럼 아름답던 얼굴들도 모두 빛을 잃고 말았다. 모두 그녀를 쳐다보며 탄성을 금치 못했다.

"일찍이 난씨가 세상에 보기 드문 미인이라고 생각했는데, 초선 부인 과는 비교도 할 수 없구나."

그 사이에 정원에서는 일찌감치 향과 온갖 과일이 준비되어 있었다. 이 과일들은 사람이 먹는 것이 아니라 거미를 유인하기 위한 것이었다. 거미가 과일 위로 올라가면 대단히 길한 징조로 여겨졌다.

악사들이 연주를 시작하자 누군가 악부樂府(고대 중국 시가의 한 형식－옮 긴이)를 부르기 시작했다.

"저 멀리 떠 있는 견우성, 강가에 서 있는 한나라 여인을 환히 비춰주 네. 하얀 섬섬옥수로 베틀에 앉아 천을 짜네. ……두 눈에 눈물이 가득한 채 한마디 말도 없네."

음악 소리가 울려 퍼지는 가운데 부인들은 모여 앉아 색실을 칠공침七 孔鍼에 꿰기 시작했다. 이날 밤은 달이 밝지 않아 7개의 바늘귀에 실을 꿰 는 일이 여간 어렵지 않았다. 특히 나이가 조금 많거나 시력이 좋지 않은 여인들은 더욱 애를 먹었다. 하지만 이는 우열을 가리는 시합이 아니라 그저 함께 모여 즐기는 놀이에 불과했다. 때문에 누가 실을 꿰든 꿰지 못 하든 상관없이 모두 하하 호호 웃으며 즐거운 시간을 보냈다.

드디어 초선이 실을 꿸 차례가 되었다. 관습대로 하자면 실을 꿰기 전 에 먼저 달을 바라보고 조용히 기도를 올린 다음 자신의 소원을 한 가지 씩 빌어야 했다. 그렇다면 무슨 기도를 하고 무슨 소원을 빌어야 할까? 그녀는 바늘을 집어 드는 순간 당혹감을 금치 못했다. 이치대로라면 여 포와 영원히 사랑하면서 행복한 가정을 이루는 것이 그녀에게 가장 중요 한 소원일 것이다. 하지만 여포가 자신에게 청혼하던 모습을 떠올리자 그녀는 갑자기 다른 소원을 빌고 싶어졌다.

초선은 기도를 마치고 실을 꿰기 시작했다. 그녀는 시력도 매우 좋았고 실 꿰는 솜씨도 정교했다. 그녀는 달빛 아래서는 물론이요, 칠흑같이 어두운 방 안에서도 바늘귀에 실을 꿸 수 있었다. 그런데 이날은 왜 그랬을까? 그녀는 갑자기 가슴이 뛰고 손이 떨리면서 바늘을 쥐고 있던 손가락에 땀이 흐르기 시작했다. 모두 그녀에게 박수갈채를 보낼 준비를 하고 있었지만 아무리 애를 써도 실이 꿰어지지 않았다. 주위에 있던 모든 사람들과 어두운 곳에서 몰래 지켜보던 남정네들은 마음이 초조해지기 시작했다.

그녀는 잠시 손을 멈추고 눈을 비빈 다음, 달을 바라보면서 애써 마음을 진정시키고 다시 실 꿰기를 시도했다. 과연 이번에는 색실 한 가닥이 하나하나 바늘귀를 차례로 통과했다.

주위 사람들은 일제히 휴 하고 긴 한숨을 내쉬고는 뜨거운 박수를 보냈다. 모두 초선이 절세의 미인일 뿐만 아니라 직녀처럼 솜씨도 훌륭하다고 칭찬했다. 하지만 방금 그녀가 어떤 기도를 했는지를 아는 사람은 아무도 없었다. 그리고 이날 밤 그녀가 실을 꿰면서 왜 이렇게 고전을 했는지 아는 사람은 더더욱 없었다. 초선의 기도는 이랬다.

'여 장군이 복양의 전투에서 승리할 수 있도록 도와주소서! 하지만 조조를 복양에서 죽게 하지는 말아주소서.'

참으로 이상한 기도였다. 여포와 조조는 맞수이자 적이었다. 하나가 살기 위해서는 다른 하나가 죽어야 했다. 그런데 초선은 왜 이런 기도를 한 것일까?

알 수 없는 일이었다. 초선 자신도 그 까닭을 알 수 없었다.

실 꿰기가 모두 끝나자 각자 가져온 장신구를 꺼내 함께 감상하며 평가

하기 시작했다. 향낭을 비롯하여 산수유나무 주머니, 장화, 장갑 그리고 신발끈까지 참으로 다양하고 하나같이 훌륭한 물건들이었다. 이상한 것은 이 장식품들이 전부 남정네들을 위한 물건이라는 점이었다. 모든 장신구에 새겨진 꽃무늬 도안과 글씨를 보면 단번에 이런 사실을 알 수 있었다.

여인들이란 바로 이런 존재들이었다. 여인들은 자신의 정력과 바느질 솜씨를 모두 남자를 위해 사용했다. 그녀들은 순전히 남자들을 위해 살고 있는 것이었다. 1년에 단 한 번 있는 여인들만의 축제인 칠석날까지도 자신들의 남자를 생각하며 지내는 것이 여인들이었다.

이제부터 바야흐로 그녀들의 진정한 '놀이'가 시작되었다.

척 부인이 초선을 정자 위로 이끌었다. 그곳에서는 달이 조금 더 가깝게 보였다. 그녀는 과일을 먹으면서 몽롱한 달빛을 바라보며 척 부인과 이야기를 나누었다. 그러다 잠시 후 화제는 자연스럽게 부인들만의 은밀한 이야기로 옮겨갔다.

이런저런 이야기를 나눈 다음 척 부인이 초선에게 말했다.

"오늘 처음 뵙는데도 마치 오랜 친구를 만난 것처럼 마음이 잘 맞아 시간 가는 줄 모르겠군요. 허물없이 자주 놀러와 이야기나 나누다 가셨으면 합니다. 오늘은 너무 늦었으니 주무시고 가시지요."

초선이 고개를 가로저으며 말했다.

"아닙니다. 솔직히 말씀드리자면, 오늘 밤만 여러 부인들과 함께 즐길 수 있지 내일은 절대 안 된답니다."

척 부인이 어리둥절해하며 되물었다.

"오늘은 되고 내일은 안 되다니요?"

"아이, 저의 장군께선 내일 군영으로 떠나시는데 한 번 떠나시면 보통 열흘에서 보름은 걸리지요. 저는 오직 여 장군께서 집에 계실 때만 바깥출입을 할 수 있습니다. 그렇지 않을 때는 절대로 바깥출입을 허락하지 않으시거든요."

"어머나, 여 장군께선 지나치게 엄격하시군요. 내일 어디로 떠나십니까? 그럼 또 그 많은 날들을 무얼 하며 보내시나요?"

"진류의 장 태수를 찾아가신다고 들었습니다. 으휴, 남자들 일은 저도 잘 묻지 않고 또 그분께서도 묻는 걸 싫어하시지요. 어머나, 그만 해서는 안 될 말을 했군요. 내일 여 장군이 떠난다는 사실을 아무도 알아선 안 된다고 하셨는데……"

"알았어요. 아무한테도 얘기하지 않을 게요. 저는 입이 무거우니 걱정 말아요."

이렇게 말하는 척 부인의 눈에는 교활한 빛이 번뜩였다. 그녀가 다시 물었다.

"여 장군께선 혼자 떠나시나요? 아니면 군사를 이끌고 가시나요?"

"물론 군사를 이끌고 가시지요."

"군사가 얼마나 되나요?"

"그건 정확히 모르겠어요. 진궁이 조조의 군대가 아직 성 밖에 주둔하고 있어 공격에 대비해야 한다면서 여 장군께서 군사를 많이 데려가서는 안 된다고 했다나 봐요. 어머나, 이걸 어째. 또 쓸데없는 얘길 했네요."

척 부인은 여포와 초선이 하늘이 내려준 천생연분이라고 말하면서 은근히 부러움을 나타냈다. 그러면서 자신의 남편은 너무나 목석같아 제대로 할 줄 아는 것이 하나도 없다고 투덜거렸다.

"에이, 저는 정말 평생 손해만 보고 산 것 같습니다. 여 장군 같은 영웅을 만났다면 매일 함께 지내느라 잠시도 혼자 보내는 시간이 없었을 텐데 말이에요. 에이, 전 정말 평생을 잘못 살았어요."

이렇게 말하면서 척 부인은 짐짓 상심한 듯 두 눈에 구슬 같은 눈물을 흘렸다. 초선은 평온한 세월을 보내는 것이 무엇보다 좋은 것이라며 그녀를 위로했다.

"남편 사랑보다 더 중요한 것은 없지요. 부인께선 평생 손해만 보고 사셨다지만, 저는 부인보다 더합니다."

여기까지 이야기한 그녀는 긴 한숨을 내쉬고는 비단 손수건을 꺼내 눈물을 닦았다.

척 부인은 무척 놀란 표정이었다. 자신의 귀를 믿을 수가 없었다.

'세상에, 초선 부인에게 남모르는 괴로움이 있었단 말인가? 여포 같은 영웅호걸에게 시집을 갔는데도 뜻대로 되지 않는 일이 있단 말인가?'

그녀는 초선에게 대체 무슨 일인지 물었다. 하지만 초선은 속내를 털어놓지 않았다. 초선은 낚시질을 하듯 한참 동안 그녀를 가늠한 뒤에야 여포가 성정이 포악하여 자신을 몹시 학대한다는 사실을 알려주었다. 단순히 때리는 것만 학대가 아니다. '그 일'을 하면서 온갖 방법으로 힘들게하는 것도 학대에 포함되었다.

척 부인은 놀라움을 금치 못하며 속으로 탄식했다.

'아아, 그런 학대라면 나도 한 번 맛보고 싶구나!'

두 사람은 점점 더 마음이 가까워져 속내를 숨김없이 털어놓게 되었다. 달을 바라보며 두 여인은 서로에게 진정으로 사랑하는 사람이나 마음에 두고 있는 남자가 있는지 물었다.

한참을 머뭇거리던 초선은 척 부인에게 반드시 비밀을 지킬 것을 당부하고 그것도 모자라 비밀을 지키겠다는 확답을 받고서야 자신이 마음에 둔 사람이 다름 아닌 성 밖에 주둔하고 있는 조조라는 사실을 털어놓았다.

"뭐라고요? 조조!"

척 부인은 이만저만 놀란 것이 아니었다. 하마터면 소리를 지를 뻔했다. 초선이 황급히 그녀의 입을 막았다.

척 부인이 재차 묻자 초선은 약간 수줍은 듯 이전에 자신과 조조가 운우지정을 나누고 산수유나무 주머니를 선물한 이야기를 들려주었다. 아울러 원래 왕윤이 자신을 조조에게 시집보내 주겠다고 약속했지만 조조가 동문 밖으로 도망친 이후로는 소식도 듣지 못했다는 말도 덧붙였다.

"에이, 모든 것이 '운명'이지요."

초선은 자신의 처지가 몹시 한탄스러운 듯 탄식을 내뱉었다.

"에이, 맞아요. 사람은 운명에 따라야 하지요."

척 부인도 그녀의 아픔을 이해한다는 듯이 덩달아 탄식했다.

이어서 척 부인은 의아한 듯 물었다.

"지금 조조가 성 밖에 와 있는데 어째서 그에게 달려가 몸을 의탁하지 않는 건가요?"

초선은 반농담조로 말했다.

"여포가 꼼짝하지 않고 지켜보고 있으니 갈 수가 없지요. 언젠가 그가 성안으로 진격해 들어오면 그때 그를 따라 갈 거예요."

여기까지 이야기했을 때 아래에서 사람들이 외치는 소리가 들려왔다.

"거미다! 거미가 나타났다!"

이어서 박수 소리와 함께 호호 하하 웃음소리가 들려왔다. 정원에 차려놓은 과일에 거미가 나타난 것이 분명했다. 게다가 오늘 밤 여포가 지시한 일도 모두 마쳤으니 초선은 더 이상 척 부인과 이야기를 나눌 필요가 없었다. 그녀가 말했다.

"가요. 우리도 거미를 봐야죠."

척 부인도 빙그레 웃으며 동조했다.

"그래요. 거미를 보러 가자고요."

하지만 두 여인이 정자에서 내려와 과일을 펼쳐 놓은 탁자 앞에 이르렀을 때는 이미 거미가 사라지고 난 뒤였다.

걸교가 끝나고 척 부인은 초선과 나눈 한담을 하나부터 열까지 모두 전서에게 전했다. 전서는 서둘러 전동양을 성 밖으로 보내 조조에게 이를 보고하게 했다.

"확실한 정보에 의하면 내일 여포가 일부 군사를 이끌고 복양을 떠나 진류로 갔다가 열흘에서 보름 뒤에야 돌아온다고 합니다. 명공께서 이런 기회를 놓치지 않고 저들을 공격하시면 약속한 시간에 저희가 동문을 열어드리도록 하겠습니다."

조조는 몹시 기뻐하며 그 자리에서 전동양과 약속했다.

"7월 10일 술시에 복양 동문에 '전田' 자가 적힌 붉은 등롱 10개를 걸어두시오. 이것이 신호요. 신호를 보고 우리 군대가 공격을 시작하면 때맞춰 동문을 열고 다리를 내려주시오."

전동양은 조조에게 여포가 군사를 이끌고 복양을 떠난다는 소식을 전하면서 여포에 대한 초선의 미움과 조조에 대한 그리움도 함께 전했다. 조조는 초선의 소식을 듣고서 크게 감격하여 자신도 모르게 뜨거운 눈물을 흘렸다. 그는 무슨 일이 있어도 친히 군대를 이끌고 나가 복양을 공격하기로 마음먹었고, 누구도 그를 막을 수 없었다.

어느새 7월 10일이 되었다. 황혼 무렵, 서쪽 하늘에 화염 같은 저녁놀이 퍼졌다. 갑옷을 입던 조조는 구름 사이에서 용과 호랑이가 날아오르는 모습을 보았다. 순간, 그는 온몸에 호방한 기운이 넘쳐 혼잣말로 중얼거렸다.

"여포, 이 필부 놈아! 내 오늘 밤 너를 기어코 붙잡고 말 것이다."

조조는 군대를 세 갈래로 나누어 성을 공격한다는 명령을 내렸다. 제1지대는 자신이 직접 이끌고 성을 공격하고, 나머지 제2지대와 제3지대는 각각 조인과 조홍이 지휘하여 성 밖에 매복하고 있다가 합세하기로 했다.

어느덧 밤이 되고, 저녁놀도 사라졌다. 조조는 장수들의 호위를 받으며 군대를 이끌고 복양 동문을 향해 말을 달렸다. 동문에 이르러 조조는 먼저 성문 꼭대기를 확인했다. 과연 깃발 사이로 '전'자가 적힌 10개의 붉은 등롱이 보였다. 그는 속으로 몹시 기뻐하며 대포를 3번 쏘아 공격 개시를 알리게 했다. 대포가 발사되고 맹렬하게 돌진한 병사들이 천둥처럼 거세게 전호차塡壕車를 밀어 성벽 한쪽에 세운 다음 횃불과 창을 들고 성을 공격했다. 구름사다리를 타고 올라가거나 전호차를 통해 성벽에 접근하는 병사들도 있었다.

그러나 이상하게도 성을 지키는 병사들이 전혀 눈에 띄지 않았다. 공격을 알리는 대포가 울리자 성문이 열리고 가동교가 덜덜거리며 아래로 내려왔다. 성안에서 한 무리의 군사가 돌진해 나왔다. 깃발을 보니 후성과 학맹의 군사들로 조조의 군대를 밀어내려는 것이었다. 조조의 진영에서 맹장 전위와 하후돈이 나가 이들에 맞서자 후성과 학맹은 당해내지 못하고 말을 돌려 달아났다. 조조는 즉시 명을 내렸다.

"전원 진격하라!"

동시에 그는 선두에 서서 말 허리를 발로 차 가동교를 향해 돌진했다. 바로 이때 전위가 앞을 막아서며 말했다.

"주공, 제가 먼저 성안으로 들어가 살펴보겠습니다."

조조가 큰 소리로 말했다.

"내가 선두에 서지 않는다면 누가 감히 앞으로 나아가겠느냐?"

말을 마친 그는 절영을 힘껏 발로 차고는 아주 빠른 속도로 성문 안으로 들어섰다.

동문에 들어선 조조는 문을 불태우라는 명령을 내렸다. 절대 물러서지 않겠다는 결심을 나타내기 위해서였다. 성 위로 뜨거운 불길이 치솟기 시작했다. 이때 성안 사방에서 나팔소리가 울리면서 여포의 군대가 재빨리 모여드는 모습이 보였다. 조조는 즉시 하후돈과 악진에게 각각 서문과 북문을 점거하게 하고, 이전에게는 남문을 공격하라는 명령을 내린 다음, 자신은 전위와 함께 관아를 향했다.

이번 복양 전투에서는 서주 전투와는 달리 멋대로 장수들을 살해하거나 개나 닭 같은 가축까지 남김없이 죽이는 일은 없었다. 오로지 적군만 공격할 뿐, 무고한 백성은 해치지 않기로 굳게 약속한 바 있기 때문이었다. 또한 적장의 처첩을 함부로 겁탈할 수도 없었다. 이런 강령을 어긴 자는 그 자리에서 참수한다는 명령이 있었다.

조조는 흐뭇한 마음으로 복양을 점령한 다음 전위에게 관아를 지키게 하여 아무도 함부로 들어오지 못하게 한 다음 자신은 후원으로 말을 몰아 "초선이 어디 있느냐?" 하고 큰 소리로 외치는 광경을 상상하고 있었다.

그러나 상황은 그의 뜻대로 되지 않았다. 조조가 말을 몰고 관아에 도착했을 때, 주변은 사람 하나 없이 고요했다. 그는 이상하다는 생각이 들어 속으로 중얼거렸다.

"뭔가 일이 잘못된 것 같군."

순간, 자신이 함정을 빠졌음을 직감했다. 그는 황급히 말머리를 돌려 큰 소리로 외쳤다.

"철수하라! 어서 철수하라!"

그의 고함소리와 동시에 아문(衙門)에서 포성과 함께 북과 나팔이 일제히 울리면서 강이 뒤집히고 바다가 요동치는 듯한 함성소리가 울려 퍼졌다. 곧이어 동쪽에서 한 무리의 군사가 달려 나왔다. 앞장선 장수가 고함을 쳤다.

"장료가 여기 있다!"

곧이어 서쪽에서도 군대를 이끌고 나오며 한 장수가 소리쳤다.

"나는 기도위 고순이다. 내 오래전부터 너를 기다리고 있었다."

양쪽에서 협공을 받자 조조의 군대는 일시에 큰 혼란에 빠지고 말았다. 격렬한 전투가 시작되었다.

복양성은 규모가 그리 큰 편이 아니라서 양군에서 투입된 10만이 넘는 병사들로 성안은 순식간에 꽉 채워졌다. 이날 밤 복양의 백성들은 문을 굳게 닫고 등불을 끈 채 숨도 제대로 쉬지 못하며, 불안한 마음으로 밖에서 들리는 비명소리에 귀를 기울였다. 도처에서 메아리치는 비명소리가 들렸고, 때때로 사람의 머리가 지붕 위로 날아들었다가 다시 데굴데굴 굴러 정원에 떨어지기도 했다. 인파에 떠밀린 기마병들이 거리의 담장을 부수고, 말발굽이 그대로 백성들의 침상 위를 밟고 지나갔다. 그리고 어느 곳에선 사람과 말이 하나가 되어 창문 밖으로 날아가기도 했다.

이 전투에서 전위는 그만 조조를 놓치고 말았다. 전위가 고개를 돌렸을 때 조조의 모습은 이미 보이지 않았다. 놀란 전위는 어찌해야 좋을지 몰라 난감하기만 했다. 결국 적진을 뚫고 다니면서 조조를 찾는 수밖에 없었다. 반대쪽으로 가보았지만 그곳에도 조조는 없었다. 다시 반대쪽 끝으로 달려갔지만 역시 조조의 모습은 보이지 않았다. 이리저리 여러 곳을 샅샅이 뒤졌는데도 조조가 보이지 않자 다시 방향을 바꿔 다른 곳을 찾아보는 수밖에 없었다. 그러다가 서문에 이르러 건너편에서 달려오는 하후돈과 마주쳤다. 전위가 물었다.

"주공을 보지 못했소?"

하후돈이 고개를 가로저으며 말했다.

"못 봤소."

하후돈은 조조를 몹시 걱정하며 말했다.

"다시 돌아가 찾아보도록 합시다."

하후돈과 전위는 각각 왼쪽과 오른쪽으로 갈라져 찾아보기로 했다. 달빛이 꽤나 밝은데다 곳곳에 횃불이 밝혀져 있어 사람들의 모습을 희미하게나마 알아볼 수 있었다. 하후돈은 병사들이 밀집되어 있는 한가운데 붉은 도포를 입고 있는 사람이 조조와 비슷해 보여 사력을 다해 무리를 뚫고 달려가서는 큰 소리로 외쳤다.

"주공, 어서 저를 따라 오시지요."

하지만 고개를 돌린 사람은 낯선 얼굴이었다. 그는 조조보다 더 젊고 건장해 보이는 데다 고리창을 들고 있었다. 그가 소리쳤다.

"산양의 성렴成廉이 여기 있다!"

그러더니 하후돈의 가슴을 겨냥해 창을 휘둘렀다. 하후돈도 창을 뻗어 적의 공격을 대응했지만 역부족이라고 느끼고는 말머리를 돌려 달아났다. 막 말을 몰아 달리기 시작하는데 맞은편에서 날아온 화살이 그의 왼쪽 눈을 관통했다. 그가 외마디 비명을 지르면서 황급히 화살을 뽑는 순간 뜻밖에도 눈알이 함께 뽑혀 나왔다. 그는 아픔을 느낄 겨를도 없이 소리쳤다.

"부모님께서 물려주신 것을 함부로 버릴 수는 없다!"

말을 마친 그는 자신의 눈알을 삼켜버렸다.

하후돈은 다시 조조를 찾아 나섰지만 눈알이 뽑힌 곳에서 피가 쏟아져 내렸고, 반대쪽 눈에는 모든 사람이 붉은 도포를 입고 있는 것처럼 보였다.

전위 역시 다시 이곳저곳을 찾아보았지만 여전히 조조의 모습은 보이지 않았다. 어렵게 남문 성벽에 이르러 맞은편에서 오던 이전과 마주쳤다. 전위가 소리쳤다.

"주공을 보았소?"

이전이 어리둥절한 표정으로 말했다.

"주공을 호위하는 무사가 그걸 내게 물으면 어떡하오."

전위가 두 눈에서 불이 뿜어져 나올 듯이 다급해하며 말했다.

"아이고, 성안을 이 잡듯이 뒤졌지만 주공을 찾지 못했으니 이 일을 어찌하면 좋겠소."

이전이 말했다.

"자초지종은 나중에 듣기로 하고 함께 찾아보도록 합시다."

이때 조조는 패잔병을 따라 이미 북문 근처에 도착해 있었다. 그는 원래 북문을 뚫고 돌진해 나갈 생각이었으나 하필 때맞춰 바로 옆에서 적병이 쏟아져 나와 길을 막는 바람에 방향을 돌려 도망쳐야 했다. 그는 나중에야 적군의 지휘관이 여포였다는 사실을 알게 되었다. 여포의 말은 매우 빨라 눈 깜짝할 사이에 자신의 등 뒤로 다가와 방천화극을 휘둘렀다. 여포는 조조의 등을 찌르지 않고 그의 투구만 툭툭 치면서 큰 소리로 물었다.

"조조는 어디 있느냐?"

조조는 임기응변을 발휘하여 재빨리 손으로 얼굴을 가리고 왼쪽을 가리켰다.

"앞에 누런 말을 타고 있는 자가 조조입니다."

여포는 그의 말을 그대로 믿고 적토마를 달려 재빨리 조조의 곁을 지나 앞으로 돌진해갔다.

조조는 고개를 들어 잠시 목을 푼 다음, 말을 돌려 동문 쪽으로 도망쳤다. 동문 가까이 이르러서야 그는 좌우를 두리번거리며 말을 몰고 오는 전위와 마주쳤다. 조조를 발견한 전위는 큰 소리로 외쳤다.

"주공, 어디 계셨습니까? 소장이 한참을 찾았습니다."

전위는 우는 건지 웃는 건지 알 수 없는 목소리로 이렇게 말하고는 황급히 창을 휘둘러 어렵사리 길을 열어 조조를 호위하면서 성문 아래에 이르렀다.

바로 이때 성 동쪽에서 불길이 높이 솟았다. 성루에서 화염에 불탄 나무가 끝없이 아래로 떨어지고 있었다. 전위가 창을 휘두르며 앞장서서 불길을 뚫었다. 조조도 그 뒤를 바짝 뒤따랐다.

조조가 막 통로 입구에 들어서는 순간, 성문 위에서 불이 붙은 다리가 절영의 뒷발 위로 떨어졌다. 갑자기 말이 쓰러지면서 조조도 땅바닥으로 굴러 떨어졌다. 너무나 급박한 상황에서 그는 손으로 뜨거운 다리를 밀어내는 수밖에 없었다. 팔다리는 물론, 수염과 머리카락까지 모조리 불에 그슬렸다. 전위가 말을 돌려 구하러 오고 때마침 뒤쫓아 오던 이전이 합세해 함께 부축하고서야 조조는 불길을 뚫고 간신히 그곳을 벗어날 수 있었다. 불길을 빠져나온 조조는 전위의 말에 올라타고는, 이전과 전위의 호위를 받으며 겨우 복양성을 빠져나왔다.

제16장
공성계

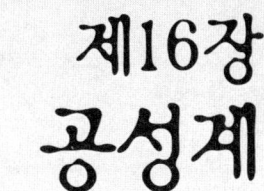

1

조조와 여포가 복양에서 서로 대치하고 있을 때 난데없이 공동의 적이 나타났다. 다름 아닌 가뭄과 황충이었다.

흥평 원년 6월 정축丁丑일, 장안에는 지진이 일어났고 을사乙巳일에는 일식이 나타났다. 이 두 가지 현상은 흉조임에 틀림이 없었다. 이에 헌제 유협은 정전正殿을 비우고 5일 동안 정사를 돌보지 않음으로써 재난을 피해가려 했다. 하지만 이는 그의 헛된 망상에 불과했다. 불길한 징조는 곧 현실로 나타났다. 그 달에 대규모 황충 떼와 큰 재해가 발생했다. 작은 날개에 뾰족한 부리를 가진 마귀들은 해가 보이지 않을 정도로 하늘을 뒤덮으면서 새까맣게 몰려들었다. 하늘을 가리고 땅을 덮은 황충 떼가 휩쓸고 지나간 자리에는 아무것도 남지 않았다. 곡식은 물론이요, 나뭇잎이나 풀잎조차 남지 않았다. 조조가 서주에서 연주로 되돌아오는 길에도 마침 황충 떼가 그의 머리 위를 스쳐 지나가면서 하늘을 시꺼멓게 뒤덮은 적이 있었다. 갑자기 햇빛이 사라지는 바람에 그는 몸이 굳어버리기라도 한 것처럼 한참이나 그 자리에 멍하니 서 있어야 했다. 하지만 그때까지만 해도 그는 황충의 심각성을 별로 느끼지 못했다. 숱한 유민들이 길바닥으로 몰려나오자 그제야 그는 황충 때문에 군량 조달이 극히 어렵게 될 것이라는 것을 직감했다.

농부들은 가뭄과 황충이 함께 나타난다는 것을 잘 알고 있었다. 이 두 가지 재해는 항상 손을 잡고 함께 농민들을 괴롭혔다. 흥평 원년 3월부터 7월 초순까지 삼보와 관동 지역에는 비가 거의 내리지 않았다. 헌제 유협은 정전을 비우고 기우제를 지내는 한편, 감옥에 갇혀 있던 죄수들을 사면하거나 감형해주기도 했다. 하지만 이 모든 조치들이 아무런 소용도 없었다. 오랜 가뭄에 이어 엄청난 황충 떼가 몰려들면서 곡물 가격은 천정부지로 치솟았다. 관청의 기록에 의하면, 그 해에 쌀 한 섬의 가격은 50만 전이나 되었고, 콩 한 섬은 20만 전이 넘었다. 급기야 기아를 견디지 못하고 사람이 사람을 잡아먹는 일이 비일비재해 인골이 하얗게 쌓일 지경이었다. 상상만 해도 머리카락이 곤두서는 일이었다.

경기京畿 지역이 이러한데 다른 지역의 형편은 더 말할 필요도 없었다. 심각한 재해에 직면한 여포와 조조는 싸움을 계속 할 필요가 있는지에 대해 동시에 고민하게 되었다.

별 뾰족한 수가 없었기 때문이다. 아무리 뛰어난 영웅이라 해도 혹독한 천재지변 앞에서는 무릎을 꿇는 수밖에 없었다. 결국 여포와 조조 둘 다 패자였다. 그들에게는 싸움을 멈추고 군사를 재정비할 시간이 필요했다.

마침내 역사상 최대의 기근이 지나갔다. 흥평 2년 봄이 되자 보리를 수확하게 되었다. 사람들은 보리에 나물을 섞어 먹으면서 오랜만에 주린 창자를 달랠 수 있게 되었다. 그러면서 전쟁을 다시 시작할 여력도 생겼다. 조조와 여포는 두 번째 힘겨루기를 시작했다. 전쟁의 불길은 막 생기를 회복하기 시작한 연주 땅에서 다시 일기 시작했다.

당시 여포의 병력 가운데 주력군은 산양에 머물러 있었고, 그곳에서 그리 멀지 않은 정도定陶와 구양句陽에도 군대가 주둔하고 있었다. 여포에게는 이 두 지역이 2개의 뿔이나 다름없었다. 조조는 먼저 여포의 두 뿔을 잘라내는 전략을 취했다. 정도는 제음군의 도읍이기도 했는데, 당시에는 남과 북 두 성으로 나뉘어져 있었다. 제양 태수 오자吳資는 조조의 군대가 기세당당하게 몰려오자 방어선을 축소하기 위해 북쪽 성은 포기하고 모든 역량을 집중하여 남쪽 성만 굳게 지키기로 마음먹었다. 조조가 남쪽 성을 공격하는 동안 여포가 지원군을 보내오자 조조는 기병을 내보내 지원군을 공격했다. 지원군은 공격을 당해내지 못하고 산양으로 되돌아갔다.

조조는 정도를 공격하는 한편, 조인에게 또 다른 지대의 군사를 이끌고 가서 산양의 두 번째 뿔인 구양성을 기습하게 했다. 구양성의 수비는 비교적 허술했다. 게다가 여포는 조조가 동시에 2개의 성을 공격하리라고는 미처 예상하지 못했던 터라 즉각적으로 대응하지 못했다. 구양성은 순식간에 함락되고 성을 지키던 장수 유하劉何는 생포되고 말았다. 정도 역시 오래 버티지 못했고 결국 조조의 손에 넘어갔다.

어느덧 망종芒種이 다가왔다. 굶주림에 허덕이는 무수한 사람들의 호시탐탐 노리는 눈빛 속에서 밀이 익어가고 있었다. 이때 조조는 더 앞으로 나아가 승씨乘氏라는 지역에 주둔했다. 여포는 부장 설란薛蘭과 이봉李封을 승씨에서 그리 멀지 않은 거야巨野로 보내 그곳을 지키게 했다. 조조와 여포의 이번 싸움은 식량쟁탈전 양상을 띠고 있었다.

조조의 군사들 가운데는 여인들이 적지 않았다. 기근을 피해 여러 장수들의 처첩들이 함께 따라온 것이었다. 조조는 여인들에게 낫을 들려 병약한 군졸들과 함께 들판에 나가 밀을 베게 했다. 조조의 처첩들도 예외가 아니었다. 대부분의 여인들은 이처럼 험한 일을 해본 경험이 없었기 때문에 고생이 이루 말할 수 없었다. 하지만 그녀들이 있어서 이번 들판에서 이루어진 전략이 성공할 수 있었다.

그날 역시 여인들은 병사들과 강가의 밭에서 익은 밀들을 베고 있었다. 단조롭고 무미건조하던 들판은 여인네들 때문에 생기를 띠었다. 이른 아침부터 황혼이 깃들 때까지 일을 하다 보니 손바닥에 물집이 가득 잡혀도 저마다 웃고 떠들면서 웃음꽃을 피웠다. 그러나 아무도 죽음의 그림자가 자신들을 향해 다가오고 있다는 것을 감지하지 못하고 있었다. 왜냐하면 여포의 부장 설란과 이봉이 4천 명의 군사와 수십 대의 빈 수레를 끌고 골짜기를 따라 살금살금 밀밭 쪽으로 접근하고 있었기 때문이다.

설란과 이봉은 자신들이 때맞춰 잘 왔다고 의기양양해 했다. 가만히 기다리고 있다가 사람들이 묶어놓은 밀단을 수레에 실어 가기만 하면 된다고 생각했다. 게다가 금상첨화로 아리따운 여인들까지 데려다가 마음껏 향유할 수 있다는 사실에 이들은 흥분을 주체하지 못했다. 이들은 함성을 지르며 밀밭을 향하여 돌진했다.

바로 이때, 천지를 진동하는 나팔소리와 북소리가 울리더니 사방에서 복병이 달려 나왔다. 그들은 설란과 이봉의 군사를 반으로 갈라놓고 포위망을 조여 갔다. 여인들과 함께 밀을 베던 병사들도 낫을 내려놓고 검을 들어 전투에 가담했다.

저녁달이 떠오를 무렵 수확이 끝난 벌판은 다시 고요함을 되찾았다. 조조군은 밀단을 가져갔고, 들판에는 밀 대신 여포군의 시신이 그대로 흩어져 있었다. 그 어지러운 주검들 속에는 설란과 이봉의 시신도 섞여 있었다.

2

밀은 눈 깜짝할 사이에 무르익는다는 속담이 있다. 망종이 되어 더운 바람이 불어오자 전날까지만 해도 푸르던 밀 이삭들이 금세 누렇게 익었다. 밀 수확은 절대로 시간을 지체할 수 없었다. 조금이라도 늦어지면 우박을 맞아 한 해 농사가 말 그대로 물거품이 되기 때문이다.

제수濟水 양 기슭에는 투항한 '청주 황건적'들이 무리지어 둔전을 하고 있었다. 이들은 승씨와 산양, 거야 사이의 황무지를 대규모로 개간했다. 이 밭의 수확물은 당연히 조조의 몫이었다. 또한 연주 자사인 조조에게는 연주 소속에 해당하는 이 땅에서 전부田賦를 거둬들일 의무도 있었다. 여포가 자기 '밥그릇'에서 밥을 빼앗아 가도록 그냥 내버려 둘 조조가 아니었다. 그는 부대마다 교외로 나가 수확을 돕는 동시에 전부를 받아오게 명령을 내렸다. 바로 이때 산양에 주둔하고 있던 여포와 진궁의 부대가 번개처럼 승씨를 기습했다.

척후병이 조조에게 여포군의 기습 소식을 전해주었을 때 승씨성에는 1천여 명이 조금 넘는 노약자 부대밖에 없었다. 아무리 빨리 지원군을 보낸다 해도 때를 맞출 수 없었다. 산양에서 승씨까지는 40리 길이었고, 척후병이 소식을 전할 때 적군은 이미 출발한 상태였다. 다시 말해서 조조의 군사들이 성으로 돌아가라는 명령을 받을 때쯤에는 승씨는 이미 포위된 상태일 것이었다.

이제 어떻게 하면 좋단 말인가?

유일한 방법은 여러 장수들의 가족을 이끌고 성을 버려둔 채 도망치는 것뿐이었다. 그러나 그들이 미처 성문을 나서기도 전에 여포의 군사들이

들이닥친다면 더더욱 낭패가 아닐 수 없었다.

풍전등화의 위기 앞에 놓인 조조의 손발은 얼음장처럼 차가워졌다. 지낭智囊 순욱도 너무나 다급한 나머지 좋은 수를 내놓지 못했다. 이 일을 어떻게 한단 말인가? 빨리 결단을 내려야했다.

바로 이때 모험을 즐기는 조조가 갑자기 손뼉을 치며 말했다.

"맞아, 공성계空城計! 바로 그 수를 쓰는 거야!"

물론 '공성계'라는 말은 후대 사람들이 지어낸 것이다. 사실 당시에는 공성계라는 단어가 없었다. 공성계는 그로부터 몇 년 후에 제갈량이 사마의司馬懿에 대응하기 위해 사용한 계략으로써, 이때부터는 삼척동자도 아는 전술로 유명해지게 되었다. 어쨌든 조조가 승씨에서 공성계를 구사한 것은 확실한 사실이었다. 그러니 그의 공성계는 제갈량의 것보다 30여 년 앞선 셈이다.

조조가 집에 돌아와 보니 그의 처첩들이 사소한 일로 아옹다옹 다투고 있었다. 물론 집이란 그가 승씨에 있는 동안 잠시 머무르는 임시처소다. 처첩은 정실부인 정씨와 측실 변씨였다. 정씨는 올해 40살이 넘었고, 몸도 불편했기 때문에 군대를 따라다닐 형편이 못되었다. 게다가 잠자리에서 조조의 시중을 드는 것은 변씨였기 때문에 그녀는 여러 가지로 불필요한 존재였다. 그러나 정씨의 고집이 이만저만이 아니었고, 천하의 조조도 그녀의 고집을 꺾진 못했다. 게다가 조조가 변양의 부인 난씨를 차지했던 일을 알게 된 후로 그녀는 크게 상심했던 터라 조조도 더 이상 그녀를 어떻게 하지 못했다.

이번 여포와의 전투를 준비하면서 그는 예전처럼 가족들은 그냥 두고 가려 했다. 그러나 정씨는 조조처럼 정력이 왕성한 남자에게 오랜 기간 동안 밖에서 여자들을 접하지 말라고 하는 것 자체가 어불성설이라고 생각했다. 이는 아무리 생각해도 불가능한 일이었다. 이에 그녀는 변씨 부인에게 함께 출정할 것을 권했고, 이에 대해 조조도 웃는 얼굴로 고개를 끄덕였다. 그리하여 조조는 가족을 거느리고 출정하게 되었다. 그러나 하룻밤이 지나 아침이 되자 그녀는 자신도 변씨와 함께 따라가겠다고 우겼다. 조조는 그녀의 이런 태도가 우습기만 했다.

"부인은 나를 어찌 이리도 걱정해주는 거요?"

그녀가 얼굴을 붉히며 대답했다.

"누가 당신이 걱정돼서 그러는 줄 알아요? 조앙이 걱정돼서 그러는 거지."

정씨가 조앙을 걱정한다는 것이 거짓말은 아니었다. 조앙은 조조의 장자로 이제 13살이었다. 그의 생모는 유씨였지만, 유씨가 일찍 세상을 뜨자 소생이 없던 정씨가 자신의 친아들처럼 키우게 된 것이었다. 정씨는 조앙을 친아들처럼 애지중지 키웠고 조앙도 그녀를 친어머니처럼 따랐다. 이번에 조조는 아들 조앙과 조창(변씨 부인의 소생으로 이제 10살 되었다), 조카 조안민을 직접 전투에 참가시켜 경험을 쌓게 할 요량으로 함께 데리고 떠나기로 했던 것이다. 정씨 부인이 조앙이 걱정되어 따라 다니면서 보살피겠다고 하는 말에는 당연히 설득력이 있었다. 조조도 이것까지 거절할 수는 없었다.

정씨와 변씨 두 부인이 종군한 지도 두 달이 지났다. 그동안 두 여인의 생활은 고달프기 그지없었다. 병사들과 함께 풍찬노숙해야 했고, 때로는 머리 위로 수도 없이 날아다니는 화살 때문에 놀란 가슴을 쓸어내려야 했다. 게다가 밀을 수확하는 계절이 되어 남정네들과 함께 밭에 나가 일을 하다 보니 온몸이 쑤시지 않는 데가 없었다. 그러나 아무리 힘들고 고달파도 마음만은 즐거웠다. 두 부인은 그런대로 사이좋게 지냈고, 특별히 얼굴을 붉히는 일도 없었다.

그러나 이날 정오 무렵, 두 부인은 사소한 일로 결국 얼굴을 붉히고 말았다. 그 사소한 일은 말 한마디로 비롯되었다.

이날 오전에 두 부인은 밀을 수확하러 밭에 나가는 대신 교외의 빈터에서 밀 이삭을 말렸다. 이들과 함께 일을 하던 사람들은 조홍과 조진, 하후연, 하후돈 등 여러 장수의 부인들이었다. 사실 이 여인들은 전부 동서지간인 셈이었다. 그 가운데 정씨는 나이가 가장 많았고, 게다가 조조의 정실부인이었다. 자연스럽게 그녀는 여인네들 가운데서 우두머리이자 구심점이 되었다. 변씨는 정씨에 비해 지위가 조금 낮았다.

게다가 정씨는 시집오기 전에 친정에서 밭일을 한 경험이 있었기 때문에 농사일에 전혀 막힘이 없었다. 낫으로 밀을 베건, 볏짚을 꼬아 밀단을 묶건, 아니면 지금처럼 밀 이삭을 말리건 간에 그녀는 무슨 일을 하든지 동작이 빠르고 솜씨가 좋았다. 그녀는 혼자서 세 사람의 몫을 충분히 감당했다. 게다가 가장 부러운 것은 아무리 일을 해도 손에 물집이 생기지 않는다는 것이었다. 그녀에 비해 변씨는 제대로 하는 일도 없으면서 손바닥에는 항상 빨간 물집이 가득했다. 그러다 보니 일을 할 때면 정씨의 얼굴에는 광채가 났지만, 변씨의 얼굴은 늘 일그러져서 환하게 펴질 줄을 몰랐다. 다른 부인네들의 부러움 가득한 눈빛을 받으며 정씨는 웃고 떠들면서 몹시 즐거워했다. 반면에 변씨는 어깨가 축 처져 상처 입은 강아지처럼 그늘만 파고들었다.

정오가 가까워오자 변씨는 배고픔을 참을 수 없었다. 아침에 야채 몇 조각밖에 먹지 못했던 그녀는 체력이 바닥나 밀 이삭더미에 기대어 잠시 휴식을 취하고 있었다. 이때 정씨의 눈빛에서 싸늘하고 차가운 기운이 느껴지더니, 이내 입이 씰룩씰룩했다.

"저 앉아 있는 꼬락서니 하고는!"

변씨는 그녀의 말을 정확히 듣지는 못했지만 자신을 욕하고 있다는 것만은 알아챌 수 있었다. 분하고 억울한 마음에 그녀는 눈물이 글썽해졌다. 이때 마침 조흥의 부인이 정씨를 쿡 찌르며 말렸다.

"형님, 그러지 마세요."

변씨는 누군가 자기편을 들어주자 서러움이 더해졌다. 마침내 그녀는 참지 못하고 앙 하고 울음을 터뜨렸다.

일이 이것으로 끝났더라면 좋았을 것이다. 정오가 되어 집으로 돌아온 변씨는 세수도 하지 않고 식사도 거른 채 침상에 비스듬히 누워 잠을 청했다. 정씨가 창문가에서 방 안을 향해 그녀를 불렀다. 변씨가 대답도 하지 않자 화가 난 정씨가 그녀를 질책했다.

"무슨 꿍꿍이속이야? 내숭을 떨기는……."

변씨가 안에서 대꾸했다.

"꿍꿍이속이라니요?"

정씨가 말을 받았다.

"꿍꿍이속이 아니면? 다른 속셈이 없다면 왜 다른 부인네들 앞에서 눈물을 흘리는 거야?"

변씨가 목소리를 낮추며 항변했다.

"제가 눈물 몇 방울을 흘리는 것도 죄가 되나요?"

정씨가 말했다.

"당연히 죄가 되지. 그게 여러 사람들 앞에서 내게 맞서겠다는 태도가 아니고 뭐야?"

그녀의 말에 변씨는 분하고 억울하기만 했다. 그녀의 목소리가 조금 높아졌다.

"제가 눈물을 흘린 것은 자신이 너무 무능해 일도 제대로 못하는 것이 부끄러워 그런 거예요. 제가 형님에게 맞서다니 무슨 그런 서운한 말씀을 하세요?"

정씨는 속으로 중얼거렸다. '지금도 내게 이렇게 대들고 있는데 결국 맞서려는 태도가 아니면 무엇이란 말이야?

화가 머리끝까지 치밀어 오른 그녀는 변씨의 속을 후벼 파는 소리를 퍼부었다.

"자네가 일을 못하는 게 당연하지! 한데 자네는 쟁箏을 잘 켜잖아. 춤도 하느작거리며 잘 추고 말이야. 자넨 원래 가기가 아니었던가?"

마지막 한 마디가 변씨의 마음속 깊은 곳을 사정없이 찔렀다. 그녀는 심한 모멸감을 느꼈다. 그녀는 가슴을 치고 발을 구르면서 대성통곡하기 시작했다. 한참 울던 그녀는 왝왝 하면서 누런 토사물을 게워냈다. 그제야 정씨는 자신의 말이 지나쳤다는 것을 깨달았지만 그렇다고 사과하고 싶은 마음도 없었다. 한순간 어색한 긴장감이 감돌았다. 바로 이때 조조가 들어와 두 사람 사이의 언쟁은 끝이 났다.

조조가 갑자기 나타나자 두 부인은 놀라움을 금치 못했다.

"당신께서 웬일로……."

그의 얼굴이 땀범벅인 데다 누런빛까지 도니 필시 무슨 일이 있는 것이 분명했다.

"아, 별일 아니오."

조조는 세숫대야에 담겨 있던 수건을 집어 들어 얼굴을 닦으며 잠시 긴장되었던 기분을 풀었다. 이내 얼굴빛이 정상으로 돌아왔다.

변씨가 한참 손으로 얼굴을 감싸고 울고 있는데 밖에서 갑자기 두런두런 얘기를 주고받는 소리가 들려왔다. 그녀는 자신도 모르게 숨을 죽이고 창틈으로 가만히 밖을 내다보았다. 그녀는 조조의 얼굴색이 이상한 것을 보지는 못했지만 정씨와 마찬가지로 뭔가 이상한 낌새를 눈치 채고 있었다. 조조는 낮에 집으로 돌아온 적이 거의 없었고, 돌아올 때는 반드시 사전에 누군가를 시켜 먼저 전갈을 했다. 변씨는 손수건으로 얼른 얼굴의 눈물을 닦아내고 구리거울을 꺼내 얼굴을 비추면서 머리를 다듬었다. 그러고는 불안한 마음으로 조조를 만나기 위해 객청으로 나갔다.

변씨의 두 눈이 복숭아처럼 빨갛게 부어오른 것을 본 조조가 적이 놀라면서 연유를 물었다. 순간, 정씨의 가슴이 철렁 내려앉았다. 그녀는 방금 전에 자신이 변씨에게 가기라고 하면서 창피를 주었던 이야기를 꺼낼까 봐 심히 두려웠다. 그녀는 조조가 변씨를 매우 총애하는 것을 잘 알고 있었다. 그는 변씨가 천한 가기였던 것을 개의치 않았다. 만약 그가 변씨를 모욕하는 말을 들었더라면 이렇게 정씨를 비웃었을지도 모른다.

"예전에 가기였다는 것이 뭐가 어떻다는 것이요? 내가 변씨를 싫어하지 않는데 부인이 무슨 상관이요? 부인은 가기는 아니었지만 그래도 나는 부인이 싫소. 흥!"

만약 그렇게 된다면 부부 사이에 큰 흠이 가게 될 것이다.

그러나 변씨는 조조 앞에서 정씨의 잘못을 이르지 않았다. 그러나 자신이 왜 울었는지에 대해 말해야 했다. 조조가 그냥 넘어갈 사람이 아니었기 때문이다. 게다가 납득할 만한 핑계를 대야 했다. 조조는 다른 사람이 자신을 속이는 것을 매우 싫어했던 것이다. 변씨는 그럴듯한 핑계를 꾸며댔다.

"사실 소첩은 농사일이 너무 고되어 잠깐 엄살을 부리다가 결국 울고만 것입니다."

그제야 정씨의 마음속에 걸려 있던 돌이 쿵 하고 내려앉는 것 같았다. 조조는 마음이 스르르 풀리며 그녀가 불쌍하다는 생각이 들었다. 그는 자신도 모르게 한숨을 내쉬었다. 하지만 그는 집안일에 대해 물어볼 시간도, 마음의 여유도 없었다. 그는 변씨의 어깨를 껴안고 물집이 가득한 그녀의 손바닥을 만지작거리다가 자신의 뺨에 갖다 대고 입을 맞췄다. 이야기는 곧 본론으로 이어졌다.

"부인들과 대사를 의논하기 위해 급히 집에 돌아온 거요."

집으로 돌아오는 길에 조조는 자신의 처첩들과 공성계에 대해 의논할 방안을 이미 구상해 놓고 있었다. 그는 승씨를 지키는 1천 명의 군사들을 성 밖에 매복시키는 한편, 성내의 모든 아녀자들을 모아 칼과 창을 들고 성루에 올라가 초소를 지키게 할 작정이었다. 물론 그는 부인들에게 자세한 계획을 들려줄 시간도 없었고, 또 아녀자들이 처음으로 적군의 칼과 화살을 보면 오히려 일이 그릇되지나 않을까 두려웠다. 그렇게 될 경우, 성이 적의 수중에 들어가게 될 뿐만 아니라 아녀자들도 전부 적에게 잡혀갈 수도 있었다. 어떻게 말을 꺼낼까? 그는 이내 묘책을 생각해냈다. 다름이 아니라 여인들을 속이는 것이었다. 적들은 물론이요, 그녀들도 함께 속여야 했다.

조조는 밝은 표정을 지으며 두 부인에게 자신이 곧 큰 승리를 거두게 될 것이라고 말했다. 그의 말뜻은 여포의 군대가 기습공격을 감행하기 위해 승씨성을 향해 오고 있으나 아군이 이미 성 밖에 5만의 군사를 매복시켰다는 것이었다. 게다가 또 다른 5만의 병력이 급히 이곳으로 돌아오고 있다고 했다. 하지만 앞뒤로 협공을 벌일 계획이기 때문에 지금 이 순간 여인들의 도움이 필요하다는 것이었다. 아녀자들은 예쁘게 단장을 하고 성루에 올라가 초소를 지키며 적들이 성을 공격하도록 유혹하기만 하면 되는 일이었다. 다시 말해서 여인네들은 미끼나 다름없고, 그는 이 미끼를 이용해 여포라는 대어를 낚으려 하는 것이었다.

그의 말을 듣고 있던 두 부인의 얼굴이 심각하게 굳어졌다. 조금 전의 불화는 어느새 스르르 사라져 버렸다. 두 사람은 서로 마주보며 격려의 눈빛을 교환했다. 정씨가 조조에게 물었다.

"저희가 지금 당장 성루로 올라가야 하나요?"

조조가 대답했다.

"그렇소! 지금 당장 옷을 갈아입고……."

조조는 두 부인에게 현재 성안에 있는 1백여 명의 아녀자들을 지휘할 장군으로 임명한다고 말했다. 정씨가 깜짝 놀라며 물었다.

"우리 둘이 장군이라고요?"

조조는 두 부인이 아주 믿음직스럽다는 듯한 표정을 지어보이며 고개를 끄덕였다.

"그렇소! 부인들께서는 적을 두려워하지 않고 죽음 앞에서 태연한 모습을 보여줘야 하오. 부디 침착하게 행동하도록 하시오. 그리고 적들이 아무리 욕설을 퍼부어도 못들은 척하시오. 자, 이제 어서 옷을 갈아입도록 하시오. 곧 사람들이 데리러 올 것이오. 그리고 세부적인 사항은 순 사마가 가르쳐줄 것이오."

조조는 말을 마치고는 급히 침상에서 일어나 문밖을 향해 걸어갔다. 겨우 두 걸음 걸어간 그는 다시 돌아와 두 팔을 벌려 두 부인을 품에 꼭 끌어안고는 그녀들의 뺨에 입을 맞추었다. 그리고는 다시 성큼성큼 큰 걸음으로 문을 나섰다.

어쩌다 오랜만의 입맞춤에 정씨는 오랫동안 황홀감에서 벗어나지 못했다. 변씨가 갑자기 생각났는지 조조에게 중요한 질문을 하나 던졌다.

"적군이 쳐들어올 때 부군은 어디 계실 건가요?"

조조는 문밖에서 잠시 멍한 표정으로 눈을 깜빡였다.

"나는 당연히 군사들과 함께 있을 것이오. 그건 왜 묻는 거요?"

변씨가 얼굴을 붉히며 나지막하게 중얼거렸다.

"그건 비밀이라 소첩이 물어봐선 안 되는 거겠죠?"

조조는 변씨의 말에 자신에 대한 배려와 어려움에 처하여 남편을 의지하고 싶은 연약한 여인의 마음이 복잡하게 얽혀 있다는 것을 모르지 않았다. 그의 마음 한구석에서 진한 감동이 밀려왔다.

"걱정 말아요. 바로 성안에, 그대들 뒤에 매복해 있을 것이오. 하지만 절대로 이 일을 남에게 얘기해선 안 되오. 기밀이 누설되면 승리를 거두기 어려울 것이오."

그의 말에 변씨가 쑥스러운 듯한 표정을 짓자 그가 웃으며 농담조로 말했다.

"두 여장부가 이번에 대공을 세우면 크게 포상할 것이오."

조조가 집에서 두 부인에게 계책을 설명하는 동안 부장 한호는 승씨성을 지키는 1천 명의 병사들을 성 밖에 매복시키고 있었다. 또한 순욱은 나이 든 병사들을 규합하여 4개의 성문에서 적을 유인할 준비를 갖추게 했다. 그러기 바로 전에 아주 빠른 4필의 말이 깃털을 꽂은 격문을 갖고 번개처럼 성을 빠져나갔다. 편지에는 부근에 있던 이전과 우금, 하후연, 악진에게 군사를 거느리고 승씨성을 수비하러 돌아올 것을 지시하는 내용의 글이 적혀 있었다. 미정未正(오후 2시)이 되자 첩자가 돌아와 여포의 군사가 10리쯤 되는 곳까지 접근해왔다고 전했다. 이때는 조조가 계획한 공성계도 거의 모든 준비가 완료된 상태였다.

이번 싸움을 연극에 비유한다면 정씨와 변씨 두 부인을 우두머리로 한 장수들의 가족들은 무대 위의 주연배우이고, 조조는 감독이자 배우인 셈이었다. 주연배우들은 이미 무대 위에 올라가 있었다. 그녀들이 성 위로 올라서자 곧 관객들의 갈채가 쏟아져 나왔다.

정씨는 옷을 녹색 저고리와 바지로 갈아입고 있었다. 머리는 약간 길게 쪽을 지었고, 허리에는 빨간 비단 천을 둘렀으며 손에는 끝이 뾰족하고 날이 3개인 병장기를 들고 있었다. 변씨는 위아래 모두 빨간 옷을 입고 머리는 쪽을 높게 지어 올렸으며, 허리에는 노란색 천을 묶고 있었다. 그녀가 손에 든 병기는 오리 주둥이 모양의 압취창鴨嘴槍이었다. 다른 부인들도 각기 취향에 따라 옷을 갈아입고 가지각색의 병기를 들고 있었다. 이들 대부분은 오늘 자신들에게 어떤 위험이 닥칠지도 모르는 채 화려하고 예쁘게 몸단장을 하고 있었다. 별로 긴장한 분위기도 없었고, 심지어 일부는 재미있는 놀이를 하는 기분으로 계책에 임하고 있었다.

여포의 군사들이 아직 보이지 않았으므로 긴장이 늦춰진 그녀들은 중구난방으로 떠들어댔다. 직접 겪어보니 싸우는 것도 별로 무섭지 않다는 둥, 지난번에 밀밭에서 전투가 벌어졌을 때 바로 옆에서 사람을 죽이고 목을 베는데 그냥 그랬다는 둥, 단지 밥 먹을 때 그 장면이 떠올라 토악질이 나오긴 했지만 그 다음 끼니부터는 전혀 아무렇지도 않았다는 둥, 자랑스럽게 얘기했다. 그녀들은 필경 군인의 가족들이었다. 군인의 가족이라면 모름지기 칼이나 피에 익숙해져야 했다. 그녀들은 이렇게 서로 독려했다.

여포와 진궁의 병마들은 살기등등한 모습으로 달려왔다.

여포와 진궁이 말을 세우고 보니 성에는 깃발도 걸려 있지 않았고 수비하는 병사들도 보이지 않았다. 여인 몇 명만 예쁘게 단장하고 성 위에서 왔다 갔다 하고 있었다. 성문을 바라보니 큰 문은 열려 있고 적교吊橋도 드리워져 있었다. 문을 지키는 병사도 없었고 거마창拒馬槍이나 새문도차塞門刀車 같은 성을 수비하는 데 쓰이는 병장기들도 보이지 않았다. 성문 안의 길가에는 방금 베어온 밀 이삭들이 널려 있었다. 길을 따라 이어진 성안을 들여다보니 길 전체에 밀이 가득 깔려 있거나 이삭더미들이 초막처럼 쌓여 있었다. 나무 갈퀴를 잡고 이삭더미에 기댄 채 졸고 있는 여인의 모습도 보였다. 햇볕이 쨍쨍 내리쬐는 거리에는 황금빛이 찬란했고, 향기로운 밀 냄새가 바람을 타고 풍겨왔다. 이삭더미에 기대어 졸고 있던 여인처럼 작은 성 전체가 햇빛과 밀 이삭의 향기에 젖어 고요히 잠에 든 것 같았다.

"이상하군."

여포가 말했다.

"그러게 말입니다."

진궁이 말을 받았다.

그들은 문 옆에 있는 조조의 군영을 살펴보았다. 깃발이 나란히 세워져 있고 사람들도 활기가 넘쳐 보였다. 하지만 병력 수는 1천여 명에 불과했고, 게다가 기병들도 거의 보이지 않았다. 자세히 살펴보니 앞에 서 있는 병사들은 하나같이 나이가 많거나 얼굴에 병색을 띠고 있었고, 그 가운데는 팔이나 다리가 없는 자들도 있었다. 과연 이들이 자신들과 겨룰 조조의 군대란 말인가?

"이상하군."

여포가 또다시 중얼거렸다. '늙고 몸이 불편한 병사들을 세워놓고 무슨 전투를 한단 말인가?'

방천화극을 손에 잡은 여포는 적토마를 재촉하며 해자를 따라 성문에서 조조의 진채까지 여러 차례를 오갔다. 그동안 그를 향해 몰래 활을 쏘거나 욕을 퍼붓는 자는 한 명도 없었다. 그는 용기를 내서 적교를 타고 올라가 성문 옆의 작은 문을 통해 성안을 들여다보았다. 길은 조용했고 여전히 말리기 위해 넓어놓은 이삭더미들 뿐이었다. 방금 나무 갈퀴를 안고 졸고 있던 그 여인의 모습도 그대로였다. '이상하군. 성안의 사람들은 모두 어디로 간 것일까?'

여포가 자세히 성안을 살펴보고 있을 때 갑자기 깔깔거리는 웃음소리와 어지러운 발걸음 소리가 들려왔다. 다시 고개를 들어보니 작은 문 뒤에서 아낙네들의 모습이 나타났다. 성 위에서 내려오고 있는 것 같았다. 그러나 손에는 병장기가 들려 있지 않고 대신 어깨에 나무 갈퀴를 메고 있었다. 그녀들은 웃고 떠들며 거리로 흩어지더니 갈퀴로 햇빛을 골고루

받도록 땅 위에 널어놓은 이삭들을 뒤집었다. 이삭더미에 기대어 졸고 있던 여인도 일어나 이들 무리에 합류했다.

이때 진궁이 여포의 뒤로 다가와 나지막한 소리로 말했다.

"온후! 아까 푸른 옷과 빨간 옷으로 차려입은 두 여인을 보셨습니까?"

여포가 대답했다.

"봤지요. 푸른 옷을 입은 여인은 40살이 넘어 보였고 몸이 아주 튼실하게 보이더군요. 얼굴이 약간 거무칙칙하긴 하지만 말입니다. 빨간 옷을 입은 여인은 30살이 넘어 보이는데다 피부가 아주 하얗더군요. 한데 그건 왜 묻는 겁니까?"

진궁이 말했다.

"푸른 옷을 입은 여인이 조조의 정실인 정씨이고, 빨간 옷을 입은 여인은 측실인 변씨입니다."

여포가 놀라 되물었다.

"뭐라고요? 조맹덕의 부인들이라고요?"

그는 믿어지지 않는 듯한 눈길로 진궁을 뚫어지게 쳐다보았다.

"어떻게 그녀들을 아셨습니까?"

진궁이 대답했다.

"예전에 우리 두 집안은 아주 가깝게 지낸 적이 있습니다. 부인들도 주연에 함께 참석하곤 했지요. 변씨 부인은 쟁을 잘 켜고 목소리도 아주 아름답지요. 그래서 지금도 생생하게 기억하고 있는 겁니다."

"음……."

여포는 진궁의 말을 믿을 수 있었지만 조조가 두 부인을 이곳에 내보낸 뜻은 헤아릴 수가 없었다.

여포와 진궁이 얘기를 나누는 사이에 소장 고순이 적교에 올라와 다그쳐 물었다.

"장군! 어째서 공격을 서두르지 않으시는 겁니까?"

"그러게……."

여포가 중얼거렸다.

여포가 성을 공격하라는 명령을 내리려 하는 순간 진궁이 재빨리 나서서 저지했다.

"잠깐만요!"

진궁이 말했다.

"성안에 병사들은 거의 보이지 않고 전부 여인네들뿐입니다. 뭔가 꿍꿍이가 있는 것이 분명합니다. 길 양 옆에 복병이 있을지도 모르지요. 어쩌면 밀 이삭 밑에도 함정이 있을지 모릅니다. 조조는 간사한 인물이라 기병奇兵에 능합니다. 만반의 준비를 하지 않고서야 자신의 처첩들을 이런 곳에 배치할 리 만무합니다. 온후께서는 절대로 그의 계략에 넘어가시면 안 됩니다."

진궁의 말에 여포는 자신도 모르게 긴 숨을 들이쉬었다. 갑자기 복양에 있을 때 초선을 미끼로 삼아 전 태공이라는 내부첩자를 통해 조조를 성안으로 꾀어 들여 거의 잡을 뻔했던 기억이 떠올랐다. '그때 크게 당했던 조조가 똑같은 계략으로 내게 대응하려는 것이 아닐까? 자신의 부인들을 미끼로 나를 유혹해서…….'

여포는 푸른 옷과 빨간 옷을 입은 여인을 흘끔 쳐다보았다. 마침 빨간 옷을 입은 여인 즉, 예쁘게 단장한 변씨가 반짝이는 눈동자로 그를 바라보며 환하게 웃고 있었다. 그녀의 웃음에 모든 것이 분명해졌다. 여인의 눈빛은 마치 날름거리는 독사의 혀처럼 그를 향해 뻗어오고 있었다. 천하를 주름잡던 여포의 마음이 잠시 움찔했다. 그는 속으로 '일이 잘못됐군!' 하고 중얼거리며 재빨리 말머리를 돌렸다.

교활한 진궁도 문제점을 놓치지 않았다. 성문 서남쪽에서 30리쯤 떨어진 수풀 속에서 노란 깃발이 움직이는 것을 발견한 것이다. 그는 눈이 부셔서 자신이 잘못 본 것으로 알고 다시 한 번 수풀 쪽을 응시했다. 이내 수풀 속에서 노란 깃발이 몇 번 펄럭였다. 진궁은 수풀 속에 매복한 적병이 성을 향해 신호를 보내는 것이라 짐작했다.

"일이 잘못됐습니다."

진궁이 말했다.

"저쪽에 복병이 있습니다. 온후께서는 빨리 철수하셔야 할 것 같습니다."

"뭐라고요? 철수하라고요?"

소장 고순이 아쉬운 눈빛으로 진궁을 흘겨보았다.

"척후병의 정보에 따르면 조조의 대군은 밀을 수확하러 가고 성안에는 소수의 병사들밖에 없다고 하지 않았습니까? 한데 왜 공격을 하지 않는 겁니까?"

"그러게……"

여포가 중얼거렸다. 척후병이 그런 소식을 전한 것은 분명하고 그 역시 그 정보에 따라 기습을 결정한 것이었다. 때문에 쉽사리 철수 명령을 내릴 수도 없는 노릇이었다.

진궁이 말했다.

"척후병의 정보가 틀릴 수도 있습니다. 조조는 속임수로 상대방을 미혹시키는 데 능합니다. 게다가 전쟁에 관한 정보는 수시로 변할 수 있기 때문에 상황에 따라 작전을 변경해야 합니다. 바보 같은 장수들만이 한 번 결정한 전략을 끝까지 고집하지요."

여포는 진궁의 말에 일리가 있다고 판단했다. 게다가 그가 보기에도 조조가 이미 만반의 준비를 갖춘 것이 분명했다. 지금 후퇴하면 병사들이 먼 길을 달려온 것이 억울할 뿐이고 달리 큰 손해는 없는 셈이었다. 그러나 적의 상황이 확실치 않은데 무리하게 공격하다가 적군에게 포위당하기라도 하는 날에는 그 손해는 어마어마할 것이었다. 그는 이런 장면을 상상하고 있었다.

적토마가 그를 태우고 성문 안으로 들어갔는데, 갑자기 포성이 울리면서 밀 이삭으로 덮여있던 큰길이 갑자기 무너진다. 방비할 틈도 없이 사람과 말이 함께 땅바닥에 나뒹굴었다. 예리한 가위와 갈고리, 철릉각 등이 그와 말의 몸속을 파고든다. 그가 발악을 해보지만 어느새 그의 군사들이 뒤에서 몰려들면서 모두 함정에 빠져 그를 깔아뭉갠다. 이때 성루 위에서 조조의 군대가 밀려오고 길옆에 매복해 있던 복병들도 뛰쳐나온다. 그들은 아직 죽지 않은 병사들에게 활을 쏘고 창으로 찌르며 칼로 수급을 벤다. 나머지 병사들이 겨우 성을 빠져 나가자 수풀과 제방 뒤에서 복병들이 부채형 대열을 이루며 일제히 밀려나와 그들을 죽인다. 성문 옆에 포진해있던 1천여 명의 늙고 몸이 불편한 병사들은 싸움에는 가담하지 않은 대신 시체를 거둘 준비를 한다. 마지막으로 푸른 옷과 빨간 옷을 입은 조조의 두 부인이 웃으면서 그의 수급을 바라본다. 그의 수급은 조조의 탁자 위에 놓여 있다.

노루가 제 방귀소리에 놀라듯 여포는 자신의 무서운 상상에 놀라 더 이상 주저하지 않고 5만 명의 군사에게 전부 왔던 길로 서둘러 퇴각하라는 명령을 내렸다. 그리하여 맨 앞에 섰던 병사들이 다시 꼬리가 되고 맨 뒤에 섰던 병사들이 선봉이 되어 황급히 승씨성을 떠났다.

여포의 군대가 흙먼지 속으로 완전히 사라지자 조조의 부인 정씨는 맥이 풀려 밀 이삭더미 위에 털썩 주저앉고 말았다. 변씨는 오히려 별로 피곤함도 느끼지 않고 모든 것이 흥미진진하기만 했다. 마침 조조가 성문을 향해 걸어오자 변씨가 물었다.

"복병은요? 왜 뛰어나와 놈들을 공격하지 않고 후퇴하게 그냥 내버려둔 거죠?"

조조가 호탕하게 껄껄 웃으며 사실을 말해주었다.

"복병이 어디 있소? 솔직히 말하자면 성안에 있던 병사들이 전부였소. 저들을 제외하고는 모사 몇 명밖에 없었다오."

"어머나!"

변씨가 비명을 지르며 땅바닥에 주저앉자 정씨가 벌떡 자리에서 일어섰다.

이것이 바로 조조가 승씨에서 공성계를 이용한 이야기다. 비록 《삼국연의》에 나오는 공성계보다는 못하지만, 조조의 공성계는 사실이었다. 이에 비해 제갈량의 공성계는 그 진위 여부가 아직도 논란의 대상이 되고 있다.

여포와 진궁이 철수하고 난 뒤에 조조는 이마에 맺힌 땀을 닦으며 2만 명의 군사들을 급히 불러들였다. 그는 여포가 자신의 계략에 넘어간 것을 깨닫고 곧 말머리를 돌려 다시 승씨를 공격해 올 것이라고 짐작했다. 이에 그는 또 다른 계책을 구상했다. 이날 밤 그는 승씨를 수비하는 병사들을 제방 밑에 숨어있게 하고 나머지 병력만으로 제방 위에 진을 쳤다. 모든 준비가 끝나자 그는 느긋한 마음으로 적군이 돌아오기만 기다리고 있었다.

산양으로 돌아가는 길에 여포는 조조의 전군이 외지에 나가 있으며 승씨는 빈 성이나 다름없다는 척후병의 보고를 받게 되었다. 그는 진궁이 지나치게 신중했으며 후퇴명령을 내리도록 간언하지 말았어야 했다고 나무랐다. 진궁도 후회막급이었다. 이에 그는 여포에게 산양으로 돌아가지 말고 다시 승씨를 공격하면 대승을 거둘 수 있을 것이라고 말했다. 여포도 지금까지의 손실을 만회하려면 그러는 수밖에 없다는 판단을 내렸다. 그는 곧 말머리를 돌려 5천 명의 기병을 거느리고 다시 승씨로 향했다.

적토마를 타고 성 가까이 접근한 여포는 멀리 제방에 약 2천 명쯤 되어 보이는 조조의 군사들이 황급히 진을 치고 있는 모습을 발견했다. 그는 조조의 대군이 갑자기 돌아오기는 힘들 것이고 설사 돌아온다 해도 아직은 도착하지 못했을 것이라 판단했다. 어쩌면 승씨를 수비하는 주력군일지도 모르는 제방 위의 병사들만으로는 절대로 자신의 공격을 감당하지 못할 것이라는 게 그의 생각이었다. 그는 입가에 여유 있는 웃음을 흘리며 병사들을 이끌고 제방을 향해 달려갔다.

그 순간 갑자기 쾅 하고 포성이 들려오더니 제방 뒤에 숨어있던 조조의 군사들이 일제히 수풀 속에서 뛰쳐나와 초승달 모양으로 진을 이루며 밀려왔다. 대경실색한 여포는 재빨리 말고삐를 당기며 나팔을 울려 퇴각할 것을 명령했다. 그러나 때는 이미 늦은 상태였다. 눈 깜짝할 사이에 조조의 군대가 그의 병사들을 물샐틈없이 꽁꽁 에워쌌다. 치열한 격전 끝에 여포는 간신히 포위망을 뚫고 나왔으나 신변에는 기병 5, 6백 명밖에 남지 않았다.

돌아오는 길에 그는 전방에 불빛이 가득한 것을 발견했다. 매복에 걸려든 줄 알고 제풀에 놀라 뒷걸음질 치려다가 다시 자세히 보니 진궁이 병사들을 이끌고 그를 마중 나온 것이었다.

여포는 의기소침하여 연신 한숨만 내쉬었다. 모험과 임기응변에 능한 조조의 능력에 탄복하지 않을 수 없었다.

해가 지면서 하늘이 온통 핏빛 노을로 물들었다. 어지러운 말발굽소리와 갑자기 불어오는 저녁바람 때문에 그의 마음은 더더욱 무겁고 서글프기만 했다.

마음이 답답해진 여포에게 진궁이 위로의 말을 건넸다.

"승패는 병가지상사입니다. 온후께서는 작은 실패를 마음에 두지 마십시오."

"그러게……."

여포는 이렇게 대답하면서 다시 정신을 가다듬고 앞날을 도모하기 시작했다.

3

어느새 밀을 수확하는 계절이 지나갔다. 초여름에 조조는 정도를 함락시켰고 다시 병사들을 나누어 반란을 일으켰던 연주의 여러 성들을 평정했다. 잃어버렸던 대부분의 군현들이 다시 그의 수중으로 들어왔다. 이제는 병력을 집중하여 거야 일대에서 여포와 결전을 벌일 차례였다.

여포의 병력은 많이 약해져 있었다. 그는 자신이 조조의 적수가 되지 못한다는 것을 깨닫고 연주 경내를 벗어나려 했다. 조조가 다시 이 땅의 주인이 될 것이 분명했다. 하지만 어디로 도망간단 말인가?

진궁이 심사숙고 끝에 그에게 간언을 올렸다.

"온후께서는 잠시 서주로 가셔서 유비에게 몸을 의탁하시면서 훗날을 도모하시는 것이 어떻겠습니까?"

여포는 처음에는 놀란 기색을 보이다가 이내 고개를 끄덕였다.

"음, 그대 말이 맞는 것 같소. 근자에 유현덕이 서주목에 제수되었다고 들었소이다. 듣자하니 그는 인의가 있는 군자라고 합디다. 그러니 나를 받아줄 수도 있을 것이오."

"그렇습니다. 그는 온후께서 서주에 주둔하는 것을 허락할 것입니다."

진궁도 고개를 끄덕이다가 갑자기 그를 빤히 쳐다보며 의미심장하게 한마디 덧붙였다.

"온후께서 일단 자리만 잡으면 손님에서 주인으로 바뀔 수도 있을 것입니다."

"그게 무슨 뜻입니까?"

여포는 미처 그의 말뜻을 헤아리지 못했다.

"제 말뜻은 온후께서 장차 '그의 자리를 대신할 수도 있다'는 것입니다."

진궁이 표현을 바꿔 다시 말하자 여포는 그제야 진궁의 의도를 알아차렸다.

"오라! 그럴 수도 있겠구려."

여포는 금세 수심이 사라졌다. 그는 속으로 중얼거렸다. '유비가 방금 서주에 발을 붙였으니 군사가 많진 않을 것이다. 그러니 나를 받아주고 싶지 않아도 몰아낼 힘이 없겠지.'

서주 자사 도겸은 지난해 겨울에 병이 골수에까지 들었다. 올 봄 그는 임종이 가까워지자 후사를 정하려 했다. 그는 자신의 아들 도상과 도응의 자질이 용렬하여 자신의 뒤를 이어 서주 자사가 될 인물들이 못 된다는 것을 잘 알고 있었다. 그는 별가종사別駕從事 사미축史糜竺과 전농교위典農校尉 진등陳登의 의견을 받아들여 자사의 인수를 평원상平原相인 유비에게 고스란히 넘겨주었다. 유비의 수하에는 군사가 얼마 되지 않았고 장수라고 해봤자 그의 의형제인 관우關羽와 장비張飛가 전부였다. 게다가 도겸의 옛 부하들 즉, 도상과 도응을 포함한 무리들이 유비에게 고분고분하지 않을 가능성이 컸다. 여포와 진궁은 그들이 어디로 가든지 틈을 노려 큰일을 도모할 수도 있을 것이라 생각하고 있었다.

이리하여 두 사람은 남은 병사들을 수습하여 서주목인 유비에게 몸을 의탁하기로 하고 서주를 향해 말머리를 돌렸다.

4

여포가 연주에서 물러나자 진류군에 진을 치고 있던 장막은 홀로 남겨진 기분이었다. 그는 조조가 자신을 그냥 내버려두지 않을 것임을 예상하고 있었다. 이에 그는 가족들을 전부 옹구雍丘성으로 보내고 1만 명에 달하는 군사를 동생 장초에게 주어 거느리게 했다. 그리고 자신은 5천의 병력을 거느리고 원술에게 지원병을 요청하기 위해 남양으로 떠났다. 그러나 불행하게도 남양에 도착하기 전에 그는 다른 마음을 품은 부하 장수에게 죽임을 당하고 말았다.

그는 죽기 직전에 하늘에서 떨어지는 유성을 바라보며 장탄식을 내뱉었다.

"아아, 내가 진궁 때문에 망하는구나."

이때 그는 진궁이 지난해 한여름 밤에 격앙된 어조로 야망을 토로하던 광경을 떠올렸다.

"명공께서 연주를 차지하신 다음 검을 들고 천하의 정세를 살피신다면 반드시 천하를 호령하실 수 있을 것입니다."

그는 그림의 떡으로 굶주림을 달래면서 헛된 꿈을 꾸었던 자신을 경멸했다. 장막이 죽자 조조는 군사를 이끌고 옹구를 포위했다. 포위망을 뚫는 데 실패한 장초는 하는 수 없이 자결하고 말았다.

진류군이 수복되자 연주의 모든 땅을 다시 조조가 장악하게 되었다.

제17장
지모로 천자를 맞다

1

흥평 2년 봄, 조조와 여포가 승씨에서 격전을 치르고 있을 때 장안에서 조정을 쥐락펴락하던 양주의 장수들 역시 서로 피터지게 싸우고 있었다.

이런 내분이 일어나게 된 경위를 살펴보기 위해서는 흥평 원년 3월로 거슬러 올라가야 한다. 서량 태수 마등과 병주 자사 한수가 동맹을 맺고 장안으로 들이닥쳐 이각과 곽사를 토벌한 장평관長平觀 전투가 이때 일어났기 때문이다. 이각과 곽사는 모사 가후賈詡의 계책에 따라 마등과 한수를 대패시켰다. 승리를 거두고 의기양양하게 돌아온 이각은 승리를 자축하는 주연이 진행되는 동안 번조를 죽여 버렸다.

이각이 번조를 죽인 것은 순전히 이리李利의 말 몇 마디 때문이었다. 이리는 이각의 조카로 번조의 부장이었다. 이리는 장평관 전투에서 번조의 명령을 제대로 받들지 못해 힐책을 받은 후부터 마음속으로 큰 앙심을 품고 있었다. 전투가 끝나고 돌아온 후 그는 숙부에게 번조를 모함했다.

"번조는 숙부님의 명령을 받들어 한수를 죽이러 쫓아갔습니다. 그런데 말 두 마리 정도로 간격이 좁혀져 거의 잡을 수 있게 되자 갑자기 한수가 말고삐를 늦추더니 번조의 귀에 대고 뭐라고 속삭이더군요. 그러자 번조는 아무 말 없이 한수를 그냥 놓아 보낸 다음 군사를 이끌고 진채로 돌아왔습니다."

그의 말에 대노한 이각은 병사들을 거느리고 번조를 찾아가 그의 죄를 물으려 했다. 그러자 이리가 나서서 말리며 다른 계략을 내놓았다.

"지금은 군심이 아직 안정되지 않은 상태라 휘하의 장수를 처단하여 피를 흘리는 것은 좋지 않습니다. 차라리 전공을 축하하는 자리를 마련하여 장제와 번조를 불러들인 다음 불시에 번조를 붙잡아 목을 치는 것이 힘이 덜 드는 방법일 것입니다."

잠시 생각해본 이각은 그의 말에 일리가 있다고 판단하고 고개를 끄덕였다. 이각은 이리의 말대로 연회를 열어 장제와 번조를 초대했다. 모두 주흥에 얼큰하게 취했을 때 이각이 갑자기 낯빛을 바꾸더니 번조를 가리키며 힐문했다.

"번조, 네놈은 어떤 연유로 한수와 내통하여 모반을 꾸미고 있는 것이냐? 감히 나를 거스르다니!"

이각은 크게 놀란 번조에게 제대로 변명할 틈도 주지 않고 그의 목을 단칼에 베어버렸다. 번조의 몸과 머리가 땅바닥에 따로 떨어져 굴렀다.

혼비백산한 장제는 주연이 파하자마자 이마의 식은땀을 훔치며 병사들을 거느리고 얼른 도읍을 떠나 홍농弘農으로 향했다.

이때부터 양주의 장수들 사이에는 믿음이 깨져 서로 의심하면서 위기감을 느끼기 시작했다. 흥평 2년 2월에는 이각과 곽사 사이에 싸움이 일어났다. 이번 싸움은 순전히 곽사의 부인 때문이었다.

곽사의 부인은 질투심이 많기로 소문난 여자였다. 그녀는 남편이 이각의 집에서 술을 마시는 날이면 늘 곤드레만드레 취해서 돌아왔고, 집으로 돌아온 뒤에도 자신을 본체만체한다는 것을 발견했다. 이에 그녀는 남편이 이각의 부인과 사통하고 있다는 의심을 품게 되었고, 점차 질투심에 눈이 멀게 되었다. 그러다가 한 가지 묘책을 생각해낸 그녀가 어느 날 곽사에게 말했다.

"하나의 산에 호랑이 두 마리가 있을 수 없다는 속담이 있습니다. 소첩이 보기에는 이각이 부군을 청해 자주 술을 마시는 데는 다른 속셈이 있는 것 같습니다. 혹시 그가 술에 독이라도 타면 어떻게 하시겠습니까?"

곽사가 고개를 가로저으며 웃었다.

"이각이 나와 어떤 사이인데 날 해하려 든단 말이오?"

부인이 입을 삐쭉하며 말했다.

"소첩의 말을 듣지 않다가는 언젠가 큰 곤경을 당하게 되실 것입니다."

두 사람이 이런 대화를 주고받고 있을 때 마침 이각이 하인을 시켜 좋은 술과 음식을 보내왔다. 곽 부인은 기회가 왔다고 생각하고는 재빨리 미리 소매에 감추고 있던 독약가루를 꺼내 음식에 살짝 뿌렸다. 그런 다음 직접 곽사의 면전으로 상을 차려 들고 들어갔다. 곽사가 젓가락을 집는 순간 부인이 얼른 저지하며 말했다.

"잠깐만요!"

그러고는 바삭바삭하게 구운 떡 하나를 객청 바닥에 엎드려 있던 개에게 던져주었다. 떡을 받아먹은 개는 갑자기 크게 짖어대더니 바닥을 데굴데굴 구르다가 이내 피를 토하며 죽어버렸다.

순간 곽사는 온몸에 식은땀을 좍 흘렸다. 그러고는 나지막한 소리로 중얼거렸다.

"이각, 이놈이 정말 나를 죽이려 하는구나."

어느 날 이각이 곽사에게 술이나 한 잔 하러 오라고 청했다. 곽사는 거듭 사양하다가 인정에 못 이기는 척하며 그의 집으로 갔다. 밤이 깊어 술자리가 파하자 곽사는 가볍게 취해 집으로 돌아왔다. 집으로 거의 다 왔을 때쯤 갑자기 배가 아프기 시작했다. 이에 그의 부인이 호들갑을 떨면서 소리를 질렀다.

"세상에! 술에 독을 탄 것이 분명해요!"

그녀는 하인을 불러 똥물을 퍼오게 한 다음 곽사의 코를 꽉 잡고 입에 부어 넣었다.

한참이 지나자 복통이 멎었다. 그는 목숨을 살려준 아내에게 고마움을 표하는 동시에 마음속으로 이각에 대해 앙심을 품게 되었다. '내가 이각 네놈을 형제로 여겼거늘 네놈이 감히 나를 죽이려 들다니! 내가 먼저 너를 잡지 않았다가는 필시 네놈에게 죽임을 당하겠구나.' 그는 곧 병사들을 이끌고 이각의 영지로 달려가 싸움을 돋웠다. 영문을 모르는 이각도 대노하여 황급히 전투 태세를 갖춰 싸움에 응했다. 이내 수만에 달하는 양쪽 군사들이 도읍에서 한바탕 격전을 벌이기 시작했다.

이각과 곽사의 싸움 때문에 성안의 백성들이 피해를 입은 것은 물론이요, 황제도 크게 놀랐다. 어느 날 헌제가 태위 양표, 사공 장희張喜 등과 함께 정사를 논하고 있는데 갑자기 궁궐 밖에서 병장기가 부딪치는 소리와 함께 거세게 싸우는 소리가 하늘을 울렸다. 휘익 하는 소리와 함께 날이 선 화살이 날아오더니 헌제의 얼굴을 스쳐 탁 하는 소리와 함께 궁전 기둥에 꽂혔다. 일순간 헌제와 대신들의 얼굴이 흙빛이 되었다.

천자를 놀라게 한 것은 누구의 화살이었을까? 이 사람을 어떻게 처리해야 마땅할 것인가? 이런 문제를 놓고 고민할 시간도 없이 더 큰 위험이 어전으로 들이닥쳤다. 이날 밤 헌제와 황후가 용상에서 한참 사랑을 나누고 있는데, 누군가 아무런 예고도 없이 손에 몽둥이를 든 채 횃불을 밝히고 궁문을 발로 걷어차 열고는 황제의 침소로 뛰어 들어왔다.

"폐하께서는 속히 일어나시기 바랍니다."

휘장 밖에서 이각의 목소리가 들려왔다.

"아니, 경이 이 시각에 무, 무슨 일이시오?"

헌제가 혼비백산하여 물었다. 그러면서 그는 문득 시해弑害라는 두 글자를 떠올렸다. 다행히 사태는 그가 생각한 것처럼 그렇게 심각하지는 않았다. 이각은 그를 죽이러 온 것이 아니라 자신의 군영으로 데려가기 위해 찾아온 것이었다. 아무리 황제라도 감히 그의 말에 따르지 않을 수 없었다. 헌제는 옷가지를 챙길 틈도 없이 황후 복伏씨와 귀인 동董씨만 데리고 황급히 이각을 따라 나섰다. 이때부터 천자는 말 그대로 인질이 되고 말았다.

다음날 황제가 이각에게 잡혀갔다는 사실을 알게 된 곽사는 울화통이 터졌다. 그는 곧 군사를 이끌고 이각의 영지로 찾아가 한바탕 소란을 부렸다. 그러고는 다시 말머리를 돌려 궁으로 가서는 궁녀들을 모두 자신의 영지로 데려간 다음 대궐을 완전히 불태워버렸다.

이각은 황제를 곽사에게 빼앗길까 두려워 그를 예전에 동탁이 거주하던 미오로 보냈다. 미오로 끌려간 헌제와 대신들은 비인간적인 수모를 당해야 했다. 다른 건 고사하고 식사량이 너무 적어 배가 고파 죽을 지경이었다. 참다못한 헌제가 하루는 대신들을 위해 용기를 내어 이각에게 쌀 다섯 섬과 다섯 마리 분량의 쇠뼈를 구해달라고 부탁했다. 그러자 이각은 눈을 부라리며 화를 냈다.

"날마다 아침저녁으로 밥을 주는데 어째서 배가 고프다고 야단들이오?

소뼈는 무슨 얼어 죽을 소뼈요!"

그는 소뼈 대신 상한 고기와 곰팡이가 낀 쌀을 가져다 개에게 밥을 주듯 황제와 대신들에게 던져주었다. 화가 머리끝까지 치민 황제는 온몸을 사시나무 떨듯 떨었다. 그러나 이런 분노를 감히 말로 표현할 수도 없었다. 헌제는 그저 눈물만 비 오듯 흘릴 뿐이었다.

하루속히 인질 상태에서 벗어나고, 조정의 질서를 정상적으로 회복하기 위해 헌제는 태위 양표와 사공 장희, 대사농 주준 등을 곽사에게 보내 이각과의 화해를 시도하게 했다. 곽사가 빈정거리는 투로 말했다.

"마침 잘 왔군. 안 그래도 기다리고 있었소."

그러고는 좌우의 시위들을 시켜 대신들을 전부 감금하게 했다. 양표가 격분하여 물었다.

"대신들을 이렇게 가두는 이유가 무엇이오?"

곽사가 대답했다.

"이각은 감히 폐하도 납치하는데, 내가 그대들을 가두는 것이 뭐 그리 큰 문제가 되겠소?"

대신들이 입을 벌린 채 할 말을 잃었다.

여름이 되자 정세가 다소 호전될 기미를 보였다. 이각의 부장 양봉楊奉이 반란을 일으켜 적지 않은 병사들을 이끌고 떠나버린 것이었다. 이에 장제는 이각의 세력이 약해진 틈을 타 곽사와 화해시키는 데 성공했다. 마침내 두 사람은 서로 싸우지 않기로 약속했고, 황제와 대신들도 모두 구금 상태에서 풀려나게 되었다.

황제가 이각의 손아귀에서 벗어나자 곽사는 그를 장안 동북쪽에 있는 고릉高陵으로 데리고 가 자신의 수중에 두려했고 장제는 황제를 홍농으로 데리고 가 자신의 영지 가까이에 두려했다. 이리하여 이 문제를 놓고 양주의 두 장수 사이에 또다시 말다툼이 벌어지고 말았다. 두 사람이 얼굴을 붉히며 다투자 곁에 있던 황제가 끼어들었다.

"경들은 잠시 조용히 하시오. 짐이 몇 마디만 해도 되겠소?"

모두 놀라 입을 다물었다.

15살이 된 황제는 수많은 고난을 겪으면서 어느새 담력이 커져 있었다. 그는 언제 어느 자리에서 무슨 말을 해야 하고 또 어떤 말을 삼가야 하는지 터득했다. 그는 지금이야말로 자신이 입을 열어야 할 때라는 것을 알고 있었다.

"짐은 진작부터 낙양으로 돌아가고 싶었소. 낙양이야말로 짐의 집이오. 어서 집에 돌아가도록 합시다."

헌제는 말을 하다 말고 약간 울먹이기도 했다.

모두 서로 얼굴만 멀뚱멀뚱 쳐다볼 뿐, 아무도 반대의견을 내놓지 않았다. 그들은 황제의 견해를 놓고 오랫동안 고심하다가 결국 타협안을 정했다. 다름이 아니라 천자로 하여금 먼저 장안 근처의 신풍新豊에 거하게 하는 것이었다.

이리하여 헌제는 가을이 올 때까지 신풍에 거하게 되었다. 그런데 공교롭게도 또 다른 변고가 생기고 말았다. 곽사가 부장 곽습郭習을 시켜 행궁行宮에 잠입하여 헌제를 다시 '인질'로 잡아가려 했던 것이다. 헌제는 마침 깊은 잠에 들지 않은 상태여서 밖에서 철기가 부딪치는 소리에 자리에서 일어났다. 그는 일이 상서롭지 못하다는 것을 알아채고는 얼른 일어나 옷을 걸친 다음 황후의 손을 잡고 도망쳤다. 곽습이 그의 뒤를 바싹 추격했다. 위기일발의 순간에 순시하던 양봉의 부장 서황徐晃을 만났다. 서황이 버럭 소리를 질렀다.

"어떤 도적놈이 감히 폐하를 납치하려 드는 게냐?"

그는 큰 도끼를 들고 곽습에게 달려들었다. 서너 합이 지나자 곽습은 말에서 떨어져 서황에게 목이 잘렸다. 헌제는 곧 양봉의 군막으로 모셔졌다.

다음날 양봉은 거기장군 동승董承에게 연락을 취하는 한편, 한섬韓暹에게서 얼마간 병력을 빌려 일거에 곽사를 쳤다. 곽사는 남은 병력을 이끌고 간신히 종남산終南山으로 도망쳤다. 양봉과 동승은 헌제를 호위하며 계속 동쪽으로 향했다. 11월이 되자 황제 일행은 홍농으로 들어갔다. 이각과 곽사 등은 그제야 꿈에서 깨어난 듯 제정신이 들면서 과거의 일을 잊어버리고 다시 연합하기로 했다. 두 사람은 양봉과 동승의 손에서 천자를 빼앗아 오기로 마음먹었고, 이 때문에 홍농에서 치열한 격전을 벌였다. 이각과 곽사의 군사력은 단연 우세를 보였다. 이들이 곧 승리를 눈앞에 두고 있을 때 양봉과 동승은 어느 틈에 하동 백파군白波軍의 장수 호재胡才와 이악李樂, 한섬 등을 끌어들였다. 이각과 곽사는 패주하고 말았다. 동승과 양봉은 황제를 재촉하여 계속 동쪽으로 갔지만 공교롭게도 2, 3일이 지나자 이각과 곽사의 병사가 또다시 쫓아오기 시작했다. 이때 황제를 호위하던 어림군은 이미 1백 명도 남지 않은 상태였다. 형세가 급박해지자 적지 않은 관병들이 대경실색하여 흩어질 기미를 보였다. 양봉과 동승은 급히 의논하여 포위망을 돌파한 다음 황하를 건너 북쪽으로 가 다시 계획을 세우기로 마음먹었다.

하지만 황하를 건너는 것이 그리 만만한 일이 아니었다.

양봉과 동승은 위급한 순간에 추격병을 따돌리기 위해 천자에게 수레를 버리고 걸어갈 것을 제안했다. 헌제와 황후는 서로 부축하며 비틀비틀 황하 기슭에 이르렀다. 제방에 올라서 아래를 내려다보니 눈앞이 캄캄했다. 둑에서 강기슭까지의 높이가 10장丈은 족히 되는 것 같았다. 밑으로 내려가는 것부터 불가능했다.

황망한 가운데 양봉이 좋은 수를 생각해냈다. 그는 병사들에게 말의 고삐를 풀어 헌제와 황후의 허리에 묶게 했다. 그러고는 두레박을 드리우듯 두 사람을 밑으로 내려가게 했다. 대신들도 그대로 따라하여 모두 무사히 둑을 내려갔다. 그러나 일반 병사들에게는 이런 행운이 주어지지 않았다. 병사들에게는 말고삐가 없었던 것이다. 게다가 추격하는 군사들까지 가까이 다가와 있는 상태였다. 유일한 방법은 아래로 몸을 날려 뛰어내리는 것뿐이었다. 결국 많은 사람들이 허망하게 목숨을 잃었다.

제방에서 내려간 다음에는 강을 건널 배를 구하는 것이 문제였다. 추운 날씨에 강가에는 사람 그림자 하나 보이지 않았다. 주변을 샅샅이 뒤져서야 겨우 배 한 척을 구할 수 있었다. 양봉이 먼저 검을 들고 뱃머리에 뛰어 올라 배에 오를 순서를 말했다. 황제와 복 황후가 가장 먼저 배에 오르고, 그 다음은 동 귀인, 그 뒤로 부원군 복완伏完 등을 비롯한 황실의 친족들과 중요한 대신들 순이었다. 이들만으로도 배에는 이미 탈 자리가 없었으나 여전히 많은 사람들이 배에 오르려 기를 쓰고 있었다. 양봉과 동승은 하는 수 없이 마음을 독하게 먹고 칼과 검으로 밧줄이나 뱃전을 잡은 손들을 내리쳤다. 순간 끊어진 손가락들이 배 위로, 또는 얼음같이 차가운 물속으로 떨어졌다. 헌제는 얼굴이 백지장이 되어 눈을 가렸고, 복 황후는 기절하고 말았다.

황하를 건넌 후에 황제의 일행은 20여 명에 불과했다. 한숨을 쉬며 신세를 한탄할 틈도 없었다. 당장 머무를 곳을 찾는 것이 급선무였다. 황혼 무렵에야 피곤한 몸을 이끌며 대양진大陽津에 이른 일행은 한 농부의 초가집에서 지친 몸을 쉬게 되었다. 그날 밤 농부는 황제와 황후를 위해 음식을 마련했다. 음식이라고 해봤자 거친 조밥이 전부였지만, 굶주렸던 황제와 황후는 이것저것 가릴 처지가 못 되었다. 황제와 황후만 눈물을 머금고 숟가락을 들었고, 나머지 일행은 모두 이런 모습을 바라보며 주린 배를 달래야 했다.

다음날 아침 헌제는 개가 짖는 소리에 놀라서 잠이 깼다. 눈을 비비고 밖을 내다보니 울타리 밖에 사람들이 잔뜩 모여 있었다. 모두 헌제를 수행하던 문신과 무장들이었다. 그들은 눈 속에서 얼굴을 붉히며 열변을 토하고 있었다. 헌제는 창문 밖에 서 있는 시위에게 이 사람들이 휴식을 취하지 않고 이른 아침부터 무엇을 하고 있는지 물었다. 그러자 시위가 울타리 밖을 향해 손을 흔들며 외쳤다.

"됐습니다. 폐하께서 기침하셨습니다. 상주하실 말씀이 있으면 어서 들어오십시오."

와르르 하고 울타리가 무너지면서 문신과 무장들이 마당으로 밀려들어 왔다. 이들이 이른 아침부터 황제를 알현하려 했던 것은 다름이 아니라 황제를 호위한 공로로 승관과 작위를 요구하기 위한 것이었다.

헌제가 생각해보니 그들의 요구가 이치에 어긋나는 것은 아니었다. 하지만 어떻게 해야 좋을지 아무런 생각도 떠오르지 않았다. 그러나 그들이 이미 모든 것을 생각해놓고 있었기 때문에 황제가 굳이 머리를 굴릴 필요가 없었다. 그들은 황제 앞에 종이 한 장을 내밀었다. 그 종이에는 누가 어떤 관직을 받아야 할지 일목요연하게 적혀 있었다. 황제는 종이에 적힌 대로 읽기만 하면 되는 것이었다. 이렇게 황제는 농부의 마당에 서서 조서를 반포했다.

"한섬을 정북征北장군에 봉하고 이악은 정동征東장군에 봉한다."

나머지 한섬과 이악의 부대에 소속된 2백여 명의 군사들에게는 각각 교위와 어사御史 등의 직위가 하사되었다.

관직에 봉해졌으니 관인官印을 나눠줘야 할 차례였다. 하지만 조정이 이 지경에 이르러 황제와 대신들이 다음 끼니를 해결할 방도조차 찾지 못하고 있는 판에 어떻게 관인을 만든단 말인가? 그들은 이런 문제를 길게 따질 사람들이 아니었다. 비적 출신인 이악이 황제에게 아뢰었다.

"관인 몇 개를 새기는 거야 어려운 일이 아닙니다. 소신이 금방 해결하겠습니다."

그는 곧 농부에게서 신발 바닥을 기울 때 쓰는 송곳을 빌린 다음 돌멩이를 잔뜩 주어다가 관인을 새기기 시작했다. 순식간에 관인 문제가 해결되었다. 옆에 있던 헌제는 어처구니없는 표정으로 바라보기만 했다.

황제가 군신들에게 작위를 봉하는 예식을 거행하는 동안 병사들과 마을 사람들은 울타리 밖에서 구경하고 있었다. 이때 서로 물고 뜯으며 싸우던 개 2마리가 뛰어들더니 컹컹 하고 거세게 짖어대면서 이리저리 뛰어다니며 예식을 방해했다. 구경하던 사람들이 배를 움켜쥐고 웃어댔다.

예식이 끝나자 양봉이 헌제에게 말했다.

"이곳은 오래 머무실 곳이 못되옵니다. 폐하께서는 수레를 타고 안읍安邑으로 가시는 것이 어떻겠습니까?"

헌제가 대답했다.

"좋소. 안읍으로 가도록 합시다."

그러나 고개를 들어 수레를 본 순간 헌제는 입이 딱 벌어지고 말았다. 수레라는 것이 땔감이나 거름을 싣고 다니는 평범한 달구지에 불과했던 것이다.

양봉이 황급히 설명했다.

"마을에는 노새나 말이 없습니다. 불편하시겠지만 달구지로 어가를 대신하시지요."

헌제가 씁쓸한 웃음을 지으며 대답했다.

"이만하면 훌륭하오, 훌륭해."

그는 곧 황후와 함께 수레에 올라탔다. 누군가 목청을 높여 외쳤다.

"어가를 끌어라."

채찍으로 소의 엉덩이를 툭 치자 황소가 천천히 굴레에 힘을 주면서 수레바퀴에서 끼익 하는 소리가 났다.

2

조조는 조정에서 자신을 정식으로 연주목에 제수하리라고는 꿈에도 생각지 못했다. 조서가 내려진 것은 흥평 2년 추운 겨울이었다. 조조가 곰곰이 생각해보니, 그때 조정은 대양에 있는 것이 분명했다. 어쩌면 이악 등이 황제에게 관직을 봉해달라고 조르던 그날인지도 몰랐다.

게다가 더욱 뜻밖인 것은 그를 위해 이 일을 추진한 사람이 전혀 생면부지의 인물이라는 것이었다. 성은 동董이고 자는 공인公仁으로 제음 정도定陶 사람이었다. 그는 백인柏人 현령을 지낸 적이 있고, 그 후에는 원소의 수하에서 군사참모를 지내면서 적지 않은 공을 세운 바 있었다. 그러나 동소의 친동생 동방董訪은 장막의 수하에 있었다. 장막은 원소와 서로 대적하고 있는 사이여서, 동소는 화가 자신에게 미칠까 두려워 조용히 기주를 떠나 하내군에 이르러 장양에게 몸을 의탁했다. 그때부터 조조는 그를 주목하기 시작했다.

초평 3년, 연주목이 된 조조는 종사從事 왕필王必을 장안으로 보내 헌제에 대한 자신의 충심을 전하게 하는 한편, 조정에서 정권을 잡고 있는 이각과 곽사와 소통을 시도하려 했다. 그러나 왕필이 하내에 이르렀을 때 장양이 그의 길을 막고 나섰다. 이에 동소가 장양을 설득했다.

"지금은 비록 조맹덕의 세력이 미약하지만 그가 영웅임에는 틀림이 없습니다. 장기적인 안목으로 볼 때, 명공께서는 그와 친분을 쌓아두시는 것이 좋을 것입니다. 지금이 바로 좋은 기회이니 잘 이용하시는 것이 좋을 것 같습니다. 제 생각에는 그를 막지 말아야 하는 것은 물론이요, 오히려 그를 조정에 천거하는 것이 바람직합니다. 일이 잘 되면 그는 명공께 크게 고마워할 것입니다."

왕필이 하내를 떠나자 동소는 갑자기 한 가지 사실을 떠올렸다. '이각과 곽사는 동탁의 옛 부하이니 조조에게 깊은 원한을 갖고 있을 것이다. 만일 조조가 그들에게 빈손으로 사자를 보낸다면 좋은 결과가 있을 리 만무하다. 그럼 어떻게 해야 하나? 에이! 한 번 더 도와주는 게 좋겠구나.'

그는 곧 조조의 명의로 이각과 곽사에게 정성이 가득 담긴 편지와 함께 넉넉한 예물을 보냈다. 나중에 이 일을 알게 된 조조는 동소에게 크게 감격하면서, 그의 뛰어난 수완에 경탄을 금치 못했다. 그때부터 조조는 동소라는 이름을 마음 깊이 새기게 되었다.

장양이 조조를 천거하고 동소가 조조의 명의로 넉넉한 선물을 보내주었음에도 그에 대한 의심이 깊었던 이각과 곽사는 줄곧 공식적인 임명을 공포하지 않고 있었다. 하지만 그들이 왕필을 가두거나 죽이지 않은 것은 곧 연주에서의 조조의 권력을 묵인한 것이나 다름없는 것인 만큼 그것으로 만족해야 했다.

게다가 조조도 공식적인 임명에 대해 크게 마음을 쓰지 않았고 여러 해 동안 전쟁을 벌이느라 차츰 이 일을 잊게 되었다. 그러던 어느 날 조정에서 자신을 연주목에 제수한다는 공식 문서가 전해지자 그는 한참 동안 멍한 표정이었다.

이때 조조는 막 여포를 제압하고 옹구를 함락시켰으며, 연주의 반란을 평정하고 장막의 삼족을 멸한 상태였다. 연주목에 임명되던 날 그는 군막에서 한 여인과 운우지정을 나누고 있었다. 시위대장 전위는 쌍철극을 들고 군막 밖에서 충성을 다하고 있었다. 군막의 한쪽에서는 귀가 멀고 말도 못하는 병사 하나가 뜨거운 물로 속옷에 달라붙어 있는 이를 없애고 있었다. 이때 전위의 손이 휘장 틈새로 슬그머니 들어오더니 침상에 누워있는 조조의 손에 편지를 쥐어주었다.

그는 얼른 여인을 밀쳐내고 일어나 옷을 몸에 걸쳤다. 불같이 일던 정욕은 어느새 사라지고 얼굴에는 금세 심각한 표정이 가득했다.

"마침내 올 것이 왔구나. 내 어찌 이 일을 잊고 있었던 것일까?"

그는 혼잣말로 중얼거렸다.

조조는 이 임명장을 보낼 때 황제가 달구지를 타고 이미 대양을 떠나 안읍에 도착했다는 사실을 모르고 있었다. 물론 이번 일을 성사시키기 위해 동소와 장양이 얼마나 힘을 썼는지도 알 길이 없었다. 하내 태수 장양은 천자가 안읍에 왔다는 소식을 듣고 동소와 함께 식량을 가득 챙겨 천자를 알현하러 갔다. 황제의 신변에 남아 있던 동소는 의랑에 제수되었다. 동소는 이각과 곽사가 이미 조정을 떠나 비적이 되었다는 사실을 알게 되었다. 이제 황제의 면전에서 큰소리칠 수 있는 사람은 양봉과 동승, 그리고 이번에 발등에 떨어진 불을 꺼준 장양뿐이었다. 이런 상황에서 장양이 조조를 연주목으로 천거하면 황제가 허락하지 않을 리 없었다. 동소는 장양과 양봉을 불러 함께 이 일을 의논했고, 예상했던 대로 곧 임명장이 반포되었다.

뒤늦게 주어진 임명장으로 흥분할 조조는 아니었지만 그래도 조정에 감사의 뜻을 표해야 했다. 이는 공무 집행에 매우 당연한 절차였다. 그는 곧 서안에 앉아 〈영연주목표領兗州牧表〉를 쓰기 시작했다. 표에는 세 가지 뜻이 담겨 있었다. 첫째, 조조는 폐하의 은혜를 영원히 가슴에 새겨 한 왕실에 대한 충성이 결코 변하지 않을 것이고, 둘째, 과거에 군사를 이끌고 여러 도적들을 토벌한 것은 모두 천자를 대신하여 도적들을 징벌한 것이며, 셋째, 특별히 내세울 공로가 없는데도 관직을 제수받아 세인들의 비웃음을 살까 봐 두렵다는 것이었다. 물론 이는 본심이 아니라 인사치레에 지나지 않았다.

표를 완성한 그는 곧장 사람을 안읍으로 보내 조정의 상황을 알아보게 했다. 물론 예물을 보내 자신에게 도움을 준 사람들에게 고마움을 표하는 것도 잊지 않았다. 사실 조조는 마음속으로 더 큰 야망을 품고 있었다. 이 표는 조조가 천자를 요량하기 위한 권모술수의 서곡에 불과했다.

어느 덧 새해의 첫날이 찾아왔다.

건안建安 원년의 첫날이었다. 헌제와 그의 조정은 안읍에 머물고 있었다. 헌제는 이날 천하에 대사大赦를 선포하는 동시에 연호를 흥평에서 건안으로 바꿨다. '건안'이라는 두 글자에는 이제 16살이 된 황제의 소원이 깃들어 있었다.

이날 조조는 진성陳城에 위치한 자신의 군막에서 문무장수들과 함께 술을 마시며 명절을 즐기고 있었다. 사방에서 들려오는 폭죽소리가 귀청을 울리면서 명절 분위기는 더욱 무르익었다. 조조는 장수들과 더불어 '천자를 맞이하는' 일에 대해 의논하게 되었다.

조조는 연주목이고, 진성은 진국陳國의 요지로써 예주에 속했다. 그러니 그가 이곳에 군막을 차리고 있다는 것은 이상한 일이 아닐 수 없었다.

작년 겨울, 옹구를 함락한 조조는 군대를 거느리고 장막을 추격하면서 자신도 모르는 사이에 이미 연주를 벗어나 예주의 진국에 이르렀던 것이다. 진국은 원술의 땅이었고, 원술은 항상 그와 대적하고 있었다. 이에 그는 엎드린 김에 절한다고 진국에 대해 욕심을 품게 되었다. 그는 곧 군사를 이끌고 진성을 공격했고 원술이 임명한 진국상 원사袁嗣는 적의 기세에 눌려 곧 손을 들고 투항했다. 이는 연말에 일어난 사건이었다.

술이 서너 순배 돌자 조조는 '천자를 모시려는' 자신의 생각을 비춰보기로 마음먹었다. 그는 이리저리 눈길을 돌리며 사방을 훑어보았다. 한 사람이 눈에 띄지 않았다. 다름 아닌 막부의 공조인 모개였다. 4년 전 조조가 스스로 연주목을 자칭했을 때, 모개는 그에게 이렇게 간언한 적이 있었다. "주공께서는 천자를 모시고 대신들을 호령하십시오. 농사를 지어 군량을 비축하게 되면 패업을 이루실 수 있을 것입니다." 그는 모개의 말에 일리가 있다고 생각했다. 하지만 연주목이라는 자리가 아직 불안한 형편이라 천자를 모실 조건이 제대로 구비되지 않았다. 이른바 '패업'이라는 것은 온갖 유혹으로 가득한 무지개에 지나지 않았다. 그렇다면 지금은 어떠한가? 조조는 이미 연주 전체를 장악하고 있었고, 예주를 향해 세력을 확장하고 있어 막 떠오르기 시작한 태양이나 다름없었다. 그러나 조정은 정반대였다. 천자는 거지나 다름없었다. 천자가 거친 음식을 먹고 소달구지를 탔다는 소식을 들은 그는 측은지심이 일어 눈물을 흘리기도 했다. 이리하여 마침내 천자를 모시는 문제를 고려할 수 있는 여유가 생긴 것이었다.

조조는 술잔을 내려놓았다. 어느새 얼굴에 가득하던 웃음이 사라졌다. 그는 곧 괴로운 표정으로 입을 열었다.

"오늘 우리는 화롯불을 쪼이면서 따뜻한 술을 마시고 기분 좋게 설을 지내고 있지만 천자께서는 안읍에서 어떤 시간을 보내고 계시는지 모르겠소이다."

모두 그의 낯빛이 예사롭지 않은 것을 간파하고는 서로 눈치를 살피며 조심스럽게 젓가락을 내려놓았다. 악공들도 슬며시 음악소리를 줄였다.

잠시 후 조조가 말을 이었다.

"조정에서 나를 연주목에 제수했으니 천자를 이곳으로 모셔다가 며칠 편하게 모시고 싶소이다. 이는 신하로서 당연히 해야 할 일이 아니겠소이까?"

말을 마친 그는 형형히 빛나는 눈으로 여러 사람들을 훑어보았다.

하지만 유감스럽게도 그의 말이 부하들의 호응을 이끌어내지는 못했다. 그들은 천자를 모시는 일에 대해 무척 냉랭한 반응을 보였다. 잠시 침묵이 흐른 뒤 도위 하후연이 먼저 입을 열었다.

"이제 장막과 장초는 제거했지만 여포가 다시 서주를 점령한 상태입니다. 그가 언제 다시 반격해올지 아무도 모르는 일이지요. 게다가 원소와 원술도 호시탐탐 우리를 노리고 있습니다. 따라서 소장은 주공께서 천자를 모셔오는 일을 재고하실 것을 권하는 바입니다. 이 일로 인해 예상치 못한 상황이 발생하면……."

하후연이 말을 끝내기 무섭게 조인 등이 동감을 표하고 나섰다. 하후돈이 하나밖에 남지 않은 애꾸눈을 몇 번 깜빡이더니 하후연의 말에 의견을 덧붙였다.

"우리도 지금 제대로 정착된 생활을 하지 못하고 있는데, 조정을 이곳으로 옮겨 오면 공연히 시빗거리를 만들어낼 수도 있을 것입니다. 천자께서 이곳으로 오시면 주공께서는 시부모 슬하에 있는 며느리나 다름없을 것입니다. 무슨 일을 하든지 허락을 받아야 하고 미리 아뢰지 않으면 불경이라는 죄를 얻게 되지요. 게다가 주위에는 '시누이'와 '시동생'들이 눈을 부릅뜨고 주공께서 어떤 잘못을 하는지 지켜보면서 흠을 잡지 못해 안달을 떨 겁니다. 그런 고생을 사서 할 필요가 있겠습니까? 천자를 모시는 것은 매우 중요한 일입니다. 그렇지 않다면 원소나 유표는 왜 나서지 않겠습니까?"

심복인 하후돈까지 조조에게 고생을 사서 하는 바보 같은 짓은 하지 말 것을 충고하고 나서자 이에 공감하는 사람들이 적지 않았다. 이들의 말이 자신의 뜻에 거스르는 것이긴 했지만 조조는 그들의 말에 일리가 있음을 인정하는 수밖에 없었다. 모두 찬성하지 않으니 나중에 다시 기회를 기다리는 수밖에 없었다. 그는 문득 창밖에 귀를 기울였다. 설을 축하하는 폭죽소리가 점점 잦아들고 있었다.

조조가 가벼운 미소를 띠면서 술잔을 들어 화제를 바꾸려 하는 순간 순욱이 천천히 자리에서 일어나 뭔가 말을 하려 했다. 문득 조조의 눈에 광채가 돌았다. 그는 '왕을 보좌하는 능력'이 있는 이 모사가 필경 남들과 다른 의견을 내놓으리라 생각했다. 조조가 물었다.

"순욱! 그대는 어떻게 생각하시오?"

"소신은 두 하후 장군의 말씀에 일리가 있다고 생각합니다."

조조는 곧 흥이 가셨다. 그는 그대로 주연을 파하고 싶었지만 순욱에 대한 예의가 아닌 것 같아 적당히 들어주는 척하기로 했다. 순욱이 입을 열었다.

"한실은 이미 쇠했고 주공께서는 강산을 정돈하려 하시지요. 하지만 이 일은 쉽지 않습니다. 지금 군웅이 할거하면서 저마다 강력한 군사력을 갖추고 있습니다. '진이 망하자 그 사슴을 먼저 얻는 자가 왕이 되는 것'과 비슷한 상황이지요. 이제 모두 공평하게 천하를 다툴 시기가 도래한 것입니다. 천자를 연주로 모셔오게 되면 어떤 일을 하든지 사전에 보고를 올려야 하는 것은 물론이요, 그런 시일이 길어지다 보면 물자와 식량이 많이 허비될 것입니다. 요컨대 득보다 실이 많은 것이지요."

여기까지 말한 순욱은 잠시 입을 다물었다. 그러나 곧 이어지는 말은 방금 전에 했던 말과는 판이했다.

"하지만 천자를 모시는 것이 대의에 부합된다는 것은 분명한 일입니다. 이익을 따진다면 이보다 더 크고 중요한 이익이 없지요. 여러 주목과 군수들을 돌아보십시오. 그들은 모두 황실을 위한다는 명분으로 군사를 일으켰지만 조정과 백성들의 이익을 마음에 두고 있는 자는 하나도 없습니다. 오로지 주공께서만 연주를 얻자마자 곧장 천자를 영접하고 한 왕실을 다시 일으키려 하는 것이지요. 이는 하늘의 뜻과 민심에 부합되는 큰 계략이라고 할 수 있습니다. 그러니 백성들이 주공을 추앙하지 않을 리가 있겠습니까? 게다가 천자를 모셔오면 주공께서는 '천자를 끼고 제후들을 호령하실' 수 있을 것입니다. 정당한 명분으로 불충한 대신들을 토벌하고 반역하는 무리들을 죽일 수 있는 것입니다. 주공! 이는 패업을 이룰 수 있는 절호의 기회이니 절대 놓쳐서는 안 됩니다."

조조의 뜻에 완전히 부합하는 한마디였다. 순욱이 큰 이익을 보았다면, 두 하후 장군은 작은 이익만 보았던 것이다. 순욱의 의견은 4년 전 모개의 생각과 다르지 않았다. 영웅들의 소견이 일치한 것이었다. 조조는 갈채를 보내고 싶었으나 여러 사람들, 특히 무장들의 표정을 살펴보니 순욱의 의견에 전혀 납득이 가지 않는 듯한 모습들이었다. 결국 조조도 잠시 함구하는 수밖에 없었다.

순욱의 말은 여기서 끝나지 않았다. 그는 이어서 감동적인 열변을 토했다. 그가 여기에서 한 말은 나중에 널리 전해졌고, 사서에도 기록되었다.

"옛날에 진晉 문공文公(춘추 오패 가운데 1명―옮긴이)이 주周 양왕襄王을 영접하자 모든 제후들이 그를 그림자처럼 따랐고 한 고조께서 의제義帝를 위해 상복을 입자 천하가 진심으로 그에게 귀의했습니다. 폐하께서 세상을 떠돌아다니게 되셨기에 장군께서는 몸소 의병을 일으키셨지만, 산동의 걱정스런 난이 있음으로 인해 허둥거리다 이를 미처 폐하께 알리지 못했으니 비록 조정 밖에서 조정을 위해 반란을 평정을 하느라 어려움을 겪고 있긴 하지만 마음은 여전히 황실에 있다고 할 수 있습니다. 이제 폐하의 수레가 돌아왔다고는 하지만 낙양에는 잡초만 무성합니다. 다행히 의로운 선비들이 조정을 지키려 하고 백성들은 옛날을 회상하면서 애통한 마음을 품고 있습니다. 이런 기회를 이용하여 황제를 맞이하고 백성들의 바람을 따르는 것이야말로 정녕 가장 크게 시대에 부흥하는 일일 것입니다. 지공至公으로 천하 모든 사람들의 마음을 감복시키는 것이 큰 계책이고 대의를 널리 일으켜 천하의 영재들을 불러 모으는 것이 최대의 덕행이지요. 비록 사방에 반역을 꾀하는 역신들이 있긴 하지만 과연 그들이 무엇을 할 수 있겠습니까? 한섬과 양봉이 어찌 감히 천자를 해하려 들겠습니까? 사태를 빨리 결정짓지 못하면 호걸들이 사악한 욕심을 갖게 될 것이고, 나중에 다시 만회하고자 해도 달리 도리가 없을 것입니다."

순욱은 진 문공이 위기에 처한 주 양왕을 모셨던 얘기와 유방이 의제를 위해 흰 상복을 입고 제사를 지냈던 사례를 인용하고 있었다. 이 두 가지 사건 모두 크게 민심을 얻는 계기가 된 유명한 사례였다. 그의 말을 들은 조조는 속이 후련했다. 그는 속으로 순욱의 견해야말로 시세를 통찰하고 장래를 멀리 내다보는 탁월한 안목이라 여기며 탄복을 금치 못했다. '순욱, 그대야말로 왕을 보필할 재목이구려!'

조조는 문득 처음 '관동 의병'을 일으켰을 때 원소와 나눴던 이야기가 떠올랐다. 원소가 그에게 물었다.

"만일 거병이 실패한다면 자네는 우리가 어느 곳을 거점으로 삼아야 한다고 생각하나?"

조조는 직접 대답하지 않고 오히려 그에게 반문했다.

"그런 자네는 어디가 좋다고 여기는가?"

원소가 잠시 생각에 잠겼다 대답했다.

"나는 황하 이북인 기주를 기반으로 삼고 북방 이민족의 도움을 얻어 내야 한다고 생각하네. 그 다음에는 점차 남쪽으로 패권을……."

당시 조조는 원소의 생각에 동의하지 않았다. 그가 보기에 원소가 노리고 있는 것은 유리한 지형 즉, 지리地利였다. 하지만 조조는 달랐다. 그는 민심을 더 중요하게 여겼다. 지금 생각해보면 순욱의 말대로 황제는 오래전부터 허울만 있는 빈껍데기에 불과했지만 여전히 천하 백성들의 마음이 향하는 곳이었다. 누구든지 황제를 모시거나 통제할 수 있으면, 곧 천하의 민심을 얻는 것이나 다름없었다. 요컨대 천자를 장악해야 천하를 수중에 넣을 수 있는 것이었다.

"허허허!"

조조가 수염을 쓰다듬으며 호탕하게 웃었다. 그는 순욱의 지모를 치하하고 싶었지만 대부분의 장수들이 이 일에 반대하고 있었기 때문에 일단 신중히 처신하기로 마음먹었다. 그는 입가에까지 흘러나왔던 말을 애써 다시 삼켜버렸다. 그는 다시 술잔을 들고 여러 장졸들에게 말했다.

"자, 그 얘기는 오늘 그만합시다. 어서 술이나 계속 듭시다!"

이틀 뒤 동평상 정욱이 용무를 위해 진성을 찾아왔다. 조조는 이런 기회를 빌어 황제를 모셔오는 일에 대한 정욱의 의견을 들어보기로 했다. 그는 먼저 순욱이 취했던 태도를 그대로 전하면서 짐짓 기분이 안 좋은 척했다.

"순욱은 내게 천자를 모셔오라고 하는데 정작 모셔온다 해도 내게 무슨 이익이 되겠소. 원본초가 천자 가까이 있으니 그에게 모셔가라고 하는 게 좋을 것 같은데, 그대는 어떻게 생각하오?"

정욱은 가볍게 고개를 저으며 의아한 표정으로 물었다.

"어째 주공께서 직접 하시는 말이 아닌 것 같습니다. 주공께서는 재주와 지략이 뛰어나시고 멀리 내다볼 줄 아는 안목을 갖추신 분이 아니십니까? 천자를 끼면 제후들을 호령할 수 있다는 점을 모르시지 않을 텐데요. 왜 굳이 이 좋은 떡을 원소에게 넘겨주려 하십니까?"

정욱은 곧 열변을 토하기 시작했다. 내용도 순욱의 말과 거의 일치했다. 그의 말이 끝나자 조조가 호탕하게 웃으며 손을 내저었다.

"그만하시오. 하하! 나는 이미 천자를 모셔오려는 생각을 굳히고 있었소. 단지 원소가 선수를 칠까 걱정일 뿐이오."

정욱이 웃으며 말을 받았다.

"그건 불필요한 걱정이십니다. 제가 알기로는 원본초도 천자를 업성으로 모셔가려고……."

"뭐라고?"

조조는 놀라움을 금할 수 없었다.

"정말 원본초가 선수를 쳤단 말인가?"

"하지만……."

정욱이 경멸하는 듯한 표정으로 손사래를 쳤다.

"그는 그렇게 빨리 결단을 내릴 위인이 못되지요."

정욱의 말은 틀린 것이 아니었다. 업성에 사는 원소는 며칠 전에 그의 모사와 장군들을 모아 놓고 이 문제를 의논한 적이 있었다. 그의 수석 모사인 저수沮授는 천자를 모셔 와야 한다고 적극 주장했다. 그의 주장도 순욱의 그것과 다르지 않았다. 그러나 또 다른 모사 심배審配와 대장 순우경淳于瓊이 끝까지 반대했다. 재미있는 것은 두 사람의 반론도 하후연, 하후돈 형제의 말과 같은 맥락이었다는 점이다. 하지만 한 가지 다른 점은 그쪽의 원소가 이쪽의 조조보다 안목이 짧다는 것이었다. 게다가 원소는 우유부단했고, 모든 일에 실패를 두려워하며 전전긍긍했다. 때문에 그는 쉽게 결단을 내리지 못했다. 그래서 정욱은 원소가 기회를 잡지 못할 것이라고 단언하는 것이었다.

정욱의 의견을 들은 조조는 천자를 모셔오기로 생각을 굳혔다. 그는 주저하지 않고 곧장 행동에 들어갔다. 그는 급히 중랑장 조홍을 불러 군사를 이끌고 곧바로 출발하여 자신을 대신해 헌제와 대신들을 모셔오라고 명령했다.

1월 3일이었다. 조홍이 천자를 모시러 출발할 즈음 하늘에서 거위 털 같은 함박눈이 펑펑 내렸다. 조조는 눈보라에 묻혀가는 조홍 일행의 뒷모습을 바라보면서 초조한 마음을 금치 못했다. 그는 마음속으로 빌었다.

'부디 성공해 돌아오게.'

3

건안 원년 7월 갑자일, 헌제 유협은 마침내 꿈에도 그리던 동도 낙양으로 돌아왔다.

더러울 대로 더러워진 깃발 몇 개가 뜨거운 바람 속에서 피곤한 듯 흐느적거렸다. 달구지를 끄는 당나귀도 낙양의 처참한 광경에 사람의 숨소리와 비슷한 신음소리를 냈다. 헌제의 '어가'는 이렇게 하문夏門으로 들어섰다

도처에 집과 담장이 무너져 있어 폐허나 다름없었다. 길가에는 미친 듯이 자라난 쑥대가 가득했다. 미친개 몇 마리가 서로 쫓고 쫓기며 어린 아기의 시신을 다투고 있었다. 귀신같은 모양을 한 거지 서너 명이 발걸음을 멈추고 천자의 어가를 바라보며 멍하니 서 있었다. 낙양은 이처럼 황량하고 삭막하기만 했다. 도성이라기보다는 묘지라고 하는 것이 더 정확한 표현일 것이었다. 황제와 함께 돌아온 대신들도 이처럼 처참한 광경에 가슴을 치면서 대성통곡하다가 먼지가 풀풀 날리는 땅에 엎드렸다.

남궁의 옛 터로 가보니 그곳은 더 처참했다. 천자는 망연자실하여 눈물을 흘렸다. 궁전은 이미 잿더미가 되었고, 궁궐 담장은 완전히 허물어져 있었다. 지난날의 융성했던 영화는 흔적도 없었고 불에 타버린 옛 터에는 이제 잡초만 우거져 끝 간 데 없는 허허벌판을 이루고 있었다.

돌이 나뒹굴고 있으면 그곳이 과거의 누대였음을 알 수 있었고, 물이 남아 있으면 누각의 다리였을 거라 미루어 짐작할 뿐이었다. 기와 조각과 잡초, 새카맣게 타다 만 나무 기둥이나 새하얀 해골들이 도처에 널려 있었다. 예전에 황제가 즉위하던 곳에는 여우 굴이 하나 있었다. 어가가

들어와 진짜 주인이 돌아오자 여우들은 황급히 도망쳐버렸다.

황제를 호위하던 대신들이 폐허가 된 가덕전嘉德殿에서 황제에게 정식으로 참배함으로써, 낙양에 돌아온 후 첫 번째 조회가 이루어졌다. 황제의 신변에는 대신들이 적지 않았다. 안읍을 출발할 때는 겨우 10명 남짓에 불과했지만, 얼마 전부터 충신들이 속속 돌아오기 시작했고 어가가 낙양에 입성할 때는 이미 2백 명이 넘는 신하들이 황제의 신변을 지키게 되었다. 그러나 2백 명이 넘는 사람들이 함께 묵을 만한 공간이 없었다. 그들은 황궁 안 잡초가 무성한 곳에 장막을 쳤다. 황제와 황후, 귀인은 중상시 조충의 옛 저택에서 기거하게 되었다.

하내군 태수 장양이 사람들을 데리고 남궁에 궁전 하나를 대충 지어놓고 조정 대신들이 정사를 돌보는 곳으로 정했다. 궁전 벽에 바른 진흙이 채 마르기도 전에 그는 헌제에게 이곳에서 조회를 열 것을 재촉했다. 헌제가 궁전 돌계단 위에 서서 고개를 들어보니 궁전 앞에 '양안전楊安殿'이라고 쓰인 편액이 걸려 있었다. 헌제가 시위에게 물었다.

"양안이란 말이 무슨 뜻이오?"

시위는 웃기만 할뿐, 대답하지 않았다. 이에 장양이 앞으로 다가서며 말했다.

"폐하께 아뢰옵니다. 이 편액은 신이 직접 써서 걸어놓은 것입니다."

말이 채 끝나기도 전에 헌제는 그 뜻을 알아차렸다. '양안'이란 말은 곧 '국가의 안정이 장양 덕분'이라는 뜻이었다.

장양이 헌제에게 조회를 열 것을 재촉했다. 다른 일들은 뒤로 미룰 수 있어도 논공행상만큼은 한시도 미룰 수 없는 일이었다. 헌제는 즉시 장양을 대사마(그 전에 안읍에서 이미 그를 안국安國장군에 봉한 바 있다)에, 한섬을 대장군에, 양봉을 거기장군에 각각 봉했다. 나머지 공신들은 공로에 따라 적당히 승관시키거나 포상해주었다.

논공행상이 끝나자 대신들은 가장 절박한 국정을 의논하기 시작했다. 모두 굶주림에 허덕이고 있는 만큼 가장 먼저 상의해야 할 일은 식량문제였다. 주나 군에서 식량을 조달하려면 적지 않은 시간이 걸렸기 때문에 여러 대신들이 직접 들에 나가 나물을 캐서 허기를 달래는 수밖에 없었다. 나물을 캐면서 누군가 감정이 북받쳤는지 노래를 부르기 시작했다. "7월에는 대화성이 기울고 8월에는 갈대를 베네……." 누군가 시작한 노래에 모두 하염없이 눈물을 흘리며 따라 부르기 시작했다. "씀바귀 캐고 가죽나무 베어다가, 우리 농부들 입에 풀칠이나 해보세." 한참을 노래하다가 의랑 하나가 갑자기 눈앞이 캄캄해지면서 풀을 캐던 자세 그대로 풀숲에 쓰러져 혼절하고 말았다.

모두 노래를 멈추고 황급히 달려와 굶주림으로 혼절한 동료를 들쳐 업고 궁으로 돌아왔다. 이 소식을 들은 헌제는 급히 어의를 불러 그의 맥을 짚게 했다. 어의가 쌀죽 반 그릇을 입에 부어넣자 그는 금세 깨어났다.

그는 간신히 목숨을 부지할 수 있었다. 그러나 그가 원기를 회복하기도 전에 밖에서 더욱 놀라운 소식이 전해졌다. 위위 하나가 병사들과 먹을 것을 다투다가 여러 병졸들에게 집단구타를 당해 죽었다는 것이었다. 더욱 한심한 것은 그들이 그의 시신을 잘라 삶아 먹었다는 것이었다. 이 사건은 16살이 된 황제의 마음을 크게 뒤흔들어놓았다.

이날 밤 헌제는 오랫동안 잠을 이룰 수 없었다. 그는 아예 옷을 걸치고 별궁 마당에 나와 산책을 했다. 시각은 이미 삼경이 지나 중천에 걸려 있던 달이 야윈 그림자를 드리우며 그를 이리저리 끌고 다녔다.

헌제는 이제 즉위 당시의 철모르던 아이가 아니었다. 그도 나름대로 근심하거나 무서워할 줄 알았고, 자신을 보호하기 위해 머리를 쓸 줄도 알았다. 게다가 이제는 황제다운 사고를 갖추게 되었다. 지금 그는 이처럼 위급한 곤경에서 벗어날 방도를 강구해야 했다.

'그들은 죄다 좋은 사람들이 아니야!'

그는 속으로 저주했다.

그가 말하는 '그들'에는 이미 죽은 동탁과 아직 살아있는 이각, 곽사, 장제, 번조, 한섬, 이악 그리고 '양안전'을 지어 헌납한 장양도 포함되었다. 그들은 전부 그에게 진심으로 충성을 다하는 충신들이 아니었다. 그에게는 자신을 보좌하여 한 왕실을 재건할 수 있는 충성스럽고 믿음직한 대신이 적어도 한 명 정도는 필요했다.

'어디 가서 이런 충신을 찾는단 말인가……'

헌제는 자신에게 연달아 세 번을 물었다. 뇌리에 딱히 떠오르는 인물이 없었다. 절망한 그의 눈에서 눈물이 흐르는 순간 시위 하나가 조용히 다가와 그의 귀에 대고 속삭였다.

"의랑 하나가 폐하를 뵙고자 합니다."

"의랑이라니, 누구를 말하는 게냐? 이 야심한 밤에…….”

헌제는 몹시 놀라며 경계하는 태도를 취했다.

"아까 낮에 나물을 캐다가 기절한 의랑인데, 성은 동이요 이름은 소, 자는 공인이라 합니다."

"오, 그래? 그럼 어서 들라 하라."

헌제가 주저하면서 대답했다. 사실 이 의랑을 알게 된 지는 그리 오래지 않았다. 그는 다름 아닌 동소로 장양이 안읍으로 자신을 마중하러 왔을 때 신변에 남겨두었던 사람이었다. 그는 동소를 잘 알지 못했으나 어느 정도 호감을 갖고 있었다. 헌제는 동물적인 감각으로 동소가 이 시간에 입궁한 것이 틀림없이 중요한 일이 있어서일 거라고 짐작했다. 그를 만나지 않으면 천고의 한으로 남을 수도 있을 것이었다. 결국 헌제는 동소를 만나보기로 마음먹었다. 헌제와 동소는 해가 뜰 때까지 머리를 맞대고 얘기를 나누었다.

아쉽게도 두 사람 사이에 오간 대화의 내용은 기록에 남아 있지 않다. 하지만 전하는 바에 의하면 동소는 헌제에게 조조의 근황을 자세히 설명했다고 한다. 그는 연주목 조조가 천자께서 고생하신다는 사실을 알고 크게 마음 아파했으며, 특별히 중랑장 조홍에게 천군만마를 거느리고 '근왕'을 하려 했다고 말했다.

"뭐라고?"

헌제는 놀라움을 금치 못했다.

"그렇다면 짐이 어째서 그런 사실을 몰랐단 말인가? 조조의 인마가 지금 어디에 와 있는가?"

"에이! 이는 벌써 반년 전의 일이옵니다. 설 무렵에 조홍이 식량과 가축들을 가득 챙겨 가지고 절반쯤 왔다가 동승 장군의 저지를 받아 그만 다시 돌아가고 말았던 것입니다."

"어찌 이런 일이?"

동소의 말은 사실이었지만 헌제는 반신반의했다. 동승은 다름 아닌 부원군(그의 딸이 바로 헌제의 귀인 즉, 후세의 귀비)으로 이치대로 하자면 가장 믿을 만한 사람이어야 했다. 그런데 어찌 그가 조조가 '근왕'을 위해 보낸 군사를 저지했단 말인가? 병사들은 그렇다 쳐도 넉넉한 식량과 가축은 받았어야 하지 않은가?

동소는 헌제가 반신반의하는 것을 보고 소매에서 두루마리를 하나 꺼내 그에게 건넸다.

"이것이 무엇인가?"

방 안이 너무 어두워 글씨가 잘 보이지 않았다. 그는 시위에게 불을 밝히게 했다. 자세히 살펴보니 두루마리에는 깨알 같은 글씨로 〈선재행善哉行〉이라는 제목의 오언체五言體 악부시가 적혀 있었다.

나의 소원은 세상을 바로 잡는 것이었네.

낭사는 그나마 안전했지만

온 정성 다 바치고 싶소이다.

마침 임금 낙양에 계시어

탄식하고 나면 마음이 후련하다지만

맺힌 한, 풀 길 없구려.

임금님의 교화 널리 펴고프나

그 뉘 알았으리요, 그리 쉽지 않음을.

나의 소망 어느 날에 이룰까

애달픔 가눌 수 없음이여

이제 난 장차 어디에 영광 바치리.

하염없는 이 괴로움 비보다도 못하네!

헌제는 이 시의 내용이 무얼 의미하는지 알 수가 없었다. 그는 동소에게 시의 내용이 의미하는 바를 물었다. 동소가 입을 열었다.

"시를 쓴 자의 부친은 낭사에서 피살당했습니다. 그는 돌아가신 부친을 그리는 동시에 폐하를 떠올린 것이지요. 그는 어가가 낙양에 돌아왔다는 소식에 몹시 기뻤다고 합니다. 이 부분에서는 양 공이 초나라로 돌아온 일을 인용하고 있지요. 폐하를 직접 뵙고 충성을 토로하고 싶었지만 저지를 받아 이런 소망이 물거품이 되었다고 합니다. 시인은 충성을 표현할 길이 없고 나라에 보답하고자 하는 뜻을 펼 수도 없음을 한탄하고 있는 것입니다. 그래서 하는 수 없이 하늘에서 흩날리는 빗줄기를 향해 '하늘이시여! 비도 그칠 때가 있는데 나의 괴로움은 언제나 그칠 수 있을까요?' 하고 탄식하고 있는 것이지요."

그의 말에 헌제는 무릎을 탁 치며 물었다.

"혹시 이 시를 쓴 사람이 조조가 아닌가?"

동소가 말했다.

"조조 말고 이처럼 훌륭한 악부시를 쓸 사람이 또 누가 있겠습니까?"

크게 감동한 헌제는 온몸이 뜨거워지는 것을 느꼈다. 그는 이 시를 두 번이나 읽으면서 자신도 모르게 눈물을 흘렸다. '그렇다면 혹시 조조야말로 이 몸을 의탁할만한 충신이 아닐까?'

헌제는 그 자리에서 조조의 근황을 물었다. 그는 조조가 2월에 여남군과 영천군에서 반란을 일으킨 황건적 잔당을 소탕하고 저들의 우두머리인 황소黃劭와 하만何曼을 죽였으며, 또 다른 두목 하의何儀와 유벽劉辟은 조조에게 투항했다고 설명했다. 그 뒤로 조조가 허현許縣을 공략했으며, 현재 연주 전체와 예주의 절반 이상이 조조의 수중으로 들어왔다는 사실을 전하면서 조조의 군대에는 뛰어난 인재들이 수두룩하고 인마가 모두 건실하여 주위에 그를 대적할 만한 인물이 없다고 덧붙였다. 아울러 조조가 군대를 정비하면서 폐하의 부르심을 기다리고 있다는 사실을 강조했다.

여기까지 들은 헌제의 마음속에 다시 한 번 뜨거운 기운이 용솟음쳤다. 헌제가 낮은 목소리로 중얼거리듯 말했다.

"이런 충성심을 지니고 있는 것도 쉽지 않은 일인데……. 어쨌든 잘 알겠네."

천자와 신하가 얘기를 주고받고 있는데 갑자기 새벽닭이 홰를 치는 소리가 들려왔다. 동소가 고개를 들어보니 날이 밝기 직전이었다. 그는 황급히 일어나 헌제에게 작별인사를 올리고 곧 어둠 속으로 사라졌다.

별궁을 떠나 처소로 돌아가는 동소는 날아갈 듯 기뻤다. 발걸음이 너무도 가벼웠다. 그는 얼른 조조에게 편지를 보내 방금 전에 있었던 대화의 내용을 알려주려 했다. 길을 재촉하고 있는데 반쯤 남은 담 뒤의 쑥대밭에서 검은 그림자 하나가 불쑥 튀어나오더니 얼음같이 차가운 손으로 그의 어깨를 잡았다.

"좋은 일을 했군!"

검은 그림자가 말했다.

동소는 몹시 놀라긴 했지만 귀신이 아니라는 것은 알았다. 고개를 돌려보니 황문시랑 종요鐘繇였다.

"놀라서 죽는 줄 알았네!"

동소가 그를 나무랐다.

"어째서 이런 곳에 숨어있는 것인가?"

종요가 되물었다.

"무슨 일로 이렇게 쏘다니는지 그것부터 말해보게."

동소가 호탕하게 웃으며 말했다.

"잘 알면서 뭘 묻나?"

종요도 그를 따라 껄껄 웃었다.

종요도 동소와 마찬가지로 조조를 비밀리에 돕고 있는 조정의 대신이었다. 조조가 종사 왕필을 장안에 보내 천자를 알현하게 했을 때 이각과 곽사가 그를 감금하려 했다. 그때 앞에 나서서 조조의 편을 든 사람 가운데 동소 외에 종요도 있었다. 종요가 이각과 곽사를 설득하여 말했다.

"지금 영웅들이 도처에서 일어나고 있지만 저마다 자신의 이익에만 눈이 멀어 있습니다. 하지만 조조만은 여전히 황실에 충성을 다하고 있지요. 그의 충성심을 묵살했다가 조정에 이롭지 못하게 될까 두렵습니다."

이처럼 동소와 종요가 의기투합한 덕분에 조조와 조정의 관계가 소통될 수 있었던 것이다.

이는 이미 지나간 일이었다. 하지만 종요도 헌제의 면전으로 가서 조조에게 유리한 얘기를 하고 싶어 했고, 단지 동소보다 한 걸음 늦은 것뿐이었다. 동소가 암암리에 조조를 돕고 있다는 것을 알아챈 종요는 그와 손을 잡으면 조정에서 조조의 대사를 도모하는 데 큰 도움이 될 거라고 생각하게 되었다.

서로 생각이 일치한 것을 확인한 두 사람은 마주보며 회심의 미소를 지었다. 종요가 동소의 손을 꼭 잡으며 말했다.

"이곳은 얘기를 나눌만한 곳이 못 되니 나를 따라오게."

곧 두 사람은 조용한 곳을 찾아 무릎을 맞대고 서로 흉금을 털어놓기 시작했다.

재미있는 것은 동소와 종요 두 사람 모두 조조를 만난 적이 없다는 사실이다. 그런데도 두 사람은 자신들의 운명을 조조에게 걸고 있었다. 두 사람이 조조와 대면한 적이 한 번도 없다는 사실 덕분에 당시 조정을 장악하고 있던 '권신權臣'인 양봉과 동승의 의심을 피할 수 있었다. 이리하여 천자를 모시려는 조조의 대략은 점차 현실로 나타날 수 있게 되었다.

4

건안 원년, 헌제를 둘러싸고 있는 주요 권신들 가운데는 한섬과 양봉, 동승, 장양 등이 있었다. 한섬과 동승의 군사는 낙양과 성 밖의 교외에, 양봉의 군사는 양현梁縣(지금의 하남성 임여현臨汝縣)에, 장양은 야왕野王(지금의 하남성 심양沁陽)에 주둔하고 있었다. 동소와 종요는 조조가 천자를 모셔다가 '천자를 끼고 제후들을 호령하고자' 하는 목적을 달성하는 데, 이 네 사람이 가장 큰 걸림돌이라는 점을 잘 알고 있었다. 지난 1월에 동승이 조홍의 길을 막은 사실이 이를 증명했다. 이에 두 사람은 네 사람 사이를 이간질해 조조를 돕기로 마음먹었다.

동소와 종요는 그들이 겉으로는 서로 연합하고 있는 것처럼 보이지만 속으로는 갈등이 심각하다는 것을 알고 있었다. 일례로 천자가 아직 안읍에 있었을 때 한섬과 동승의 병사들이 식량 5섬 때문에 크게 얼굴을 붉힌 적이 있었다. 천자가 직접 조정에 나선 후에야 두 사람은 겨우 손을 잡고 화해했다. 그러나 근자에 두 사람은 경성안에서 여러 차례 마찰을 일으키곤 했다. 상황이 그다지 심각하지 않아 유혈사태는 피할 수 있었지만 이런 정황들을 놓고 볼 때 두 장군 사이의 갈등을 교묘하게 이용하면 조조를 도와 그의 큰 계략을 완수하는 것도 그리 어려운 일은 아니었다. 그렇다면 구체적으로 어떻게 행동에 옮길 것인가?

혼자 골머리를 앓던 동소는 종요를 찾아 의논해보기로 했다. 종요는 벌써 이 일에 대한 고심을 끝내고 구체적인 계획을 세워놓은 상태였다. 그가 입을 열었다.

"이 일은 그리 어렵지 않네. 내가 나서서 두 사람 사이를 이간질하면 될 걸세. 한데 나도 마침 자네와 의논할 일이 한 가지 있네."

"그래? 그게 무언가? 주저하지 말고 얘기해보시게."

종요가 말했다.

"양봉의 주둔지는 낙양의 남쪽에 있고, 조 공이 있는 곳은 허현 근처일세. 조 공이 낙양에 들어오려면 양봉이 길을 내주지 않으면 안 되는 상황이지. 지금으로서는 조 공이 양봉과 좋은 관계를 맺는 것이 상책일 걸세. 양봉에게 병력으로 위협하면서 길을 열라고 하면 오히려 일을 그르칠 가능성이 클 것 같네. 자네의 생각은 어떠한가?"

동소가 미소를 지으며 고개를 끄덕였다.

"나도 같은 생각일세. 하지만 이 일도 그리 어렵지 않다네. 내가 나서도록 하지."

의견 일치를 본 두 사람은 각자 행동에 들어갔다.

동소는 조조와 양봉 사이에 물꼬를 트기 위해 예전에 이각과 곽사에게 했던 것과 같은 방법을 사용했다. 조조의 필적을 모사하여 양봉에게 편지를 보내는 것이었다. 편지의 내용은 이러했다.

저는 장군의 대명을 오래전부터 들어왔고 늘 장군의 충의를 앙모仰慕하면서 성심으로 사귀고 싶어 했습니다. 이제 장군께서 온갖 어려움을 무릅쓰고 천자를 구해 옛 도성으로 돌아오셨으니 황상을 보좌한 공로는 이 세상에서 누구에게도 비견할 수 없을 것입니다. 하나 지금 여러 흉적들이 중원을 크게 어지럽혀 사해가 안녕치 못합니다. 신기神器(황제의 자리-옮긴이)가 매우 위급하여 대신들의 보좌가 필요하니 반드시 여러 현사들이 나서서 군왕께서 나아가는 길을 막고 있는 장애물들을 제거해야 할 것입니다. 그러나 이는 혼자서 할 수 있는 일이 못 됩니다. 몸통과 사지가 서로 의지하듯이 여러 사람이 힘을 합치면 어려움을 극복할 수 있지요. 장군이 안에서 조정의 일을 주관하시고 제가 밖에서 돕게 되면, 지금 제게는 군량이 있고 장군께는 군사가 있으니 서로 보완하여 생사와 화복을 함께 나눌 수 있을 것입니다.

양봉은 편지를 받고 나서 매우 기뻤다. 자신을 추켜세우는 말 몇 마디가 꿀물을 마신 듯 달콤하기 그지없었다. 특히 '제게는 군량이 있고 장군께는 군사가 있으니'라고 한 대목과 뒷부분의 몇 마디는 정말 꿈에도 생각지 못하던 희소식이었다. 조조가 차지하고 있는 연주와 예주 땅은 중원의 식량 창고나 다름없었다. 양봉에게는 강한 양주 군대가 있지만 군량을 마련하는 데 어려움이 많았다. 조조의 편지에는 입조하여 권력을 다투겠다는 뜻은 전혀 없었고, 오히려 외지에서 제후로 있는 것에 만족하는 듯한 태도였다. 물론 조조의 '생사와 화복을 함께 나눈다'는 말을 액면 그대로 믿을 수는 없었다. 하지만 그가 자신의 이익을 위해 양봉과 서로 동맹을 맺는 것이 전혀 불가능한 것은 아니었다.

양봉은 머리가 단순한 편이었고 수하에 지혜로운 모사도 부족했다. 그는 편지에 숨겨진 계략을 간파하지 못했다. 곧 그는 여러 장수들과 상의하여 조조를 진동장군鎭東將軍에 봉하고 동시에 그의 부친의 작위를 이어받을 수 있도록 비정후에 봉했다.

한편 종요는 한섬과 양봉, 동승, 장양 등과 깊이 있는 교제를 나눈 적은 없었지만 그래도 꽤 친한 사이였다. 그는 이들 사이의 갈등에 대해서도 누구보다 잘 알고 있었다. 그는 먼저 동승을 꼬드기기로 마음먹었다.

부원군으로 자처하면서 늘 공신임을 내세우는 동승은 평소에도 거만하기가 그지없었다. 게다가 그는 의심이 많은 인물이라 항상 누군가가 자신의 권력을 쟁탈할까 두려워 경계심을 늦추지 않았다. 나머지 세 장군들 가운데 그가 가장 의심하고 싫어하는 사람이 바로 한섬이었다. 한섬과 동승의 군대가 함께 경성(양봉과 장양의 군사는 사예구司隸區에 주둔하고 있었다)에 주둔하고 있는 만큼 두 세력 사이에 갈등이 빚어지는 것은 피하기 어려운 일이었다. 게다가 한섬은 거칠고 방자하기 그지없어 안하무인으로 서슴없이 속내를 드러내곤 했다. 한 번은 종요 등 여러 사람 앞에서 그가 공개적으로 동승을 경멸한 적이 있었다. 종요는 동승을 찾아가 한섬에 대한 흉을 늘어놓으면서 한섬이 동승을 얼마나 경멸하는지 강조하여 말했다. 아울러 동승의 화를 자극하기 위해 이렇게 말했다.

"제가 알기로는 한섬이 암암리에 장양과 내통하고 있는데, 아무래도 힘을 합쳐 부원군 대인께 맞설 작정인가 봅니다. 조정에서 대인을 허수아비로 만들려는 속셈이지요. 장군께서는 그들을 경계하시는 것이 좋을 듯합니다."

그의 예상대로 동승이 노발대발하며 말했다.

"뭐라고? 한섬 이놈이 감히……. 흥! 나도 그놈이 등 뒤에서 내게 칼을 꽂을 놈이라는 걸 진즉에 알고 있었네."

그는 분통을 터뜨리며 한섬을 욕하고, 곁들여 장양도 함께 저주했다.

"이놈도 가증스럽기 그지없네. 신전의 이름을 제 맘대로 '양안'이라고 지은 걸 보면 그놈이 어떤 인물인지 알 수 있지. 이것은 필시 자신이 어가를 호위한 일등공신임을 자처하는 것이 아니고 무엇이겠나?"

실컷 욕설을 퍼붓고 나서 그는 다소 걱정이 되었는지 종요에게 물었다.

"이 두 도적놈이 비밀리에 손을 잡았으니 내가 장차 어떻게 하는 것이 좋겠나?"

종요가 말했다.

"장군께서는 외부의 힘을 끌어들여 한섬을 견제하는 것이 바람직할 듯합니다."

"음……."

동승은 뒤통수를 긁적이며 한참을 고민했다.

"그렇다면 누구의 힘을 빌린단 말인가? 양봉에게 손을 내밀어야 하나?"

종요는 동승이 양봉에 대해서도 경계심을 갖고 있다는 것을 잘 알고 있었다. '양봉'이라는 이름을 꺼내면서 동승의 눈빛은 이미 의심의 눈초리로 변해 있었다. 이에 종요는 고개를 가로저으며 침묵을 지켰다. 그러자 동승이 말을 이었다.

"그럼 그렇지! 양봉도 믿을만한 인물은 못되지."

이때 종요가 무릎을 탁 치며 말했다.

"아! 맞다! 조조는 어떻겠습니까?"

"조조라? 그는……."

동승은 이내 고개를 가로저었다. 일순 그의 얼굴이 빨개졌다가 다시 창백해졌다. 그러는 이유는 다름 아니라 1월에 자신이 조조의 사자 조홍의 길을 가로막고 다시 돌려보낸 일로 조조의 미움을 샀기 때문이었다. 이제 와 돌이켜보면 난감하기 그지없는 일이었다. 그가 머리를 설레설레 흔드는 것을 보면 자신이 했던 일을 후회하고 있는 것이 분명했다.

종요가 동승의 속내를 알아차리고 물었다.

"조조는 대의를 아는 데다 흉금이 넓은 사람입니다. 그때는 폐하께서 아직 안읍에 계시면서 경성에 돌아오기 전이었지요. 장군께서는 조정의 큰 국면을 고려해 그의 병사들을 돌려보낸 것이니 전혀 도리에 어긋나는 것이 아닙니다. 저는 그가 장군의 깊은 뜻을 통찰하리라 믿습니다. 어쨌든 그때는 그때고 지금은 지금이니까요. 장군께서 지금이라도 그에게 호의를 보이신다면 서로 화해할 수 있는 최적의 기회가 될 것입니다."

동승은 종요의 말을 오랫동안 되새겨보았다.

동승은 어디까지나 황제의 친척이라 한섬이나 양봉 따위보다는 충성심이 강한 편이었다. 그는 조조가 군사를 거느리고 입성하는 것은 매우 중요한 일인 만큼 먼저 황제의 뜻을 알아볼 필요가 있다고 생각했다. 이리하여 그는 곧장 입궐하여 헌제를 알현했다. 놀랍게도 헌제도 조조에 대해 큰 호감을 갖고 있었다. 이에 동승은 곧장 비밀리에 조조에게 '근왕'을 위해 입성하라는 조서를 보냈다.

그러나 동승은 자신의 이번 결정이 천추의 한으로 남게 될 줄은 꿈에도 생각지 못했다. 그에게는 건더기는 고사하고 국물도 돌아오지 않았던 것이다. 게다가 2년 후 그는 결국 조조의 손에 처참한 죽임을 당하고 말았다.

제18장
천자를 끼고
제후들을 호령하다

1

정국의 변화는 너무나 복잡다단하여 보는 사람들의 눈을 현란하게 만들었고 사건의 당사자들조차 갈피를 잡기 힘들었다.

8월 병오丙午일 오전이었다. 헌제는 침상에 앉아 창문을 통해 들어오는 햇빛을 즐기고 있었다. 도마뱀 한 마리가 푸른 이끼가 가득한 벽에 납작 엎드려 뭔가 골똘히 생각하고 있는 그를 지켜보고 있었다. 같은 시각 황후 복씨와 귀인 동씨는 마당에서 몇몇 나이든 궁녀들과 함께 옷가지들을 널어 말리고 있었다.

이곳은 원래 중상시 조충의 저택이었다. 용케도 중평 6년 동탁이 지른 불을 피해 살아남은 건물로, 지금은 황제가 머무르고 있는 낙양의 별궁 또는 이궁離宮이라 할 수 있었다.

헌제는 조조의 〈사습비정후표謝襲費亭侯表〉를 읽고 있었다.

폐하께서 조부가 역적을 물리치고 효순 황제를 옹립한 공을 잊지 않으시고 소인 조조에게 모토茅土를 내려 주심과 동시에 높은 관작을 봉해 주시니 그 은덕에 감격하여 몸 둘 바를 모르겠나이다. 소신은 늘 성은을 기리며 고향을 지키고자 하는 마음이 간절합니다. 소신의 충효지심

을 헤아려주신 성은은 망극하기 그지없사오나 소신의 능력이 넉넉지

못하여…….

글을 읽던 헌제는 조조를 비정후에 봉하는 조서를 지난달에 보냈던 사실을 기억해냈다. 조조는 조서를 받자마자 곧 표장表章을 보내왔다. 표장에서는 《주역周易》〈예괘豫卦〉에 나오는 '송괘訟卦'를 인용하면서 '공을 세워 제후가 되는 것은 마땅하지만 선조에게 대덕大德이 있어 자손들이 그식록을 먹는 것만으로도 성은을 감당하기 어렵다'고 마음을 밝히고 있었다. 물론 이는 속으로는 기뻐하면서도 겉으로는 사양하는 척하는 인사치레에 불과했다. 작위를 받는 사람들은 대부분 '봉직을 사양하는 상서'를 올리곤 했다. 그러면 조정에서는 원래의 책명을 그대로 유지한다는 두 번째 책명을 내렸다. 조조도 '사양'의 뜻을 담은 표장을 두 번째로 보내왔다. 이에 조정에서는 세 번째 책명을 내렸고, 조조 역시 세 번째 표를 올렸다. 조정에서는 다시 한 번 책명을 내렸고, 이번에는 조조도 사양하지 않았다. 그는 마침내 비정후의 작위를 받아들이면서 겸양과 감사의 뜻을 담은 '사표謝表'를 보내왔다.

선조의 작읍을 세습하지 못했는데, 조상들의 공훈을 생각하시어 이를
다시 복원시켜주시고 장수의 부월을 내리시어 대주의 만 리를 지키게
하시며, 조정 안팎에서 황상의 대업에 참여케 하시니 무한한 영광으로
알고 목숨을 바쳐 소임을 다하겠나이다.

사표를 읽은 헌제는 이를 침상에 내려놓고 깊은 생각에 잠겼다. '조조

는 대체 어떤 사람일까?

헌제는 조조를 본 적이 없었다. 아니, 딱 한 번 본 적은 있었다. 그가 즉위하는 날 조조도 그 조회에 참석했던 만큼 전혀 본 적이 없는 것은 아니었다. 그러나 그 해에 그는 겨우 9살이었고, 행사가 진행되는 동안 동탁의 얼굴만 살폈기 때문에 조조에 대한 기억이 있을 리 만무했다. 그는 조조가 뚱뚱한지 날씬한지, 키가 큰지 작은지조차 알지 못했다.

공교롭게도 헌제가 조조의 이름을 되뇌고 있는 차에 시위가 당황한 모습으로 뛰어 들어왔다. 다급한 나머지 그는 바닥에 머리를 대지도 않고 아뢰었다.

"폐하! 조조가 폐하를 알현하러 왔습니다."

헌제는 깜짝 놀라 자리에서 벌떡 일어났다. 순간 그는 뭔가 이상하다는 생각이 들었다.

후대에 '조조를 논하면 조조가 온다(호랑이도 제 말 하면 온다는 속담과 같은 뜻임-옮긴이)'는 속담은 이 일 때문에 생긴 것이었다. 어쩌면 이 속담을 만든 사람이 바로 한 헌제인지도 모를 일이었다. 조조는 모든 일 처리가 빠르고 은밀하여 상대방에게 미처 방비할 틈을 주지 않았다. 때문에 헌제도 '조조를 논하면 조조가 오는구나!' 하고 감탄했을 개연성도 없지 않았다. 조조의 〈사습비정후표〉를 읽은 지 얼마 되지 않은 데다 조조를 낙양으로 '잠소潛召(몰래 불러들임-옮긴이)' 하는 조서를 보낸 지도 얼마 되지 않은데 어떻게 그가 이처럼 빨리 면전에 나타날 수 있단 말인가?

조조는 어느새 헌제의 발아래 무릎을 꿇고 있었다. 바닥에 머리를 조아린 그는 흐느껴 우느라 말을 하지 못했다. 조조는 황제가 이토록 곤궁한 세월을 보내고 있을 줄은 전혀 예상하지 못했던 것이다. 그가 마음속으로 소리쳤다.

'황상 폐하! 천자의 몸으로 어찌 이토록 더럽고 누추하기 그지없는 곳에 묵고 계신단 말입니까? 대들보가 불에 타다 만 흔적이 여전하고, 창문에는 반란을 일으킨 병사들이 전투할 때 남긴 화살 자국이 그대로 있습니다. 발아래 벽돌 틈으로는 잡초가 자라고 벽에 매달린 도마뱀이 감히 천자의 거처를 훔쳐보고 있습니다.'

조조가 왔다고 외치는 소리에 황후와 귀인은 벌써 몸을 피한 모양이었다. 그러나 마당에 걸어놓았던 물건들은 미처 치울 새가 없었는지 그대로 남아 있었다. 사실 너덜너덜한데다 곰팡이 자국까지 남아 있는 옷들은 굳이 말릴 필요도 없었다. 이런 옷들을 널고 있던 여인이 바로 이 나라의 '국모國母'였다.

헌제도 마음이 흔들리면서 서글픔이 몰려왔다.

"애경愛卿(황제가 아끼는 신하를 부를 때 쓰는 호칭–옮긴이)은 그만 일어서서 얘기하시오!"

조조는 땅에 엎드린 채 입을 열었다.

"신은 황송하여 감히 머리를 들지 못하겠사옵니다."

헌제는 몸소 손을 내밀어 그를 일으켜 세웠다. 그러자 조조는 먼저 헌제를 침상 위에 앉혀놓고는 천천히 몸을 일으켰다. 헌제가 조조의 얼굴을 살펴보니 꼴이 말이 아니었다. 두 눈은 퉁퉁 부어 붉은 복숭아 같고 얼굴은 눈물범벅이었다. 도포 앞섶은 흥건히 젖어있었다.

"소신 어가를 보호하러 너무 늦게 왔습니다. 불충한 죄를 용서해 주십시오."

조조는 또다시 무릎을 꿇고 머리를 조아렸다.

"됐소. 이렇게 경께서 와주셨으니 짐도 마음이 편하오."

헌제가 다정하게 말했다.

헌제를 알현한 조조는 중랑장 조홍에게 일부 군사들을 배치하여 금궁禁宮을 지키게 했다. 그런 다음 한섬이 파견한 '우림군'을 전부 쫓아냈다. 아울러 그는 기도위 임준에게 이 집을 잘 보수하고 황제의 신분에 맞는 옷과 이불, 가구들을 들이라고 지시했다.

한섬은 어이없게 쫓겨 온 병사들의 입을 통해 조조가 불시에 낙양으로 입성한 사실을 알게 되었다. 조조가 입성한 그날 한섬은 장양의 주둔지인 야왕에 가느라 성안에 있지 않았다.

마침 천고마비의 계절이라 들짐승들도 살이 통통하게 오른 때였다. 한섬은 몇몇 대신들을 불러 활을 들고 야왕으로 사냥을 하러 갔던 것이다. 하지만 실제로는 사냥을 명분으로 장양과의 친분을 다지기 위한 것이었다. 사람들은 적은데 이상하게도 들짐승은 득실거렸다. 활을 잘 쏘는 자나 못 쏘는 자나 저마다 만족할 만큼 수확을 얻어 돌아왔다. 밤이 되자 그들은 들판에 모닥불을 피워놓고 들짐승을 굽기 시작했다. 살찐 짐승들의 몸에서 기름이 뚝뚝 흘러내리자 자연스럽게 술이 나왔고 술이 거나해지자 흥겨운 춤판이 벌어졌다.

여럿이 갓 잡은 고기를 안주로 술을 마시는 중에 화제가 조조에게로 옮겨갔다. 조조가 3번이나 표를 보내 작위를 사양한 일에 대해 그것이 겸손이라고 여기는 자는 한 명도 없었다. 그들은 조조가 '3번 사양하여 봉읍과 작위를 차지하는' 기회를 빌려 조부와 부친 그리고 자신의 공로를 열거함으로써 다른 사람들에게 자신을 과시하고 있다고 입을 모았다. 다시 말해서 조조가 3번 사양한 것은 여러 사람들의 신망을 얻기 위한 좋은 방법이었다는 것이다. 모두 경멸의 뜻으로 입을 삐쭉이며 조조를 크게 비웃었지만 덕성과 명망이 높은 태위 양표만은 아무 말도 하지 않고 무표정하게 앉아 있었다.

이때 대승臺崇이란 시중이 양표의 귀에 대고 몇 마디 수군거리자 그의 눈이 반짝였다. 그러고는 미간을 찌푸리며 "음!" 하고 신음소리를 냈다.

이런 모습을 본 한섬이 대승에게 물었다.

"양 공에게 무슨 말을 했느냐?"

대승이 대답했다.

"별로 중요한 일은 아닙니다."

그러나 그의 눈빛에는 뭔가 숨기는 기색이 역력했다.

한섬은 생각할수록 뭔가 이상하다는 느낌이 들었다. 그는 술에 취한 척하며 대승의 멱살을 잡고 진담 반 농담 반으로 윽박질러 말했다.

"이 필부 놈아! 솔직히 말하지 않으면 네놈의 목을 분질러 버리겠다."

대승이 황급히 용서를 빌었다.

"요즘 동승 장군이 조조와 연락을 취하는 것 같은데 무슨 연유인지 몰라서……."

동승이라는 말에 한섬은 몹시 긴장한 표정을 지으며 대승에게 물었다.

"그가 어떻게 조조와 연락을 취했느냐?"

모두 구미가 당기는 듯 한섬의 행동을 조용히 지켜보고 있었다. 대승은 우물쭈물하며 말을 잇지 못했다. 여러 사람들이 초조한 표정으로 더욱 따지고 들었지만 대승은 마치 여러 사람들의 조바심을 자극하기라도 하려는 듯이 입을 꼭 다물었다. 한섬이 또다시 그의 목을 조르려고 하자 그는 그제야 겨우 한마디 내뱉었다.

"수일 전에 동승 장군의 수하 하나가 야밤에 말을 타고 허성으로 가더군요. 큰일이 있다고 하면서……."

"큰일이라고?!"

모두 놀라 눈이 휘둥그레졌다. 동승이 한 번도 조조와 왕래한 적이 없다는 사실을 잘 알고 있는 이들은 갑자기 두 사람이 내통하게 된 연유가 궁금했다. 의심이 눈덩이처럼 커져갔다. '큰일'이란 도대체 무엇을 말하는 것인가? 대숭은 또 동승이 부하를 시켜 허도에 가서 조조와 연락을 취하게 한 사실을 어떻게 안 것인가?

대숭이 말했다.

"저도 폐하의 시위에게서 들었습니다."

"폐하의 시위라고?"

모두 또 한 번 크게 놀랐다. 그렇다면 이것이 폐하와 관련된 일이란 말인가? '큰일'인 것이 분명했다.

대숭은 장양과 한섬, 양표 등을 둘러보더니 또다시 야릇한 웃음을 지으며 말했다.

"세 분은 폐하의 측근이니 조정의 대사를 누구보다 먼저 알고 계셔야 합니다. 그런데 이를 제게 물으시니 정말 이상한 일이군요."

그들을 비웃는 말에 한섬과 장양의 눈에서 불꽃이 튀었다. 노련한 양표는 실눈을 뜨면서 짐짓 손으로 귀를 덮는 척했다.

"나는 늙어서 귀도 멀고 눈도 잘 보이지 않네. 보고 듣는 것이 아무것도 없단 말일세!"

바로 이때 한섬의 명령으로 황제의 곁을 지키던 병사들이 말을 타고 달려왔다. 그들은 조조가 이미 군사를 거느리고 입성했다는 소식을 전했다. 모두 "아!" 하고 비명을 질렀다.

여기서 또 한 번 '조조를 논하면 조조가 온다'는 속담의 어원이 나왔을 것이다.

8월 신해辛亥일, 조조가 군사를 이끌고 낙양에 입성한 지 6일이 지났다. 헌제는 '양안전'에 의젓한 자세로 섰다. 문무백관들은 쓰레기와 잡초를 제거한 공터에서 한 늙은 내시가 선포하는 조서의 내용을 들었다.

"진동장군 조조를 사예교위와 녹상서사錄尚書事에 봉한다. 위장군 동승은 보국輔國장군에, 복완(황후의 부친) 등 13명은 열후에 각각 봉한다. 사성射聲교위 저준沮俊(어가를 호위하여 동쪽으로 가는 도중에 이각의 병사들에게 살해당함)은 홍농 태수에 추봉한다. 시중 대승과 상서 풍삭 등은 모반을 꾀해 사직에 위협을 주었으므로 처형한다."

조서의 낭독이 끝나자 모두 "폐하 만세!"를 외치고 서둘러 흩어지려 했다. 이때 백발의 신하 하나가 먼지가 가득한 바닥에 쿵 하고 쓰러졌다. 조조가 황제에게서 받은 절월을 들고 그의 곁으로 다가갔다. 자세히 보니 태위 양표였다. 그는 걱정하는 척하며 몸을 굽혀 물었다.

"양 공! 어떻게 된 일입니까?"

"나도 이제 몸이 늙어 체력이……."

"그렇군요. 양 공께서도 연세가 많이 드셨지요."

조조는 아쉬운 듯 탄식하더니 이내 얼굴빛을 바꾸었다. 그리고는 궁전 아래를 향해 큰소리로 분부했다.

"데리고 나가라! 어서 데리고 나가라고!"

곧 몇몇 무사들이 달려와 양표를 대충 부축하여 데리고 나갔다.

이날 조조는 헌제에게 나라를 어지럽혔다는 죄목으로 한섬을 탄핵하는 상소를 올렸다. 하지만 헌제는 한섬이 어가를 호위하여 동쪽으로 간 공이 있다는 이유로 그의 죄를 묻지 말라고 당부했다. 이 소식을 들은 한섬은 조조와 맞설 세력이 없음을 알고 야밤에 말을 타고 낙양을 벗어나 양현에 있는 양봉에게로 가버렸다.

2

절월을 손에 든 녹상서사 조조의 마음이 무겁기 그지없었다.

소위 절월이라는 것은 부절과 월 두 가지를 의미한다. 부절은 황제가 장군이나 승상에게 중임을 맡길 때 주는 증표로써 대나무와 야크의 털로 만들어져 있었다. 월은 황제만이 지니는 모든 정벌 권력을 대표하는 도끼 모양의 병기로써 보통 금이나 은으로 도금되어 있었다. 이 두 가지만 갖고 있으면 조조는 얼마든지 황제를 대표하여 모든 권력을 행사할 수 있었다.

'녹상서사'라는 관직명 가운데 '녹'은 관할한다는 뜻으로, 상서대尙書臺의 모든 일을 책임지고 관할하는 직책이었다. 당시 조정의 실권이 상서대에 있었던 만큼 녹상서사의 관직을 차지하는 사람은 가장 큰 실권을 갖는 인물이기도 했다.

조조는 이 두 가지 물건을 시종에게 들게 하고 자신은 말을 타고 군영으로 돌아갔다.

그의 군영은 두 군데에 나누어져 있었고, 각각 5, 6만 명의 군사를 보유하고 있었다. 군영 하나는 대궐 동쪽의 보광리에, 다른 하나는 성 밖 북망산에 자리 잡고 있었다. 성내의 군사들은 그가 직접 통제하고 성 밖의 군사들은 조인의 명령에 따르고 있었다.

사시가 다 지나가고 있었다. 대낮인데도 날이 몹시 흐려 마치 저녁 무렵인 것 같았다. 신해일은 길일이기는 하지만 날씨가 마치 울상을 지은 여인의 얼굴 같았다. 기분이 좋을 리 만무했다.

조조는 중평 6년의 일을 떠올렸다. 때는 여전히 지금과 같은 계절이었다. 대장군 하진이 환관들을 주살하려다 실패하고 당시의 황제와 지금의 헌제는 장양과 단규에게 붙잡혀 북망산으로 끌려갔다. 이튿날 군대를 이끌고 입성한 동탁은 황제와 황후, 태후를 모두 시해했다. 그때부터 조정의 대권은 '양주 늑대들'의 손에 들어갔고 한나라 역사상 유례없는 대규모 재난이 시작되었다.

7년이란 세월이 흘렀다. 7년 전 낙양은 얼마나 번화했던가? 거리에는 소와 말, 수레가 가득했고, 정교하고 영롱한 문물이 도읍 전체에 넘쳐났다. 그러나 지금은 생기를 찾아볼 수 없고 도성 전체가 음산하기만 했다. 가시풀과 쑥대 사이로 보이는 정교한 돌기둥과 버섯이나 이끼가 자라 있는 황량한 대들보를 보면서 어찌 7년 전의 옥계단과 황금기둥, 높은 누각들을 떠올릴 수 있으랴.

조조는 가슴이 찢어지는 것 같아 아예 눈을 감아버렸다. 눈을 감으면 아무것도 볼 수 없어 기분이 조금 나아질 줄 알았다. 그러나 눈을 감자 앞에는 하늘로 치솟는 큰 불길이 보이고 귓가에는 수천만 백성들의 신음소리와 통곡소리가 들려왔다. 불빛 속에서 채옹과 채문희 두 부녀의 얼굴도 떠올랐다. 신음소리와 통곡소리 속에서 초미금을 연주하는 소리도 메아리쳤다.

이날 조조는 군막에서 식사를 하면서 조정의 대사를 생각하고 있었다. 식탁 위의 음식이라곤 밥과 두장, 여로볶음뿐이었다. 게다가 날씨도 더워 그는 도복을 벗어버리고 짧은 저고리만 입고 있었다. 저고리에는 땀자국이 가득했고, 왼쪽 겨드랑이 부분은 어느새 한 뼘 가까이 찢어져 있었다. 그의 신분과 전혀 어울리지 않는 복장이었다. 그러나 조조는 이에 개의치 않았고, 그와 오랜 세월을 함께 지낸 장수들도 이미 여러 번 본 모습이라 전혀 이상하게 여기지 않았다. 조조는 그런 사람이었다. 소박하고 번다한 예의에 구속받지 않는 사람이었다.

군막에서 황급히 식사를 했는데도 이날 저녁식사 시간은 유난히 길었다.

"오늘 저녁이 맛이 없습니까?"

곁에 있던 전위가 물었다.

"음, 맛이 없군."

그는 젓가락으로 밥그릇을 두드리며 장난기 가득한 웃음을 지어보였다. 전위는 옛사람들이 말하는 이른바 오반五飯 가운데 하나인 고미菰米밥이 주공의 구미에 맞지 않아 그러는 줄 알고 얼른 주방장을 불러 밥을 다시 해오게 하려 했다. 조조가 그런 그를 말렸다.

"전위! 농담일세, 농담이라고."

전위는 멋쩍게 머리를 긁적였다. 바로 이때 시위 하나가 군막으로 들어와 아뢰었다.

"자칭 대필戴必이라 하는 의랑이 장군을 뵙기를 청합니다."

"대필이라고?"

조조는 아무리 생각해보아도 그의 이름이 생소하기만 했다. 그도 그럴 것이 낙양에 온 지 이제 사나흘밖에 되지 않았으니 조정의 모든 관원들과 면목을 익혔을 리 만무했다. 그는 곧장 지시를 내렸다.

"들여보내라."

그러고는 젓가락을 내려놓았다.

촛불이 휘익 하고 바람에 날렸다. 의랑이 들어왔다. 그는 황갈색의 도포에 현관賢冠을 쓰고 있었고, 나이는 30살쯤 되어 보였다. 이목구비가 준수한 것이 정기가 넘쳐 보였다. 서로 눈빛을 교환하고 나서 조조가 먼저 물었다.

"선생은 어디 사람이시오?"

대필이 대답했다.

"제음 정도입니다."

조조가 다시 물었다.

"선생께선 이 조조에게 어떤 가르침을 주려고 만나자고 하셨소?"

대필이 조조의 앞에 놓여 있는 밥그릇과 젓가락을 가리키며 대답했다.

"장군과 밥이나 함께 먹었으면 하는데 괜찮으시겠습니까?"

조조는 적이 놀랐다. 이 사람이 자신을 만나고자 한 목적이 몹시 궁금했지만 고개를 끄덕이지 않을 수 없었다.

"좋소!"

그는 시종에게 밥과 수저를 내오라고 일렀다.

시종이 밥과 수저를 내왔는데도 대필은 식사를 하지 않고 조조를 바라보며 빙긋이 미소만 지었다. 그의 웃음에 조조의 기분이 야릇해졌다.

"선생은 대체 누구시오?"

대필이 웃음을 거두면서 대답했다.

"제가 무슨 '대필'이겠습니까? 전 바로 장군을 대신해 여러 차례 편지를 쓴 바 있는 동소입니다."

"아이고! 선생이 바로 동 공이셨군요."

조조가 호탕한 웃음을 웃었다.

"어쩐지 의랑치고 이름이 무척 생소하다고 생각했소이다. 알고 보니 정말 '대필代筆'이셨구려. 허허허!"

조조가 급히 일어나 도포를 가지러 가려 하자 동소가 앞을 막아서며 말했다.

"장군께선 편하게 계십시오. 굳이 옷을 갈아입으실 필요가 없습니다."

"아닙니다! 저의 불공한 태도를 용서해주시오. 이참에 제대로 고맙다는 인사를 올리고 싶소이다."

조조는 곧 그를 별실로 안내했다. 두 사람은 제대로 예를 갖추고 다시 인사를 나누었다. 조조가 먼저 입을 열었다.

"선생을 한 번도 뵌 적이 없으나 앙모한 지는 꽤 오래되었습니다. 초평 3년에는 다행히 공께서 편지를 대필해주신 덕분에 조정과의 소통이 이루어지기도 했지요. 그리고 이번에 또다시 제 이름으로 양봉에게 편지를 써주셨습니다. 선생이 아니었더라면 제가 어찌 오늘 이 자리에 있겠습니까?"

동소가 말을 받았다.

"동소는 장군을 사모한 지 오래입니다. 그래서 필적도 거의 비슷하게 흉내를 낼 수 있었던 것이지요. 하지만 마음속에 담겨 있는 말들은 함께할 수 없었고 풍채는 더더욱 흉내 낼 수 없었습니다. 다행히 이각과 곽사, 양봉, 동승 등은 저보다도 주공을 잘 알지 못하기 때문에 그런대로 속여 넘길 수 있었던 것입니다."

그러고는 껄껄 웃었다. 조조도 따라 웃고 나서 다시 한 번 정중하게 사의를 표했다.

"입성하자마자 선생을 찾았어야 했는데, 오늘 이렇게 선생께서 먼저 이곳을 찾아주시니 몸 둘 바를 모르겠습니다."

"장군께서는 반란을 평정하시고 한창 대업에 바쁘신데 어찌 그런 사소한 일에 신경 쓸 여유가 있겠습니까?"

조조가 머리를 가로저었다.

"아닙니다. 사실 저도 선생을 만나 뵙고 싶었습니다. 선생께 여러 가지 가르침을 청해야 할 것 같았거든요."

이야기가 이어지면서 두 사람의 표정이 심각해졌다. 동소가 물었다.

"장군께서는 어떤 어려움을 만나셨나요? 혹시 동소가 도와드릴 일이라도 있습니까?"

조조는 연신 고개를 끄덕였다.

"물론이지요. 조조가 조정에 들어온 후 가장 먼저 해야 할 일이 무엇이라고 생각하십니까?"

동소가 조금도 주저하지 않고 낭랑한 목소리로 대답했다. 보아하니 사전에 미리 구상하고 있었던 것 같았다.

"장군께서는 의병을 일으켜 역적을 소탕하셨고, 입조하여 천자를 보좌하게 되셨으니 이는 곧 오백五伯(춘추시대의 제齊 환공桓公과 송宋 양공襄公, 진晉 문공文公, 진秦 목공穆公, 초楚 장왕莊王 등을 말함-옮긴이)에 비유할 수 있을 것입니다. 그러나 여러 장수들이 제각기 사람도 다르고 마음도 달라 모두 명공께 복종하리라고는 장담할 수 없을 것입니다. 이곳에 계속 머물러 계시다가는 여러 가지로 불편한 일이 있을 터이니 천자를 모시고 허성으로 가시는 것이 상책일 겁니다."

그의 말에 조조는 탁 하고 자신의 이마를 치더니 동소의 손을 부여잡고 힘차게 흔들었다.

"아이고! 동 공께서 제대로 말씀하셨습니다. 솔직히 말씀드리자면 조조의 본심도 그와 다르지 않습니다."

조조는 연주와 예주가 자신의 기반이라 낙양에 오래 머무를 수 없다고 말하면서 그곳에는 백성들도 많고 식량도 넉넉하여 천자와 여러 대신들을 모시는 데 전혀 문제가 없을 것이라고 설명했다. 그는 봄에 조홍을 보내 천자를 알현하게 하고, 자신은 진성을 함락한 다음 여남과 영천 서군을 차지했다. 그때 순욱 등이 그에게 천자를 나중에 허도로 모셔갈 것을 간언한 적이 있었다. 그는 동소에게 천자를 모시기 위해 이미 황궁을 세울 자리도 마련해 놓았다고 말했다. 동소가 말했다.

"그렇다면 서둘러 천도를 감행하십시오."

조조가 말을 받았다.

"아직은 안 됩니다. 조정은 장안에서 막 낙양으로 돌아온 상태입니다. 아직 여독도 채 풀리지 않았지요. 지금 서둘러 다시 어가를 움직인다면 여러 사람이 나서 소란을 피울 것이 분명합니다. 저로서는 다른 사람들의 불만을 감당할 자신이 없습니다."

"하지만 비상한 일을 행해야 비상한 공을 세울 수 있는 것이 아니겠습니까? 장군께서는 잘 판단하셔야 할 겁니다. 세상에는 완전한 이익이 없습니다. 장군께서는 큰 이익을 챙기셔야 합니다. 제 생각에는 하루속히 허성으로 천도하시는 것이 좋을 듯합니다."

조조가 한참이나 입을 열지 못했다. '허성으로 천도하려면 양봉의 주둔지를 지나야 하는데 그가 그냥 지켜보기만 할까?'

동소도 나지막하게 중얼거렸다.

"장군께서는 양봉의 관문을 잘 넘기셔야 할 겁니다."

조조가 물었다.

"제가 어떻게 해야 하는지 좀 더 자세히 명시해주시지요."

동소가 대답했다.

"제가 알기로는 장군께서 진동장군과 비정후에 봉해진 데는 양봉의 입김이 크게 작용했다고 합니다만……."

"그건 저도 알고 있습니다. 선생의 '대필' 덕분에 양봉이 저를 위해 나서주었던 것이지요. 그리고 보니 그에게도 정말 큰 신세를 졌군요."

동소가 말했다.

"그러시다면 장군께서 양봉에게 후한 선물을 보내 감사의 뜻을 전하십시오. 그러면서 낙양에는 양식이 부족하여 천자를 모시고 노양魯陽으로 가려 하는데, 그곳은 허도에서 가까워 식량난을 해결할 수 있다고 말씀하십시오. 양봉은 용맹하긴 하지만 지혜가 부족하기 때문에 주공을 의심하는 일은 없을 겁니다. 저는 그가 천자와 장군께서 양지梁地를 통과하도록 기꺼이 허락할 것이라 믿습니다."

조조는 뭔가를 깨달은 듯 손바닥으로 자신의 이마를 툭 쳤다.

"아주 절묘한 계책이로군요. 허성으로 천도하면서 노양으로 간다고 말하면 문제가 없을 것 같습니다. 즉 항장項莊이 패공沛公을 노리고 검무를 추는 것과 같은 이치로군요. 정말 절묘합니다."

조조는 곧 동소와 세부적인 절차를 의논했다. 이번에 양봉에게 보낼 편지는 굳이 동소가 대필할 필요가 없었다. 이번에는 조조가 직접 쓰는 것이 당연했다.

양봉에게 보낼 편지가 완성되자 어느새 밤이 깊어졌다. 동소는 자리에서 일어나 조조에게 작별인사를 고했다. 그러자 조조는 동소에게 한 침상에 누워 함께 밤을 보낼 것을 청했다. 그의 진정에 감동하긴 했으나 동소는 끝까지 그의 청을 거절하면서 훗날을 기약했다.

3

"뭐라고요? 천도라고?"

'천도'라는 말에 16살이 된 황제는 놀라서 입을 다물지 못했다. 물론 놀랐다고 해서 꼭 반대한다는 것만은 아니었다. 단지 일이 너무 급작스럽다는 느낌이 들었던 것이었다. 미리 마음의 준비를 해둔 바가 없기 때문이었다. '낙양으로 돌아와 아직 앉은 자리가 따듯해지도 않았는데 또 떠나야 하다니!' 그의 눈빛에 이런 뜻이 담겨 있었다.

그러나 허성으로 가지 않고 이곳에 남아 있는다 해서 모든 것이 해결될 수 있는 것도 아니었다. 편히 기거할 곳도 없고 먹을 것도 부족한 상태였다. 낙양 근처에는 인구가 적고 땅이 황폐하기 때문에 거둬들일 부세도 없었다. 그저 외지에서 들어오는 양식에 의지하여 연명하고 있는 데다 식량을 운반하는 데도 어려움이 적지 않았다. 게다가 여러 제후들 가운데 황실에 넉넉하게 베풀 수 있는 자들도 거의 없었다.

헌제는 이곳에 남아 주린 배를 움켜쥐고 있을 수만은 없다는 사실을 잘 알고 있었다. 그는 곧 입을 다물었다. 그러고는 갑자기 '천상天象'이라는 두 글자를 떠올렸다. 그의 입이 또다시 크게 벌어졌다.

태사령 왕립王立이 며칠 전에 태백太白이 우두牛斗 자리에서 진성鎭星을 범하고, 형혹熒惑(화성)이 역행하여 금金과 화火가 서로 모인 것은 혁명革命의 상이라는 등 알 수 없는 말을 한 적이 있었다. 헌제로서는 왕립의 말을 이해하기 어려웠다. 어쩌면 이런 천상이 곧 위지魏地가 흥성할 것임을 암시하는 것인지도 모를 일이었다. 위지는 다름 아닌 조조가 자신에게 천도를 제안한 곳이었다. 왕립은 그에게 특별히 귀띔을 하기도 했다.

"천하를 안정시킬 자는 조씨 성일 것입니다. 오직 조씨에게 모든 일을 위임하셔야 합니다."

보아하니 모든 것이 하늘의 뜻인 것 같았다. 더 의논할 필요도 없었다.

마침내 헌제는 천도를 허락했다. 대신들도 이의를 제기하지 않았다. 8월 경신庚申일이 되어 어가는 조조의 호위를 받으며 낙양을 떠났다.

천자의 어가가 낙양을 떠날 때 양현에 있던 양봉은 몹시 흥분했다. 그전에 양봉은 조조가 보내온 사자를 대면했다. 사자는 선물을 가득 싣고 왔다. 양봉은 미처 물건들을 자세히 살펴보지는 못하고 대충 품목만 읽어보았다. 그러고는 곧장 황제와 조조 일행을 맞을 준비를 서둘렀다.

이곳에 잠시 거처하던 한섬은 양봉이 부하들을 시켜 이런저런 준비를 하는 것을 보고는 마음이 씁쓸했다. 그는 양봉에게 조조는 간사하고 악독한 인물이라고 비난하면서 여백사의 일족을 전부 죽인 일을 예로 들어가며 그는 배신을 쉽게 하는 자이니 속임수에 넘어가지 말라고 충고했다.

양봉은 웃기만 할 뿐, 대답은 하지 않았다. 그는 한섬이 이런 말을 하는 것이 조조와 척을 지었기 때문이라는 것을 잘 알고 있었다. 양봉이 아무리 생각해도 조조가 자신을 속일 이유가 없었다. 그는 웃음이 나올 것 같아 입이 근질근질했다. 천자가 노양으로 천도하면 그가 있는 양현이 제일 가까웠다. 물론 조조가 있는 허성도 그리 멀지는 않았다. 이는 곧 그가 조정을 통제할 수 있거나 적어도 조조와 함께 통제할 수 있다는 것을 의미했다. 게다가 조조는 "내게는 식량이 있고 장군에게는 군사가 있으니 서로 보완하면서 생사와 화복을 함께 나눌 수 있을 것입니다"라고 말한 바 있었다. 그렇게 되면 천하가 곧 두 사람의 것이 되는 것이었다. 정말 대단한 묘책이 아닐 수 없었다.

한섬이 조조를 미워한다는 사실을 잘 알고 있는 양봉은 그의 말을 한 귀로 듣고 다른 귀로 흘려보냈다. 그러고는 어가를 맞을 준비를 서둘렀다.

하지만 며칠을 기다려도 어가는 나타나지 않았다. 첩자가 그를 찾아와 말했다.

"조조의 병마가 황제를 호위하여 낙양을 빠져나온 다음 곧장 방향을 바꿔 도관道關을 통해 허성으로 향했습니다."

양봉의 눈앞에 별이 반짝였다. 갑자기 탁 하고 머리를 둔기에 얻어맞은 것 같은 기분이었다. 그는 버럭 소리를 질렀다.

"조조, 이 간사한 놈! 내 너를 그냥 내버려 두지 않을 것이다."

그는 곧 군사를 거느리고 조조를 추격하기 시작했다. 얼른 조조의 길을 막고 황제와 여러 대신들을 빼앗아 와야 했다.

도관은 험준하기 그지없는 군사의 요충지였다. 산길이 굽이굽이 열두 고개라 붙여진 지명이 '도관'이었다. 황제의 어가와 대신들을 태운 수레가 힘겹게 산길을 올라가고 있을 때 많은 사람들이 조조가 이런 길을 택한 이유를 이해하지 못했다. 그곳을 무사히 통과하고 나서야 조조는 말 한마디로 사람들의 궁금증을 풀어주었다.

"누군가 이 길목을 지키고 서 있었더라면 나는 아마 꼼짝도 못했을 것이오. 허허!"

이것이 바로 조조였다. 그는 늘 거짓 행동으로 상대방을 속여 넘기고 나서 의기양양하게 앙천대소仰天大笑하곤 했다. 앞으로도 이런 일은 심심치 않게 일어날 것이다. 그는 자신의 이런 기질에 대해 스스로 탄복했고,

이를 감추지도 않았다. 물론 때로는 너무 일찍 웃음을 터뜨리는 바람에 난처한 지경에 처하기도 했다.

조조는 헌제를 허도로 모시는 것이 매우 중요한 대사임을 모르지 않았다. 이 일의 성공 여부는 종묘와 사직 그리고 자신의 운명에 지대한 영향을 미칠 수 있는 만큼 수단과 방법을 가리지 말아야 했다. 애당초 양봉이나 다른 사람들의 기분을 고려할 필요가 없었던 것이다.

도관을 지난 뒤부터 일행은 발걸음을 재촉하기 시작했다. 이렇게 낙양을 향해 바쁘게 행군한 지 수일이 지났을 즈음 조조 일행은 앞길을 막고 선 양봉의 군사와 맞닥뜨리고 말았다.

"조조! 이 신의를 저버린 나쁜 놈! 내가 눈이 멀어 네놈을 진동장군과 비정후에 봉할 것을 천거했구나. 심장을 파내고 피를 마셔도 시원찮을 놈아!"

양봉은 깃발 아래에 서서 울화통을 터뜨리며 맞은편에 빨간 도포를 입고 있는 조조를 가리키며 마구 욕설을 퍼부었다. 이때 핏빛 노을이 도포를 비추면서 조조의 얼굴도 새빨갛게 물들었다.

조조가 웃으며 말했다.

"네놈은 눈이 멀었는지 모르겠지만 내 눈은 밝기 그지없다. 내가 네놈의 내력을 잘 알고 있는데 너와 신의를 따질 이유가 있겠느냐? 네놈이 나를 도와준 것에 대해서는 미안한 마음이 없는 것도 아니지만 천하를 위해서는 나도 그럴 수밖에 없었다."

양봉은 더 이상 화를 참지 못하고 서황을 내보냈다. 조조가 채찍을 휘두르자 그의 진중에 새로 들어온 장수 허저許緖가 달려 나왔다. 허저는 자가 중강仲康으로 신장이 8척이며 허리둘레가 10위圍나 되는 거한이었다.

용맹하고 힘이 장사인 그는 지난봄에 영천에서 전투를 벌일 때 맞아들인 장수였다. 그는 자신의 용맹함을 과시하고 공을 세우고 싶은 마음에 황급히 달려 나가 서황과 맞붙었다. 서황은 도끼를 사용했고 허저는 검을 사용했다. 검과 도끼가 한데 어우러지면서 60합이 넘도록 싸웠으나 여전히 승부가 가려지지 않았다. 양옆에서 두 사람의 싸움을 지켜보던 사람들은 손에 땀을 쥐었다.

이때 조조의 진영에서 전위와 하후돈 등이 초조해하며 조조에게 서로 자신을 보내달라고 간청했다. 두 사람 모두 서황과 겨뤄보고 싶었던 것이다. 하지만 조조는 곧장 징을 울려 군사를 거두게 했다. 전위와 하후돈은 의아한 표정이었고 허저마저도 곤혹스러운 낯빛이었다. '아직 날도 어두워지지 않았는데 주공께서 먼저 군사를 거두시는 것은 적에게 약한 모습을 보여주는 것이 아닐까?' 그러나 함부로 군령을 어길 수도 없는 노릇이라 허저는 울며 겨자 먹기로 검을 거두어 진으로 돌아오고 말았다.

양봉과 한섬은 이런 틈을 타서 병사들에게 공격을 명령했다. 조조의 군대는 반격하면서 계속 퇴각했다. 부상자가 나오기 시작했고 양군은 골짜기를 사이에 두고 진을 치게 되었다.

그날 밤 조조가 여러 모사들과 함께 계책을 논의하고 있는 차에 허저가 보따리 하나를 메고 군막으로 들어왔다. 숨을 몰아쉬며 씩씩거리는 그는 볼이 적잖게 부어 있었고, 호흡 때문에 자주색 수염이 부르르 떨렸다. 그는 탁 하고 바닥을 내려치며 볼멘소리를 내뱉었다.

"조 장군께서 저를 하찮게 보시니 저도 이만 집으로 돌아가는 수밖에 없습니다. 부디 안녕히 계십시오."

조조는 놀라움을 금치 못했다. 그는 허저가 이날 너무 일찍 군사를 거둔 것 때문에 화가 나서 그러는 것임을 모르지 않았다. 그는 급히 탁자를 옆으로 밀어놓고 황급히 그에게 다가가 보자기를 빼앗고 등을 쓰다듬으며 말했다.

"자네 지금 뭐하는 건가? 내가 자네의 무예를 하찮게 여겼다니! 그게 아닐세. 나는 자네의 담력과 힘, 무예에 탄복하고 있다네. 내가 자네를 나의 '번쾌'로 생각하고 있는 걸 모르나?"

조조의 말에 허저는 화를 가라앉히면서 멋쩍게 웃었다. 허저는 고향에 도적떼가 들이닥쳐 마을을 함부로 약탈하려 하자 수백 명의 마을사람들을 모아 성채를 굳건히 지킨 바 있었다. 어느 날 적들이 공격을 재개했는데, 성안에는 화살이 하나도 남아 있지 않았다. 이에 허저는 여러 사람들에게 거위알만 한 돌을 잔뜩 준비하여 4개의 성문 앞에 쌓아두게 했다. 그리고는 자신이 직접 나서서 돌팔매질을 했다. 획획 소리를 내며 날아간 돌들은 백발백중이었고 적은 감히 성채를 공격하지 못했다. 나중에 허저는 적을 달래는 계책을 제시하여 화해를 요청하고 자신들이 가지고 있는 소와 적들이 가지고 있는 식량을 맞바꾸기로 약속했다. 허저 수하의 사람들이 쌀을 운반해오고 적들이 소를 몰고 가려는 순간, 어디선가 휘파람소리가 났다. 신호를 받은 소들은 일제히 발길을 돌려 성을 향해 달려왔다. 이때 허저가 담에서 뛰어내려 가장 크고 힘이 센 수소를 막아서더니 오른손을 내밀어 소의 꼬리를 잡아당겼다. 그러면서 "돌아가!" 하고 말하고는 소를 도적의 무리를 향해 잡아당겼다. 큰 소는 그대로 질질 끌려갔다. 이런 광경을 본 도적들이 그의 놀라운 힘에 크게 탄복하여 소를 챙기지도 못하고 그냥 도망쳐버렸다. 그때부터 허저의 이름이 회淮, 진陳, 여汝, 양梁 일대에 널리 전해지게 되었다. 조조가 여남과 영천을 공격할 때 허저는 자신의 부하들을 이끌고 조조에게 귀순했다. 그의 체구가 아주 우람한 것을 보고 조조는 감탄을 금치 못했다.

"그대야말로 나의 '번쾌'일세!"

조조는 그날로 허저를 도위에 임명했다. 그는 허저를 좋은 말로 구슬리며 말했다.

"내가 일찌감치 군사를 거둔 것은 첫째, 양봉과 한섬 따위를 두려워해서도 아니고 둘째, 장군의 재주를 하찮게 여긴 것은 더더욱 아닐세. 서황은 참으로 훌륭한 장수일세. 내가 그를 힘으로 꺾고 싶지 않으니 계책을 써서 항복을 받도록 해야만 하네."

그의 한마디에 허저의 마음이 눈 녹듯 녹았고 다시는 집으로 돌아가겠다는 말을 입 밖에 내지 않았다.

이때 자리에 앉아 있던 종사 만총滿寵이 조조에게 말했다.

"주공께서는 염려 마십시오. 제가 서황과 일면지교가 있습니다. 주공께서 그를 항복시키길 원하신다면 제가 그의 영채에 가서 설득해보겠습니다."

이에 조조는 크게 기뻐하며 말했다.

"종사가 그를 항복시킨다면 양봉 따위야 두려울 게 있겠소? 어서 가보시오."

밤이 깊어지자 만총은 병졸 차림으로 변장하고 몰래 적군의 영내로 잠입했다. 그는 곧 서황이 있는 군막을 알아냈다. 서황은 갑옷을 입은 채 촛불을 밝히고 앉아있었다.

"이보게 친구, 그동안 잘 지냈소?"

서황은 놀라지 않을 수 없었다. 고개를 들어 자세히 보니 산양의 만총이었다. 그가 얼른 인사를 건넸다.

"만 군께서 어찌 이런 차림으로 이곳에 오셨소?"

만총은 밖에서 서성거리는 병사들의 그림자를 보고는 하려던 말을 멈췄다. 서황이 그의 의중을 알아채고는 말했다.

"괜찮소. 전부 내 심복들이오."

자리에 앉자마자 만총이 말했다.

"난 지금 조 장군의 종사로 있소. 오늘 진전에서 그대를 보고 한마디하고 싶어 이렇게 죽음을 무릅쓰고 찾아온 거요. 그대의 용기와 모략은 천하에 따를 자가 없는데, 어찌하여 양봉과 한섬 같은 소인배들을 섬기고 있는 것이오?"

서황은 그의 눈빛을 피하며 고개를 떨어뜨렸다.

만총이 다시 말을 이었다.

"조 장군으로 말하자면 당대의 영웅으로 어진 사람들을 좋아하여 선비들을 예로써 대하고 있다는 것은 천하가 다 아는 바이오. 오늘 진전에서 그대의 용맹한 모습을 보시고는 마음속으로 깊이 흠모하시어 맹장을 내보내고서도 목숨을 걸고 싸움에 임하지 말 것을 당부했던 것이오. 그러고는 이렇게 나를 보내서서 그대를 청하신 것이오. 다시 말하지만 이는 결코 양봉이 두려워서가 아니라 그대의 안녕을 생각한 소치라는 것을 잊지 마시오. 바라건대 그대가 이제는 어둠에서 벗어나 조 장군에게 몸을 의탁하여 그분과 함께 대업을 도모했으면 하오."

서황은 한참 동안 생각에 잠기더니 이내 서글픈 탄식으로 입을 열었다.

"솔직히 말하자면 나도 양봉이 나라를 안정시킬 인물이 못 된다는 것을 잘 알고 있다오. 그를 위해 일한다면 큰일을 할 수 없지요. 하지만 오랫동안 그를 섬겨온 터에 어떻게 쉽게 버리고 떠날 수 있겠소. 인정을 따지자면……."

만총이 고개를 가로저으며 말을 잘랐다.

"그대처럼 똑똑한 사람이 왜 그런 생각을 하는 거요? '영리한 새는 나무를 가려서 깃들고 어진 신하는 주인을 택해서 섬긴다'는 말도 못 들어봤소? 마땅히 섬겨야 할 주인을 만나고도 좋은 기회를 놓친다면 이는 대장부라 할 수 없을 것이고 천고에 한을 남기게 될 것이오."

서황은 한참이나 침묵을 지키다가 마침내 결단을 내렸다.

"좋소. 내 만 군의 뜻에 따르리다."

이어서 서황은 휘하의 심복들을 몇몇 불러 만총과 대면시키며 양봉을 배신하고 조조에게 귀순할 뜻을 밝혔다. 그러면서 그들에게 말했다.

"나와 함께 가고 싶은 사람은 오늘 밤 나를 따르고 이곳에 그대로 남고 싶은 사람은 남도록 하라. 억지로 강요할 생각은 없다. 어차피 우린 모두 친구가 아니던가!"

그의 말이 떨어지기 무섭게 여러 장수들이 한목소리로 대답했다.

"장군과 생사를 함께 하겠습니다."

서황은 크게 기뻐하며 그들에게 어서 돌아가 몰래 수하의 병사들을 모은 다음 자신의 군막으로 다시 모이라고 지시했다.

여러 장령들이 흩어지려 하는 차에 만총이 그들을 불러세웠다.

"잠깐만!"

그러고는 서황에게 귀띔을 했다.

"기왕이면 이런 기회에 공명군께서 여러 장령들과 더불어 양봉과 한섬을 죽여 버리고 두 사람의 수급을 조 공께 선물로 드리는 것이 어떻겠소?"

서황은 고개를 저으며 거절했다.

"그럴 수는 없소. 그래도 양 장군은 내가 오랫동안 섬겨온 주인이오. 내 손으로 그를 죽이는 것은 더없이 불의한 일이오. 그 일만은 결단코 하지 못하겠소."

만총은 적이 놀라지 않을 수 없었다. 그는 속으로 아쉬움을 금할 수 없었지만 얼굴에는 서황을 흠모하는 표정이 역력했다.

"서 군은 진정한 의사義士시구려!"

자시가 되자 서황과 심복 장령들은 비밀리에 1백여 명의 병졸들을 규합하고 제각기 손에 병장기를 든 채 말에 올랐다. 그들은 곧 만총을 따라 야음을 틈타 조조의 영채로 향했다.

양봉과 한섬은 서황이 배신했다는 소식에 재빨리 군사를 이끌고 그를 추격했으나 공교롭게도 조조 군사의 매복에 걸려 크게 패하고 말았다. 사상자가 적지 않았을 뿐만 아니라 퇴각하는 길에 조조에게 투항한 자들이 태반이었다.

양봉과 한섬은 형세가 기울자 양현으로 돌아갔다. 며칠 후 그들은 황제와 문무백관들이 새 도읍인 허성에 도착했다는 소식을 듣게 되었다. 그들은 난처한 현실을 받아들이고 조정에 경하의 뜻을 담은 표를 올려야 할지 고민했다.

그러나 조조는 결코 그들을 가만 내버려두지 않았다. 양봉과 한섬의 주둔지가 허도에서 너무 가까워 언젠가는 조정의 후환이 될 것이 분명했기 때문이었다. 황제의 침소 옆에 어찌 다른 사람의 잠자리를 허락할 수 있을 것인가? 이는 삼척동자도 아는 이치였다. 그리하여 황제의 기거가 안정되자 조조는 직접 대군을 이끌고 나가 양봉과 한섬을 토벌했다. 두 사람은 조조에게 철저하게 패하고 말았다. '생사를 함께하는 형제'처럼 두 사람은 살아남은 병졸들을 수습하여 회남에 있는 원술을 찾아가 몸을 의탁했다.

4

헌제 유협은 황제의 자질을 갖춘 인물이었다. 9살 되던 해에 그를 처음 대면한 동탁은 그의 의젓한 기질에 크게 놀란 적이 있었다. 이에 동탁은 당시 황제였던 유변을 폐하고 유협을 옹립하기로 마음먹었던 것이다. 그로부터 어느덧 7년의 세월이 흘렀고, 유협은 유변이 폐위되고 독살을 당한 당시의 나이를 넘어섰다. 그는 유변의 비극을 되풀이하지 않을 것이다. 그는 자신 있게 "짐은 이미 쇠한 왕조를 다시 일으킬 황제다"라고 말할 수 있었다.

건안 원년 8월 하순이었다. 이날 황제는 깊은 잠에 빠져있었다. 그는 잠을 잘 자는 편이었다. 유랑생활에 익숙해져서 그런지 어느 곳에 가든지 쉽게 적응했다. 삐걱거리는 달구지 위에서도 잠을 잤고, 눈으로 뒤덮인 큰길에서도 꿈을 꿀 수 있었으니 편안한 군영에서야 더 말할 필요도 없었다.

그는 이때 군영에 거하고 있었다. 예전에도 이각의 군영에 거한 적이 있었는데, 지금은 조조의 군영에 거하고 있는 것이었다. 조조의 군영에는 넓은 방과 따뜻한 침상이 있을 뿐만 아니라 어디선가 갑자기 날아드는 화살도 없었다. "아주 편하고 좋군." 그는 스스로 이렇게 중얼거리곤 했다.

황제가 묵고 있는 곳은 누군가 허도에 남겨둔 대저택이었다. 아마도 허도에서 제일 훌륭한 저택인 것 같았다. 처음에는 조조가 이 집에서 살았지만 이제는 황제의 행궁이 되었다. 하지만 결국은 군영의 일부분이라 사면팔방에 병사들이 묵는 병영이 있었다. 군대의 나팔소리와 훈련하는 구령소리가 용상에까지 선명하게 들릴 수밖에 없었다.

황후 복씨와 귀인 동씨도 일찍 일어나 분단장을 한 다음 여인들의 일을 해야 했다. 궁녀 몇몇이 옆에서 시중을 들고 있었다. 이 궁녀들은 '행궁의 우림군'이라 불렸는데 전하는 바에 의하면 조씨와 하후씨의 먼 친척들이라고 했다. 물론 황제는 이들에 대해 아는 바가 전혀 없었다. 게다가 그는 이처럼 사소한 일에 신경을 쓸 여유가 없었다.

이제 황제는 큰일을 구상하고 있었다. 그의 손에는 조조의 '상서'가 들려 있었다. 이것이 바로 후대 사람들이 잘 알고 있는 '무평후武平侯를 사양하는 상서'였다. 어가가 허도에 도착한 다음날 헌제는 조조를 무평후에 봉했다. 무평후는 현후縣侯였고, 조조가 그 전에 갖고 있던 비정후라는 작위는 정후亭侯였다. 정후는 향정鄕亭 하나를 봉지로 받지만 현후는 그보다 한 등급이 높았다. 책봉을 받은 조조는 관례대로 먼저 사양의 뜻을 밝히며 상서를 올렸다.

소신은 특별한 공이 없음에도 불구하고 특별한 복을 받다 보니 근심을 떨칠 수 없습니다. 천자의 자비가 끝이 없으니 감히 받아들이기 어렵습니다. 이로 인해 폐하께서 작위를 하사하심에 기준이 흔들려 실질을 잃을까 두렵습니다. 소신으로서는 너무나 감당하기 어려운 봉작이라……

헌제가 자세히 읽어보니 어투는 여전히 공경스럽기 그지없었지만 지난번 비정후의 작위를 사양할 때와 같은 겸손함은 찾아볼 수 없었다. 조조는 자신감과 긍지가 넘치는 어투로 3번 이상 사양하고는 봉작을 받아들이겠다는 의사를 표했다. 권위가 있는 대신들은 이렇게 하는 것이 관례였다. '상서'를 내려놓고 헌제는 잠시 방 안을 거닐었다. 빨리 뭔가 큰일을 해야 할 것 같은 조바심이 들었다. 대체 무슨 일일까? 간밤에 잠자리에 든 뒤에야 헌제는 해야 할 일이 뭔지 생각났다. 그는 동 귀인의 등에다 손가락으로 글자 몇 개를 썼다. 간지러움을 참지 못한 동 귀인이 무슨 글자를 쓴 것인지 물었다. 헌제는 '대장군'이라고 대답했다. 그랬다. 대장군이었다. 헌제는 대장군의 임명에 관해 조조와 의논해야 했다.

대장군은 원래 장군 중에서만 가장 높은 관직인 것이 아니었다. 소제昭帝 시기에 곽광이 집정한 뒤로 대장군은 '삼공三公'을 능가하는 자리였고, 승상도 이에 견줄 바가 되지 못했다. 따라서 대체로 황제가 가장 아끼고 신임하는 인물이 대장군에 봉해졌다. 화제和帝 원흥元興 시기부터 1백 년이 넘는 동안에는 누가 정한 규정인지 거의 중요한 인척들이 이 요직을 차지해왔다. 예컨대 등즐鄧騭과 양상梁商, 양기, 두무, 하진 등이 모두 역대 대장군이었다. 관례에 따르면 부원군 복완이나 동승이 가장 유력한 대장군 후보였다. 그러나 복완은 너무 나약해 나라를 다스릴 인물이 못 되었고, 오히려 동승이 그럴 만한 자질을 갖추고 있었다. 낙양에서 그는 이런 뜻을 은근히 내비친 적도 있었다. 하지만 그는 세력이 아직 강대하지 못해 여러 장수들을 제압할 수 없었다. 결국 헌제는 이 문제를 놓고 진지하게 고민해본 적이 없었다.

전날 조조는 상례에 따라 3번째로 무평후를 사양하는 상서를 올렸다. 조조와 헌제가 마주보고 이야기를 나누는 동안 조조는 무심코 한마디 흘렸다.

"조정에 아직 대장군이 없는 것 같습니다."

깜짝 놀란 헌제가 그 말뜻을 되새기고 있을 때 조조는 이미 다른 얘기를 꺼내고 있었다.

헌제는 제법 총명한 황제였다. 그는 조조가 대장군의 직책을 요구하고 있음을 모르지 않았다. 헌제는 조조가 스스로 대장군이 되게 하고 싶지 않았다. 물론 그런 일이 전혀 불가능한 것도 아니었다. 조조는 전에 스스로 연주목이 된 적이 있었다. 헌제는 이런 기회를 빌려 황제의 명의로 직접 책봉함으로써 그를 기분 좋게 해주고 싶었다. 어쨌든 스스로 대장군이 된다고 해도 헌제의 허락을 받아야 했다.

헌제는 이런 생각을 하면서 시위를 보내 조조를 부르려 했다. 이런 일은 반드시 조조와 의논해야 했다. 그러나 그가 명령을 내리기도 전에 시위가 먼저 입을 열었다.

"폐하! 조 장군이 대전에서 뵙기를 청합니다."

조조를 생각하자 때마침 조조가 왔던 것이다.

헌제는 얼른 대전이라 불리는 객청으로 갔다. 조조가 곧 뒤따라 들어오면서 문어귀에서 보검을 풀고 신발을 벗은 다음 종종걸음으로 어좌에 다가와 예를 올렸다. 헌제는 조조에게 자리를 권하고 나서 그의 얼굴을 바라보며 먼저 '수고'를 치하했다. 그러고는 곧 찾아온 용무를 물었다. 조조는 지난 며칠간 진행된 황궁과 태묘의 건축에 대해 보고를 올렸다.

"폐하, 황궁의 주요 전들이 이미 터를 닦고 올라가기 시작했습니다. 태묘의 기초 작업도 이미 시작했습니다. 내년 설 전에는 폐하께서 새 궁궐에 거처하실 수 있을 것입니다. 또한 태묘에서 제사를 올릴 수도 있을 것입니다."

헌제는 크게 기뻐하며 다시 한 번 그의 노고를 치하했다.

헌제는 조조가 필시 중요한 군사 정보를 전하거나 어떤 새로운 일을 통보하거나 의논하기 위해 찾아왔을 것이라 짐작하고 있었다. 물론 황궁과 태묘의 건축이 중요하지 않은 것은 아니었다. 그러나 조조가 찾아온 목적은 조씨 집안에 전해져 내려오는 일부 공물公物을 반납하기 위한 것이었다. 처음에 헌제는 그의 말을 잘 이해하지 못했다. 조조가 공물을 적은 목록을 내밀자 그제야 헌제는 크게 놀람과 동시에 감격해 마지않았다.

이른바 공물이라는 것은 원래 순제順帝 이래로 조정에서 조조의 조부인 조등과 부친 조숭에게 하사한 기물들이었다. 조조가 제시한 목록의 제목은 〈상잡물소上雜物疏〉로 다양한 사물賜物의 품목이 열거되어 있었다.

> 신 조등이 순제 폐하로부터 하사받은 물품은 다음과 같습니다. 4석짜리 동銅 4개와 5석짜리 동 1개, 순은으로 된 분 그릇 하나, 순은으로 된 약절구 공이와 절구통 하나, 순은 참대參帶에 그림을 그린 서안 하나, 순은 참대 탁상벼루 하나, 크고 작은 원형 순은 참대 학 하나 등입니다. 또한 귀인 공주께서 하사하신 물품으로는 검게 칠한 가죽 베개 30개와 순금 주전자 하나, 칠을 먹인 둥근 기름 주전자 4개 등입니다. 또한 환제께서 하사한 물품으로 순금 향로 하나와 한 자 두 치 크기의 도금한 철제 거울 하나가 있으며, 황후께서 하사한 물품으로 크기가 일곱 치인 순은 도금 철제 거울 4개가 있습니다. 황자께서 하사한 물품으로는 은합 1개와 순금 참대 방엄方嚴 4개, 다리가 3개인 칠목漆木 서안 하나에 옥좌병玉座屏 1개가 있습니다.

헌제는 눈물이 앞을 가렸다. 목이 멘 그가 조조에게 말했다.

"경의 선조들께서 사직에 지대한 공을 세워 짐의 조상들이 이렇게 귀한 물품들을 하사한 것이오. 이미 경의 집에 하사한 것을 다시 돌려받는 것은 도리가 아니라 생각하오."

조조가 말을 받았다.

"하지만 지금 조정이 몹시 어려운 지경입니다. 폐하의 신변에는 쓸 만한 물건들이 하나도 없습니다. 이런 모습을 보는 소신의 마음이 찢어질 듯 아픕니다. 이 물품들은 원래 궁궐에서 나온 것으로 예전에 소신의 집 안에서 하사받기는 했으나 고이 보관하면서 감히 사용하지 못한 것들입니다. 이제 궁궐에는 이런 물건들이 크게 필요할 것입니다. 하여 폐하께 다시 진상하는 바이니 꼭 받아주시기 바랍니다."

마음이 훈훈해지는 조조의 말 한마디에 헌제의 눈가에 맺혔던 눈물방울이 결국 뺨으로 흘러내리고 말았다.

헌제는 동탁이 궁궐에 불을 지르고 능묘를 파헤쳐 부장품들을 약탈했던 일과 이각과 곽사 등이 병사들을 풀어 궁궐에서 마구 노략질을 했던 일, 장안을 떠나 동쪽으로 가는 길에 여러 차례 인질로 잡혀 황궁의 진귀한 보물과 비단, 고서들을 전부 강탈당한 일들을 떠올렸다. 그에 비하면 조조의 충정은 너무도 감동적이었다.

황제가 얼굴을 가리고 눈물을 훔치는 동안 조조가 밖을 향해 손을 흔들었다. 계단 아래서 곧 병사 몇 명이 호호탕탕한 기세로 나타나더니 수레 몇 대에 실린 상자들을 조심스럽게 내려놓았다. 그런 다음 다시 상자 안에 든 물건들을 대전 안으로 옮겨왔다. 조조가 다시 입을 열었다.

"소신의 집에 있는 공물들은 이것뿐만이 아닙니다. 급히 뒤지다 보니 우선 이 정도만 모아 온 것입니다. 나중에 더 찾아내면 계속 반납하도록 하겠습니다."

헌제는 고개를 들고 눈물을 털면서 조조의 면전으로 달려오더니 그의 소매를 부여잡고 말했다.

"경께서 이러시면 안 되오. 이 기물들을 도로 가져가시오. 이 물건들을 보고 있노라니 마음이 너무 괴롭고 조상들을 볼 면목이 없소."

헌제의 마음이 칼로 에이는 듯 아파왔다. 그의 눈물이 조조의 옷소매로 흘러내렸다. 조조도 아픈 마음을 가누지 못해 급기야 눈물을 보이고 말았다. 그는 눈물에 젖은 얼굴로 애써 헌제를 위로했다.

"폐하께서는 너무 슬퍼하지 마십시오. 어려움은 곧 지나갈 것입니다. 장차 나라가 부유해지면 이런 물건들이야 그리 가치 있는 기물이 아닐 것입니다. 폐하께서 받아주지 않으신다면 소신 이 자리에서 일어나지 않을 것입니다."

헌제는 처연하게 웃으며 머리를 좌우로 흔들다가 결국에는 다시 위아래로 끄덕였다. 그러고는 시위에게 조조가 보내온 기물들을 행궁의 구석구석에 잘 배치하도록 지시했다.

조조가 또 뭐라고 말을 했지만 헌제는 마음에 두지 않았다. 조조가 작별인사를 고할 때도 그는 여전히 서글픈 감정을 추스르고 있었다. 조조의 모습이 사라지자 갑자기 그와 대장군 문제에 관해 얘기하지 못한 것이 생각났다.

"굳이 그와 의논할 필요도 없지!"

헌제가 혼잣말로 중얼거렸다.

"그냥 내가 알아서 봉하면 될 거야. 당장 사람을 시켜 관인을 새기고 내일 날이 밝자마자…… . 아니야, 내일까지 기다릴 필요도 없어! 지금 당장 조 장군에게 보내야겠어."

헌제는 자신의 생각이 다소 이상하게 느껴졌다. '대장군의 인수를 수

여하려면 어떤 의식을 거행해야 할까? 문무백관들을 소집해 황제인 나는
어좌에 앉고 조조는 무릎을 꿇은 채로 인수를 받아야 하지 않을까? 아니
야, 지금은 비상시국인 만큼 그런 절차도 생략하는 것이 좋겠어.'

　이리하여 8월 기사己巳일에 황제는 태위 양표와 사공 장희 등의 대신들
을 거느리고 행궁에서 나와 조조의 군영으로 찾아갔다. 그리고 그곳에서
조조를 대장군에 임명하는 동시에 무평후에 봉했다.

제19장
고사 예형

동짓날 황제의 이름으로 거행된 국연國宴에서 아주 난처한 일이 벌어졌다.

동지는 한 해에서 설에 버금가는 큰 명절로 일명 '아세亞歲'라 불렀다. 이날 헌제는 관례에 따라 군신들을 청해 연회를 베풀었다. 규정대로 하자면 여러 신료들은 먼저 명절을 축하하는 의미로 황제에게 술을 권하고, 그 다음에는 대신들끼리 서로 술을 권해야 했다. 하지만 이때는 조조의 권세가 하늘을 찌르고 있었다. 황제의 행궁이 조조의 군영에 설치되어 있었고, 연회에 사용된 술도 바로 조조가 추천한 '구온춘九醞春'이었다. 그래서인지 대신들은 황제에 이어 조조에게 술을 권했다. 바로 이때 난처한 일이 발생한 것이다.

원로대신인 태위 양표가 여러 대신들을 대표하여 조조에게 술을 따랐다. 그는 존尊이라 불리는 큰 술잔에 술을 가득 따른 다음 두 손으로 받들어 경건한 자세로 조조에게 권했다. 여기서 이른바 경주의 습속이 생겨나게 되었다. 양표가 "대장군을 존경합니다!"라고 외치자 모든 관원들도 이구동성으로 복창했다. 조조를 공경하는 태도가 헌제를 대하는 것보다 훨씬 더한 것 같았다. 하지만 조조는 술잔을 받아들기만 할 뿐 마시지 않았다. 그는 술잔을 힐끗 쳐다보고는 곧 탁자 위에 내려놓았다.

대신들은 서로 얼굴을 흘끔흘끔 쳐다보기만 했다. 헌제도 곤혹스러운 눈길을 보냈다. 양표는 어정쩡한 표정으로 서 있었다. 그는 조조가 못들은 줄 알고 다시 한 번 큰 소리로 "대장군을 존경합니다!" 하고 외쳤다. 백관들도 똑같이 따라했다. 하지만 조조는 "고맙소이다" 하고 간단히 말만 할 뿐 여전히 술을 마시지 않았다.

나이도 많고 오랫동안 벼슬을 지낸 양표에게 이런 곤경은 난생 처음이었다. 그는 머릿속이 텅 빈 것처럼 아무 생각도 할 수 없었다. 손이 떨리더니 수염도 떨리기 시작했다. 억지로 짓는 웃음이 차라리 우는 것보다 더 보기 구차했다.

그는 공중에 들려 있는 손을 내려놓을까 말까 망설이다가 다시 한 번 "대장군을 존경합니다!" 하고 외쳤다. 그러나 유감스럽게도 조조는 이번에도 그의 '경의'를 거부했다. 미간을 잔뜩 찌푸린 조조는 손으로 배를 문지르며 헌제를 향해 말했다.

"폐하, 정말 죄송합니다. 갑자기 배가 끊어질 듯 아프군요. 폐하께서 윤허하신다면 잠시 측간에……."

헌제는 아무 말도 할 수 없었다. 아무리 성대한 연회라 할지라도 측간에 가는 것까지 막을 수는 없는 노릇이었다. 이리하여 연회가 잠시 중단되고 군신들은 어색한 분위기 속에서 조조가 어서 돌아오기만을 기다리고 있었다.

그러나 술과 고기가 차갑게 식고 사람들의 손과 발이 얼어들 때까지 아무리 기다려도 조조는 돌아오지 않았다. 그제야 사람들은 뭔가 문제가 발생했다는 사실을 직감하게 되었다. 그들은 사람을 측간에 보내 조조를 찾아보았다. 그러나 조조의 모습은 보이지 않았다. 나중에 알고 보니 조조는 측간에 가는 척하면서 슬그머니 집으로 돌아와 버린 것이었다.

'세상에 조조가 어찌 이런 장난을 칠 수 있단 말인가?'

사람들은 조조의 의중을 이해할 수 없었다. 연회도 더 이상 진행되기 어려웠다. 이에 헌제는 아예 연회 일정을 대폭 축소하여 서로 청해 함께 춤을 추는 순서와 가면을 쓰고 춤을 추는 '나무儺舞'를 취소했고 연회를 일찍 파해버렸다.

조조가 혼자 슬그머니 연회장을 빠져나온 데 대해 뒷공론이 많았지만 하나같이 단순한 추측에 불과했다. 조조의 행태를 정상인의 심리에 기준하여 분석하는 것은 바람직하지 못했다. 오랜 시간이 지나서야 사람들은 그의 갑작스런 퇴장이 양표의 독살 음모와 관련이 있다는 사실을 알게 되었다.

전하는 바에 의하면 조조는 자리에 앉은 지 얼마 지나지 않아 옆에 앉아 있는 양표의 표정이 이상하고 말도 애매모호하다는 것을 감지했다고 한다. 게다가 그가 권하는 술의 색깔도 이상했다. 정상적인 구온춘보다 색이 짙은 데다 약간 연보라 빛을 띠고 있었던 것이다. 이리하여 조조는 골똘히 생각에 잠기게 되었다. '구온춘을 담그는 방법은 내가 직접 구상한 것이고 담그는 과정까지 직접 감독했으니 절대 문제가 있을 수 없다. 그렇다면 술잔에 문제가 있는 것일까?' 생각해보니 술잔도 자신이 직접 궁에 헌납한 것이었다. 그는 헌제에게 여러 차례에 걸쳐 다양한 물품을 바쳤고, 이는 모두 기록으로 남아 있었다. 게다가 사용하기 전에 그의 집안 식구들이 열심히 닦았을 것이다. 행궁의 주방에서 일하는 사람들은 대부분 조씨나 하후씨의 친척들이었던 것이다. 따라서 그 과정에도 의심의 여지가 없었다. 아무래도 양표가 옷소매 안에 독약을 감추고 있다가 자신에게 술을 권하기 전에 몰래 털어 넣었을 것이라는 추론에 이른 그는 홍문연에 참석했던 패공 유방처럼 측간에 가는 척하면서 도망을 쳤던 것이다.

이런 소문은 약간 무서운 것이기도 했다. 대부분 사람들이 양표를 존경했기 때문이다. 양표는 자가 문선文先으로 명문세가 출신이었다. 그의 11대 조상인 양희楊喜는 고조 유방 시기에 큰 공을 세워 적천후赤泉侯로 봉해졌고, 고조부 양상楊尙은 소제 시기에 승상을 지낸 바 있으며, 증조부 양진楊震은 그보다 더 명망 있는 대신이었다. 양진이 동래東萊 태수에 임명되어 창읍昌邑현을 지나게 되었을 때의 일이었다. 현령 왕밀王密이 예전에 진 인정채를 갚기 위해 야밤에 그에게 찾아와 황금 10근을 내놓으며 말했다.

"밤이 깊었고 사람들은 모두 잠들어 있습니다. 아무도 아는 사람이 없을 테니 은인께서는 이를 받으셔도 무방할 겁니다."

양진이 엄숙한 표정으로 말을 받았다.

"하늘이 알고 땅이 알며, 자네가 알고 내가 아는 일일세. 그러니 아는 사람이 없다고 할 수 없지."

왕밀은 참괴慙愧한 얼굴로 돌아갔다. 이때부터 '사지四知'라는 말이 이 일화와 함께 널리 알려지게 되었다.

양표는 어려서부터 학식이 뛰어났고 품행이 단정했으며 벼슬도 꽤 높이 올라갔다. 희평熹平(영제의 연호) 연간에 그는 이미 시중과 경조윤京兆尹을 지냈고, 중평 연간에는 사공과 사도를 지낸 바 있었다. 그는 정의를 위해 바른 말을 할 줄 알았고, 불의에 맞설 줄 알았으며 항상 좋은 평판을 얻고 있었다. 헌제가 동쪽으로 기거를 옮길 때도 그는 어가를 따라 온갖 고난을 겪으면서 충성을 다했다. 때문에 양표가 모든 사람들이 지켜보는 가운데 술에 독을 탈 위인이라고 여기는 사람은 단 한 명도 없었다. 사람들은 단지 천성적으로 의심이 많은 조조가 잔에 주위의 사물이 비친 것을 보고 의심을 하게 된 것이라 짐작할 뿐이었다.

그러나 발 없는 소문이 천 리를 가듯이 이런 소문은 곧 양표의 귀에 들어갔다. 양표는 3번이나 장탄식을 내뱉었다.

"됐어! 이제 다 끝났군! 이제 끝이야!"

소문에 불과한 말에 굳이 변명할 필요도 없었다. 며칠 동안 우울하게 지내던 그는 병석에 드러누웠고, 곧 '지병'을 핑계로 은거에 들어갔다.

양표는 조조가 조정에서 권위를 세우기 위해 필시 자신을 포함한 여러 원로대신들에 대해 뭔가 꼬투리를 잡으려 할 게 틀림없다고 판단했다. 이른바 '닭을 죽여 원숭이에게 경고하는 것'이었다. 조조에게 대항할 힘이 없었던 그는 결국 사표를 올리고 조정을 떠나기로 한 것이었다. 하지만 그런 그를 가만히 내버려둘 조조가 아니었다. 그는 먼저 양표를 파직시킨 다음 감옥에 처넣었다. 죄명은 항간에 떠도는 소문대로 '대신을 모해하려 시도했다'는 것이 아니라 뜻밖에도 '대역大逆' 죄였다. 양표와 원술은 사돈 간이었다. 원술이 반란을 일으켜 황제가 되려 하고 있고, 양표가 암암리에 그와 결탁하여 함께 조정을 뒤엎으려 했다는 것이 양표의 죄명이었다. 다행히 조조가 이들의 음모를 간파하여 큰 화를 피할 수 있었다는 것이다.

허도를 비롯한 나라 안팎이 일시에 술렁이기 시작했다. 양씨와 원씨는 여러 세대에 걸쳐 집안끼리 매우 가깝게 지내는 사이였다. 양표가 투옥되자 사람들은 원외의 비참한 최후를 떠올렸다. 당시 동탁도 조정에서 자신의 권위를 세우기 위해 태부 원외와 경성에 남아 있는 그의 친인척 1백여 명을 모조리 주살했다.

동탁의 일을 떠올리면서 사람들은 공포에 떨었다. 문무백관들은 양표가 억울하다는 것을 알면서도 자신에게 해가 미칠까 두려워 매미처럼 부들부들 떨며 조용히 숨을 죽이고 있었다. 이런 와중에 하고 많은 사람들 가운데 공융孔融이란 인물이 과감히 나서 조조를 찾아가 양표를 위해 바른 말을 하게 되었다.

공용은 자가 문거文擧로 노魯나라 출신이며 공자의 20대 손이었다. 그로 말하자면 동한 말년부터 이때까지 약 1800년 동안 가장 크게 이름을 떨친 인물이었다. 그가 4살 때 큰 배를 형에게 양보하고 작은 배를 자신이 먹었다는 이야기는 이때까지 어린 아이들이 주로 읽었던 《삼자경三字經》에 수록되기도 했다. 이 이야기로 인해 그는 '겸손의 모범'이자 '아름다운 천성'의 상징이 되었다. 하지만 '겸손'에 대해서는 뭐라고 반대할 자가 없겠지만 그것이 그의 '천성'이라고 한다면 아마 공용도 웃었을 것이다. 그의 행태를 살펴보면 오히려 '천성'에 어긋나는 것이 많았기 때문이다. 이 이야기는 후대 사람들이 지어낸 것이 분명했다.

공용이 어려서부터 학문이 뛰어났던 것은 사실이지만 그의 이야기는 4살이 아니라 10살 때부터 시작된다.

10살이 되던 해에 공용은 부친을 따라 경성으로 오게 되었다. 당시 '천하의 본보기'라 불리는 유명한 선비 이응이 하남윤으로 봉직하고 있었다. 이응은 인품이 도도하여 그의 이름을 듣고 도처에서 몰려오는 사람들을 쉽게 만나주지 않았다. 그는 대문에 '유명 인사나 친구 이외에는 만나지 않습니다'라는 문구를 써 붙여 놓기도 했다. 천하의 본보기라는 인물을 만나보고 싶었던 공용은 혼자 이응의 집을 찾아갔다. 문지기가 그를 가로막고 을러댔다.

"어디서 온 아이냐? 저기 쓰여 있는 문구를 보지 못했느냐?"

공용이 말했다.

"봤습니다. 저는 이가와 대대로 교우가 있는 집안의 자제이니 어서 안으로 안내하십시오."

얼마 후 이응은 낯선 아이 하나가 천천히 걸어 들어오는 것을 보고서 의아하다는 듯한 표정으로 물었다.

"네가 나와 대대로 교우가 있는 집의 자제라고 했느냐? 한데 어찌하여 전혀 기억이 없지?"

공융이 웃으며 대답했다.

"제 선조는 공자이고 이가의 선조는 노자입니다. 두 분은 사우師友 사이가 아니던가요?"

이응은 그의 말에 껄껄 웃으며 연신 고개를 끄덕였다. 당시 곁에 있던 사람들도 모두 놀라 공융에 대해 탄복을 금치 못했다.

이때 태중대부太中大夫 진위陳煒가 찾아왔다. 이응은 공융을 가리키며 진위에게 방금 있었던 일을 말해주었다. 그러면서 공융을 칭찬했다.

"대단한 신동이 아닐 수 없네!"

진위가 시큰둥한 표정으로 말을 받았다.

"어릴 때 총명했다고 해서 꼭 어른이 돼서도 능력을 발휘한다고 할 수는 없지요."

그의 말이 끝나기 무섭게 공융이 반격을 가했다.

"그렇다면 선생께서도 필시 어려서는 아주 총명하셨겠군요."

조롱을 당한 진위는 얼굴이 귀까지 빨개지면서 아무 말도 하지 못했다. 곁에 있던 사람들 모두 크게 웃음을 터뜨리며 공융의 재기발랄함에 혀를 내둘렀다. 이응이 공융을 가리키며 말했다.

"장성하면 반드시 큰 그릇이 될 걸세."

이응의 예견은 틀리지 않았다. 어려서부터 총명함이 뛰어났던 공융은 자라면서 노력을 게을리 하지 않아 마침내 유명한 유학자가 되었고 그의 시문은 당대를 풍미했다. 특히 16살 때 당인黨人 장검張儉을 숨겨준 사실이 발각되어 위험에 처하자 자신의 형과 서로 목숨을 내놓겠다고 다툰 사실은 온 나라에 널리 알려졌다. 이리하여 그는 뭇사람들이 크게 우러르는 우상이 되었다. 공융은 관직을 싫어했지만 결국에는 벼슬길에 나서게 되었다. 그는 먼저 사도 양사楊賜의 수하에서 하급 관원으로 시작하여 호분 중랑장이 되었으나, 몇 년 전 동탁의 비위를 건드려 북해상北海相으로 좌천되었다.

북해상은 그리 큰 관직이 아니었고, 그가 북해에서 한 일도 별로 없었다. 황건적이 북해를 포위했을 때 평원상 유비가 군사를 이끌고 와서 도와주지 않았더라면 아마도 그는 벌써 저세상 사람이 되어 있을 것이었다. 지난여름 북해는 원소의 아들 원담袁譚에게 포위되었다. 화살이 빗발치고 창검이 오가는 전투 속에서 국상인 공융은 침착하게 앉아 책을 읽거나 친구들과 담소하며 시간을 보냈다. 성이 함락되자 그는 동산으로 도망갔고, 그의 처첩은 전부 원담에게 붙잡혔다. 원담은 공융이라는 인물에 대해 갈피를 잡을 수가 없었다.

"거 참 이상한 사람이군! 도대체 처첩과 성지가 중요한 건지 아니면 책을 읽는 것이 중요한 건지 모르겠네."

공융이 이응이 예견한 대로 큰 인물이 된 것은 아마도 천자가 허도로 기거를 옮긴 이후의 일일 것이다. 조조는 널리 현사들을 구하면서 휘하에 수많은 인재들을 거둬들였다. 천거를 통해 들어온 이들도 있고 스스로 허도를 찾아온 인재들도 적지 않았다. 공융은 전자에 속했다. 이름이 잘 알려져 있는 데다 행동거지도 평범하지 않았던 그는 쉽게 조조의 눈길

을 끌었다. 조조는 먼저 공융을 장작대장將作大匠에 봉했다가 곧 소부경少
府卿으로 승관시켰다. 소부경은 9명의 경 가운데 하나로 북해상보다 직위
가 훨씬 높은 매우 중요한 관직이었다.

양표가 역모를 꾸몄다는 죄명으로 투옥되었다는 소식을 듣고서 공융은
절대로 그럴 리 없다고 주장했다. 양 공은 절대 그럴 사람이 아니고 조조
또한 선한 사람을 함부로 주살할 사람이 아니라는 것이 그의 생각이었
다. 이에 그는 자신이 직접 나서서 양 공을 구함으로써 정의를 구현하고
자 했다.

때는 설날 전야였다. 눈이 흩날리는 오후 공융은 서재에 앉아 화롯불을
마주하고 책을 읽고 있었다. 그의 두 처첩들은 설을 쇨 음식들을 준비하
고 있었다. 그는 이미 44살이 되었지만 슬하에 자식이 없었다. 그의 하나
밖에 없는 아들은 지난해에 요절했다. 그런데도 두 명의 처첩들에게서는
더 이상 아무 소식도 없었던 것이다.

여름에 원담에게 생포되었던 처첩들은 죽임을 당하지도 않았고 어떤
곤욕도 치르지 않고 무사히 돌아왔다. 그에게 돌아온 뒤 부인은 하늘에
감사해야 한다고 말했고, 첩은 원 장군의 너그러움에 감사해야 한다고
주장했다. 공융은 고개를 가로저으며 냉소하여 말했다.

"원담이 내 이름을 듣고 감히 그대들을 죽이지 못한 거요. 만약 죽였다
면 천하 모든 사람들에게 욕을 먹고 천고에 악명을 남기게 될 것이기 때
문이지."

그의 말에 부인들은 남편을 더욱 우러러보게 되었다. 처첩들은 화살이
빗발치고 창검이 부딪치는 위험 속에서도 남편이 여전히 책을 읽을 수 있
었던 그 침착함의 이유를 알 수 있을 것 같았다.

그런 공융도 아무 통보 없이 찾아온 양표의 아들 양수楊修의 입을 통해 양표가 투옥되었다는 소식에는 침착함을 잃고 말았다. 그는 곧장 조조를 찾아가기로 마음먹었다. 공융은 이런 사람이었다. 그는 항상 자신의 가족보다는 남이 우선이었다.

그는 눈보라 속을 빠른 걸음으로 걸으며 마음속으로 되뇌었다. '도대체 어떻게 이런 일이 있을 수 있단 말인가? 양 태위는 정인군자로 유명한 사람인데 조 공께서 아마 오해를 하고 있는 것 같군.' 조조의 군영에 다다른 그는 문 안으로 들어가기 전에 습관적으로 의관을 정제하고 도포 자락을 잘 여몄다. 그러다 갑자기 가슴이 철렁 내려앉고 말았다.

'아이고, 관복을 입는다는 것을 깜빡했네!'

잠시 주저하던 그는 다시 생각해보았다. '대장군이 시무하는 곳을 찾아가 중요한 일을 의논해야 하는 마당에 어찌 집에서 입는 평상복을 입고 온 것일까? 게다가 관도 쓰지 않고 그냥 두건으로 머리만 묶었으니(나중에 누군가 관을 쓰지 않은 그를 지적하여 탄핵하기도 했다) 아무래도 이래선 안 될 것 같은데…….'

하지만 그에게는 사람의 목숨을 구하는 것이 더 중요했고 더는 지체할 시간도 없었다. 다시 집으로 돌아가 옷을 갈아입는 것이 귀찮기도 했지만 시간을 지체할 수가 없었다. 그리하여 그는 관도 쓰지 않은 채 평복 차림으로 대장군의 군영에 들어섰다.

조조는 마침 우림감羽林監 초씨가 기초한 둔전에 관한 상소문을 읽고 있었다. 공융이 왔다는 말에 그는 급히 문서를 내려놓고 웃는 낯으로 문 밖으로 나가 그를 맞이했다.

"아이고! 공 선생께서 오셨구려. 잘 오셨소. 안 그래도 뵙고 싶던 참이었소."

조조가 그를 보고 싶었다는 말은 입에 발린 말이 아니었다. 그는 방금 공융이 쓴 시를 읽은 뒤였다. 그의 시는 오언체 잡시로 요절한 아들을 그리는 마음이 잘 드러나 있었다. 시가 너무나 감동적이라 조조는 하마터면 눈물을 흘릴 뻔했다. 공융의 그런 문재에 조조는 크게 탄복했다.

너무 급히 걸어왔던 공융은 아직 씩씩거리며 숨을 고르느라 미처 입을 열지 못했다. 조조가 먼저 입을 열었다.

"공 선생의 얼굴이 초췌한 것을 보니 아마도 아드님을 잃은 슬픔이 다 가시지 않은 것 같소이다? 어서 마음을 푸시구려. 부인들이 젊으니 아직 희망이 있지 않겠소? 하지만 선생의 시는 너무 훌륭하고 감동적이요. 특히 이 몇 구절은……."

숨을 겨우 고른 공융이 손을 내저었다.

"아닙니다! 명공께서는 오늘 저와 시를 논하지 말아주십시오. 제 자식은 이미 죽었습니다. 이미 저세상 사람이 된 걸 어쩌겠습니까. 먼저 산 사람부터 구해야지요."

그는 곧 조조의 면전에 무릎을 꿇었다.

깜짝 놀란 조조가 얼른 자리에서 일어나 공융을 일으켜 세웠다.

"선생께서는 어찌 이러시오? 혹시 집에 안 좋은 일이라도 생겼소? 혹시 아픈 사람이 있는 것이오? 아니면 부인이……."

"아닙니다! 그들이라면 죽어도 상관없습니다."

공융은 곧 양표에 관한 얘기를 꺼내면서 조조에게 양 태위를 투옥하게 된 이유에 대해 물었다.

"소문에는 명공께서 양 태위가 술에 독을 탄 것으로 의심하고 있다고 하던데 혹시 이것이 진정한 원인입니까?"

조조는 잠시 어안이 벙벙해 있다가 이내 배꼽 잡으며 웃었다.

"어찌 그런 일이 있을 수 있겠소? 양표는 그렇게 미련한 사람이 아니오. 그리고 장담하건대 그에게 그럴 만한 담량도 없소. 문제는 그가 몰래 원술과 손을 잡고 대역죄를 범했다는 것이오."

공융이 발을 구르며 크게 탄식했다.

"에휴!"

그러고는 조조의 말을 잘랐다.

"공께서는 양표가 역모를 꾸몄다고 하셨는데, 혹시 양 태위와 원술이 사돈 간이라 그런 의심을 하시는 건 아닌지요? 사돈 간이라는 사실만으로 확실한 증거가 될 수는 없을 것입니다."

조조가 눈을 깜빡이며 공융을 한참이나 빤히 쳐다보다가 야릇한 웃음을 지어보였다.

"공 선생! 태부 마일제는 절월을 지니고 원술의 군영에 갔다가 사명을 다하기 위해 피를 토하고 죽었소. 그때 조정에서 그를 위해 예를 갖추어 장례를 치르려 하자 선생께서는 뭐라고 하셨소? '마일제는 간신에게 아부하며 원술을 따라 모반을 일으키려 한 자입니다. 그러니 예를 갖추는 대신 오히려 죄를 물어야 합니다'라고 하지 않으셨소? 이제 양표와 마일제를 비교해보시오. 마 태부는 원술에게 항거하다 죽었지만 양표는 원술과 내통하다 역모죄에 걸린 것이오. 한 사람은 예우를 받아야 하는데도 선생께서는 극력 죄를 물어야 한다고 주장하셨고, 다른 한 사람은 죄를 물어야 하는데도 오히려 그를 위해 무죄를 주장하고 있는 것이오. 다른 사람들이 어찌 이런 주장을 받아들일 수 있겠소?"

조조의 반문에 공융의 얼굴이 새빨개졌다. 마 태부의 일을 처리할 때는 공융의 태도가 지나쳤던 것이 사실이었다. 마 태부는 조정의 사신으로 원술에게 갔다가 그에게 붙잡혔다. 원술은 그를 핍박하여 자신의 군사軍師로 삼으려 했으나 그는 끝까지 지조를 굽히지 않다가 결국 울분을 이기지 못하고 죽었다. 그러니 그는 충신이 아닐 수 없으며, 이미 죽은 충신에게 예를 갖추는 것은 너무나 당연한 일이었다. 그러나 그때 공융은 《춘추春秋》와 《한율漢律》을 인용해가며 끝까지 마 태부의 처벌을 주장했다. 지금 돌이켜 생각해보면 정말로 후회스럽고 부끄럽기 그지없는 일이었다.

그러나 자신의 잘못을 순순히 인정할 공융이 아니었다. 그는 탁월한 변론의 재주를 지니고 있었다. 그는 조정에서도 늘 열변을 토했고, 사람들이 잘 모르는 생소한 옛이야기들을 인용해가며 자신의 주장을 펼쳤다. 사람들은 스스로 학문이 옅은 것을 한탄하면서 패배를 인정해야 했다. 조조의 반격에 공융은 자신의 주장과 태도를 부드럽게 바꾸었다.

"마일제에 대해 끝까지 죄를 추궁하려 하지는 않았습니다. 다만 그가 표창과 예우를 받아서는 안 된다는 것이 저의 생각이었지요."

그가 이런 말을 하는 순간 조조의 입가에 그의 변론에 수긍할 수 없다는 듯한 웃음이 스쳐 지나갔다. 공융은 변론을 계속했다.

"양표가 훌륭한 사람이라는 말은 하지 않겠습니다. 다만 4대에 걸쳐 밝고 바르게 천자를 섬긴 공로를 봐서라도 명공께서 그를 너그러이 대하시고 인자仁者의 본을 보여 달라는 것입니다."

순간 조조의 눈가에 또다시 웃음이 보였으나 그가 공융의 주장에 찬성하는 것인지는 알 수 없었다.

공융이 말을 이었다.

《주서周書》에는 '부자와 형제 사이에도 죄는 서로 미치지 않는 법'이라고 했습니다. 그런데 명공께서 원술의 죄를 양표에게 돌리는 것이 타당하겠습니까? 저 공융은 명공께서 공정한 판단을 내려주시기를 주청 드리는 바입니다."

그의 힘 있는 변론에 조조는 어정쩡한 태도를 보이며 아무 말도 하지 못했다. 한참 뒤에야 조조는 거북한 표정으로 나지막이 말했다.

"양표의 일은 폐하의 뜻이오."

공융이 조조의 말을 가만히 되새겨보니 아직 돌이킬 여지는 있는 것 같았다. 그는 속으로 쾌재를 부르며 달궈졌을 때 쇠를 두드리기로 마음먹었다.

"만일 주나라의 어린 성왕成王이 소공召公을 죽이려 한다면 그의 형인 주공周公은 이를 알면서도 자신은 모르는 일이라고 발뺌을 할 수 있겠습니까?"

조조는 또다시 할 말을 잃었다. 공융의 말에 반박할 말이 금세 떠오르지 않았다. 그는 또다시 잠시 주저하다가 입을 열었다.

"이 조조를 어찌 감히 주공에 비하겠소?"

공융은 조조가 겸손한 척한다는 것을 알고 있었다. 양표를 구원할 희망이 커지고 있었다. 그는 더욱 강경한 태도를 취하기로 마음먹었다.

"명공! 이 나라 대신들이 명공을 추앙하는 것은 명공께서 총명과 인의에 뛰어나시고 한나라 왕실을 충심으로 떠받들고 있기 때문입니다. 정의를 바로 세우고 억울한 사람들을 살필 줄 알아야 나라가 밝아질 것입니다. 명공께서 무고한 사람들을 마구 죽이신다면 천하의 선비들이 얼마나 실망하겠습니까? 또 누가 명공의 휘하에 있으려 하겠습니까? 저 공융은 노나라의 대장부로서 내일 당장 소매를 털고 고향으로 돌아가겠습니다."

그는 곧 옷소매를 털며 자리에서 일어나 집으로 돌아가려는 듯한 태세를 취했다.

공융의 예리한 창날 같은 변론이 조조의 마음속 깊은 곳을 찔렀다. 천하를 제패하려는 야망을 가진 조조에게는 인심과 인재가 가장 귀중했고 인재와 인심은 불가분의 관계에 있었다. 조조는 양표의 일로 인해 선비들로부터 공분을 사는 것이 두려웠다. 그렇게 되면 많은 사람들이 자신의 곁을 떠나 적수인 원소에게로 갈 것이기 때문이었다. 그는 황급히 일어나 공융을 만류했다.

"아이고! 공 선생께서 이러실 필요야 없지 않겠소?"

그는 공융의 팔소매를 잡아 다시 그를 자리에 앉혔다.

공융은 조조에게 원래의 뜻을 굽힐 의사가 있는 것을 보고는 일부러 고집을 부리며 조조의 손에 잡힌 옷소매를 빼는 척했다. 조조도 그의 이런 의중을 모르지 않았다. 공융이 허세를 부리고 있음을 알고 있는 조조도 똑같이 허세를 부리며 끝까지 공융을 놓아주지 않았다. 두 사람은 한참 실랑이를 벌이다가 동시에 거친 숨을 몰아쉬며 동작을 멈췄다. 조조가 큰 결심을 내린 듯 미간을 찌푸리며 말했다.

"공 선생의 가르침으로 이 조조가 유익한 것을 많이 깨닫게 되었소. 선생의 기대에 어긋나지 않도록 내일 곧장 폐하께 양표에 대한 처분을 가볍게 할 수 있도록 상주를 올리도록 하겠소."

"그렇게만 해주신다면 저 공융이 대장군께 큰 절을 올리겠습니다."

공융의 마음속을 짓누르고 있던 큰 돌이 내려앉았다. 그는 조조가 양표에게 아무 일도 없을 것이라는 확답을 준 것이나 다름없다는 것을 알았다.

조조는 공융이 소매를 들어 이마에 배어난 땀을 닦으며 천만다행이라는 표정을 짓는 것을 보면서 입가에 웃음을 흘렸다. 사실 조조도 양표를 죽이려는 마음이 없었다. 정말 그를 죽이려 했다면 공융 같은 사람 7명이 온다 해도 그의 고집을 꺾지 못했을 것이다. 그는 단지 양표를 통해 원로대신들의 기를 꺾음으로써 여러 대신들이 자신에게 겁을 먹고 고분고분 말을 잘 듣도록 하고 싶었다. 그래서 며칠 동안 공융 같은 인물이 나서서 양표를 두둔해주기를 기다리고 있었던 것이다.

공융도 얼굴 가득 온화한 웃음이 번졌다. 그가 목숨을 걸고 당인 장검을 숨겨주었다는 일화와 마찬가지로, 그가 양표를 구하기 위해 애썼다는 이야기는 얼마 지나지 않아 세상에 널리 퍼지게 되었다. 이제 공융은 더 앉아있을 필요가 없었다. 그는 자리에서 일어나 조조에게 작별을 고했다. 그러자 조조가 만류하며 말했다.

"공 선생께서는 잠시만 더 계시지요. 조조에게 한 가지 일이 더 있소이다."

조조가 몸을 돌려 책궤에서 원고를 꺼내 공융의 면전에 내밀며 말했다.

"이걸 좀 봐 주시오. 이게 무슨 뜻인지 모르겠소이다."

공융이 문서를 받아보니 필체는 조조의 것이었으나 글은 자신이 며칠 전에 황제에게 올린 표문이었다. 이름은 예형禰衡이요 자는 정평正平인 한 젊은 인재를 천거하는 내용이었다. 조조의 눈빛을 살펴보니 예형에 대해 물으려는 것이 분명했다. 공융은 이맛살을 살짝 찌푸리며 입을 열었다.

"명공께서는 예형에 대해 물으시려는 것이겠지요? 그는 이미 허도로 오고 있는 길입니다. 아마 며칠 동안 눈이 많이 내리는 바람에 걸음이 지체된 듯합니다. 눈만 아니었더라면 진즉에 도착했을 겁니다."

조조가 창밖을 내다보니 과연 솜털 같은 눈송이가 부슬부슬 흩날리고 있었다. 그가 한숨을 내쉬며 말을 이었다.

"하늘이 내 뜻을 알아주지 않아 이런 기재奇才를 빨리 만날 수 없구려!"

"예형은 보기 드문 기재임에 틀림이 없습니다."

화제가 양표에서 예형으로 바뀌자 대화의 분위기는 한결 가벼워져 있었다.

"그는 비록 약관弱冠의 나이에 불과하지만 그의 능력과 학식은 저 같은 사람이 따를 수 없을 정도입니다. 이 사람은 위인이 양순하고 공명정대하며 영특한 재주가 남다르지요. 처음 예문을 섭렵하고도 그 심오한 이치를 단번에 통달했다고 합니다. 눈으로 한 번 본 바는 그 자리에서 외웠고, 귀로 잠시 들은 바는 마음에 잊지 않는다 합니다. 또한 그 성정이 도道에 부합하고 생각하는 바가 신령스럽기 그지없지요. 홍양弘羊(서한 시기의 이재가−옮긴이)의 암산과 안세安世(서한 시기의 승상−옮긴이)의 기억력도 예형에게는 미치지 못하니 정말로 놀라운 일이 아닐 수 없습니다. 또한 그는 충후정직忠厚正直하고 심지가 흰 눈처럼 결백하여 선한 것을 보면 자신이 그에 미치지 못함을 부끄러워하고 악한 것을 보면 원수를 대하듯 하지요."

조조가 공융의 말투를 흉내 내며 낭랑한 목소리로 글을 줄줄 읽어 내려갔다. 공융이 놀란 표정으로 물었다.

"아니, 이는 제가 쓴 표가 아닙니까?"

조조가 말했다.

"그렇소. 선생의 상주문이오. 글이 하도 훌륭하고 마음에 쏙 들어 베껴 온 것이오. 몇 번 읽다보니 어느새 다 외울 정도라오."

공융은 좋은 술을 마신듯 가슴속이 짜릿했다. 그는 얼른 몸을 일으켜 조조에게 감사의 뜻을 표했다.

"정말 부끄럽습니다. 명공께서 졸문을 그토록 아끼시다니⋯⋯."

"허허!"

조조가 통쾌하게 웃었다. 예형을 천거하는 공융의 상소문은 문체가 화려하고 그 기운이 강개하여 후세에 널리 알려지게 되었다. 조조는 진심으로 그의 글을 좋아했다. 또한 그 글을 읽고 나서 예형이란 인물을 만나보고 싶은 마음이 더더욱 간절해졌다. 그는 공융의 말을 흉내 내며 다음 구절을 읽어 내려갔다.

"수백 마리의 새매가 독수리 한 마리만 못하니 예형을 조정에 서게 하시면 반드시 볼만한 일이 있을 것입니다."

그러고는 공융에게 물었다.

"예형이 조정에 와서 대신들 사이에 서면 과연 군계일학이 될 수 있을 것 같소이까?"

공융이 대답했다.

"명공께서는 제 말을 믿으셔도 좋습니다. 예형은 용이 천상의 대로를 뛰어다니고 은하수에 날개를 펼치는 것처럼 황상의 거처에 천하의 기관을 가져다줄 것입니다."

"하하하! 좋소이다. 공 선생의 말씀을 한 번 믿어보겠습니다."

조조가 말했다.

"한데 그가 언제쯤 옵니까? 기다리다 지쳐 눈이 빠지겠소이다."

공융이 미간을 찌푸리며 조조의 눈길을 피해 창밖을 내다보았다. 그러는 그의 입에서 가벼운 한숨이 흘러나왔다.

3

조조의 군영을 나와 공융은 눈보라를 헤치고 허도의 서남쪽에 위치한 객잔으로 힘겹게 걸음을 옮겼다. 예형은 그곳에 머물고 있었다.

예형은 진즉에 조조의 눈 밑에 와 있었다. 공융은 어제 저녁에도 예형과 함께 술잔을 나누었던 것이다.

예형은 평원반平原般(지금의 산동성 임읍臨邑)에서 태어났다. 그의 가문은 변변치 못했다. 그렇지 않았다면 그가 부평초같이 밖을 떠돌아다닐 필요가 없었을 것이다. 집을 떠나기 전에 그는 스스로 자를 하나 만들었다. 자에는 '평원반 사람 예형, 자 정평이 인사 올립니다'라는 문구가 적혀 있었다. 그는 이 자를 품에 지니고 다니면서 믿을만한 사람에게 건넬 생각이었다. 그러나 공교롭게도 천하는 넓었지만 그의 눈에 차는 사람은 하나도 없었다. 평원에서 형주로, 형주에서 영천으로, 다시 영천에서 허도로 오는 동안 명함은 내내 그의 품속에 그대로 남아 있었다. 명함에 쓰인 글씨만 희미해지고 땀으로 얼룩졌을 뿐이었다. 공융이 술에 취해 쓰러진 그를 침상에 데려다 눕히며 옷깃을 잘 여며주지 않았더라면 이 명함을 발견하지 못했을 것이다.

예형은 23살로 공융보다 훨씬 어린 나이었다. 그의 머리는 몹시 컸지만 체구는 유난히 가냘파 외모로는 별로 호감을 주지 못하는 편이었다. 공융도 그와 얘기를 나눠본 뒤에야 재주가 넘치고 지혜가 뛰어나며 자신보다 더 유능한 인물임을 알게 되었다. 공융처럼 재기가 뛰어난 인물이 스스로 못하다고 여길 정도이니 예형의 사람됨이 어떤지 짐작이 가고도 남았다.

공융은 이런 일화를 들은 적이 있었다. 예전에 예형에게 노잣돈을 넉넉히 대준 사람이 있었다. 그가 하루는 술상을 마련해 놓고 예형에게 사해의 명사들을 두루 꼽아보라고 했다. 예형이 말했다.

"세상에는 오직 두 사람밖에 없소. 한 사람은 공융이고 다른 한 사람은 양수요. 나머지는 다 평범한 자들이라 굳이 입에 올릴 필요도 없소이다."

그에게 노잣돈을 대준 사람도 꽤나 이름이 알려진 사람이었다. 기분이 상한 그가 다소 언짢은 표정으로 자신의 코를 가리키며 물었다.

"그렇다면 나는 어떻소이까?"

예형이 그를 위아래로 대충 훑어보더니 기름이 번지르르한 입을 삐쭉이며 말했다.

"그냥 술이나 마시는 자루요, 밥이나 축내는 주머니에 불과한 것 같소."

술자리를 마련한 사람은 기가 막혀 기절할 뻔했다.

이 일은 공융의 귀에도 전해졌다. 그는 예형이 자신을 그렇게 평가해준 데 대해 매우 흡족했다. 그는 곧 황제에게 예형을 추천하는 표를 올리고 조조에게도 직접 예형에 대한 얘기를 꺼냈다. 조조도 예형을 만나보고 싶은 마음이 간절했다. 하지만 예형이란 사람은 성정이 괴벽하기 그지없어 좀처럼 사람들 앞에 나타나려 하지 않았다. 그는 온종일 객잔에 머물렀다. 하는 일이라곤 술에 한껏 취하거나 실컷 잠을 자는 것이 전부였다. 그의 침상 주변에는 온갖 잡동사니가 어지럽게 널려 있었고, 방 안에는 술 냄새와 구린내가 진동했다. 객잔 사람들은 그가 허도에 왜 왔는지 알 수가 없었다. 그가 그저 술이나 마시고 잠이나 자러 온 것일까?

공융이 객잔으로 찾아왔을 때 예형은 잠들어 있지 않았고 술도 마시지 않고 있었다. 보기 드물게 여유로운 모습이었다. 이 잠시 동안의 한가함을 즐기면서 예형은 창틀에 몸을 기대고 밖을 내다보고 있었다. 그는 뭔가에 잔뜩 몰두해 있는지 공융이 방 안으로 들어와 나무판자로 된 바닥을 밟으며 쿵쿵 소리를 내는데도 전혀 의식하지 못하고 있었다.

무엇이 그의 눈길을 끌었던 것일까? 공융의 눈길이 예형의 시선을 따라갔다. 자세히 보니 길 건너편 처마 밑에 나무초롱이 하나 걸려 있었다. 초롱 안에는 빨간 부리에 푸른 날개를 가진 앵무새가 한 마리 들어 있다. 앵무새는 흩날리는 눈을 바라보며 아름다운 소리를 내고 있었다. 마치 이렇게 말하고 있는 거 같았다. "눈이다. 너무 좋아." 새는 날개를 자주 파닥이는 것이 몹시 흥분한 듯한 모습이었다.

"얼마나 신기한가! 빨간 부리에 푸른 옷을 입은 정령임에 틀림없어!"

예형이 중얼거렸다.

"그러게 말일세. 정말 천하의 요물이군."

공융이 그의 말에 동조했다.

"높은 산에 놀기를 즐기고, 깊은 숲에 깃드네. 헛된 무리와 함께 하지 않고, 숲을 골라 날개를 펴네. 광채가 가득한 아름다운 얼굴에 짹짹거리는 고운 소리. 날개와 깃털을 가진 새이지만, 그 지혜로움은 독보적인 것이라. 봉황과 아름다움을 겨루니, 그 덕을 어찌 뭇 새들에 비하랴."

예형은 손을 휘저어가며 시구를 읊조렸다. 공융이 자신도 모르게 그의 낭송에 갈채를 보냈다.

"아주 좋군! 이 요물 덕분에 자네의 시흥이 솟아난 모양일세. 말이 나온 김에 아예 〈앵무부鸚鵡賦〉를 한 수 짓는 것이 어떻겠나?"

공융의 찬사에 기뻐해야 할 예형의 눈길이 갑자기 암담해졌다. 그러더니 손을 내린 채 고개를 가로저었다.

"뭐 시를 지을 만한 것이 있어야 말이지요. 자, 보세요. 저 앵무새는 지금 무리를 떠나 동반자도 없이 처마 밑에 몸을 맡기고 있습니다. 초롱에 갇힌 데다 날개도 잘렸지요. 다시는 높은 산을 날지 못하고 깊은 숲속에서 노닐지 못할 것입니다. 단지 쌀 몇 알을 얻어먹기 위해 사람들의 비위를 맞춰 가며 억지로 소리를 따라해야 할 겁니다."

공융은 이내 그의 심사를 읽어냈다. 그는 앵무새의 처지를 빌어 자신의 신세를 한탄하고 있는 것이었다. 예형의 천재적인 재주는 매우 보기 드문 것이었으나 그의 오만방자함 역시 보기 드문 것이었다. 공융은 자신의 재주를 믿고 웬만한 사람들을 거들떠보지 않았지만 예형 앞에서 만큼은 그도 무릎을 꿇어야 했다. 평소라면 공융도 앵무새를 화제로 삼아 예형에게 온갖 호기를 부리며 설변을 늘어놓았을 터이지만 오늘은 그럴 수 없었다. 공융은 예형에게 즉시 조조를 만나러 가도록 설득해야 했다. 공융은 서둘러 본론으로 들어가려 했다.

예의라고는 눈 씻고 찾아보려 해도 찾을 수 없는 이 천재는 그에게 자리를 권할 생각도 없었다. 공융은 제 발로 침상에 다가가 앉았다. 그는 조금 전에 조조가 예형에 대해 쏟아냈던 칭송의 말들을 그대로 옮기면서 하루속히 그를 만나고 싶어 하는 조조의 간절한 마음을 전했다. 그러면서 예형에게 어서 옷을 갈아입고 자신을 따라 대장군을 만나러 가자고 재촉했다.

그러나 예형은 미동도 하지 않고 눈만 껌뻑거릴 뿐이었다.

"조조가 정말 나를 만나려 한답니까?"

"그렇다니까. 기다리다 못해 눈이 빠질 지경이라네. 방금 얘기하지 않았는가."

"그럼 좋습니다."

예형이 다시 입을 열었다.

"그에게 이리로 오라고 하십시오. 제가 방을 깨끗이 정리하고 기다리고 있겠습니다."

"아니, 뭐라고? 예형!"

공융이 정색을 하고서 말했다.

"그분은 대장군이시고 자네는 청의의 풋내기 선비일세. 자네가 가서 그분을 만나 뵙는 것이 도리일세."

"흥!"

예형이 눈을 크게 뜨고서 마치 처음 보는 사람인 것처럼 공융을 뚫어지게 쳐다보더니 구리 대야에 담긴 물로 귓속을 씻어냈다.

공융은 예형이 일부러 자신을 놀리는 것으로 알고 화를 내지 않았다. 대신 인내심 있게 그를 설득했다.

"에그! 내가 속물처럼 굴어 자네의 귀를 더럽혔네. 하지만 그분이 자네보다 나이가 많으니 자네는 필경 후배인 셈이네. 그러니 자네가 그분을 만나러 가는 게 당연하지."

예형은 또다시 콧방귀를 뀌었다.

"선생은 공자의 후손이지 않습니까? 공자께서는 어린아이라고 무시하지 않았을 텐데요."

"아, 아이고!"

공융은 할 말을 잃었다. 평소에는 그도 다른 사람들 앞에서 거침없이 열변을 토했고 태도도 도도하기 그지없었다. 그러나 예형 앞에서 만큼은 성질을 죽여야 했다. 이 젊은 친구는 조조에게 문왕이 태공을 청하던 옛

날의 일을 되풀이하게 하려는 것이었다. 아무래도 이 친구는 권신들과 사귀기를 원치 않는 모양이었다. 그렇다면 은둔할 수도 있을 텐데 굳이 사람들로 떠들썩한 허도까지 올 필요가 어디 있단 말인가!

'에그, 이 녀석아! 이 공융 같은 사람이나 널 이해하지 누가 너를 알아주겠느냐.'

공융은 여전히 화를 내지 않고 인내심을 발휘하여 입에 침이 마르도록 그를 설득했다. 그러나 예형은 아무런 반응이 없었다. 그가 결국 실망하여 돌아서려는 순간 갑자기 예형의 태도에 변화가 생겼다. 갑자기 측은지심이 생겼는지, 그는 공융의 어려움을 해결해주기로 작심하기라도 한 듯이 말했다.

"선생! 조조에게 이렇게 전하세요. 이 예형이 이미 허도에 도착해 있으나 폭설과 광풍 때문에 몸져누운 채 모 객잔에 머무르고 있다고 말이에요. 일단 병이 낫는 대로 직접 찾아뵙겠다고 하세요. 아마 그러면 선생을 탓하는 일은 없을 겁니다."

한참 생각에 잠기던 공융은 쓴웃음을 짓고 말았다.

"에휴, 알겠네. 그러는 수밖에 없겠군."

공융은 자리에서 일어나 작별을 고하고 폭풍과 눈보라가 몰아치는 밖으로 나오면서 고개를 돌려 예형에게 말했다.

"어쩌면 조조가 정말로 병문안을 올지도 모르네. 때가 되면 아픈 시늉이라도 해야 할 걸세. 알겠나?"

예형이 그렇게 높이 평가했던 공융에게는 천진한 구석이 있었다. 그는 조조가 현명한 선비를 예로 대하기 위해 객잔으로 예형을 찾아가리라 예상했다. 그러나 예형이 폭설 때문에 병에 걸려 움직일 수 없다는 말에 조조는 야릇한 웃음만 지었다.

"마침 나도 고뿔에 걸렸소. 보시오. 코가 막혀 숨도 쉬기 힘들지만 그래도 이렇게 많은 정사를 처리해야 한다오. 이렇게 합시다. 공 선생께서 제 마차를 타고 예형 선생을 모셔 오도록 하시오. 그러면 내가 어의를 불러 그를 진맥하도록 하겠소이다. 어떻습니까?"

공융은 그의 말에 따르는 수밖에 없었다. 그는 즉시 조조의 마차를 타고 예형을 '모시러' 객잔으로 달려갔다.

말은 '모신다'고 했지만 실제로는 '부르는 것'이었다. 예형도 더는 거절하기 힘들었고, 또 거절할 생각도 없었다. 조조와 예형 두 사람이 모두 조금씩 양보했으니 서로 대면의 방식을 받아들인 셈이었다. 수레에 오르기 전에 예형은 몹시 싫은 내색을 했지만 경대부들과 제후 부인들만이 탈 수 있는 수레에 오르자 이내 따뜻함과 안락함을 느꼈다. 그가 타던 달구지와는 비교도 할 수 없는 고급 수레였다.

예형은 도도한 태도로 조조의 군막으로 들어섰고 조조는 그런 예형을 친절하게 맞아 술을 권했다. 병에 관해 얘기를 꺼내는 사람은 아무도 없었다. 두 사람과 자리를 함께 한 공융은 술자리의 분위기가 제법 괜찮다고 느꼈다. 먼저 조조가 예형의 재기발랄함을 흠모하는 말을 건네자 예형도 조조에게 존함을 들은 지 오래라고 화답했다. 공융도 꽤 흡족해 하면서 예형을 쳐다보며 속으로 웃었다. '네 놈도 필경 속세를 완전히 벗어난 놈은 아니로구나.'

술이 세 순배쯤 돌자 예형의 신경세포들이 흥분하기 시작했다. 그는 넓적한 물그릇보다 더 큰 머리를 쉴 새 없이 흔들어댔다. 콩알보다 작은 눈에서는 광채가 났다. 그는 연신 재치 있는 말들을 쏟아내며 호방한 태도를 보였다. 옆에 앉아 있던 공융은 혀를 내둘렀다.

술이 몇 순배 더 돌았다. 예형은 더욱더 흥분했고 어느새 앉은 자세도 바뀌어 있었다. 처음 술자리를 시작할 때는 예의 바르게 무릎을 꿇은 자세였지만 지금은 엉덩이를 땅에 댄 채 두 다리를 양옆으로 쫙 벌리고 앉은 것이 마치 쌀을 고를 때 쓰는 키를 방불케 했다. 더없이 불경스러운 자세였지만 동시에 가장 예형다운 모습이기도 했다. 이때 공교롭게도 모두가 잘 알고 있는 두 사람에게로 화제가 옮겨졌다. 조조는 예형에게 이 두 사람에 대해 어떻게 생각하는지 물었다. 예형은 아무런 거리낌 없이 솔직하게 자신의 생각을 털어놓았다. 이에 조조는 예형의 교만함을 알게되었고 은근히 그가 싫어지기 시작했다. 조조가 물었다.

"군께서는 자신이 평원 사람이라 했는데, 유현덕이 바로 평원상이더군요. 군께서도 이런 사실을 잘 알고 있으리라 믿소. 한데 군께선 어찌하여 그와 사귀지 않는 것이오?"

예형이 흥 하고 콧방귀를 뀌며 말을 받았다.

"유현덕이라고요? 돗자리나 짜고 신발이나 엮어 파는 사람인데, 내가 어찌 그런 사람을 사귄단 말입니까?"

조조가 흠칫 놀라며 다시 물었다.

"그럼 사마백달은 어떻소? 그 사람은 어떤 사람이오?"

사마백달은 사마랑司馬朗으로 사마의司馬懿의 형이었다. 그는 결코 비천한 출신이 아닌데다 글을 잘 짓기로 소문난 인물이었다. 그러나 예형은 그 역시 안중에 두지 않았다. 그가 조조에게 되물었다.

"저더러 그와 함께 술을 팔란 말입니까?"

조조는 또다시 흠칫했다. 그는 사마랑이 왜 술을 파는 장사꾼으로 여겨지는지 알 수 없었다. 조조가 다시 물었다.

"그럼 그대가 보기에 이 세상에 호걸이라고 할 만한 사람이 누가 있소?"

예형은 잠시 하늘을 쳐다보더니 장탄식을 내뱉었다.

"세상은 넓은데 영웅은 단 한 명도 없습니다."

그의 말에 조조는 가슴이 벌렁거렸다. 그는 속으로 중얼거렸다. '이 미친놈은 나도 안중에 없는 모양이군.' 한참을 생각하다가 조조가 다시 물었다.

"내 수하에 문무대신이 수천 명이나 있고 그들 모두 당대의 영웅인데, 그대는 어찌 천하에 인물이 없다고 하는 것이오?"

예형이 실눈을 뜨고서 물었다.

"이른바 당대의 영웅이라는 자들이 어떤 사람들인지 알고 싶군요."

조조가 집안의 가보를 헤아리듯 순욱과 정욱, 하후돈, 하후연, 전위, 이전, 악진, 우금, 서황, 여건, 만총, 그리고 새로 들어온 순유와 곽가 등의 이름을 열거했다.

"잘 듣고 기억해 두도록 하시오. 우선 순욱과 순유, 정욱, 곽가 등은 지모가 뛰어나 용병에 능해 과거의 소하도 미치지 못하는 인재들이오. 그 다음으로 장요와 허저, 악진, 이전 등은 그 용맹함을 당할 사람이 없소. 무제 시기의 명장 잠팽岑彭이나 광무제 때의 명장 마무馬武도 이들을 이기지 못할 것이오. 게다가 우금과 서황은 뛰어난 선봉장들이고, 하후돈은 천하의 기재며, 여건과 만총은 종사로서 타의 추종을 불허하는 인물들이오. 또한 조자효는 세상이 다 아는 상장인데, 아마 그대는 잘 모를 것이오."

"하하, 하하하!"

조조의 장광설에 예형은 안하무인격으로 박장대소했다.

"제가 왜 그들을 모르겠습니까? 그들에게 재주가 있긴 하지만 제가 그들을 쓴다면 이렇게 하겠습니다. 우선 순욱에게 쓸 만한 것은 얼굴뿐이니 조문이나 문병을 다니게 할 것이고, 순유는 묘지기나 시킬 것이며 정욱은 문지기를 시킬 것입니다. 곽가는 글이나 읽고 풍월이나 읊는 데 제격이고, 우금은 깃발이나 들고 다닐 사람이지요. 전위는 소나 말을 칠 사람이고 악진은 조서나 읽을 사람이며 이전은 서한이나 전하고 격문을 나르게 하면 제격일 것입니다. 여건은 칼이나 갈고 검이나 주조할 인물이고, 만총은 술을 담고 두장이나 끓이면 될 사람이지요. 서황은 어느 모로 보나 개나 잡을 백정감이고, 하후돈은 불이나 켜면 될 인물이며 하후연은 빨래나 하면 그 쓰임이 족할 것입니다. 그 밖의 인물들은 옷을 입기 위한 옷걸이나 마찬가지고 밥을 먹기 위한 밥통과 다를 바 없으며 술을 마시기 위한 술단지, 고기를 먹기 위한 고기 자루와 같을 뿐이지요."

예형은 낭랑한 목소리로 조조가 심히 아끼는 문무 장령들을 통쾌하게 비웃었다. 관후와 대도를 내세우는 조조였지만 이 순간에는 속으로 끓어오르는 노기로 인해 관자놀이의 태양혈이 꿈틀거렸다. 하지만 그는 그럴수록 자신의 위엄을 지켜야 한다는 점을 잘 알고 있었다. 화가 날수록 얼굴에 드러내선 안 될 일이었다. 조조가 쓴 약이라도 삼킨 듯한 얼굴로 애써 노기를 달래며 물었다.

"그렇다면 그대에겐 대체 어떤 재주가 있는 것이오?"

예형은 그런 질문을 기다렸다는 듯이 조금도 망설이지 않고 손을 들어 자신의 가슴을 치며 자못 의기양양하게 입을 열었다.

"저 예형은 천문 지리에 통달하지 않음이 없고 시서예악에 관해 모르는 것이 없습니다. 위로 군주를 섬기면 가히 요순에 이르게 할 수 있고 아래로는 공자와 안자에 짝할 만하지요. 그러니 저를 어찌 속된 무리들과 함께 섞어 말할 수 있겠습니까?"

말을 끝낸 예형은 술잔을 들고 단숨에 비워버렸다. 그는 몹시 흥분하고 있었다. 속으로 자신에게 갈채를 보내면서 날아갈 듯한 기분을 만끽하고 있었다. 그는 이곳이 어디며 자신이 누구의 면전에 앉아 있는 것인지 완전히 잊고 있었다. 사실 그가 통쾌하게 독설을 토해내며 조조 휘하의 문무 장령들을 비웃을 때 옆에 있던 만총이 슬그머니 손에 검을 쥐고 있다가 하마터면 그를 찌를 뻔했다. 다행히 오늘 주연에는 참석한 사람들이 많지 않았다. 특히 성정이 거칠고 난폭한 하후돈이나 전위가 없었기에 망정이지 그렇지 않았더라면 그는 일찌감치 목이 날아갔을 것이었다.

조조는 수양을 갖춘 사람이라 젊은 친구에게 맞서지 않았고 끝까지 큰 인물이 갖춰야 할 도량을 보여주고 있었다. 그가 수염을 쓰다듬으며 크게 웃고는 손가락으로 탁자를 몇 번 치면서 예형에게 말했다.

"이젠 본론으로 들어갑시다. 내게는 이미 조문이나 문병을 다닐 사람을 비롯하여 묘지기나 할 사람, 문지기, 글이나 읽고 풍월이나 읊을 사람, 깃발이나 들 사람, 소나 말을 먹일 사람, 조서를 읽을 사람, 서한을 전하고 격문을 나를 사람, 칼이나 갈고 검이나 주조할 사람, 술이나 담그고 두장이나 끓일 사람, 불이나 킬 사람 등 다양한 인재들이 두루 갖춰져 있는데 마침 조정에 북을 칠 사람 하나가 부족하오. 아침저녁 하례나 연회 때 북을 칠 고사로 그대 한 사람밖에 없을 것 같소."

조조는 상대방의 창으로 그의 방패를 찌르는 수법으로 예형에게 반격을 가했다. 그가 똑똑한 인물이라면 조조가 이처럼 안하무인인 미친놈을 자신의 휘하에 두려 하지 않는다는 것을 알아채고도 남을 것이었다. 모두 예형이 고사라는 직위에 대해 어떤 반응을 보일지 짐작하고 있었다. 아마도 그는 온갖 미사여구를 둘러대며 완곡하게 거절한 다음 소매를 뿌리치면서 자리를 뜰 것이 분명했다. 그렇게 되면 그와 조조 두 사람 모두 별로 마음의 상처를 받지 않을 것이고 대화도 이것으로 막을 내리게 될 것이었다. 그러나 모든 사람들의 예상을 뒤엎고 예형이 자리에서 벌떡 일어나더니 조조의 두 손을 부여잡으며 말하는 것이었다.

"저 예형은 이 직분을 감사히 받겠습니다."

'에휴!'

조조는 속으로 긴 한숨을 내쉬었다. 이런 탄식이 예형을 위한 것인지 아니면 자신을 위한 것인지 알 수 없었다. 어쨌든 일이 이렇게 된 이상 정식으로 사람을 불러 예형을 고사의 직위에 앉히는 수밖에 없었다.

4

조조 시대에는 희곡이 가무나 잡기 등과 함께 연출되었고 대부분 연회장에서 공연했다. 화제 시기에 석탐石耽이라는 현령이 법을 어기고 뇌물을 받자 화제는 그를 잡아다 처형하려 했다. 그러나 그의 뛰어난 재주가 아까워 차마 죽이지는 못하고 그에게 모욕을 주는 방법을 생각해냈다. 다름이 아니라 연회가 있을 때마다 배우들에게 석탐의 형으로 분장시켜 희극을 연출하게 함으로써 그를 희롱하는 것이었다. 아마 '희롱戲弄'이라는 단어의 어원도 바로 이 사건일 것이다.

이날 조조는 대규모 주연을 베풀고 여러 문무 대신들을 초대했다. 헌제는 그 자리에 없었지만 동짓날보다 훨씬 많은 인원이었다. 양표를 위시한 원로대신들의 수는 현저하게 준 대신 새로운 얼굴들이 대거 등장했다. 연회에는 화사한 봄 분위기가 가득했다.

그랬다. 때는 이미 건안 2년의 봄이었다.

새로운 얼굴들 가운데는 예형 덕분에 묘지기가 된 순유와 시나 짓고 풍월이나 읊는 곽가도 있었다. 순유는 자는 공달公達로 순욱의 조카였다. 하진이 정권을 잡았을 때 그는 황문시랑을 지냈으나 동탁을 주살하는 음모에 가담했다가 실패하여 투옥되었다. 그러다가 동탁이 죽고 나서 석방되자 관직을 버리고 은둔했다가 나중에 팽성상으로 임명되었으나 거절한 일도 있었다. 그 후에는 촉군 태수로 임명되었으나 길이 너무 험하다는 이유로 그냥 형주에 남게 되었다. 그러다가 천자가 허도로 오게 되자 순욱이 조조에게 순유를 천거했다. 조조는 친히 순유에게 편지를 써서 대계를 함께 의논할 것을 부탁했다. 순유는 설을 바로 앞두고 도착했다. 예형보다 며칠 앞서 조조의 수하로 들어온 것이다. 그와 대화를 나눠 본 조조는 그의 재주에 놀라움을 금치 못하면서 그 자리에서 혀를 내둘렀다.

"공달은 비범한 인재임에 틀림이 없소. 그가 내 곁에서 보좌해준다면 천하에 근심할 일이 뭐가 있겠소?"

그는 곧 순유를 상서에 임명했다.

곽가는 자가 봉효奉孝로 영천 양적陽翟 사람이었다. 그가 허도에 오게 된 것도 순욱의 천거 덕분이었다. 어느 날 조조는 영천에 희지재戲志才라는 모략에 능한 사람이 있는데, 아쉽게도 일찍 요절했다는 사실을 알게 되었다. 그는 순욱도 영천 사람이라는 것을 알고 그에게 물었다.

"영천에는 훌륭한 인물들이 많다고 들었는데 희지재의 뒤를 이을 사람이 누가 없겠소?"

순욱이 대답했다.

"그런 인물로는 곽가뿐입니다."

조조는 곽가를 불러들여 대화를 나눠보고 나서는 그의 모략과 지혜에 감탄을 금치 못하면서, 여러 사람들 앞에서 그를 크게 치하했다.

"나를 도와 천하의 대업을 이룰 수 있는 사람은 바로 이 사람일 것이오."

얼마 후 곽가는 사공군좨주司空軍祭酒에 임명되었다.

순유와 곽가를 비롯하여 예형에게서 혹평을 들은 사람들이 관복을 입고 인수를 찬 채 의기양양한 모습으로 각자의 자리에 앉아 본격적인 연회가 시작되기를 기다리고 있었다.

술이 몇 순배 돌고 주흥이 무르익을 때쯤 조조가 고기를 베던 칼을 들어 술잔을 툭툭 치며 말했다.

"오늘 연회에서는 배우들이 춤을 추지도 노래를 부르지도 않을 것이오. 광대를 부르지도 않고 악기를 연주하지도 않기로 했소. 그러니 무엇으로 즐기는 것이 좋겠소?"

여기까지 말한 그는 잠시 입을 다물었다. 여러 사람들의 호기심을 자극하기 위한 계산된 행동이었다. 사실 사람들 모두 궁금해 하거나 따져 물을 필요가 없었다. 조조가 이미 다 준비해둔 바가 있었다. 다름 아닌 북치기 공연이었다.

"뭐라고요? 북치기 공연을 한다고요?"

북치는 것이 무슨 재미가 있겠느냐고 낮은 목소리로 힐문하는 사람들도 있었다.

"북치는 것은 말 그대로 단순히 북을 두드리는 것이오."

조조가 이렇게 말하자 사람들은 더더욱 흥이 가셨다. 하지만 학식이 두텁고 음악에 조예가 깊은 사람들은 오히려 참신한 흥미를 느끼고 있었다. 북은 고대부터 사용되던 악기로써 《상서》〈요전堯典〉에도 기록이 남아 있다. 이 책에는 고대 사람들이 돌을 치고 두드리면서 온갖 짐승들로 분장한 사람들과 함께 춤을 추곤 했다고 기록되어 있는데, 여기서 말하는 돌이 바로 북의 전신인 셈이다.

조조는 다른 사람들의 생각을 전혀 고려하지 않았다. 그는 이날 연회에서 예형에게 북을 치게 함으로써 하늘 높은 줄 모르고 날뛰는 미치광이를 욕보임으로써 마음속의 노기를 가라앉히려 했다. 어쩌면 이것은 예형을 벌하는 가장 좋은 방법이었는지도 모른다. 예형이 순욱 등 여러 장령들을 혹평한 얘기를 듣고 울화통이 터진 만총이 조조에게 예형을 죽여 버리라고 간언했다. 하지만 조조는 그의 말을 들어주지 않았다.

"그 자의 허명은 일찍이 천하에 알려져 있네. 그런 자를 이 자리에서 죽인다면 세상 사람들이 나를 도량이 좁은 사람이라고 욕할 게 아니겠나."

만총이 되물었다.

"그러면 어떻게 하는 것이 좋겠습니까? 이놈이 우리에게 온갖 악담을 퍼부었는데 가만 내버려둘 수는 없지 않습니까?"

조조가 다시 생각해보니 자신도 그런 모욕을 듣고 그냥 넘어갈 수는 없을 것 같았다. 그를 벌하지 않고는 조정에서나 군사들 사이에서나 위엄을 세울 수 없을 것 같았다. 그리하여 그는 이런 방법으로 예형에게 보복하려 한 것이었다.

조조가 집사관執事官에게 명령을 내렸다.

"고사 예형에게 어서 들라 해라."

집사관은 재빨리 바깥 층계 아래에 대고 길게 소리를 질렀다.

"고사 예형을 대령하랍신다!"

아니, 집사관이 혹시 잘못 부른 것이 아닐까? 고사가 맞는 호칭일까 아니면 '고리鼓吏'가 맞는 것일까? 순간 예형은 잠시 당황했다. 소설 《삼국연의》나 희곡 《북을 쳐서 조조를 욕하다》에서는 예형이 고리로 등장하지만, 권위 있는 사서에는 고사로 기록되어 있다. 《주례》에 따르면 북을 치는 사람으로는 원래 고부鼓府 2명에 고사 2명, 고도鼓徒 20명이 있다. 따라서 고사가 맞는 호칭이라 할 수 있을 것이다. 고사나 고리나 호칭은 문제가 되지 않았다. 고사라고 부르든 고리라고 부르든 예형은 거부감 없이 대답할 것이었다.

"고사 예형 대령했습니다."

예형이 낭랑한 목소리로 대답하면서 곧 모습을 드러냈다.

"무평후 조대 장군께서 그대에게 북을 쳐서 음악을 연주하라는 명령을 내리셨소."

집사관이 말했다.

"영을 받들겠습니다."

예형이 말했다.

"하오나 대장군께서 북을 어떻게 쳐야 하는지 가르쳐 주셨으면 합니다."

예형의 질문에 사방에서 폭소가 터졌다.

"쳇! 이놈이 북채를 북을 싸고 있는 가죽에 대고 두드리면 되는 것도 모르는구나."

많은 사람들이 흥미진진한 표정으로 예형에게 눈길을 모았다.

조조도 은근히 재미를 느끼면서 집사관에게 명령을 내렸다.

"그에게 북을 3통通 치라고 해라."

"그대에게 북을 3통 치라는 분부시오."

집사관이 계단 아래로 명령을 전했다.

"영을 받들겠습니다."

예형이 대답했다.

이른바 북을 3통 친다는 것은 각 시대마다 기준이 달랐다. 한대에는 한 통이 3백 30번이었으니 3통이면 9백 90번인 셈이었다. 고사들은 날마다 '신혼고晨昏鼓'와 '승장고升帳鼓', '숙영고肅營鼓'를 똑같이 반복했고 하나같이 고도로 훈련되어 있었다. 하지만 예형은 갓 고사로 부임한 터라 북 치는 솜씨가 서툰 데다 다소 긴장하고 있는 것 같았다. 그는 북채도 거꾸로 잡았고 북채를 여러 차례나 자신의 발등에 떨어뜨렸다.

모두 배꼽을 잡고 웃었다. 그러면서도 갈채를 보내면서 시끌벅적하게 떠들어댔다.

조조의 계획에 따르면 예형은 3통을 치고 나서 돈이나 받고 물러나면 그만이었다. 그가 고사의 직위에 만족하여 제대로 훈련을 받고 그간의 오만함을 뉘우치며 겸손하게 직무에 충실했더라면 북을 잘 치든 못 치든 상관없이 곧바로 6백 석 이상의 봉록을 받는 직위를 얻을 수 있었을 것이고, 심지어 2천 석도 불가능한 것이 아니었을 것이다. 그러나 뜻밖에도 그는 북채를 집어던지고는 당 위에 올라섰다. 돈을 받으러 올라온 것이 아니라 말썽을 일으키려 올라온 것이었다. 그는 조조에게 다가가 허리를 굽혀 예를 올리고는 입을 열었다.

"오늘처럼 훌륭한 연회가 자주 있는 것이 아니지요. 고사 예형이 당상에서 여러 대신들을 위해 〈어양삼과漁陽三撾〉를 연주하여 흥을 돋우려 합니다. 어떻습니까?"

"뭐라고? 어양 뭐라고?"

그의 말을 잘 못 알아들은 사람도 있었지만 조조는 분명하게 알아들었다. 조조는 〈어양삼과〉라는 곡이 있다는 얘기를 들어본 적은 있으나 직접 연주를 들어본 적은 없었다. 후대의 전통 극에서 흰 얼굴로 분장한 조조가 듣는 음악은 〈어양삼과〉도 아니고 순수한 북 연주도 아니다. 조조가 신기한 듯 직접 명령을 내렸다.

"좋아. 어서 〈어양삼과〉를 연주하도록 하게."

"영을 받들겠습니다."

말을 마친 예형은 다시 계단 아래로 내려갔다. 그곳에는 막이 쳐져 있었다. 그가 막을 걷자 사람들 모두 크게 놀랐다. 그곳에는 크고 작은 북이 10개 남짓 놓여 있었다. 원통 모양의 북도 있고 납작한 북도 있었다. 북을 싼 가죽에는 다양한 짐승의 가죽을 비롯하여 심지어 뱀가죽도 있었다.

또한 구리로 된 북통도 있고 나무로 된 북통도 있었다. 그런데 모든 북들은 세워져 있는 것이 아니라 가로로 놓여 있었고, 가로로 놓는 데도 3가지 방법이 있었다. 걸어놓고 한데 연결시키는 것을 영고楹鼓라 하고, 들려져 있는 것을 현고懸鼓라고 했다. 또한 나무 위에 놓아두는 방식도 있는데 이를 족고足鼓라 했다. '족'이란 북을 받치고 있는 4개의 다리를 말한다.

예형이 단향목으로 만든 북채를 꺼내들었다. 길이가 약 반 자 정도 되는 채는 그의 허리춤에 꽂혀 있었다. 그가 눈을 지그시 감더니 마치 뭔가를 부르는 것처럼 공중에 대고 북채를 몇 번 휘둘렀다. 그러고는 있는 힘껏 현고의 가죽을 두들겼다. 그러나 이상하게도 소리가 나지 않았다. 잠시 두드리는 시늉만 한 것이었다.

그가 똑같은 동작을 반복했다. 이번에도 소리가 나지 않았다. 모두 그를 우스운 놈이라고 여겼다. 그러나 세 번째로 동작을 취하는 순간 마치 하늘가에서 바람이 불어오는 것 같았다. 바람은 점점 가까워지는 것 같더니 마침내 울부짖는 소리를 내기 시작했다. 풀잎을 말아 올리기라도 할 것 같았다. 곧이어 바람소리 속에 말발굽소리가 섞이기 시작했다. 나지막하던 소리가 점점 커지면서 말의 숫자도 점점 늘어나고 속도도 차츰 빨라졌다. 말은 다그락다그락 하는 소리와 함께 어느새 사람들 앞으로 달려왔다. 하지만 예형의 북채는 여전히 원을 그리고 있을 뿐, 북면을 때리진 않았다.

사람들은 서로 머리를 맞대고 상대방의 귀에 대고 뭔가 수군대기 시작했다. 조롱과 경멸의 기색이 사라질 틈도 없이 모두 얼굴이 그대로 굳어져버렸다.

어양은 바로 유주였다. 그곳에는 한인도 있고 흉노나 선비鮮卑, 오환烏

桓 등의 오랑캐들도 살고 있었다. 오랑캐들은 넓은 사막과 초원에서 살았다. 이들에게 말은 곧 발이요, 다리였고 칼과 검은 손이자 팔이었다. 그들은 기쁨과 슬픔, 사랑과 미움을 춤과 노래로 표현했다. 그들은 오래 담근 술을 마시듯 노래와 춤을 마셨다. 노래와 춤으로 자신들의 영혼을 도처에 드넓게 피어 있는 들꽃으로 승화시킨 것이었다.

예형이라는 기재는 자신의 북소리로 인간의 이야기를 풀어내고 있었다. 그는 족고와 현고, 영고를 번갈아가며 구사했다. 때로는 중심을 두드렸다가 때로는 모서리를, 때로는 북통을 두드렸다. 주먹으로 치기도 하고 가끔은 발로 차기도 했으며, 또 때로는 손가락으로 튕기기도 했다.

재미있는 것은 북을 치는 동시에 품속에서 빨간 '국鞠' 즉, 나중에 '공'이라고 불리게 된 물건을 꺼내 가볍게 두 발로 번갈아가며 차기도 했다. 절묘하기 그지없었다. 북을 치면서 국을 차는 뛰어난 재주가 어째서 후세에 전해지지 않은 것일까? 애석한 일이 아닐 수 없다.

연주가 고조에 달하자 예형은 아예 목청을 돋워 노래를 부르기 시작했다. 그가 부른 노래는 《시경》의 〈격고擊鼓〉였다.

북소리 둥둥둥 울리니

무기 들고 벌떡 일어나네.

경성엔 흙으로 성 쌓는 일뿐이라

나만 홀로 종군하여 남으로 가네.

앉았다 누웠다 반복하다 보니

말조차 어디로 갔는지 모르네.

그 말을 찾아서

숲 아래에 나의 백골을 거두네.

예형이 '앉았다 누웠다 반복하며 숲 아래에서 나의 백골을 거두네'라
는 구절을 몇 번 반복한 뒤부터 북을 치는 속도가 조금씩 느려지고 가벼
워졌다. 사람들은 마치 모닥불이 거의 사그라지고 술도 거의 바닥이 난
광경을 보는 것 같았다. 춤을 추는 사람은 사랑하는 말을 안고 천천히 초
원 위에 쓰러졌다.

이때 예형이 북채를 내던지더니 팔과 다리를 대자로 뻗은 채 북 옆에
쓰러졌다. 당상과 층계 아래에는 마음속 깊은 곳에서 우러나오는 환호가
가득했다. 눈에 눈물이 그렁그렁한 사람들도 있었다.

"와, 이건 금석의 소리야! 금석의 소리라고!"

찬탄을 금치 못하며 소리치는 사람도 있었다. 금석의 소리란 고대의
'팔음八音' 가운데 앞의 2가지 유형을 의미했다. 예형의 북소리를 '금석
의 소리'에 비견한 것은 최고의 평가라고 할 수 있었다.

"이는 원고遠古의 북소리야!"

공융이 눈물을 머금고 말했다.

"이기伊耆는 기와를 테두리로 북을 만들었으니 돌 소리를 내는 것이 당
연하지. 예형이 내는 북소리는 이기의 북소리와 똑같아!"

사람들 사이에 의론이 분분하자 상석에 앉아 있던 조조도 만감이 교차
했다. 솔직히 말하자면 그는 자신도 모르게 북소리에 영혼을 빼앗겼다가
방금 겨우 정신을 되찾은 상태였다. 그는 한 화제가 석탑을 '희롱'했던
것처럼 예형을 희롱하려 했으나 오히려 그가 능력과 명성을 천하에 과시
하도록 도와준 셈이 되고 말았다. 그냥 이쯤에서 끝내야 하는 것인가?

눈치가 빠른 집사관은 누구보다도 조조의 마음을 잘 헤아렸다. 그는 절대로 이대로 그만두어서는 안 된다는 것을 잘 알고 있었다. 그냥 이대로 끝냈다가는 예형은 더욱 기고만장할 것이고 대장군인 조조의 입장만 난처해질 것이기 때문이었다. 집사관으로서 그는 당연히 조조를 도와야 했고 예형의 허물을 찾아내 기를 꺾어야 했다. 집사관이 예형에게 다가가 두 발을 걷어차며 호통을 쳤다.

"예형! 이게 무슨 해괴한 짓인가? 감히 규정을 어기다니! 어서 썩 일어나지 못하겠나?"

예형이 집사관의 발을 붙잡고 눈을 부라리며 물었다.

"네놈이 어찌 감히 함부로 사람을 발로 차느냐? 내가 무슨 규정을 어겼다는 것이냐?"

집사관이 말했다.

"규정에 따르면 고사가 북을 칠 때는 반드시 원래 입고 있던 옷을 벗어버리고 잠모岑牟와 단교單絞로 갈아입어야 한다. 잠모와 단교가 바로 너 같은 자들의 공연복장이란 말이다. 그런데 네놈은 어찌 입고 있던 옷을 벗어버리지 않고 그대로 당상에 올라와 북을 친단 말이냐?"

"아이고, 깨우쳐 주셔서 감사합니다."

예형은 그제야 뭔가 깨달은 듯 순순히 말했다.

"그렇다면 고사 예형이 옷을 갈아입겠습니다."

옷을 갈아입으려면 막의 뒤로 돌아가는 것이 상식이었다. 하지만 예형은 평범한 사람이 아니었다. 그는 세상을 놀라게 하는 사람이었다. 그는 조조와 문무백관들의 앞에서 옷을 한 점 한 점 벗어버리더니 나중에는 실오라기 하나 걸치지 않은 벌거숭이가 되었다. 당상에 있던 백관들은 입을 쩍 벌린 채 그 자리에 몸이 굳어졌고, 일부는 귀밑까지 새빨개지기도 했다. 특별히 도도한 척하는 관원들은 마치 짐승을 본 듯이 소매를 들어 얼굴을 가리고 눈길을 돌렸다. 집사관도 어찌할 바를 몰라 그냥 예형의 그곳만 뚫어지게 쳐다보았다. 이윽고 그가 다시 입을 열고 중얼거렸다.

"이럴 수가! 세상에 이럴 수가!"

조조가 난감하기 그지없는 분위기를 바꾸려는 요량으로 예형에게 삿대질을 하면서 버럭 화를 냈다.

"너, 이 미친놈! 이렇게 무례할 수가 있단 말이냐! 어떻게 연회장에서, 더구나 백관들 앞에서 옷을 홀랑 벗을 수 있단 말이냐!"

예형은 조조를 흘겨보면서 입가에 승리자의 미소를 머금었다. 그가 목을 곧게 세우며 말을 받았다.

"무례하다고요? 뭐가 무례합니까? 군주에게 불충하고 부모에게 불효하는 것이 무례입니다. 이 예형은 부모로부터 물려받은 이 몸을(여기까지 말하고 나서 그는 의도적으로 성기를 만지작거렸다) 그대로 드러냄으로써 결백한 몸임을 드러내고자 하는 것이니 예의가 바른 셈이지요."

그가 마침내 자신을 빗대어 말하자 조조는 더 이상 화를 참을 수 없었다. 그는 속으로 부르짖었다.

'악독한 놈! 악독하기 그지없구나! 이놈이 감히 나를 불충불효한 사람으로 매도하다니.'

그는 당장 예형에게 달려들어 그의 입을 찢고 검으로 그의 심장을 도려내고 싶었다. 하지만 그럴 수 없었다. 그랬다가는 곧 조조가 도리로 사람을 감복시키는 것이 아니라 힘으로 압제한다는 소문을 만들어 낼 수 있기 때문이었다. 한순간 그는 예형의 행동에 대처할 방법을 찾지 못해 박장대소하기만 했다.

"하하하."

한 가지 중요한 사실은 조조에게는 웃지 말아야 할 경우에 오히려 더 큰 소리로 웃는 버릇이 있다는 것이었다. 이런 웃음은 대개 마음속 울분이나 노기를 분출할 때 나오는 것으로 창이나 방패 대신 적에게 대처하는 도구로 사용되곤 했다. 그는 마침내 예형을 향해 공격의 예봉을 돌렸다.

"예형! 그대는 항상 궤변만 늘어놓는구나. 그대 말대로 하자면 옷을 입지 않은 사람들만이 예를 안다는 뜻이 되지 않느냐?"

그는 예형이 콩알만 한 눈을 부릅뜨고 반박하고 나올 줄은 전혀 예상하지 못했다.

"누가 옷을 입지 않았습니까? 저는 하늘을 웃옷으로 삼고 땅을 바지 삼아 옷을 입습니다. 대장군께서 저의 몸을 보셨다는 것은 제 바짓가랑이 속으로 기어들어왔다는 말씀이지요."

예형의 대답은 지혜롭고 재치가 있었지만 한편으로는 악독하기 그지없었다. 그의 변론은 욕설이나 다름없었다. 이처럼 마음껏 통쾌하게 욕을 퍼부은 그는 이내 의기양양해졌다. 사실 그는 조조뿐만 아니라 자신을 지켜보는 모든 사람들에게 욕설을 퍼부은 것이었다. 마침내 무장들이 자리에서 벌떡 일어나 조조에게 간청했다.

"이 무례하기 짝이 없는 놈이 감히 주공을 능멸하고 있습니다. 저런 자는 당장 죽여 버려야 합니다."

조조의 얼굴색이 새파래졌다. 그의 손과 팔뚝에 정맥이 불끈 솟았다. 한동안 침묵이 흘렀다.

여러 장수들이 다시 한 번 예형을 죽이라고 요구하자 그제야 조조의 표정이 정상으로 돌아왔다. 그는 여러 장령들에게 손을 저으며 허허 하고 웃었다.

"어허! 원래 오늘 예형을 욕보이려 했는데, 뜻밖에 예형이 오히려 나를 욕보였구려."

조조가 넉넉한 표정으로 웃으며 예형에게 손을 저었다.

"됐네, 고사! 여기 계속 있을 필요가 없으니 그만 돌아가게."

그는 예형이 느린 동작으로 주섬주섬 옷을 주워 입고 싸움에서 이긴 수탉처럼 거만하게 붉은 볏을 휘날리며 천천히 걸어 나가는 모습을 말없이 지켜보았다.

5

'북을 쳐서 조조를 욕한다'는 이야기는 두 부분으로 나뉜다. 조조를 욕한 것은 두 번째 부분으로 북을 친 바로 다음날 일어난다.

북을 친 그날 저녁 공융이 예형을 심하게 꾸짖었다. 아울러 조조가 역시 큰 인물이라 예형의 무례함에도 그다지 개의치 않으며 여전히 그의 재주를 아낀다고 칭송했다. 이는 사실이었다. 조조가 공융에게 예형을 한번 더 만나보고 싶다고 말했던 것이다.

예형은 혼자 술을 마시고 있었다. 공융의 말에 그는 말없이 고개만 끄덕였다.

공융은 곧 조조를 찾아갔다. 그는 교만하고 무례하게 행동한 예형을 자신이 크게 꾸짖었다고 말했다. 아울러 예형이 몹시 후회하면서 직접 찾아와 사죄하고 싶어 한다고 전했다.

조조는 그다지 믿기지 않는 듯한 표정으로 눈을 깜빡였다. 그러다가 이내 몹시 기뻐하며 말했다.

"참 잘된 일이오. 그럼 그를 이곳으로 오라 하시오. 한 번 얘기를 나눠봅시다. 사실 나는 그의 재주를 아주 흠모하고 있소."

조조가 문지기를 불러 예형이 오는 즉시 통보하라고 분부했다.

조조는 그 시각부터 외출하지 않고 예형을 기다렸다. 원래 밖에 나가 처리해야 할 일이 몇 가지 있었으나 예형을 기다리기 위해 뒤로 미루고 있었던 것이다. 사실은 조조도 자신이 예형에 대해 경솔하게 행동한 것을 후회하면서 그에게 내릴 관직을 놓고 고민하고 있었다.

그러나 유감스럽게도 조조가 공융과 함께 아침부터 기다리기 시작하여 오후를 지나 저녁때가 되도록 예형은 그림자도 보이지 않았다.

조조가 막 군막을 나서려 하는 순간 그제야 문지기가 와서 예형이 왔다고 전했다. 조조는 기분이 몹시 언짢았지만 다시 마음을 고쳐먹고 옷매무새를 단정하게 하여 공융과 함께 문밖에 나가 예형을 맞이했다. 그러나 예형이 그에게 사죄하러 온 것이 아니라 죄를 물으러 왔을 줄은 상상도 하지 못했다.

예형은 거친 두건으로 머리를 묶고 몸에는 남루한 누더기를 걸치고 있었다. 손에는 석 자나 되는 버드나무 막대가 들려있었다. 막대기는 마치 상장喪杖 같았다. 그는 원문轅門 중간에 서서 우물우물 입 안에 뭔가를 씹고 있었다. 조조가 미처 방비할 틈도 없이 예형이 그에게 침을 탁 뱉었다. 그러고는 막대기로 땅을 치며 욕설을 퍼붓기 시작했다.

"조조, 이놈! 겉으로만 점잖은 척하는 이 도적놈아! 어제는 내가 미처할 말을 다하지 못했지만 오늘 다시 왔으니 네놈에게 한 수 가르쳐주마. 뭐가 청백한 것이고 뭐가 혼탁한 것인지 아느냐? 네놈이 어진 사람과 어리석은 사람을 분간하지 못하니 이는 눈이 흐린 것이요, 충성된 말을 따르지 않으니 귀가 흐린 것이며, 시서를 읽지 않으니 입이 흐린 것이요, 옛날과 지금에 대해 아는 것이 없으니 머리가 흐린 것이요, 현명한 인재들을 받아들이지 못하니 뱃속이 흐린 것이다. 나처럼 천문지리에 통달한 천하의 명사에게 북을 치게 했으니, 이는 지난날 양화陽貨가 공자를 업신여기고 장창臧倉이 맹자를 헐뜯는 것과 다를 바 없는 일이다."

예형의 행동거지는 지나치게 비정상적이었고, 마치 광기가 발동한 것 같았다. 전혀 무방비 상태에서 황당한 일을 당한 조조는 쥐구멍을 찾고 싶었다. 그를 가장 잘 이해하는 공융도 크게 놀라며 분노에 치를 떨었다.

그는 황급히 예형을 끌어낸 다음 곧 다시 들어와 땅바닥에 엎드려 머리를 조아리며 예형을 대신하여 조조에게 사죄했다.

조조는 화가 상투밑까지 치밀어 두 손을 부들부들 떨면서 입가에 음흉한 미소를 띠웠다. 한참이 지나서야 그는 다시 입을 열었다.

"오늘 일은 공융 그대가 증인이요. 이 조조가 예형을 용서하지 못하는 것이 아니라 예형이 나의 진심을 무시한 것임을 잊지 마시오. 내가 이놈을 죽이는 것은 참새 한 마리 죽이는 것과 마찬가지일 것이오."

"아, 네! 이 미친놈이 앞뒤를 가리지 못하고……."

공융은 식은땀을 흘리며 머리를 조아린 채 예형을 위해 용서를 빌었다.

"하지만 명공께서 너그러운 맘으로 죽음만은 면하게 해주시길 간절히 부탁드립니다."

"음!"

조조가 나지막하게 신음을 내뱉었다. 어느새 그의 얼굴에서 딱딱하고 음흉하던 미소가 사라졌다.

"이 친구에게 허명이 있으니 내가 그를 죽여 버리면 세상 사람들이 나를 속 좁은 사람이라 욕하지 않겠소?"

"그렇습니다! 그렇고말고요."

공융은 고개를 끄덕이며 이마 위에 맺힌 땀을 닦았다.

"아무래도 명공께서는 그를 살려두시는 것이 좋을 것 같습니다."

그러나 조조가 고개를 가로저으며 거절했다.

"안 될 일이오! 나는 그를 죽이지도 않고 살려두지도 않을 것이오."

"그렇다면……."

공융은 어안이 벙벙해졌다.

"나는 그자를 유표에게 보낼 생각이오."

조조가 의미심장하게 웃었다.

"그 미친놈이 형주에서도 살아남을 수 있는지 두고 보겠소."

'북을 쳐서 조조를 욕한다'는 희곡의 이야기는 이쯤에서 막을 내려야 했다. 그러나 아직 재미있는 마지막 마당이 남아 있었다.

'조조를 욕한' 다음날 공융과 양수 등 예형과 친분이 있는 사람들이 허도의 남쪽 교외에서 그를 배웅하려 했다. 이들은 시간에 맞춰 예형과 약조한 장소로 갔다. 그러나 아무리 오래 기다려도 예형의 모습은 나타나지 않았다. 양수가 화를 내며 말했다.

"잠시 후에 예형이 도착하면 우리 모두 움직이지도 말고 말도 건네지 맙시다. 그가 얼마나 난감해하는지 두고 보자고요."

공융을 비롯한 여러 사람들이 고개를 끄덕였다. 예형이 오자 그들은 땅바닥에 앉거나 누운 채로 말 한마디 건네지 않았다. 멍하니 서 있던 예형이 갑자기 땅바닥에 주저앉더니 대성통곡하기 시작했다. 모두 놀라 그에게 우는 이유를 묻자 예형이 그들을 가리키며 대답했다.

"보세요. 앉아 있는 것은 무덤이요 누워 있는 것은 송장이지 않습니까? 제가 무덤과 송장들 사이에 있으니 어찌 슬프지 않겠습니까?"

모두 서로 얼굴을 쳐다보며 웃음을 터뜨렸다. 그들은 놀림을 당하고는 하는 수 없이 몸을 일으켜야 했다.

예형이 형주에 간 뒤에 유표도 처음에는 그의 재주를 흠모하여 여러 사건이나 문장을 그에게 맡겨 심사하게 했다. 그러나 좋은 날은 오래 가지 못했다. 오랫동안 유표의 신변을 지켜 온 부하들이 오만방자한 예형의 행태를 그대로 참아줄 리 만무했다. 그들은 유표를 찾아가 예형의 험담을 늘어놓았다. 그들은 예형이 사람들 앞에서 유표가 인의의 마음을 지니고 있어 주 문왕과 비슷한 데가 있기는 하지만 결단력이 부족하기 때문에 장차 큰일을 이루기 어렵다고 혹평했다고 고자질했다. 이 말을 들은 유표는 몹시 기분이 상했다. 그는 예형의 악의 없는 평가를 참고 넘길 인물이 못됐다. 그는 강하 태수 황조黃祖에게 예형을 천거하는 편지를 써주면서, 그에게 황조를 찾아가 '높은 자리를 제수받도록' 하라고 권했다.

강하에 이른 예형은 처음에는 황조로부터 존경을 받았다. 특히 황조의 아들 황사黃射는 예형의 친한 친구가 되었다. 덕분에 그곳에서 예형은 한동안 기분 좋은 세월을 보낼 수 있었다. 그러나 어느 날 아주 화기애애한 분위기의 연회에 아름다운 앵무새가 한 마리 나타났다. 앵무새의 우짖는 소리에 예형의 지병이 도졌고, 결국 오만방자하기 그지없는 기재의 생명을 앗아가고 말았다.

그날 연회에서 누군가 황조에게 서역에서 보내온 앵무새를 진헌했다. 빨간 부리에 푸른 깃털을 가진 앵무새를 황조는 무척 마음에 들어 했다. 그는 한 손으로 앵무새를 잡고 다른 한 손으로는 술잔을 든 채 예형에게로 다가갔다.

"예 처사! 이 새는 정말 총명하고 지혜롭기 그지없습니다. 머나먼 서역에서 이곳까지 왔으니 예 처사와 연분이 있다고 할 수 있지 않겠습니까? 즉석에서 부賦를 한 수 지어 여러 친구들과 함께 즐기는 것이 어떻겠습니까?"

앵무새를 본 예형은 속으로 놀라움을 금치 못했다. 그 앵무새는 그가 객잔에서 보았던 것과 너무 흡사했던 것이다. 어쩌면 이 앵무새가 자신과 정말 연분이 있는지도 모른다는 생각이 들었다. 게다가 앵무새는 두 눈을 깜빡이며 그에게 아는 척을 하면서 그가 내민 손가락을 가볍게 쪼았다. 예형의 마음이 뜨거워지면서 당장이라도 눈물이 쏟아질 것 같았다. 그는 곧 일필휘지로 〈앵무부〉를 써내려갔다.

〈앵무부〉의 화려하고 절묘한 문체에 좌중에 있던 사람들은 모두 혀를 내둘렀다. 그러나 그 가운데 못된 심보를 품고 있던 인사 하나가 황조에게 귀엣말로 속삭였다.

"예형은 이 시에서 앵무새를 빌어 자신의 신세를 한탄하고 있는 겁니다. 그가 자신의 처지에 불복하고 있는 것이 분명합니다. 보세요. '초롱의 살을 따라 고개를 들고 창틀 사이를 내다보며 망설이네, 곤산崑山의 높은 봉우리를 떠올리고 등림鄧林의 숲을 그리네.' 이 구절이 무슨 뜻이겠습니까? 자신이 처한 굴레에서 벗어나고 싶다는 뜻이지요. 자신의 마음속에 있는 '곤산'과 '등림'을 찾아가겠다는 뜻이 분명합니다."

이 말에 황조는 격분하여 예형에게 냉랭한 어투로 말했다.

"정말 시비를 가리지 못하는 사람이 있구려. 남의 집에서 먹고 마시며 편하게 지내면서도 은혜에 감읍할 줄은 모르고 오히려 불평불만을 늘어놓다니! 어디서 이런 물건이 나타났는지 모르겠소이다."

예형은 매우 민감한 인물이었다. 그는 황조가 자신을 빗대어 모욕하는 것임을 눈치챘다. 그가 이런 모욕을 참아낼 리 없었다. 그는 노발대발하면서 탁 소리와 함께 들고 있던 젓가락을 탁자 위에 내려놓고 황조에게 소리를 질렀다.

"그래! 내가 바로 네놈이 욕하는 그 물건이다. 내가 네놈한테 감읍을 해야 한다고? 네놈은 대체 어떻게 생겨먹은 물건이기에 내가 네놈에게 감읍한단 말이냐? 흥!"

그는 황조가 조조와 다르다는 사실을 깨닫지 못했다. 거칠고 속 좁은 태수 황조가 예형이 여러 사람 앞에서 자신을 욕하는 것을 가만 놔둘 리 없었다. 머리끝까지 화가 치민 그는 칼을 손에 들고 예형을 향해 삿대질을 하며 소리를 질렀다.

"네놈이 감히 나를 욕보이려 하느냐?"

말이 끝나기 무섭게 그의 손이 올라가고 칼이 내려왔다.

황조가 조조를 대신하여 예형을 처단한 것이었다. 그때 예형의 나이 겨우 26살이었다. 〈앵무부〉는 그가 남긴 마지막 걸작이었다.

제20장
완성의 이야기

1

그날 조조는 머리에 거친 두건을 졸라매고 버드나무 지팡이를 손에 든 채 원문 한가운데 서서 큰 소리로 욕을 하던 예형을 떠나보내고 나서 배를 쓰다듬으며 다시 군막으로 돌아오는 길에 말발굽소리를 들었다. 고개를 들어보니 마대와 광주리를 가득 실은 노새가 끄는 수레가 그리 멀지 않은 곳에 멈춰 섰다. 복잡하게 뒤섞인 채 쌓여 있는 물건들 사이에서 한 사람이 뛰어내리더니 그를 향해 절을 올렸다. 자세히 살펴보니 조저棗祗 였다.

"오, 나의 둔전도위屯田都尉께서 오셨군! 언제 돌아온 거요?"

"조금 전에 돌아왔습니다. 잠시 후에 찾아뵐 생각이었습니다만……."

조저는 원래 성이 극棘이었으나 선조들이 피난을 떠난 이후로 성을 조로 바꾸었다. 원래 동아령東阿令이었던 그는 나중에 천자의 명령으로 우림감羽林監에 임명되었다. 우림감은 수도를 지키는 직책이었지만 조저는 그보다 양식에 더 큰 관심을 보였다. 그는 조정에 둔전을 설치하자는 건의를 올려 조조의 눈에 들었다. 조조는 조저가 상주한 '당급전當急田'을 허락한 데 이어 《치둔전령置屯田令》을 선포했다. 이때부터 조저는 둔전을 총감독하는 둔전도위가 되었다. 둔전도위는 신설된 직책이었다. 때문에 조조는 일부러 둔전도위란 단어를 힘주어 발음함으로써 조저에 대한 칭찬과 친밀감을 나타냈다.

조조는 조저의 신발과 도포에 진흙이 잔뜩 묻어있는 것을 보고서 그가 마을의 진흙길을 건너왔음을 알 수 있었다. 그 순간 자연스럽게 방금 전에 자신을 욕하던 예형의 모습을 떠올렸다. 조저와 예형은 여러 모로 달랐다. 조저는 변변한 재주 하나 없는데다 말주변도 부족했다. 오로지 묵묵히 주공에게 충성을 다하고 온 힘을 다해 주공의 근심을 해소시켜 줄 뿐이었다. 조저는 식량 문제가 조정의 명맥을 좌우할 중요한 요소라는 사실을 잘 알고 있었다. 때문에 지난 몇 년 동안 '청주군靑州軍'의 가솔들이 일으킨 둔전을 은밀히 주시하면서 많은 경험을 축적해왔다. 둔전도위가 된 이후로도 그는 둔전 지역을 직접 둘러보면서 '둔전객屯田客'들과 고생을 함께 했다. 지금 조조를 찾아온 그의 모습은 영락없는 농부의 모습이었고, 2천 석의 봉록을 받는 관원의 위신이라고는 전혀 찾아볼 수 없었다.

조저를 보자 예형으로 인해 불쾌했던 조조의 심사가 다소 누그러들었다. 조조가 말했다.

"아직 저녁 전인 듯하니 내 그대를 위해 환영만찬을 마련하고 싶구려."

조저가 말을 받았다.

"주공께서는 불철주야로 바쁘신데 어찌 신처럼 미천한 사람이 감히 주공의 대접을 받을 수 있겠습니까?"

"단순히 식사만 하자는 것이 아니라 그런 자리를 빌려 둔전의 문제를 논의하고자 하는 것이오."

조조와 조저는 함께 걸으며 이야기를 나누다보니 어느새 군영에 이르렀다. 조조는 몇 사람을 더 불러 함께 둔전의 일을 논의해야겠다는 생각이

들었다. 이에 시위에게 지시하여 한호와 임준, 그리고 순욱을 불렀다.

한호는 그해에 견성 교외에서 용기와 지혜로 적을 제압하고 하후돈의 비장을 구한 공로로 호군護軍으로 승격되어 있었다. 한호는 일찍이 조저가 둔전의 설치를 제안했을 때 적극 찬성한 바 있었다. 때문에 조조는 일부러 그에게 군에서 벗어나 전문적으로 조저의 둔전을 돕게 했던 것이다. 임준은 조조의 종매부從妹夫로 임시로 기도위의 직분을 맡고 있었다. 아직 적장의 목을 베거나 성을 빼앗는 공을 세우지는 못했지만 조조는 매번 전투에서 임준에게 후방을 지키고 양초를 공급하는 임무를 맡겼다.

조조는 이때 이미 생각해 둔 바가 있었다. '임준에게 전농중랑장典農中郞將을 맡겨 둔전의 일을 주관하게 하고, 한호는 둔전에 관심이 있으니 조저를 보좌하게 하면 되겠군.' 세 사람 모두 진실하고 성실한 사람들이니 둔전의 일을 맡는데 적격이었다. 또한 순욱은 상서령이니 마땅히 그의 의견도 들어봐야 했다.

잠시 후, 순욱과 임준, 한호가 조조의 군영에 도착했다. 이미 주연이 벌어져 있었다. 구온춘을 몇 잔 마시고 나서 조조가 둔전의 상황에 대해 물었다. 조저가 보고했다.

"작년 수확량은 그럭저럭 괜찮았는데 올해는 아무래도 토지를 확장해야 할 것 같습니다. 경칩이 지나고 땅이 움트고 있으니 곧 경작할 시기가 다가올 것입니다. 이번에 다녀오는 김에 종자도 좀 가져왔습니다. 제 생각에는 금년 조세 징수 방법도 개선해야 할 것 같습니다. 이 일로 주공께 보고를 드리고 여러 대신들의 의견을 듣고 싶습니다."

임준은 어리둥절한 표정을 지었다.

"둔전 농들은 계우수곡計牛輸谷의 조세 징수 방법을 좋아하지 않나요?"

조저가 대답했다.

"둔전 농들이야 좋아하지요."

임준이 더 이해할 수 없다는 듯 물었다.

"그렇다면 조세 징수 방식을 바꾸자는 이유가 뭡니까?"

"계우수곡은 관가에서 제공한 밭갈이 소의 숫자에 따라 조세를 징수하는 방법입니다. 제가 자세히 관찰해보니 이런 방법으로는 수확이 좋은 해에만 원래 정한 양의 조세를 간신히 걷을 수 있을 뿐, 수입을 증대시킬 수는 없습니다. 그리고 수확이 좋지 못한 해에는 국가에서 세를 감면해 줄 수밖에 없지요. 그렇지 않을 경우 둔전 농들이 굶주릴 형편이라 경작이 어려울 수밖에 없습니다."

한호가 조저의 뜻을 이해한 듯 되물었다.

"그렇다면 소의 머릿수가 아니라 사람의 머릿수에 따라 징수하자는 것이오?"

조저가 고개를 가로저었다.

"사람의 머릿수에 따라서는 더더욱 안 되지요. 저는 계우수곡을 분전지술分田之術의 방법으로 바꾸었으면 합니다. 즉 해마다 실제 수확량에 맞추어 징수량을 정하는 것입니다. 풍작인 해는 많이 거둬들이고 흉작인 해는 적게 거둬들이는 것이지요."

다들 이해하기 어렵다는 표정을 지으며 잠자코 있자 조조가 물었다.

"분전지술을 실시하면 정말로 더 많은 양식을 세금으로 거둬들일 수 있겠소?"

조저가 대답했다.

"그렇습니다. 작년 수확량을 기초로 제가 관리하는 영천 지역을 대상으로 계산해본 결과 분전지술의 방법으로 징수하면 계우수곡의 방법으로 징수한 것보다 대략 5만 곡斛 정도 더 거둬들일 수 있는 것으로 나타났습니다.”

“5만 곡이라!”

조조의 눈이 번쩍 뜨였다. 5만 곡이라면 결코 적은 수량이 아니었다. 이런 방법을 현재 둔전을 실시하고 있는 허창許昌과 영천, 여남, 회군淮郡, 위군魏郡까지 확대하여 실시한다면 훨씬 많은 식량창고를 세울 수 있을 것이었다.

조조는 자신이 조저의 제의에 수긍의 뜻을 나타내려 하자 순욱이 의심스러워하는 것을 보고 물었다.

“문약, 그대의 생각은 어떻소?”

순욱이 대답했다.

“분전지술은 나라의 입장에서는 분명 타산이 맞는 방법입니다. 하지만 이로 인해 둔전 농들이 더 이상 토지를 확장하려 하지 않을까 우려됩니다.”

순욱의 말에 조조와 임준, 한호 등 모두 일리가 있다고 판단했다. 순욱은 다른 각도에서 계산해본 것이었다. 땅이 넓으면 조세를 많이 걷고 땅이 작으면 조세를 적게 걷는다면 누가 토지를 확장하려 들겠는가? 차라리 원래 있던 토지에서 더 많은 수확을 올리는 방법이 낫지 않겠는가!

두 사람의 이야기를 듣고 조조는 쉽게 결정을 내리지 못했다. 그는 속으로 생각했다. ‘계우수곡과 분전지술은 겉으로 보기에는 둔전 농의 이익과 나라의 이익으로 나누어지는 것 같다. 하지만 이 두 방법은 사실상 일치하는 것이다. 수확을 많이 거두면 나라와 개인 모두에게 좋은 것이고, 그 반대일 경우 나라와 개인 모두에게 손실이 있게 된다. 그렇다면 대체 어느 방법이 더 좋은 것일까?

조저와 순욱은 그 자리에서 논쟁을 벌였다. 이어서 한호와 임준도 논쟁에 가담했다.. 임준은 조저를 지지하고 한호는 순욱을 지지했다. 하지만 임준도 곧 계우수곡의 방법이 이미 상당한 실효를 거둔 상태에서 쉽게 정책을 바꾸는 것은 바람직하지 못하다고 생각했다. 국가의 법령은 한 번 반포하면 함부로 고칠 수 없는 것이었다.

조조가 보기에 임준은 사실 진심으로 조저를 지지하는 것이 아니었다. 결국 2가지 의견이 1대 3으로 나뉘었다. 비록 조저의 의견이 매력적이기는 하나 2가지 의견을 조율하는 것은 정말로 쉽지 않았다.

조조는 문득 한 가지 생각이 떠올라 조저에게 물었다.

"계우수곡 또한 당초 그대가 제의한 방법이 아니었소?"

조저가 말했다.

"그렇습니다. 하지만 지금 생각해보니 그 방법이 그리 좋은 것 같진 않았습니다. 제가 계우수곡을 반대하는 데는 누가 그 방법을 제의했는지는 중요하지 않습니다."

조조가 말을 받았다.

"그대 말이 맞소. 그러나 사안이 중대한 만큼 여러 사람의 의견을 들어보고 결정해야 할 것이오."

이 말을 들은 조저가 조급한 모습을 보이며 말했다.

"시간은 사람을 기다려주지 않습니다. 결정을 서두르지 않는다면 필시 올해 수확량에 영향을 미치게 될 것입니다."

조조가 웃으며 말했다.

"아무리 급해도 식사는 해야 하지 않겠소? 자, 둔전도위 대인, 그대의 공이 아주 크오. 내 술을 한 잔 따라 드리리다."

조저는 황망히 잔을 들고 황송해하는 표정으로 조조가 따라준 술잔을 비웠다. 너무 급히 마셨는지 사레가 들렸다. 모두 그의 그런 모습을 보고 웃음을 터뜨렸다. 이날 식사는 약 1시간 정도 계속되었다.

다음날 상서령 순욱은 40여 명의 관원들을 불러놓고 조저가 제의한 새로운 조세 징수 방법에 대해 논의했다. 그 결과, 대다수의 관원들이 작년의 징수액에 만족하면서 정책을 바꿀 필요가 없다는 결론을 내렸다. 조저는 다수의 의견에 반박하고 싶었으나 언변에 능하지 못한 탓에 말하는 도중 여기저기서 웃음소리가 들리자 자신이 하는 말이 스스로 우습게 느껴졌다.

하지만 조저는 상당한 자신감과 근성을 가진 인물이었다. 그는 여러 차례에 걸쳐 조조를 찾아갔다. 그리고 결국에는 분전지술의 정책에 생산량에 따른 징수 조항까지 덧붙였다. 둔전 농들이 관가의 소로 땅을 경작할 경우, 수확량의 6할을 관가에 납부하고 자신은 4할을 갖게 되었다. 개인 소유의 소로 경작할 경우에는 수확량의 절반을 세금으로 징수하게 되었다. 이는 기존의 방법보다 훨씬 합리적인 개선책이라 조조도 기꺼이 새로운 조세 징수 방법의 시행을 허락했다.

신발과 도포 곳곳에 진흙이 묻어있는 조저의 뒷모습을 바라보면서 조조는 진한 감동을 느꼈다. '이 나라에 필요한 사람은 조저 같은 사람인 것 같구나. 예형 같은 사람은 있어도 그만 없어도 그만이지. 사람이 〈어양삼과〉 같은 노래는 듣지 않아도 살 수 있지만 밥을 먹지 않고는 살 수 없는 법이지!'

2

새로운 둔전책을 결정하고 나자 조조는 마음이 한결 가벼웠다. 그는 새로운 봄의 시작에 맞춰 둔전 농들이 소를 모는 소리가 시처럼 아름답게 들릴 것이라 믿었다. 지난해에 그는 〈호리행蒿里行〉이라는 시에서 "백골이 들판에 가득하고 천 리에 닭울음소리 들리지 않네" 하는 구절로 몇 년 동안 이어진 전란의 참상을 묘사한 바 있었다. 그러나 지금처럼 힘써 둔전을 가꾼다면 몇 년 안에 중원의 드넓은 들판에 곡식이 넘치고 목동의 노랫소리가 울려 퍼질 것이었다.

하지만 조조의 즐거운 기분은 그리 오래가지 않았다. 같은 날 북쪽의 익주와 남쪽의 형주에서 전해 온 2가지 소식이 그의 마음을 먹구름처럼 어둡게 가려버렸다. 그는 건안 2년 봄, 밭 갈고 파종하는 것 말고 칼과 창을 사용해야 할 일이 생기지 않을까 걱정해야 했다.

익주에서 전해온 소식은 원소가 조정에서 제수한 태위의 관직을 거절하고 받지 않았다는 것이었다. 거절한 이유는 직책이 너무 낮다는 것이었다. 원소는 공적인 자리에서도 망언을 서슴지 않았다.

"아만이 뭐라고! 제깟 놈이 대장군이라도 된단 말이냐? 내 덕에 몇 번이나 죽을 고비를 넘긴 주제에……."

게다가 원소는 허성의 지대가 낮고 습한 데다 낙양이 전란으로 파괴되었다는 이유로 황제에게 견성으로 천도할 것을 요구하는 상서를 올리기도 했다. 원소는 어째서 견성으로의 천도를 주장하는 것일까? 바로 견성이 자신의 근거지인 익주의 치소인 업성에서 가깝기 때문에 천자를 압박하고 조정을 장악하기에 유리하기 때문이었다.

조조가 원소 때문에 잔뜩 화가 나있는 차에 또 다른 정찰병이 와서 보고를 올렸다.

"장제가 관중에서 군사를 일으켜 남양을 공격하는 과정에 화살에 맞아 사망하자 그의 조카 장수張繡가 남은 군사들을 이끌고 형주목 유표에게 투항했다고 합니다. 또한 유표는 그들을 거둬들이면서 무슨 속셈인지 완성宛城을 내주었다고 합니다."

완성은 형주 북부에 위치한 지역으로 조조가 장악하고 있는 예주에 인접해 있고 허도에서도 그리 멀지 않았다. 유표의 의도는 분명했다. 장수를 종용하여 북쪽을 공격하게 함으로써 영천과 여남 일대로 세력을 확장하고 나아가 허도를 위협하려는 것이었다.

조조는 북쪽과 남쪽에서 전해 온 적수들의 움직임에 경계를 게을리 하지 않으면 안 되는 입장이었다. 하지만 그는 이것이 천자를 끼고 제후들을 호령한다는 자신의 책략을 점검할 수 있는 좋은 기회라는 사실을 모르지 않았다.

순욱과 순유, 곽가 등의 모사들과 상의한 끝에 조조는 원소에 대해 강경책과 회유책을 동시에 사용하기로 결정했다. 회유책은 조조가 직접 황제에게 사직을 청하고 대장군의 직위를 원소에게 양보하는 대신 자신은 사공의 직위를 제수받아 거기장군의 임무를 수행하는 것이었다. 사공은 삼공 가운데 하나로 대장군보다는 직위가 낮았고, 거기장군도 대장군이나 표기장군보다 아래였다. 조조가 이처럼 겸손한 태도를 보이는 데야 원소도 더 할 말이 없을 것이었다.

조조의 안배에 따라 조정에서는 공융을 업성에 특사로 보내 성대하게 의식을 진행하여 원소에게 대장군의 절월을 수여하는 동시에 활과 호분

(무사) 1백 명을 하사했다. 이로써 잠시나마 원소의 허영심을 만족시킬 수 있었다. 그러나 조조는 이 일로 인해 대장군의 직위를 잃는 것 말고는 실질적으로 아무런 손해도 없었다. 그는 여전히 조정을 장악하고 있었다. 헌제가 그에게 특별히 '백관을 명할 수 있는' 특권을 부여했기 때문이었다.

한편 강경책은 황제의 명의로 원소가 업성으로 천도를 요구한 일에 대해 엄하게 질책하는 것이었다. 황제의 조서에는 이렇게 쓰여 있었다.

"원씨 집안은 대대로 황은을 입었는데도 은혜에 보답할 생각은 하지 않고 황제를 호위한다는 명목으로 군사를 모아 결당을 일삼았으나 짐이 위급한 상황에 처했을 때 그대의 병사들은 단 한 명도 나타나지 않았다. 그래놓고 짐이 마침내 안정을 되찾자 또다시 방랑의 고통을 요구하니 진정 그대의 본의를 헤아릴 수가 없구나!"

원소는 조서를 받고 너무나 당황한 나머지 땀을 비 오듯 흘렸다. 그는 가슴을 쓸어내리며 스스로에게 물었다.

'중평 6년부터 지금까지 장장 8년 동안 근왕을 명목으로 병마를 소집하여 한복을 위협함으로써 익주목을 차지하고 공손찬과 교전을 벌여 헌제를 폐위하고 유우劉虞를 옹립할 음모를 세운 것 말고 내가 한 일이 무엇이었던가? 황제를 위해 한 일이라곤 아무것도 없었다. 황제가 위험에 처했던 작년에 나는 말 한 필, 쌀 한 곡도 바치지 않았다. 그런데 이제와 무슨 낯으로 황제에게 불만을 표하고 이런저런 요구를 할 수 있단 말인가?

얼마 후 조조는 원소로부터 편지 1통을 받았다. 도전장이 아니라 사죄의 편지였다. 편지에서 원소는 극력 자신의 잘못을 인정하며 주야로 반성하면서 참회의 눈물을 쏟았다고 말했다. 아울러 성이 무너지는 듯이 비통하고 억울한 마음도 금할 수 없다면서 자신은 선제의 기대를 저버리지 않고 반드시 본분에 충실할 것이라고 덧붙였다.

편지를 읽고 난 조조는 통쾌하게 웃었다. 그는 처음으로 천자를 끼고 제후를 호령하는 달콤함을 느꼈다.

북쪽의 위협은 잠시 진정되었다. 남쪽의 위협은 그보다 비교적 대응하기가 수월했다. 장수에 대해 조조는 회유책으로 유인할 것이 아니라 직접 무력으로 맞서야겠다는 생각을 굳혔다.

건안 2년 중춘仲春, 조조는 '천자의 영을 받들어 역적을 토벌한다'는 기치를 내걸고 직접 50만의 군사를 이끌고 기세등등하게 완성을 향해 나아갔다.

3

조조가 미처 완성에 도착하기도 전에 장수는 이미 투항할 준비를 마치고 있었다. 하지만 이야기가 시작하자마자 끝이 나버린다면 어찌 이를 이야기라 할 수 있겠는가?

사실 당시 조조와 장수는 둘 다 완성의 이야기가 그토록 곡절 많고 흥미진진하리라고는 누구도 예상하지 못했다.

장수의 투항은 사실이었다. 그러나 그가 투항을 결정한 것은 순전히 책사 가후의 권유 때문이었다.

가후는 자가 문화文和로 무위武威 고장姑臧 사람이었다. 일찍이 그는 동탁의 휘하에서 토로장군討虜將軍을 맡은 바 있었다. 동탁이 왕윤과 여포에 의해 살해되고, 이각과 곽사, 장제 등 양주의 장령들이 큰 나무가 쓰러지듯이 황급히 도망치려 하는 것을 보고 가후가 권하며 말했다.

"만일 우리가 이대로 흩어진다면 조정에서 정장을 파견할 경우 결국 모두 붙잡히고 말 것입니다. 제가 보기에는 다시 세력을 모아 함께 장안을 공격함으로써 동 장군의 원수를 갚는 것이 좋을 듯합니다. 일이 뜻대로만 되면 조정에 들어갈 수 있을 것이고 뜻대로 되지 않으면 그때 가서 흩어져도 늦지 않을 것입니다."

이각은 그의 말이 일리가 있다고 생각했다. 이리하여 그들은 가후의 책략에 따라 왕윤과 여포를 공격하여 조정을 장악하게 되었다. 그들은 가후의 식견에 몹시 감탄하면서 그를 높은 관직에 제수하려 했다. 그러나 가후는 '공이 없이는 녹을 받을 수 없다'는 이유로 한사코 관직을 거절하다가 억지로 상서의 직위를 제수받았다. 나중에 이각과 곽사의 무리 사이에 분열이 일어났을 때도 가후가 나서서 중재함으로써 많은 대신들을 보호할 수 있었다. 그는 근자에 장수가 죽은 장제의 뒤를 이어 군사를 이 끌고 몰래 완성에 잠입했다는 소식을 듣고는 장수에게 투항했다. 장수는 그를 아들이나 조카를 대하는 예로 대우하여 책사에 임명했다.

사실 장수가 유표에게 의탁한 것은 정세에 따르기 위한 임기응변에서 나온 계책이었다. 조조의 군대가 완성에서 그리 멀지 않은 백하를 건넜 다는 소식을 들은 장수는 재빨리 유표에게 보고를 올렸으나 유표는 수수 방관하기만 했다. 이에 가후는 형세를 살피고 나서 장수에게 조조에게 투항할 것을 권했다. 장수는 양측의 역량을 저울질해보고 나서 투항하는 것 말고는 달리 방도가 없다고 판단하고 장제가 갖고 있던 표기장군의 인 수를 내어주고 휘하의 군사들과 함께 투항했다.

장수와 힘을 겨뤄보지도 않고 승리를 거두게 된 조조로서는 너무도 뜻 밖의 일이라 득의양양하여 모든 경계심을 풀고 있었다. 바로 이때 그에 게 위기가 조용히 다가왔다. 완성의 이야기는 이렇게 시작되었다.

완성의 이야기는 조조가 입성하여 연회를 여는 것으로부터 시작된다. 연회에는 원래 아무런 줄거리도 없는 법이다. 모두 편하게 술을 마시고 음악과 춤을 감상하는 것이 전부다.

하지만 이번 연회의 분위기는 별로 유쾌하지 않았다. '항복을 수락하 는' 연회였기 때문이었다. 조조는 위풍당당한 모습으로 상석에 앉아 장 수와 그 부하들이 따라주는 술을 받아마셨다. 그런 다음 다시 그들에게 술을 따라주었다. 그가 술을 따르는 동안 위사 전위가 도끼를 들고 저승 사자처럼 그의 뒤에 바싹 붙어 서 있었다. 날이 시퍼렇게 선 도끼를 보고 투항한 장수와 그 부하들은 몸을 부르르 떨었다. 조조가 한 사람 한 사람에게 다가가 술을 따라줄 때마다 전위는 도끼를 들고 눈을 부릅뜨며 노려보고 있었다. 마치 술을 마시지 않으면 그의 도끼에 머리가 날아갈 것만 같았다. 모두 간담이 서늘해져 감히 고개를 들지 못했다. 술자리가 파한 뒤에야 장수와 그 부하들은 조심스럽게 조조의 얼굴을 한 번 쳐다보았을 뿐이었으니 이런 연회의 분위기가 화기애애할 리 없었다.

연회가 끝나자 조조는 말을 타고 하후돈과 우금, 전위 등의 장수들에게 둘러싸인 채 남양군의 관청 후원에 설치된 군영으로 돌아와 휴식을 취했다. 어느새 밤이 되어 달빛이 교교한 가운데 그 달빛을 따라 상쾌한 버드나무 바람이 불어왔다. 이토록 아름다운 봄날 밤, 주연이 끝난 뒤인데도 조조의 마음은 답답하기 그지없었다. 이런 연회에서는 마음껏 즐길 수가 없었다. 미인들이 권하는 술이 없었기 때문이었다. 지금 그가 느끼는 답답함은 여인을 그리는 남정네의 마음이었다.

이날 그가 한 저택의 후원을 지나는데 문득 담장 안에서 하하 호호 여인들의 웃음소리가 들려왔다. 웃음소리를 듣는 순간 그의 눈빛이 반짝이기 시작했다. 그는 웃음소리의 주인공을 찾아보았다. 웃음소리는 버드나무 가지 사이로 어렴풋하게 보이는 가산假山 위를 맴돌았다. 그는 무의식 중에 몸을 곧게 세우고 목을 길게 빼고는 담 안을 훔쳐보았다. 그러나 안타깝게도 그의 키는 너무 작고 담은 너무 높아 웃음소리의 주인공을 볼 수가 없었다.

그러자 그의 말이 주인의 마음을 알아챈 듯 걸음을 늦추었다. 그는 은구슬 같은 웃음소리에 이어 한 여인이 외치는 소리를 들었다.

"향초香草야, 목욕물은 준비되었느냐?"

뒤이어 누군가 멀리서 대답하는 소리가 들렸다. 여인이 다시 소리쳤다.

"그럼 목욕 수건과 조두澡豆(완두가루와 향료를 이용해 만든 환형의 물질로 세수를 하거나 세탁을 할 때 사용함–옮긴이)도 준비하도록 해라. 내 잠시 후에 목욕을 할……."

그는 여인의 목소리가 달콤하고 부드러운 것이 젊은 여인임에 틀림이 없다고 단정했다. '대체 어떻게 생긴 여인일까? 아마도 빛나는 달처럼 고운 눈썹을 지녔겠지?'

군영으로 돌아온 그는 가슴이 두근거려 참을 수가 없었다. 말로 표현할 수 없는 야릇한 기분이었다. 이런 기분이 들 때면 그는 두통보다 더 심한 고통을 느끼곤 했다. 어찌하면 좋단 말인가? 지금 그의 처첩들은 모두 허성에 남아 있으니, 멀리 있는 물로 당장의 갈증을 해소할 수는 없는 노릇이었다.

이때 위사 몇 명이 그가 안절부절 못하고 탄식하는 모습을 보고는 걱정 어린 어투로 물었다.

"장군, 무슨 걱정거리라도 있으십니까?"

그는 곁에 있는 사람들 모두 자신의 심복인 것을 확인하고는 거리낌 없이 말했다.

"이 성에도 기녀들이 있느냐?"

위사들이 서로 얼굴을 쳐다보다가 말했다.

"글쎄요, 저희들은 잘 모르겠습니다."

"그래, 너희들이 알 리가 없지. 이만 자야겠으니 모두 어서 물러가도록 해라."

바로 이때 등잔불 밑으로 누군가 웃는 모습이 눈에 들어왔다.

"제가 압니다. 미인이 어디 있는지 알고 싶으시면 저를 먼저 찾으셨어야지요."

자세히 보니 이렇게 말하는 사람은 조카 조안민이었다. 안민은 올해 17살로 이번에 조조의 장자 조앙과 함께 군문에 들어와 궁술과 마술은 물론, 군대를 지휘하는 능력을 익히고 있었다. 조조는 그들 나이에 무공을 익히는 것을 매우 중요하게 생각했다. 그의 아들은 5살 때부터 궁술을 익혔고, 8, 9살 때부터는 기마를 익혔으며, 이제는 말 위에서 칼과 창을 다룰 줄도 알았다. 하지만 실전에 참가하는 것은 이번이 처음이었다.

조조는 조카와 기녀에 관해 논의하는 것이 조금 쑥스럽다고 생각되어 엄숙한 얼굴로 안민을 꾸짖었다.

"어린 것이 못 하는 소리가 없구나!"

그러고는 곧이어 목소리를 낮추며 물었다.

"앙이는 잠들었느냐?"

안민이 고개를 끄덕이자, 그제야 그는 옷소매로 입을 가리면서 멋쩍게 웃었다.

그는 안민이 모르는 것이 없는 대단한 악동일 줄은 생각지도 못했다. 과연 악동은 수소문 끝에 조조가 지나쳤던 저택 안에 완성의 절세미녀가 살고 있다는 사실을 알아냈다. 사람을 유혹하는 웃음소리의 주인공이 바로 그녀임에 틀림이 없었다. 알고 보니 그 여인은 바로 장수의 숙모, 즉 장제의 첩인 추鄒씨였다.

조안민의 말에 따르면 추씨는 강족姜族으로 미모가 뛰어날 뿐만 아니라 성정이 매우 호탕하여 교제를 좋아한다고 했다. 장제가 살아있을 때는 종종 그녀를 대동하여 각종 모임에 참석하기도 했다. 그녀는 술을 잘 마셨고 가무에 뛰어났으며 바둑이나 장기도 둘 줄 알았다. 그녀의 명성은 장제보다도 높았다. 사람들은 그녀를 가리켜 대단히 활달하고 호방한 여인이라 평했다. 사람들 사이에는 '추씨의 가슴을 만지면 신선도 부럽지 않고, 잠자리를 하면 머리가 잘려도 괜찮다'는 말이 사사로이 오가곤 했다. 대체 그녀에게 어떤 매력이 있기에 수많은 사내들이 이처럼 감탄과 흠모를 금치 못하는 것일까? 어떤 이는 장제가 그렇게 많은 병사들을 끌어 모을 수 있었던 것도 모두 추씨의 미모 덕분이라고 말하기도 했다. 조조는 이 여인의 매력이 실로 궁금하기만 했다.

조안민이 쉴 새 없이 재잘거리자 조조는 더는 견딜 수가 없었다. 그와 안민은 이미 숙질의 관계가 아니었다. 조조는 더 이상 자신의 색마 본성을 감추지 않고 안민의 소매를 잡아끌며 은밀하게 말했다.

"얘야, 기왕에 네가 추씨의 거처를 안다고 하니 병사 50명을 내어주면 그녀를 데려올 수 있겠느냐?"

조안민이 대답했다.

"가능하지요. 내일 아침 일찍 숙부께서 병사를 내어주시면 즉시 그녀를 데려오도록 하겠습니다."

조조가 말했다.

"이런, 내일까지 기다릴 게 뭐가 있느냐? 숙부는 지금 당장 그녀가 필요하단 말이다. 야음을 이용하면 일을 처리하기가 더 쉬울 것이다. 백주 대낮에는 보는 눈도 많지 않느냐. 어서 가거라, 어서!"

조안민은 빙긋이 웃으며 숙부에게 장난스런 표정을 지어보였다. 그리고는 곧이어 조조의 군사 50명을 데리고 몰래 군영을 빠져나갔다. 어린 녀석이 정말 재주가 뛰어났다. 조안민은 반 시간도 되지 않아 정말로 추씨를 조조 앞에 데려다 놓았다.

추씨는 막 목욕을 마친 상태였다. 그녀의 긴 머리카락은 아직 젖어 있었고, 옷도 제대로 걸치지 않은 채 그저 무명 비단으로 된 잠옷을 붉은 비단 끈으로 느슨하게 묶은 것이 전부였다. 눈처럼 하얀 살결과 산처럼 봉긋한 가슴이 반쯤 드러났다. 사람이 보이기도 전에 그녀의 향기가 먼저 조조의 얼굴에 와 닿았다. 그녀의 얼굴을 자세히 살펴보니 과연 넋을 잃을 만큼 아름다웠다. 순간 조조는 현기증을 느꼈다.

조조는 안민에게 어떻게 추씨를 데려왔는지 자초지종을 묻지도 않았고 칭찬 한마디 건네지 않았다. 여색을 몹시 좋아하는 남자에게는 시간이 곧 생명이었다. 그는 황급히 안민에게 물러가라는 손짓을 했다.

그런 다음 전위에게 도끼를 들고 침실 밖을 지키게 했다. 그리고는 손을 내밀어 바닥에 무릎을 꿇고 앉아 있는 추씨를 일으켜 세우며 물었다.

"부인, 내가 누구인지 알겠소?"

추씨가 봉안鳳眼을 들어 힐끗 조조를 쳐다보고는 입술을 삐쭉거리며 말했다.

"조 장군님의 대명은 진즉에 들어 알고 있습니다. 체구가 놀랄 정도로 크실 줄 알았는데 뜻밖에도 보통 사람과 같으시군요!"

조조는 어리둥절하여 속으로 '과연 대범한 여인이구나!'라고 생각하며 웃는 얼굴로 말했다.

"그대는 보통 여인과 다르구려!"

추씨가 손으로 입을 가리고 풋 하고 웃었다.

"소첩은 이제 막 장군님을 만나 뵙고 아무 말도 하지 않았는데 제가 보통 여인과 다른 줄 어찌 아십니까?"

조조는 또다시 어리둥절해졌다. 그는 속으로 그녀가 과연 사교에 능한 여인이라고 생각했다. 그녀의 말투는 몹시 고혹적이었다. 그녀는 말을 하면서 쉬지 않고 몸을 비틀어댔고, 그때마다 잠옷 안에 감춰진 젖가슴이 흔들렸다. 큰일이었다! 정말 대단한 가슴이었다! 조조는 곧 아랫도리가 뜨거워지며 견디기가 힘들었다. 그는 몸을 숙여 추씨의 손을 잡으며 달콤하게 말했다.

"오랫동안 부인의 이름을 흠모해왔소. 이번에 완성에 온 것도 모두 부인을 만나기 위해서였소."

추씨가 다시 손으로 입을 가리며 풋 하고 웃었다.

"그 말씀이 진실이신가요?"

"물론이오."

"어머나! 황송합니다, 장군님!"

추씨는 수줍은 듯 몸을 숙여 절을 올렸다. 그런 다음 고개를 들어 조조를 힐끗 쳐다보며 말했다.

"오늘 장군님의 시중을 들게 되다니 참으로 영광이군요."

그녀의 말과 태도에 조조는 기쁨을 감출 수가 없었다. 이때 조조는 '추씨의 유방을 만지면 신선도 부럽지 않다'는 조안민의 말이 떠올라 더 참지 못하고 곧장 그녀의 가슴으로 손을 뻗었다. 어찌나 부드럽고 풍만한지 말로 표현할 수 없었다. 그는 다시는 그 손을 놓고 싶지 않았다. 그녀의 몸을 만지다 보니 이번에는 '잠자리를 함께 하면 머리가 잘려도 무방하다'는 말이 떠올라 더욱 욕망이 자극되었다. 그가 낮은 목소리로 속삭였다.

"부인, 난 오늘 부인과 자고 싶소. 부인에게서 어떤 맛이 나는지 느끼고 말 거요!"

이렇게 말하는 그의 손은 이미 추씨의 잠옷을 벗기고 그녀를 안아 침상 위로 옮기고 있었다. 추씨 역시 청상의 외로움과 고통을 계속하길 원치 않았던 터라 이날 하늘이 좋은 인연을 내려 조조와 운우지정을 나눌 수 있게 되자 마치 꿈이라도 꾸는 것처럼 황홀해했다. 이 기회에 조조를 미혹시켜 장차 자신의 몸을 의탁할 생각인 것은 말할 필요도 없었다. 이에 그녀는 온갖 기교를 다 동원하여 조조를 죽였다 살렸다 하기를 반복했다.

조조는 요부 하나가 자신을 사악한 길로 이끌게 될 것이라고는 꿈에도 생각지 못했다.

3년 전, 조조가 연주의 명사 변양의 부인을 차지한 일 때문에 진궁과 장막이 반란을 일으킨 적이 있었다. 그때의 반란으로 조조는 한동안 연주 땅 대부분과 인심을 잃었다. 난을 평정한 뒤에 조조는 뼈저리게 후회하며 다시는 그처럼 황당한 일을 저지르지 않겠다고 결심한 바 있었다. 결국 그는 변양의 부인을 전위에게 주면서 그의 충성을 얻어냈다. 그러나 3년이 지난 이때 완성에서 그의 고질병이 다시 도져 예전의 실수를 그대로 반복하게 될 줄을 누가 알았겠는가! 그는 원래 하룻밤 풍류를 즐기고 나서 날이 밝기 전에 다시 조안민을 시켜 추씨를 돌려보낼 생각이었다. 하지만 운우지정이 너무도 깊다 보니 이미 돌아갈 길을 잃어버리고 말았다. 그는 추씨의 배에 누워 흘러가는 대로 몸을 맡기는 수밖에 없었다. 다시 이틀 밤이 지났지만 여전히 그녀를 돌려보낼 수가 없었다. 솔직히 말하자면 그는 이미 요부 추씨의 곁을 떠날 수 없게 되어버렸다.

추씨의 매력은 조조의 처첩들과는 비교도 할 수 없었고, 심지어 변양의 부인과도 비교가 되지 않았다. 그녀는 그에게 이루 형언할 수 없는 즐거움을 주었다. 하지만 그로 인해 조조는 뜻하지 않은 고난을 겪어야 했다. 다름 아닌 '요부를 숨겨둔 황금 집'이 불러온 곤경이었다.

조조의 군영은 두 군데로 나누어져 있어, 추씨가 오기 전에는 조앙과 조안민이 조조와 함께 이곳에서 생활했다. 하지만 추씨가 그의 처소로 들어온 뒤로는 아들과 조카를 내보내야만 했다. 그는 전위에게 지시하여 침소 바깥을 지키게 하면서, 그 누구도 허락 없이는 함부로 들어오지 못하게 했다.

조조는 전군을 통솔하는 주장이라 매일 밤낮을 주색에 빠져 지낼 수만은 없었다. 하지만 그가 추씨에게 지나치게 많은 시간을 허비하고 있는 것도 분명한 사실이었다. 어느새 그가 추씨와 잠자리에서 뒤엉킨 지 5일이 되었다. 장수들은 불만이 있어도 입을 열지 못했고, 그의 아들 조앙도 부친이 왠지 이상하다는 생각이 들었다. 조앙도 이제 나이가 15살이라 어느 정도 상황을 판단할 수 있었다. 그는 부친이 왜 자신을 침소에서 내쫓은 것인지, 어째서 아들인 자신이 부친의 침소에 함부로 드나들 수 없는 것인지 이해가 되지 않아 답답하기만 했다.

조앙은 조안민을 찾아가 궁금증을 풀고자 했다. 조안민은 물론 모든 사실을 알고 있었지만 그에게 사실대로 말해줄 수 없었다. 조안민은 비밀을 지킬 줄 알았다. 하지만 안민의 입단속도 그리 철저하지는 못해 무의식중에 실마리를 누설하고 말았고, 이것이 부친에 대한 조앙의 의심과 걱정을 가중시켰다. 그는 사실을 밝혀내기로 마음먹었다. 어느 날, 조앙은 결국 창문으로 몰래 부친과 요부가 함께 술을 마시며 차마 눈뜨고 보지 못할 행동을 하는 것을 목격하게 되었다. 갑자기 쿵 하는 소리와 함께 조앙이 창문에서 떨어졌다.

조조는 깜짝 놀랐지만 그가 전위와 함께 창문 뒤로 달려갔을 때는 아무도 보이지 않았다. 이후 조조는 조앙의 달라진 눈빛에서 그가 창문 너머에 있던 '도둑'이었음을 짐작하게 되었다.

조조는 몹시 당황했다. 그는 속으로 이 불초한 자식을 좀 꾸짖어줘야겠다고 생각했지만 아들에게선 아무런 꼬투리도 잡을 수가 없었다. 이때 군영 안에서는 이미 장수를 포함하여 많은 사람들이 조조와 추씨가 몰래 정을 나눈 사실을 알고 있었다. 낮말은 새가 듣고 밤말은 쥐가 듣는 법이었다.

비밀이 누설되자 조조는 모두에게 사실을 공개하는 수밖에 없었다. 그는 조앙을 침소로 불러 추씨를 가리키며 말했다.

"네 작은 어머니시다. 자, 어서 절을 올리도록 하거라."

조앙은 심사가 몹시 뒤틀렸지만 부친의 명을 어길 수 없어 하는 수 없이 추씨에게 머리를 조아렸다. 추씨가 웃으며 말했다.

"어머나! 곧 아버님처럼 훌륭한 장군이 되겠구나. 이리 오너라. 네게 줄 선물이 있단다."

그녀가 조앙의 손을 잡으려 하자 조앙은 그녀의 손을 힘껏 뿌리치고는 씩씩거리며 밖으로 뛰쳐나갔다.

조앙은 조조의 두 번째 부인 유씨의 소생이었다. 유씨는 그가 4살 때 이미 세상을 떠나고 없었다. 조앙은 아직 어린 나이였지만 당시의 상황을 생생하게 기억하고 있었다. 그는 부친이 자신의 어머니를 잘 대해주지 않았다는 사실도 알고 있었다. 심지어 큰어머니인 정씨에게도 소홀했고, 오로지 세 번째 부인인 변씨에게만 잘했던 걸로 기억하고 있었다. 이 때문에 어린 조앙은 부친과 마음에 골이 생기게 되었다. 다행히 큰어머니에게 자식이 없어 그를 친아들처럼 극진히 보살펴준 덕분에 어머니의 사랑을 마음껏 누릴 수 있었다. 조조는 추씨 때문에 조앙을 잃게 되었고 나중에는 정씨에게도 깊은 상처를 남기게 되었다. '완성의 이야기'는 이쯤에서부터 점차 비극적인 분위기를 드러내기 시작했다.

장수는 자신의 숙모가 실종되었다는 소식을 듣고 너무 놀라서 아무 말도 하지 못했다.

계집종 향초의 말에 따르면 숙모가 막 목욕을 마치고 나와 잠옷을 입고 잠자리에 들려고 하는데, 갑자기 칼을 들고 복면을 쓴 사내들이 문을 부수고 들어와서는 다짜고짜 그녀를 양탄자에 말아서 업고 나갔다고 했다. 문밖에서 지키던 위사들이 소식을 듣고 뒤쫓아 갔지만 복면의 강도들은 담을 넘어 밖에서 기다리고 있던 말에 올라타 휘파람 소리와 함께 종적도 없이 사라졌다고 했다.

이것이 대체 누구의 소행이란 말인가?

군사들이 가득한 성에, 그것도 장수의 눈앞에서 감히 그의 숙모를 납치해가다니 어떤 도둑이 이토록 대담하단 말인가?

장수는 몹시 놀라고 분한 마음과 막 세상을 떠난 숙부 장제에 대해 미안한 마음을 감출 수 없었다. 그는 당장 도적들을 잡아 뼈를 산산조각내지 못하는 것이 한이었다. 하지만 이런 일로 크게 소란을 피울 수도 없는 노릇이었다. 그렇게 되면 숙모가 창피를 당하고 모욕감을 느낄 수 있기 때문이었다. 하는 수 없이 장수는 몰래 사람을 보내 알아보기로 마음먹었다. 도적의 신분이 금세 밝혀졌다. 장수는 놀라움을 금할 수 없었다.

향초의 기억에 따르면 그날 오전 그녀는 추씨와 함께 후원에서 축국 놀이를 하고 있었다. 놀이를 하다 그만 실수로 공이 공중에 포물선을 그리며 날아가더니 그대로 담 꼭대기에 있는 풀 위에 떨어졌다. 추씨는 향초에게 담 위로 올라가 공을 가져오라고 소리쳤다. 향초가 사다리를 가져다 담에 기대자 겨우 손이 공에 닿을 수 있었다. 그런데 갑자기 담 밖에서 누군가 손을 뻗더니 그녀의 손과 공을 한데 움켜쥐는 것이었다. 향초는 너무 놀라 소리를 지르다 하마터면 사다리 아래로 떨어질 뻔했다.

곧이어 담 위로 젊은 공자가 나타났다. 먼저 향초를 향해 환하게 웃더니 곧이어 부인을 향해 연신 소리를 지르며 몇 마디 알 수 없는 말을 했다. 그렇게 반나절이나 실랑이를 벌인 뒤에야 억지로 국鞠을 돌려주었다. 공자는 국을 돌려주기 전에 음탕한 눈으로 국에 입을 맞췄다.

향초는 도둑들이 문을 부수고 들어왔을 때 도적의 우두머리를 주의 깊게 살펴보았다고 했다. 비록 복면을 쓰고 있긴 했지만 체격과 눈빛으로 보아 낮에 그녀와 부인을 희롱한 공자와 흡사한 것 같았다고 했다. 게다가 도적의 우두머리는 칼을 쥔 오른손 손등에 커다란 사마귀가 하나 있었다. 커다란 사마귀가 그녀에게 매우 깊은 인상을 남겼다.

이를 실마리로 하여 장수는 어렵지 않게 오른손 손등에 사마귀가 있는 사람을 찾아낼 수 있었다. 다름 아닌 조조의 조카 조안민이었다.

장수는 화를 참을 수가 없었다. 그는 조조가 자신의 어깨를 밟고 머리 위에 소변을 보는 것 같은 치욕을 느꼈다. 그는 조조를 존중해주었는데, 조조는 자중할 줄도 몰랐고 남을 존중할 줄은 더더욱 몰랐다. 이처럼 사악한 색마에게 머리를 조아리며 신하를 자청할 수는 없는 노릇이었다.

장수는 즉시 책사 가후를 불러 군사를 일으켜 조조에게 죄를 묻는 일을 상의했다. 하지만 가후는 신중한 태도를 보였다. 가후가 말했다.

"조조의 세력이 강한데다 지금은 천자를 끼고 걸핏하면 조서를 올려 천자를 종용하고 있으니 절대로 경솔하게 행동해서는 안 될 것입니다. 하지만 그에게 사람을 요구할 수는 있겠지요. 그가 어떤 태도를 취하는지 보고 나서 다시 의논하는 것이 좋을 듯합니다."

이에 장수는 가까스로 화를 참으며 가후와 호거아胡車兒라는 부장을 대동하여 함께 조조의 군막으로 찾아갔다. 그러나 뜻밖에도 사람을 되찾기는커녕 오히려 모욕만 당하고 나왔다.

그날도 봄기운이 가득한 밤이었다. 이런 봄날이면 밤은 여색을 좋아하는 사내들을 미치게 만들었다. 겨우 참았던 정력을 달빛과 꽃 그림자를 향해 배설하고 싶은 마음이 간절해지기 마련이었다. 조조에게도 또다시 배설의 기회가 찾아왔고, 그가 이런 기회를 놓칠 리 없었다. 그날 밤, 조조는 그야말로 완전히 미친 상태였다. 추씨 또한 미쳐 있었다. 조조는 추씨와 눕고, 엎드리고, 서고, 무릎 꿇고, 말하고, 웃고, 노래하고, 떠들기를 번갈아하며 다양한 방법으로 서로 즐겼다. 하필 이때 장수의 일행이 두 사람을 찾아왔다.

장수 일행은 조조의 침소에 이르러 도끼를 손에 든 전위에게 저지당하고 말았다. 그들은 손님을 위해 마련된 당堂에 앉아 조조를 기다렸다. 조조가 추씨와 운우지정을 나누고 자신들을 만나러 나오기를 기다리고 있었다. 장수에게 길고 고통스러운 시간이 흐르는 동안 조조의 침소에서는 끊임없이 숙모의 음탕한 웃음소리와 괴성이 들려왔다. 그의 귀에 너무도 익숙한 웃음소리와 괴성은 송곳처럼 그의 심장을 찔러 피가 흐르게 했다.

10년처럼 느껴지는 긴 시간이 지나고 마침내 조조가 피로한 모습으로 침소를 나왔다. 조조는 장수가 찾아온 이유를 말하기도 전에 손을 내저으며 말했다.

"그대가 찾아온 이유는 내 진즉에 들어 알고 있으니 더 이상 말할 필요 없소. 그대의 숙모가 여기 있는 것은 사실이오. 하지만 분명히 해야 할 것은 당초 나는 그 여인이 그대의 숙모라는 사실을 알지 못했다는 것이오. 하지만 일단 그대의 숙모란 사실을 안 이상 그녀를 돌려보낼 생각이었소. 그런데 그대의 숙모가 가지 않겠다고 하고, 나도 보내고 싶지 않았소. 하룻밤 부부라도 백 일의 은혜를 입는다는 도리는 누구나 알고 있을 것이오. 그러니 조카는 근심할 필요 없소. 내 반드시 그대의 숙모를 후하게 대할 터이니 안심하시오. 며칠 후에 그대의 숙모를 허창으로 돌려보낼 것이오."

조조는 그나마 진실을 말할 줄 아는 사람이었다. 당초 그 여인이 장수의 숙모라는 사실을 알지 못했다는 말은 거짓이지만 나머지 말은 전부 진심이었다. 조조는 나중에 사람들 앞에서 공공연하게 말하곤 했다.

"나는 출정을 좋아하오. 출정에 나서면 집에서 누리지 못하는 즐거움을 누릴 수 있기 때문이오."

이런 까닭에 그는 전쟁에서 승리하고 돌아올 때마다 새로운 부인이 몇 명씩 늘곤 했다. 그리고 이것이 훗날 그가 수많은 자녀를 두게 된 근본적인 원인이기도 했다. 그러나 지금 이 순간 장수는 조조의 '진심'에 화가 나기도 하고 난처하기도 했다. 특히 조조가 자신을 조카라고 칭하는 순간, 얼굴이 발갛게 달아올라 어쩔 줄 몰라 했다. 곧이어 가후가 장수의 발을 살짝 밟았다. 장수는 하는 수 없이 자리에서 일어나 조조에게 절을 올리며 '숙부'라고 부르는 수밖에 없었다. 조조는 웃으며 절을 받은 다음 시종을 불러 조카에게 약간의 선물을 하사하게 했다.

장수는 조조의 막사를 떠나면서 땅에 대고 매섭게 욕설을 쏟아냈다.

"조조, 이 도적놈이 감히 나를 욕보이다니! 내 반드시 너를 죽이고야 말 것이다!"

가후가 그에게 손짓을 하면서 연신 뒤를 돌아보다가 뒤따라오는 사람이 없는 것을 확인하고는 장수에게 말했다.

"장군께서 반란을 꾀하신다면 절대로 성급하게 행동해서는 안 될 것입니다. 제가 보기에는……."

조조와 장수는 이미 '사돈'이 되었고 양측의 군대도 관계가 더욱 긴밀해졌다. 며칠 동안 조조가 장수의 군영을 찾아와 주연을 함께 하지 않으면 장수가 조조의 군영을 찾아가 함께 술잔을 기울이곤 했다. 조조 휘하의 장수들도 주장을 따라 함께 즐거워했다. 그러나 조앙만은 아무리 해도 즐겁지가 않았다.

한 번은 연회에서 조조가 조안민과 조앙에게 장수를 소개시켜 주었다. 조안민은 숙부의 뜻에 따라 장수와 친근하게 인사를 나누고 심지어 대구帶鉤와 검을 서로 선물함으로써 첫 만남의 예를 갖췄다. 그러나 조앙은 줄곧 얼음처럼 차가운 얼굴을 하고서 장수를 상대하지 않았다. 장수가 그에게 봉황 두 마리가 서로 뒤엉켜 있는 옥벽을 선물하자 그는 담장 구석에 아무렇게나 던져버렸다.

조조는 아들의 무례한 행동을 보고 화가 났다. 연회가 끝나고 그는 사리분별을 하지 못한다며 조앙을 꾸짖었다. 그러자 조앙이 눈물을 흘리며 대답했다.

"소자가 보기에 장수는 억지로 웃는 얼굴을 하고 있으나 속으로는 사악한 마음을 품고 있는 것이 분명합니다. 아버님께서는 반드시 그를 경계하셔야 할 것입니다."

조조는 어리둥절한 표정으로 그를 계속 꾸짖으며 말했다.

"군사軍事는 내가 알아서 처리할 것이다. 너 같은 어린아이가 걱정할 일이 아니다!"

사실 조조도 장수의 투항이 진심이 아닐지도 모른다는 의심을 갖고 있었다. 게다가 장수가 진심으로 자신을 '숙부'로 대하는 것은 바라지도 않았다. 후인들이 인정하는 것처럼 조조는 아주 교활하면서도 뱃속에 선악이 뒤섞여 있었다. 장차 발생하게 될 사건이 이런 사실을 증명해주었다. 조조는 장수와 친근하게 술을 마시는 동안 하후돈에게 은밀히 장수의 부장 호거아를 매수하라고 지시했다. 그는 호거아의 위용이 넘치는 모습과 남다른 힘이 마음에 들었다. 그러나 아쉽게도 호거아는 장수에 대한 충성심이 철저하여 재물에 마음이 움직일 인물이 아니었다. 호거아는 하후돈이 주는 금과 은을 받아 그대로 장수에게 전해주었다. 이 일로 장수는 조조를 더욱 미워하게 되었다.

장수는 조조의 음모에 빠져들기 전에 먼저 반란을 일으켜 그를 제압하기로 결심했다. 그리하여 조용하던 완성에는 음탕한 여인 하나로 인해 칼날이 번뜩이게 되었고, 따스한 봄바람에 피비린내가 가득하게 되었다.

장수는 가후의 계책대로 조조의 막사를 찾아가 군대를 이동해야 하니 조조의 군영 한가운데를 통과하게 해달라고 요청했다. 거기에 한술 더 떠 짐수레가 부족하니 병사들이 갑옷을 걸치고 지나갈 수 있도록 해달라고 말했다. 이때 조조는 한참 침소에서 추씨의 몸을 탐하고 있었다. 장수의 요청이 문틈 사이로 전해 들어왔다. 조조는 머리가 혼란스러웠고 장수에게 추호의 의심도 갖고 있지 않았다. 완성의 이야기가 끝나고 난 후에야 그는 자신이 너무나 쉽게 속았다는 사실을 깨달았다.

장수는 계책을 실행에 옮겼다. 밤이 깊어지자 그의 장수들은 갑옷을 걸치고 병기로 무장한 다음 말을 타거나 수레를 타고 조조 군영의 통로로 진입했다. 주장의 명령이 있었던 터라 보초병들은 그들의 움직임을 동맹군의 정상적인 이동으로 간주하고 저지하기는커녕 오히려 문을 열어주고 참호에 일일이 나무판을 깔아주었다. 그들이 참호를 지날 때 보초병들은 호의적으로 장수의 병사들을 도와 무거운 수레를 밀어주기도 했다. 장수의 병사들은 미소를 짓고 사례를 하면서 몰래 소매에서 비수를 꺼내 보초병들의 가슴을 겨냥했다.

이와 동시에 호거아는 5백 명의 용맹한 군사를 이끌고 지형에 익숙하고 어두운 밤을 이용하여 쉽게 조조의 막사에 잠입해 곧장 조조의 침소로 달려갔다.

이때 조조는 추씨를 품에 껴안고 색색거리며 깊은 잠에 빠져 있었다.

추씨는 자신의 수완으로 44살의 조조를 한 마리의 젊은 숫사자로 만든 다음 다시 숫사자의 근육을 뽑아내고 피를 빨아 텅 빈 가죽으로 만들어버렸다.

침소 밖에서는 충성스런 전위가 눈을 크게 뜨고 철극을 손에 쥔 채 주공을 위해 보초를 서고 있었다. 솔직히 말해서 조조를 위해 보초를 서는 것은 쉽지 않은 일이었지만 이런 일에 부끄러워하지 않는 것이 진정한 영웅이었다. 침소 안에서 교성이 들릴 때면 밖에 있는 사람도 자극을 받아 적잖게 흥분되리라는 것은 충분히 짐작할 수 있는 일이었다. 이는 정말 견디기 어려운 고통일 수도 있었다. 군인으로서 전위에게도 아내가 있다고는 하나 부부 생활은 너무나 불규칙하고 드물었다. 오랜 세월이 지나면서 메마른 고목이 되어버린 전위는 매번 방 안에서 교성이 들려올 때마다 조조가 하사했던 난씨 생각을 떨칠 수 없었다. 그는 자신도 모르게 넋을 잃거나 조조 품에 안겨 있는 추씨를 난씨로 상상하기도 했다. 그는 더이상 견딜 수가 없었다. 겨드랑이에 창을 끼고 허벅지에 힘을 실어 땅바닥을 수없이 굴렀다. 그러다 보니 전위는 침소 안에 있는 사람들보다 더 큰 피로를 느꼈다.

침실 안이 조용해지고서야 전위도 벽에 기대어 깊은 잠에 들 수 있었다. 이때, 호거아와 5백 명의 군사들이 군영을 순찰하던 병사들을 제거하고 조조의 침실을 포위했다. 이들은 손님을 위해 마련된 '당'을 지나 전위가 쌍극을 들고 졸고 있는 모습을 발견했다. 호거아가 체구가 작고 민첩한 병사에게 눈짓을 보냈다. 병사는 살금살금 전위에게 다가가 계획한 대로 전위의 주병기인 철극을 빼앗았다.

이때 마침 밖에서 고함소리와 위급상황을 알리는 북소리가 울렸다. 전위는 놀라서 잠에서 깼다. 고개를 들어보니 창밖으로 불빛이 보였다. 황급히 달려 나갔지만 자신의 쌍극이 보이지 않았다. 순간 차가운 빛이 번쩍였다. 그는 직감적으로 칼날임을 알아차렸다. 그는 재빨리 몸을 한 바퀴 굴러 손이 닿는 대로 병기고를 더듬어 요도腰刀를 하나 집어 들었다. 그가 몸을 일으키기도 전에 10여 개의 무기가 그를 향해 날아왔다. 그는 적의 공격에 저항하면서 침실을 향해 큰 소리로 외쳤다.

"주공, 적이 침입했습니다!"

조조는 깊이 잠들어 있었지만 오랜 군생활로 단련되어 있어 곧 잠에서 깨어났다. 그는 군영에서는 절대로 내의를 벗지 않았고 병기는 항상 손을 뻗으면 닿을 수 있는 위치에 놓아두었다. 이런 습관 때문에 그의 몸에는 늘 이가 있었다. 전위가 외치는 소리를 듣자마자 조조는 벌떡 일어나 칼을 들고 침상에서 내려왔다. 이때 추씨는 아직 단꿈을 꾸고 있었다. 조조는 침상에서 내려오는 순간 그녀도 깨워야 한다는 생각이 머리를 스쳤다. 하지만 음탕한 여인이 실오라기 하나 걸치지 않은 알몸으로 잠들어 있다는 생각에 그녀가 옷을 입기도 전에 귀신이 되지나 않을까 두려운 마음이 들어 그녀를 그대로 두고 침실을 나왔다.

이처럼 돌발적인 사태에 부딪치면 아무리 기민한 사람이라도 순간적으로 적의 동태를 파악하고 정확하고 신속한 결정을 내리기가 불가능한 법이다. 조조는 군사를 지휘하여 적에게 반격할 방법이 없었다. 그의 군영 안에 적잖은 병사들이 있었지만 이런 상황에서는 병사가 아무리 많아도 소용이 없었다. 이제 어찌하면 좋단 말인가? 우선 도망쳐 목숨을 부지하는 것이 상책이었다. 도둑을 잡으려면 우두머리를 먼저 잡아야 한다는 이치는 누구나 알고 있는 철칙이었다. 자신이 바로 '우두머리'이니 절대로 적에게 잡혀서는 안 될 일이었다.

조조가 침실에서 뛰쳐나오자 전위가 조조에게 다가와 황급히 외쳤다.

"주공, 어서 말에 오르시지요!"

조조는 재빨리 침실 동쪽에 있는 마구간으로 달려가 '절영'을 끌어내 훌쩍 올라탔다. 이때, 호거아가 병사들을 이끌고 조조를 향해 달려들었다. 전위가 황급히 앞을 막아서며 적의 공격으로부터 조조를 보호했다. 순식간에 전위 주위로 1백 명에 가까운 적병이 몰려들었다. 몸에 갑옷조차 걸치지 않았던 그는 몸 곳곳에 상처를 입었다. 하지만 그에게 죽임을 당한 적군 또한 10여 명에 이르렀다.

조조의 침실 서쪽에 위치한 방에서 조안민과 조앙도 잠에서 깨어났다. 그들이 병기를 들고 방에서 달려 나왔을 때는 이미 조조와 전위가 적군에게 포위된 상태였다. 조안민이 주저하지 않고 외쳤다.

"조안민도 여기 있다!"

그는 곧 창을 휘두르면서 달려 나갔다. 이어 조앙도 조안민을 따라 적병들을 향해 돌진했다.

"조앙도 여기 있다!"

두 청년을 얕볼 일이 아니었다. 둘 중 하나는 아직 어린아이에 불과했지만 이들의 공격에 호거아의 병사들은 아무런 대응도 하지 못하고 잠시 멍해졌다. 그 순간 전위가 기회를 놓치지 않고 적병 여럿을 베고 조조에게 혈로를 열어주었다.

조조는 조앙의 모습을 보고 가슴이 두근거렸다. 어쩌면 부끄러움 때문일 수도 있고, 어쩌면 부자지간의 관심과 애정에서 비롯된 것일 수도 있었다. 하지만 당시에는 다른 생각을 할 겨를이 없었다. 그에게는 순간의 기회밖에 없었다. 그는 말을 몰고 앞으로 달려가면서 몸을 숙여 아들을 말 등에 태운 다음 함께 도망칠 생각이었다.

그런데 하필 그 순간에 무정한 칼이 조앙의 어깨를 내리찍었다. 조조는 아들이 자신을 향해 두 팔을 벌린 채 두 발이 이미 허공으로 날아오른 모습을 목격했다. 결국 그에게 안긴 것은 자식의 뜨거운 피였다. 아들은 아버지를 부르면서 그대로 바닥에 쓰러졌다.

어두운 밤이었다. 아직 사물을 정확하게 분간하기 어려웠고, 심지어 환영이 보일 수도 있었다. 조조는 아들이 살해당했다는 사실을 믿을 수가 없었다. 그는 아들의 손을 붙잡기 위해 팔을 뻗었지만 잡히는 것은 허공

뿐이었다. 바로 이때 전위가 있는 힘을 다해 고함치는 소리가 들렸다.

"주공, 어서 가십시오. 더 이상 지체할 수 없습니다!"

전위가 얼마나 많은 사람을 죽였는지는 알 수 없었지만 그의 몸에 난 상처가 점점 더 많아졌다. 그의 칼은 이미 심하게 망가져 있었다. 칼로 적병의 어깨를 내리쳤는데 칼날이 들어가지 않아 당황하기도 했다. 그는 아예 칼을 버리고 적병과 육박전을 벌였다. 비록 《삼국연의》에서처럼 과장된 모습을 아니었지만 양팔로 적군을 한 명씩 들고 몽둥이를 휘두르듯 휘둘렀다. 주먹으로 치고 발로 차 몇 명을 쓰러뜨리자 적병들이 물러서서 감히 다가오지 못했다. 나중에 힘이 다하고 붉은 피도 말라 더 이상 흐르지 않게 되자 그는 마침내 철탑처럼 장엄하게 쓰러졌다.

조조가 막사에 들어섰을 때, 그의 곁에는 조카 조안민뿐이었다. 이때 거리 곳곳에서 불빛이 번쩍이고 화살이 어지러이 날아다녔다. 조조의 군대와 장수의 군대가 한바탕 혼전을 벌이는 것이었다. 다행히 평로교위平虜校尉 우금이 7, 8백 명의 군사를 이끌고 나타났다. 조조를 발견한 그는 황급히 앞을 호위하여 혈로를 열고 적에 대항하면서 동남쪽으로 도망쳤다. 뿔뿔이 흩어져 백하 강가에 이르렀을 무렵 조안민이 뒤쫓아 오던 적군에 죽임을 당하고 말았다. 조조가 타고 있던 절영도 화살을 맞고 쓰러졌다. 그는 비장의 말로 갈아타고 계속 도망치는 수밖에 없었다.

동이 틀 무렵, 조조는 남은 군사를 이끌고 순양舜陽(지금의 하남 필양泌陽현 서북쪽)으로 도망쳤다. 이때는 이미 서광이 비쳐 서로 얼굴을 분명히 알아볼 수 있었다. 조조의 얼굴에 피가 가득한 것을 보고 우금이 놀라서 물었다.

"주공, 어디 다치셨습니까?"

이 한 마디가 조조의 마음을 몹시 아프게 했다. 조조는 그것이 조앙의 피라는 사실을 알고 있었다. 조앙이 남긴 유일한 유품인 셈이었다. 그는 마음이 몹시 아팠지만 이상하게도 눈물은 한 방울도 나오지 않았다.

이때 전위와 조안민이 전사했다는 소식이 전해졌다. 조조는 다시 한 번 큰 충격을 받았다. 그 충격으로 그의 두 눈에 눈물이 흐르기 시작했다.

"전위, 네가 나를 대신해 죽었구나!"

조조는 가슴을 치고 발을 동동 구르며 울면서 탄식했다.

"하늘이시여! 쌍극을 들던 장사는 지금 어디에 있습니까?"

병사와 장수들은 그가 진심으로 상심하는 모습에 감동하여 눈물을 흘렸다.

울음을 그친 조조가 우금에게 명을 내렸다.

"즉시 병력을 보내 지름길로 완성으로 잠입해 들어가도록 하라. 반드시 전위의 시신을 찾아 무사히 가져온 다음, 그의 고향으로 보내 후하게 장사지내도록 해야 할 것이다."

그러나 조안민과 조앙의 시신에 대해서는 한마디도 언급하지 않았다.

그가 말하는 사이에 날이 환하게 밝았다. 흩어진 조조의 군사 수백 명이 무양에 집결했다. 핏빛으로 불타는 아침노을을 보며 조조는 다시 대오를 정돈하고 사기를 북돋우며 말했다.

"완성에서 일어난 변고는 모두 나의 책임이오. 나는 장수의 투항을 받아들이면서 인질조차 잡아두지 않아 대의를 소홀히 한 탓에 이런 지경에 이르게 되었소. 하지만 제군들은 상심할 필요 없소. 오늘 이후로 조조는 더 이상 전투에서 패하는 일이 없을 것이오!"

그는 실패의 책임을 자신에게 돌리는 것이 지극히 당연한 일이라고 생각했다. 하지만 실패의 원인을 '인질을 잡아두지 못한 것'으로 돌리는 것은 간사한 행동임이 분명했다. 가소로운 일이 아닐 수 없었다. 사실 완성 전투의 패인은 그의 호색한 기질에 있었다. 다시 말해서 완성 전투는 한 여인의 죄인 것이다. 이 여인은 그에게서 아들과 조카 그리고 충성스럽고 용맹한 위사와 수많은 병사를 앗아갔다.

　그러나 '오늘 이후로 더 이상 전투에서 패하는 일은 없을 것'이라던 그의 다짐은 곧 효력을 발휘했다. 장수가 군대를 이끌고 추격해왔지만 만반의 준비를 갖추고 기다리고 있던 조조의 군대에 대패하고 말았다. 조조의 군대는 기세를 몰아 반격에 나서 완성과 장릉章陵 등지를 점령했다. 장수는 양성으로 후퇴한 다음 살아남기 위해 뻔뻔하게 다시 형주목 유표와 연합하는 수밖에 없었다.

　'완성의 이야기'는 이것으로 끝이다. 하지만 조조와 장수의 전쟁은 아직 끝나지 않았다.

제3권으로 이어집니다.

영웅 조조2

초판 1쇄 인쇄 2008년 1월 21일
초판 1쇄 발행 2008년 1월 25일

지은이 한종량
옮긴이 김태성
펴낸이 신원영
펴낸곳 (주)신원문화사

편 집 최광희 김은정 장민정
디자인 배광열 차현준
영 업 윤석원 이정민
총 무 양은선 최금희 전선애 임미아 김주선
관 리 임 헌 조병래

주소 서울시 강서구 등촌1동 636-25
전화 3664-2131~4
팩스 3664-2130
출판등록 1976년 9월 16일 제5-68호

* 파본은 본사나 서점에서 교환해 드립니다.

ISBN 978-89-359-1431-9 (03820)
      978-89-359-1429-6 (세트)